Mascha Vassena
Das Mitternachtsversprechen

PIPER

Zu diesem Buch

Journalistin Vera reist nach Turin, um ein Radiofeature über ihre verstorbene Großmutter Teresa zu machen. Nach dem Zweiten Weltkrieg führte diese mit ihren Schwestern Lidia und Aurora das traditionsreiche Kaffeehaus Molinari zu neuem Glanz, und noch heute serviert Lidia ihren Gästen die berühmten Gianduja-Pralinen nach dem geheimen Familienrezept. Doch bei ihren Recherchen stößt Vera bald auf ein schreckliches Ereignis: Aurora, die jüngste der Molinari-Schwestern, verschwand vor fast siebzig Jahren auf rätselhafte Weise. Ihrer rüstigen Großtante Lidia etwas über die damaligen Ereignisse zu entlocken ist schwieriger als gedacht, und so begibt sich Vera gemeinsam mit einem charmanten Turiner Zeitungsredakteur in der Stadt auf Spurensuche. Was ist damals wirklich geschehen und warum wurden die wahren Ereignisse vertuscht? Dabei muss sich Vera auch ihrer eigenen Vergangenheit stellen, denn auch sie hatte eine Schwester, die vor Jahren spurlos verschwand ...

Mascha Vassena erhielt für ihre Erzählungen mehrere Auszeichnungen, unter anderem den Hamburger Förderpreis für Literatur. Nach den Erfolgen von »Das Schattenhaus« und »Das verschlossene Zimmer« erscheint mit »Das Mitternachtsversprechen« ihr dritter Roman bei Piper. Die Autorin lebt seit zehn Jahren am Luganer See.

Mascha Vassena

Das Mitternachts-versprechen

Roman

PIPER
München Berlin Zürich

Mehr über unsere Autoren und Bücher:
www.piper.de
Aktuelle Neuigkeiten finden Sie auch auf Facebook, Twitter und YouTube.

Von Mascha Vassena liegen im Piper Verlag vor:
Das Schattenhaus
Das verschlossene Zimmer
Das Mitternachtsversprechen

MIX
Papier aus verantwortungsvollen Quellen
FSC® C083411

Originalausgabe
September 2016
© Piper Verlag GmbH, München/Berlin 2016
Umschlagabbildung und -gestaltung: Johannes Wiebel/punchdesign,
unter Verwendung von pixabay.com
Satz: Satz für Satz, Wangen im Allgäu
Gesetzt aus der Meridien
Druck und Bindung: CPI books GmbH, Leck
Printed in Germany   ISBN 978-3-492-30934-9

Prolog

Sie wussten, dass sie nicht vom Weg abweichen durften. Wenn das Moor einen verschluckte, verschwand man auf Nimmerwiedersehen, so hatte Mutter es ihnen erklärt. Nimmerwiedersehen. Das Wort jagte Vera einen leichten Schauer über die Unterarme. Nimmerwiedersehen wurde ihr Name für das Moor, ihr eigenes, magisches Reich. Vi hielt sich nicht an Verbote, und Vera ließ sich jedes Mal überreden. Sie drangen nie sehr weit vor und kehrten um, wenn die dunkle Erde sich schmatzend an ihren Turnschuhen festsaugte. Doch es war nicht leicht, denn Nimmerwiedersehen lockte mit seinen bemoosten Baumstämmen, halb versunken in dunklem Wasser, mit seinem leisen Glucksen und Flüstern, mit Büscheln hüfthohen Grases, dessen Halme an den Handflächen kitzelten. Mücken wirbelten um sie herum wie goldener Staub. Vera hatte sie »Monaden« getauft, auch wenn sie nicht wusste, was das Wort bedeutete. Ihr Vater hatte es in einem Telefongespräch benutzt, dem sie vom Sofa aus im Halbschlaf gelauscht hatte. Monaden mussten eine Art Feen sein, und die winzigen Mücken, die von der Sonne vergoldet wurden, waren vielleicht genau das.

Sie jagten den winzigen braunen Fröschen nach, die man in die hohlen Hände schließen konnte und deren zarte Bewegungen auf der Haut kitzelten. Jetzt im Mai gab es Hunderte von ihnen, und sie sprangen wie Grashüpfer vor Veras und Violas Füßen auf.

Nimmerwiedersehen gehörte ihnen allein, es war ihr Geheimnis, das sie gemeinsam hüteten. Hier konnten sie so tun, als gäbe es nur sie beide auf der Welt, und gleichzeitig wussten sie hinter sich den Weg, der sie innerhalb einer Viertelstunde nach Hause zurückführen würde.

Sie folgten einem kleinen Bachlauf, der zwischen Moospolstern plätscherte und sie immer tiefer ins Moor führte, als sich plötzlich etwas veränderte. Vera blieb stehen. Sie wusste nicht genau, was es war, aber ein Rascheln ging durch die Sträucher, ein Schatten streifte kühl über ihre Arme, und als sie den Kopf wandte, kam es ihr vor, als huschte etwas aus ihrem Blickfeld.

»Vi«, sagte sie, »drehen wir lieber um.«

Vi war ihr mehrere Meter voraus und schien nichts bemerkt zu haben. Ihr blaues T-Shirt leuchtete zwischen den grünen Farnen.

»Vi!«, wiederholte Vera. Sie fröstelte und schlang die Arme um ihren Körper.

»Was ist denn?« Viola drehte sich um.

»Wir sind schon viel zu weit reingegangen.«

Vi verschränkte die Arme und knickte in der Hüfte ein. Die Kirschen an ihrem Haargummi leuchteten rot. »Hast du etwa Angst?«

Vera ging nicht darauf ein. »Ich hab noch Taschengeld«, sagte sie, »wir können uns in der Waldschänke ein Dolomiti holen.« Vi liebte Eis.

Aber so einfach wollte Viola nicht nachgeben. Sie kniff die Augen zusammen und überlegte einen Moment. »Das können wir später immer noch. Erst gehen wir auf Forschungsexpedition.«

Vera rührte sich nicht. Warum mussten sie immer alles so machen, wie es ihre Schwester wollte?

»Vi, ich dreh jetzt um!« Sie spürte, wie ihre Füße allmählich in den von Wasser durchtränkten Boden einsanken.

»Na, dann geh doch«, sagte Vi, die genau wusste, dass Vera

sie nicht allein zurücklassen würde. Schon im Bauch ihrer Mutter waren sie zusammen gewesen, und bei der Geburt war Vera ihrer Schwester gefolgt wie seither überallhin. Aber dieses Mal nicht.

»Mache ich auch!« Als Vera sich umdrehte und begann, am Bachlauf entlang zurückzugehen, stieg ein helles Siegesgefühl in ihr auf. Sie hatte ungefähr zwanzig Schritte gemacht, da hörte sie hinter sich ihre Schwester rufen: »Warte auf mich!« Vera musste sich zwingen, nicht zurückzublicken.

»Na gut, wenn du unbedingt willst, holen wir uns eben ein Eis.« Vi konnte Dinge so sagen, als täte sie einem einen Gefallen, auch wenn es gar nicht so war.

Vera ging weiter, aber langsamer, sodass Vi sie einholen konnte. »Du zahlst aber.« Vi stieß sie mit dem Ellbogen leicht in die Seite.

Sie stiegen die Böschung hinauf, und Vera atmete erleichtert aus, als sie wieder auf dem Weg standen. Nimmerwiedersehen war ihr Reich, aber ob das auch die Wesen wussten, die dort lebten? Jetzt, wieder in Sicherheit, wurde das Schaudern zu einem wohligen Nachklang, während sich schon die Vorfreude auf das Eis in ihr ausbreitete. Bis zur Siedlung, deren Straßen die Namen von Bäumen trugen, war es nicht weit, und auf dem Weg zur Waldschänke am Ende des Fichtenwegs würden sie ihrer Mutter im Garten zuwinken können. Sie mussten nur den Waldweg hinuntergehen, noch einmal abbiegen, und fünf Minuten später wären sie am Haus von Frau Bartels, die in der Waldschänke als Bedienung arbeitete und ihnen manchmal ein Wassereis mit Kirsch- oder Waldmeistergeschmack umsonst gab.

Gedankenverloren trödelten sie vor sich hin, blieben immer wieder am Wegesrand stehen, um Gräser auszureißen oder nach frühen Walderdbeeren zu suchen. Die Zeit rollte sich zusammen, nichts schien sie zu drängen. Vera überließ sich dem köstlichen Gefühl, dass sie heil aus Nimmerwiedersehen zurückgekehrt waren und der Nachmittag erst in einer sehr fernen Zukunft in den Abend übergehen würde.

»Ich nehm ein Supercornetto!«, rief Vi, während sie auf einem Bein neben Vera herhüpfte.

»Ich glaub, bei dir piept's!«, empörte sich Vera. Supercornetto kostete zwei Mark, Dolomiti nur sechzig Pfennige.

»Du hast gesagt, du bezahlst, jetzt musst du auch!« Vi hüpfte weiter, jeder Sprung eine kleine Explosion aus Staub und Schotterstückchen. »Ich hab aber nicht gesagt, dass du dir einfach irgendeins aussuchen darfst.«

»Du hast auch nicht gesagt, dass ich's nicht darf, also darf ich's!«

Vera befühlte die Münzen in ihren Shorts. Sie wusste, dass es zwei Mark achtzig waren. Wenn Vi das Supercornetto nahm und sie das Dolomiti, blieben nur noch zwanzig Pfennige. Die würden nicht mal mehr für ein Mini Milk reichen, und bis es wieder Taschengeld gab, waren es noch fast zwei Wochen hin. »Du kannst ein Ed von Schleck haben.«

»Nö-hö!«, sagte Vi im Rhythmus ihrer Hüpfer. »Versprochen ist versprochen und wird nicht gebrochen! Sonst bist du ein Lügner, und das erzähl ich morgen allen in der Schule.«

Vi konnte die beste Schwester der Welt sein, das war sie sogar meistens. Sie kam zu ihr ins Bett, wenn sie sich vor den Schatten fürchtete, die die Straßenlaterne an die Wand warf, und erzählte ihr die Geschichte von Jonathan und Krümel. Sie ließ Vera, die im Rechnen viel langsamer war, die Hausaufgaben abschreiben, und sie hatte niemandem erzählt, dass Vera in Stefan aus der Sechsten verknallt war. Aber sie musste immer recht haben, immer bestimmen, und wenn Vera nicht mitmachte, konnte sie richtig gemein werden. Egal, was Vera sagte, Vi hörte einfach nicht hin, sondern bestand darauf, dass alles so gemacht wurde, wie sie es wollte.

»Supercornetto Erdbeer«, sang sie jetzt beim Hüpfen und zog dabei das »Erdbeer« so sehr in die Länge, wie es nur ging. Und das war zu viel. Vera streckte den Arm aus und schubste ihre Schwester, so fest sie konnte. Es sah komisch aus, als Viola fiel, ein Bein seitlich von sich gestreckt, den Mund so weit aufgerissen, dass die breite Zahnlücke sichtbar wurde – das Einzige, worin sie sich unterschieden, denn Vera hatte beide Vorderzähne noch.

Mit einem hässlichen Knirschen schlitterte Vis Fuß durch die kiesdurchsetzte Erde und hinterließ eine helle Schneise, dann krachte sie auf die Seite und blieb liegen. Ihre Jeans war voller Dreck. Vi rührte sich nicht, und Veras Beine wurden ganz steif, als sie Vi so dort liegen sah, die Arme und Beine verrenkt. Doch dann bewegte sie sich, setzte sich auf, die Beine angewinkelt. Vera atmete aus. Sie entdeckte Abschürfungen an Vis Oberarm, wie eine rosa Landkarte, aus der winzige rote Perlen quollen. Vis Mund bebte, weil sie nicht vor ihrer Schwester weinen wollte, aber dann heulte sie doch los. Vera ging in die Hocke und wollte ihr über den Arm streichen, aber Vi schlug nach ihr, und sie kippte um. Spitze Steinchen bohrten sich in ihre Oberschenkel.

»Hau bloß ab!« Vis Gesicht zog sich hasserfüllt zusammen. »Eine blöde Kuh bist du, richtig oberblöd!«

Vera, die den Schubser schon bereut hatte, war auf einmal so wütend auf Vi, dass sie ihr nicht einmal mehr in die Augen blicken konnte. »Ist doch nicht meine Schuld, wenn du hinfällst, du blöde Kuh!« Sie stand auf und ging einfach weiter, während Vi hinter ihr herschrie: »Ich will überhaupt kein Eis von dir!«

Das war der letzte Satz, den Vera je von ihrer Schwester hörte.

Kapitel 1

—— 2015

Um fünf nach zwei wurde Vera nervös. Sie trat auf den vorderen Balkon und sah die Straße hinunter. Von Tom und Finn war nichts zu sehen. Sie ging in die Küche zurück und schenkte sich aus der Thermoskanne nach, obwohl sie keine Lust auf Kaffee hatte. Wenigstens lenkte es sie ab. Tom kam häufig zu spät, wenn er Finn zurückbrachte. Vera wusste das, und trotzdem wurde sie jedes Mal fahrig, wenn die beiden nicht zur vereinbarten Uhrzeit auftauchten. Draußen knatterte ein Motor, und Vera zuckte zusammen. Doch Tom konnte es nicht sein, denn seine alte Kawasaki EN 500 wummerte wie eine Heavy-Metal-Band.

Zehn nach zwei, der Kaffeebecher war leer, und sie stellte ihn in die Spüle. In ihrem Kopf spielten sich Szenen ab, die mit quietschenden Reifen, zerbeultem Blech, Blut und zerquetschten Knochen zusammenhingen, und es gelang ihr nicht, sie zu verdrängen. Nichts unternehmen zu können war das Schlimmste. Jede Minute dehnte sich wie ein krümeliges Gummiband, kurz bevor es riss. Sie klappte die Spülmaschine auf, räumte die Tasse hinein und klappte die Spülmaschine wieder zu, den süßsauren Geruch nach Essensresten immer noch in der Nase, als sie sich wieder aufrichtete.

Viertel nach zwei. Unwillkürlich ging sie in die Diele, öffnete die Wohnungstür und trat auf den Treppenabsatz. Sie lauschte kurz. Tom wusste, dass sie sich schnell Sorgen machte, aber er hatte noch nie Rücksicht darauf genommen. Irgendwann hatte Vera begriffen, dass er sich einfach nicht vorstellen konnte, wie es sich anfühlte, ständig mit dem Schlimmsten zu rechnen. Wenn sie selbst mit Finn einmal zu spät dran war, fiel es ihm meistens gar nicht auf, und falls doch, kam er nicht auf die Idee, besorgt zu sein. Auch als sie noch zusammen gewesen waren, hatte er sich nie Gedanken gemacht, wenn er Vera nicht hatte erreichen können. Vera beneidete ihn um diese Sorglosigkeit, gleichzeitig trieb sie sie in den Wahnsinn.

Vera hängte sich ihre Tasche um, lief – das Telefon in der einen, den Schlüsselbund in der anderen Hand – die drei Stockwerke nach unten und stellte sich auf den Bürgersteig. Weshalb kamen die beiden nicht endlich? Vera presste ihre Daumenkuppe auf die Spitze des Haustürschlüssels. Nebenan trat Christine aus ihrem Laden, einen Stapel bedruckter Ethnoschals im Arm. Sie grüßten sich, Vera machte eine Bemerkung über die leuchtenden Farben der Schals, und Christine erkundigte sich, wie es beim Sender lief. Dann begann sie, die Schals auf dem Auslagentisch aufzufächern, und Vera war wieder sich selbst überlassen. Sie sah auf ihr Telefon: Zweiundzwanzig nach zwei. Sie hätte längst auf dem Weg nach Hakenfelde sein sollen, wo ihre Eltern sicher schon mit dem Kaffee warteten.

Ein dumpfes Grollen wurde hörbar, näherte sich, dann hielt die Kawasaki vor Vera, und Finn glitt von seinem Platz hinter Tom. Seine Augen strahlten unter dem riesigen Jethelm hervor. »Wir sind total schnell gefahren, das war klasse!«

»Toll, mein Äffchen!«, sagte Vera und klopfte leicht mit den Fingerknöcheln gegen Finns Helm, dann wandte sie sich an Tom. Sie schob Ärger und Sorge die Kehle hinunter, so weit sie konnte. »Na, hat's ein bisschen länger gedauert?« Tom legte den Kopf schief. »Jetzt mach bitte keinen Stress, weil wir ein paar Minuten zu spät sind.«

11

»Fast eine halbe Stunde. Aber ist schon okay.« Am liebsten hätte sie Tom einen Vortrag gehalten, weil er so spät war, und ihm gesagt, dass er endlich einen Integralhelm für Finn kaufen sollte, aber dann würde sie wieder einmal die Spielverderberin sein, und diese Rolle hatte sie gründlich satt. Finn war heil angekommen, das war die Hauptsache.

Tom überging ihren Kommentar. »Na, alles gut bei dir?«

Vera nickte. »Ich hab wahrscheinlich ein neues Projekt. Könntest du Finn demnächst für ein paar Tage nehmen? Kann sein, dass ich für eine Recherche nach Italien muss.«

Tom fuhr sich durchs Haar und grinste ein bisschen schief – in diese Geste hatte sie sich damals verliebt, jetzt fand Vera sie nur noch aufgesetzt. Wahrscheinlich aus Top Gun oder einem anderen bescheuerten Actionfilm geklaut, dachte sie gehässig.

»Klar, ich hab Zeit. Hast du Lust, ein paar Tage mit mir rumzuziehen, Großer?«

Finn strahlte. »Logisch!«

Es war schön, dass er sich so gut mit seinem Vater verstand. Als Vera und Tom noch zusammengelebt hatten, war Tom immer beschäftigt gewesen und hatte Finn eigentlich nur bei den Mahlzeiten gesehen, aber seit der Trennung verbrachten die beiden wesentlich mehr Zeit miteinander. Finn ging gerne zu ihm, weil Tom meistens irgendetwas geplant hatte – Zoobesuche, Motorradausflüge oder anderes. Manchmal kam es Vera vor, als bliebe immer ihr die undankbare Rolle, dafür zu sorgen, dass Finn seine Hausaufgaben machte, sein Zimmer aufräumte und ab und zu mal duschte, während Tom für Spaß und Abenteuer sorgte. Doch wenn Finn Kummer hatte oder krank war, wollte er nur sie um sich haben und sonst niemanden. Manchmal kroch er sogar noch nachts zu ihr unter die Decke, während er sich bei Tom bemühte, möglichst erwachsen zu wirken.

»Ist noch was?«, fragte Tom. »Ich muss los, bin mit Melanie verabredet.«

Vera schüttelte den Kopf. »Ich geb dir Bescheid wegen der Recherche. Wir fahren jetzt zu meinen Eltern.«

»Schöne Grüße. Ich vermisse Carinas Apfelkuchen.«

»Sie kann dir das Rezept ja mailen.« Vera legte den Arm um Finns Schulter. Er war beinahe schon so groß wie sie. »Gib Papa den Helm.«

»Tschau, Großer! Bis Mittwoch!« Tom hängte Finns Helm an den Lenker und startete das Motorrad. Das satte Dröhnen vibrierte in Veras Magen und wirbelte Sehnsucht auf, selbst wieder zu fahren. Aber ihre Virago stand seit Finns Geburt mit einer Plane abgedeckt in der Garage in Hakenfelde. Tom hatte versucht, sie von ihrer Entscheidung abzubringen, hatte sie an die vielen gemeinsamen Touren erinnert, aber für Vera war klar gewesen, dass sie nicht mehr fahren würde. »Wenn mir etwas passiert«, hatte sie gesagt, »wer kümmert sich dann um Finn?« Das Motorradfahren aufzugeben war kein Opfer gewesen, sie hatte es einfach nicht mehr über sich gebracht.

Sie strich Finn über das verwuschelte Haar. »Musst du noch mal rauf, oder können wir gleich los? Opa wartet bestimmt schon auf dich. Er hat irgendwas von einer ferngesteuerten Drohne mit Kamera erzählt.«

»Super!« Er löste sich von ihr und lief in Richtung Parkplatz voraus. Als sie ihm nachsah, fiel ihr auf, wie erwachsen er aus der Entfernung wirkte. Er bewegte sich nicht mehr wie ein Kind, sondern hatte die schlaksigen Bewegungen eines Jugendlichen.

Als Veras Mutter die Haustür öffnete, quoll ein Schwall Kuchenduft heraus. »Hallo, ihr beiden!« Sie drückte Finn einen Kuss auf die Wange. »Ja, ja, ich weiß, du bist zu groß dafür«, sagte sie, als er das Gesicht verzog und sich mit der Handfläche übers Gesicht wischte, »aber gönn mir die Freude.«

»Passt schon, Oma, ist nur 'n bisschen eklig.« Finn grinste und hob beide Hände als Friedenszeichen, worauf seine Großmutter ihn abklatschte.

»Schau mal hinters Haus und pass auf, dass Opa dieses fliegende Monstrum nicht gegen eine Wand steuert. Und weg ist er.« Ihr Lachen klang, als würde es sich nur kurz aus der Deckung wagen, dann verschluckte sie es und hielt Vera beide Wangen zum Kuss hin. »*Ciao, cara,* gab es viel Verkehr?«

»Nein, Tom war ein bisschen zu spät dran, aber ich musste sowieso noch ein Interview abtippen. Er lässt dich grüßen und hätte gerne dein Apfelkuchenrezept per Mail.«

»Das überlege ich mir noch. Komm rein, *tesoro,* der Kaffee ist aufgesetzt, und der Prosecco gekühlt.«

»Du weißt doch, dass ich nichts trinke, wenn ich mit Finn im Auto unterwegs bin.« An der Garderobe schlüpfte Vera aus den Turnschuhen. Wie immer gab ihr der Anblick der froschgrünen Gummistiefel Größe fünfunddreißig einen Stich. Auf dem Weg ins Wohnzimmer versuchte sie, an der Fotowand vorbeizusehen, doch es gelang ihr nicht ganz. Da waren sie und Vi als Babys im Zwillingskinderwagen, mit identischen Schultüten vor dem Haus, beim Frisbeespielen im Garten, in einem gelben Schlauchboot auf dem Plattensee, in weißen Kleidern bei der Erstkommunion. Und dann nur noch sie, als spindeldürre Zwölfjährige beim Voltigieren (von der Psychiaterin empfohlen), als Gothic-Mädchen mit schwarz umrandeten Augen, in einem schulterfreien Kleid bei der Abiturfeier in der Schulaula.

Vera atmete auf, als sie ins Wohnzimmer kam. Sonnenlicht fiel auf die mit hellem Leinen bezogene Sofalandschaft, und durch die geöffnete Schiebetür sah sie auf dem Rasen ihren Vater und Finn, der eine Fernsteuerung in den Händen hielt. Beide blickten konzentriert in den Himmel. Das Surren der Drohne wurde mal lauter, mal leiser, während Finns Finger sich über den Controller bewegten. Wie intuitiv er mit technischen Geräten umging, brachte Vera immer wieder zum Staunen.

»Bin gleich wieder da«, sagte ihre Mutter und verschwand in der Küche. Vera trat auf die Terrasse und winkte ihrem Vater zu. Er hob die Hand. »Kann gerade nicht!«

»Hauptsache, ihr stürzt nicht ab!« Vera wurde warm, als sie die beiden so vertraut miteinander sah. Die Drohne wirkte wie ein monströses Insekt, das aus einem Labor entkommen war. Vera stellte sich vor, wie das digitale Auge sie beobachtete. Doch die Leerstelle, die überall im Haus spürbar war, würde es nicht erfassen.

Vera ging zurück ins Wohnzimmer, setzte sich aufs Sofa und zog die Beine an. Auf dem Couchtisch lag ein alter Koffer von der Größe eines überdimensionalen Schuhkartons. Vera stellte überrascht fest, dass er tatsächlich aus Pappe bestand, in die eine Lederstruktur geprägt war. Die Ecken waren mit echtem Leder verstärkt, und hinter dem Tragegriff befand sich ein kleines Schloss.

Veras Mutter kam aus der Küche und stellte zwei riesige, handgetöpferte Schalen mit Milchkaffee auf den Tisch.

»Scheußlich, nicht?« Die vielen Armreifen und Ketten klimperten, als sich ihre Mutter auf dem Sofa gegenüber niederließ. »Hab ich auf dem Wohltätigkeitsbasar der Kirchengemeinde gekauft.«

»Den Koffer?«, fragte Vera, die sich nicht ganz sicher war, was ihre Mutter meinte. Lachend erwiderte diese: »Nein, die Tassen. Den Koffer hab ich auf dem Dachboden gefunden. Du wolltest doch für deine Sendung wissen, ob wir noch Sachen von *nonna* Teresa haben. Ich glaube, der Koffer hat ihr

15

gehört. Allerdings ist er abgeschlossen, und ich konnte den Schlüssel nirgendwo finden.«

Vera konnte sich nur vage an die Mutter ihrer Mutter erinnern. Teresa war an Krebs gestorben, als Vera und Viola fünf gewesen waren. Vielleicht war sie deswegen eine Art mythische Figur für Vera. Sie hatte sich völlig der Wissenschaft verschrieben, und das zu einer Zeit, als eine Frau in der Forschung noch als absolute Ausnahme galt. Vera arbeitete als freie Journalistin für einen Berliner Radiosender. Ein Porträt ihrer Großmutter würde perfekt in die Reihe über ungewöhnliche Frauen passen, die jeden Sonntag ausgestrahlt wurde.

Sie hatte das Bedürfnis, mehr über ihre Großmutter zu erfahren, vor der sie als Kind immer ein bisschen Angst gehabt hatte. Sie erinnerte sich nicht daran, dass Teresa je mit ihr und Vi gespielt hätte, aber sie wusste noch, dass sie manchmal bei ihren Großeltern übernachtet hatten, wenn ihre Eltern ausgegangen waren, und dass sie dann alte Piratenfilme gesehen und Kakao getrunken hatten.

»Hast du schon mit deiner Recherche angefangen?«

»Ich war beim Max-Planck-Institut, aber da konnten sie mir auch nur die Jahre nennen, in denen Oma dort beschäftigt war. Und im Netz gibt es nur einen einzigen Hinweis auf eine Veröffentlichung. Sie muss doch Versuchsreihen gemacht haben, da müsste es Unterlagen geben.«

»Früher war es oft so, dass die männlichen Chefs die Leistungen ihrer weiblichen Mitarbeiter für sich beansprucht haben«, sagte ihre Mutter. »Das habe ich selbst im Medizinstudium noch erlebt. Ich fände es wunderbar, wenn aus der Sendung – wie heißt das noch gleich? Feature? –, also, wenn dein Sender das machen würde.«

»Ich bin nachher mit dem Ressortleiter verabredet, dann kriege ich hoffentlich grünes Licht.«

»Es tut mir wirklich leid, dass ich so wenig beitragen kann. Ich weiß nicht, was Opa mit ihren Unterlagen gemacht hat. Vielleicht sind sie auch alle im Institut geblieben. Briefe hat sie jedenfalls keine hinterlassen. Sie hatte ja gar keine Zeit, welche zu schreiben. Die Fotoalben kennst du ja schon, aber die Fotos stammen alle aus der Zeit, nachdem sie und dein Opa nach Deutschland kamen.«

»Hat sie denn wirklich nie von früher erzählt?« Vera beugte sich vor.

Ihre Mutter seufzte und lehnte sich in die Sofakissen. »Nein, da hat sie immer abgeblockt. Das Einzige, was ich weiß, ist, dass sie, Tante Lidia und Alessandro es schwer hatten, weil ihre Eltern kurz vor Kriegsende gestorben sind. Sie waren wohl auch einige Zeit in einem Waisenhaus, das hat Tante Lidia mal erwähnt.«

»Und wie war sie so als Mutter?« Vera ärgerte sich, dass sie ihr Aufnahmegerät nicht dabeihatte.

»Sie war für mich immer irgendwie verschwommen, nicht so richtig präsent. Sie hatte Wichtigeres zu tun, als Essen zu kochen oder sich um meine Schulprobleme zu kümmern.« Veras Mutter strich sich ihr schönes, eisengraues Haar aus dem Gesicht und sah in den Garten hinaus, während sie weitersprach. »Für sie waren ihre Forschungen wichtiger als alles andere. Sie hat oft mit *papà* beim Abendessen darüber gesprochen. Eigentlich ist die Züchtung künstlicher Haut ein ganz schön ekliges Thema, aber ich verstand sowieso kein Wort davon. Aber ich habe sie immer so gerne angesehen, wenn sie sich in Begeisterung redete. Ihr ganzes Gesicht leuchtete dann geradezu. Sie war wirklich mit Leib und Seele Forscherin.«

»Aber sie muss sich doch ab und zu um dich gekümmert haben«, sagte Vera.

»Natürlich, sie war abends und am Wochenende zu Hause, es sei denn, sie musste irgendwelche Versuchsreihen überwachen. Aber sie hat sich eigentlich nie Zeit genommen, mir mal etwas vorzulesen oder mit mir zu spielen. Um ehrlich zu sein, glaube ich, das hat sie gelangweilt. Als ich größer wurde, wurde das etwas besser, aber meine Erziehung hat sie zum Großteil *papà* überlassen. Nur bei einer Sache war sie eisern: Ich durfte nie alleine das Haus verlassen. Wenn ich mit einer Freundin spielen wollte, musste *papà* mich dorthin bringen, und wenn ich auf den Spielplatz wollte, musste er dabeibleiben. Natürlich hatte er nicht immer Zeit. Er war zwar oft zu Hause, aber er musste ja seine Vorlesungen vorbereiten, und so war ich meistens allein in meinem Zimmer. Das war nicht schön, und deshalb wollte ich das bei meinen eigenen Kindern ganz anders machen.« Sie verstummte und sah auf die Terrasse hinaus. Vera beugte sich über den Tisch und strich ihrer Mutter über die Hand, auf der die ersten Altersflecke sichtbar wurden.

Ihre Mutter drehte den Kopf, sah sie an und lächelte traurig. »Geht schon, mein Schatz. Also, meine Mutter war ein Rätsel für mich und ist es noch. Deshalb fände ich es großartig, wenn du mehr über sie herausfinden könntest.«

»Hast du auch nach ihrem Tod mit Opa nicht über alte Zeiten geredet?« An ihren Großvater konnte Vera sich gut erinnern, er war ein ruhiger, etwas unbeholfener Mann gewesen, den sie sehr gemocht hatte. Lorenzo hatte bis 1998 gelebt und war mit dreiundsiebzig Jahren friedlich im Schlaf gestorben.

Veras Mutter schüttelte den Kopf, langsam, als wäre es ihr selbst unbegreiflich. »Da war etwas wie eine Grenze, unsichtbar, aber jeder wusste, dass es sie gab. Auch Lidia hat immer das Thema gewechselt, wenn wir darauf zu sprechen kamen. Aber wir hören uns ja höchstens zweimal im Jahr.«

Lidia, die Schwester ihrer Großmutter, musste steinalt sein, aber sie lebte noch. Vera kannte sie nur von einem kurzen

18

Besuch, als sie mit ihren Eltern auf der Durchreise zu einem Urlaubsort an der ligurischen Küste gewesen waren. Damals war sie zwölf oder dreizehn gewesen, und sie konnte sich nur noch daran erinnern, dass es ihr peinlich gewesen war, mit ihrem Großcousin Maurizio Italienisch zu sprechen. Seine dunklen Augen und sein schöner Mund hatten sie so verwirrt, dass ihr eigentlich recht gutes Italienisch sich bis auf ein paar Brocken verflüchtigt hatte. Wenn sie sich richtig erinnerte, war er verheiratet und arbeitete im Café der Familie mit.

Vera trank den Rest ihres Kaffees. Er war kalt geworden und schmeckte bitter. »Dann rufe ich Lidia an, sobald ich das Okay vom Sender habe.« Sie stellte die Tasse ab. »Wie geht's dir und Papa? Ist alles in Ordnung?«

»Eigentlich ganz gut. Na ja, dein Vater sollte sich mehr bewegen, aber das weißt du ja. Und ich wurstel so vor mich hin. Die Website hält mich auf Trab und meine Patienten auch. Die kommen wegen jedem Zipperlein in die Praxis. Allerdings öfter, um zu reden, anstatt sich behandeln zu lassen.«

»Wird es dir auch nicht zu viel?« Veras Mutter war immer eine engagierte Ärztin gewesen, sie wäre auch mitten in der Nacht durch einen Schneesturm gefahren, wenn einem ihrer Patienten der Zeh schmerzte. Fast zu engagiert, fanden Vera und ihr Vater. Erst seit einigen Jahren trat sie etwas kürzer. Doch Carina konnte nicht anders, es war ihre Überlebensstrategie, in der Betreuung anderer aufzugehen, bis sie sich selbst und den eigenen Schmerz nicht mehr spürte.

»Ach, es gibt doch Neuigkeiten! Wir haben für die Website ein neues Age-Progression-Bild machen lassen.« Ihre Mutter stand auf. »Komm, ich zeig's dir!«

»Sollen wir nicht erst den Koffer öffnen?« Vera wollte dieses Bild nicht sehen.

»Der läuft uns nicht weg. Na los, komm!«

Widerstrebend stand sie auf. Bevor sie ihrer Mutter in den Flur folgte, blickte sie noch einmal in den Garten hinaus, doch Finn und ihr Vater waren nicht mehr zu sehen.

Mit einem flauen Gefühl im Magen betrat Vera hinter ihrer Mutter das kleine Büro, dessen Wände mit Vis Gesicht tapeziert waren, mit all den Suchmeldungen, die ihre Eltern im Lauf der Jahre in Westberlin und Umgebung an jeden Laternenmast geklebt hatten. Dazwischen Zeitungsartikel, die neben Vis Foto meist den Waldweg oder den Teufelsbruch zeigten, weil es sonst einfach nichts zu zeigen gab. Am Anfang hatte es viele Hinweise gegeben, die sich aber alle als nutzlos herausgestellt hatten. Später hatten sich dann angebliche Hellseher oder Privatdetektive gemeldet, die gegen horrende Honorare ihre Dienste anboten.

Ihre Mutter schaltete den Rechner ein, der von Papierstapeln und Aktenordnern umgeben war, und klickte im Stehen auf der Maus herum, bis ein Bild zu sehen war. »Hier, ist doch richtig schön geworden, nicht?« Sie trat zur Seite, und Vera überwand sich, auf den Monitor zu sehen. Das Bild zeigte eine Frau Anfang oder Mitte dreißig, die Vera entfernt ähnlich sah. Sie hatte das gleiche mittelbraune Haar, die gleichen blaugrauen Augen, doch Vera suchte vergeblich ihre Schwester im Gesicht dieser Frau, die es nicht gab, die nur eine von einem Computer berechnete Näherung war.

Ihre Eltern hatten schon früher solche Bilder anfertigen lassen, obwohl sie sehr teuer waren. Sie zeigten Vi erst mit fünfzehn Jahren, dann im Alter von fünfundzwanzig. So könnte sie aussehen, hatten die Bilderexperten betont. Oder auch ganz anders. Lebensumstände, Ernährung, Kleidungsstil, Frisur – all das ergab unzählige mögliche Vis, und keine von ihnen existierte wirklich. Vi war wie Schrödingers Katze, gebannt in einen Schwebezustand, weder tot noch lebendig, solange keine Verbindung zum Rest der Welt bestand.

»Ich stelle das auf Facebook und alle Seiten über vermisste Kinder. Vielleicht bringt das den Durchbruch.«

Die Überzeugung in der Stimme ihrer Mutter machte Vera hilflos. Die Hoffnung war das Floß, mit dessen Hilfe sich ihre Mutter über Wasser hielt, das ihrem Leben Struktur gab, und nicht zuletzt der Grund, überhaupt weiterzumachen. Sie betrieb die Suche nach Vi wie andere ein leidenschaftliches Hobby.

Und wir?, hätte Vera sie gerne gefragt und fühlte sich schlecht dabei. Finn und ich, sind wir nicht Grund genug? Doch Vi war unverrückbar der unsichtbare Mittelpunkt der Familie, und ihre Abwesenheit nahm so viel Raum ein, dass alles andere an den Rand gedrängt wurde. Da es ihrer Mutter so wichtig zu sein schien, auf diese Art wenigstens irgendetwas tun zu können, wollte Vera es ihr nicht nehmen. Es war schäbig, auf jemanden eifersüchtig zu sein, der seit achtzehn Jahren verschwunden war.

»Ist wirklich gut geworden«, sagte sie und lächelte ihrer Mutter zu. »Im Internet verbreiten sich solche Sachen unheimlich schnell.« Sie nahm zwei Büroklammern aus dem blauen Plastikschälchen neben dem Bildschirm, schob den Drehstuhl zurück und stand auf. »Wollen wir uns jetzt den Koffer vornehmen?« Sie war froh, Vis vielfachen Blicken mit den darin liegenden Vorwürfen entrinnen zu können.

Erst im Wohnzimmer konnte Vera wieder frei atmen. Sie setzte sich und nahm den kleinen Koffer auf den Schoß, um sich den Verschluss genauer anzusehen. Es war ein einfacher Klappriegel, der mit einem Schloss gesichert war. Sie bog eine der Büroklammern auf und stocherte damit im Schlüsselloch herum, nahm dann die zweite zu Hilfe. Im Inneren des Mechanismus bewegte sich etwas zur Seite, und als Vera fester drückte, sprang der Riegel auf.

»Großartig!« Ihre Mutter setzte sich neben sie, Vera

21

klappte den Deckel auf, und sie beugten sich gemeinsam über den Inhalt. Ein staubiger, leicht muffiger Geruch stieg ihnen in die Nase. Der Koffer enthielt mehrere zusammengerollte Bögen aus dickem, handgeschöpftem Papier. Vera nahm einen heraus und rollte ihn auf. Es war die Zeichnung eines Blutkreislaufs mit lateinischen Benennungen in gestochener Schreibschrift, die Blutbahnen waren bis in feinste Verästelungen in blauer und roter Aquarellfarbe ausgeführt. Auch die anderen Bögen enthielten anatomische Zeichnungen: eine Lunge, ein Querschnitt der Hautschichten, eine Hand mit teilweise bloßgelegtem Muskelgewebe. Signiert waren sie mit *Teresa Molinari*, in derselben musterhaften Schrift wie die der lateinischen Namen.

»Ich wusste gar nicht, dass *mamma* so zeichnen konnte«, sagte Veras Mutter. »Die lasse ich rahmen und hänge sie in der Praxis auf.«

Vera legte die Papierrollen auf den Couchtisch und sah nach, was sich noch in dem Koffer befand. Ihr war, als hätten sie eine Zeitkapsel geöffnet. In einer marmorierten Bakelitdose lagen Haarbänder aus Samt und zwei Messingringe, die so klein waren, dass sie einem Kind gehört haben mussten. Der eine hatte einen grünen Stein, wahrscheinlich aus Glas, der andere ein vierblättriges Kleeblatt. »Das sind bestimmt Kindheitserinnerungen.« Vera schloss die Dose wieder und legte sie ebenfalls auf den Tisch.

Die nächsten Fundstücke stellten sie vor ein Rätsel. Es waren drei Spatel, einer schmal und vorne abgerundet, der andere breit und rechteckig, der dritte trapezförmig wie ein Gipsspachtel. Das Holz der Griffe war durch die häufige Benutzung dunkel und glatt geworden.

»Ist das was Medizinisches?«, fragte Vera, aber ihre Mutter schüttelte den Kopf. »So was habe ich noch nie gesehen. Eigenartig.«

Ganz unten im Koffer lagen einige Fotos in unterschiedlichen Formaten, manche auf Papier, dessen Ränder in Wellenform geschnitten waren, andere auf Karton. Veras Mutter setzte ihre Brille auf, die an einer dünnen Goldkette um ihren Hals hing. »Das hier muss Teresa als Kind sein.« Sie zeigte auf das Porträt eines ungefähr siebenjährigen Mädchens mit geflochtenen Zöpfen, das auf einem Hocker saß und ernst in die Kamera blickte. Im Hintergrund umrahmten üppige Stoffbahnen eine gemalte Landschaft. Ein anderes Bild zeigte eine hohe Glastür, an die sich zu beiden Seiten große Fensterfronten anschlossen. Über der Tür hing ein Schild mit der verschnörkelten Aufschrift *Caffè Molinari*. Lichter spiegelten sich in den Scheiben und verzerrten die Gestalten im Inneren, die Theke und das dahinterliegende Flaschenregal. »Ach, sieh mal, das Café!«, sagte Veras Mutter. »Was gab es da herrliche Nougatpralinen, weißt du noch?«

»Ja, die waren lecker. Haben deine Mutter und Tante Lidia sich eigentlich gut verstanden?«

Veras Mutter zuckte mit den Schultern. »Keine Ahnung. Viel Kontakt hatten sie nicht mehr, nachdem meine Mutter nach Deutschland gegangen war, aber es gab auch keinen Streit. Ich nehme an, ihre Leben waren einfach zu unterschiedlich. Lidia hat immer für das Café gelebt, aber das hat Teresa natürlich überhaupt nicht interessiert.«

Vera nickte und sah die restlichen Fotos durch. Eines zeigte ein Baby, das auf dem Schoß einer Frau mit üppigem Busen saß. Beide blickten starr in die Kamera, was wohl der langen Belichtungszeit und dem Versuch, den Säugling lange genug still zu halten, anzulasten war. Veras Mutter lachte leise. »Das ist deine Urgroßmutter, und das Baby muss Alessandro sein.«

»An den kann ich mich überhaupt nicht erinnern.«

»Er ist ein bisschen eigen, ich weiß gar nicht, ob er damals bei unserem Besuch dabei war.«

Es gab ein weiteres Bild, das vor dem gemalten Hintergrund mit den drapierten Stoffen aufgenommen worden war. Es zeigte drei junge Frauen, die die Arme umeinandergelegt hatten und so dicht zusammenstanden, als wären sie miteinander verwachsen. Alle drei trugen das gleiche lange Abendkleid, anscheinend aus Satin, wie die schimmernden Lichtreflexe auf dem Stoff vermuten ließen.

Die junge Frau auf der linken Seite lächelte etwas verhalten in die Kamera, die in der Mitte versuchte, mit ihren streng zurückgenommenen Haaren älter zu wirken, als sie war. Das Mädchen ganz rechts stach die anderen beiden mit ihrer jugendlichen Schönheit aus. Ihr offenes Haar bildete einen dunkel leuchtenden Rahmen um ihr Gesicht, das so zart und schön war, dass Vera das Wort »lieblich« in den Sinn kam. Sie reckte der Kamera das Gesicht entgegen und lächelte verheißungsvoll.

»Wer ist denn die ganz rechts? Die ist ja so schön, dass man es kaum aushält«, sagte Vera. Ihre Mutter rückte sich die Brille zurecht. »Das in der Mitte ist Lidia und links von ihr *mamma*, aber die dritte kenne ich nicht. Vielleicht eine Freundin?«

Vera drehte das Bild um. Auf der Rückseite stand in altertümlicher Schrift: *1948, Le sorelle Molinari. Lidia, Teresa, Aurora.*

»Die Schwestern Molinari«, sagte Vera langsam und sah von dem Foto zu ihrer Mutter. »Sie waren drei, Mama. Warum hast du mir nie etwas von Aurora erzählt?«

Ihre Mutter sah immer noch das Foto an, und es dauerte einen Moment, bis sie antwortete. »Weil ich noch nie von ihr gehört habe.«

Kapitel 2

—— 2015

Auf dem Rückweg in die Stadt erzählte Finn ohne Pause, welche Manöver er und Opa mit der Drohne vollführt hatten. Doch nach einiger Zeit schweifte Veras Aufmerksamkeit ab. Sie dachte an den Inhalt des Koffers, der neben ihr auf dem Beifahrersitz lag. Damit würde sie Patrick, den Ressortleiter, überzeugen, eine Auslandsrecherche zu finanzieren. Wenn sie bei Großtante Lidia wohnen konnte, würde sie die Hotelkosten sparen.

Das Bild der drei jungen Frauen ging ihr nicht aus dem Kopf. Weshalb hatte ihre Großmutter niemals von der dritten Schwester gesprochen? Und was war mit ihr geschehen? Vera hatte nach dem gemeinsamen Kaffeetrinken im Internet nach Aurora Molinari gesucht, jedoch nichts gefunden. Möglicherweise war ihre Großtante Aurora noch während des Krieges gestorben, ebenso wie Veras Urgroßeltern. Das Caffè Molinari war kurz vor Kriegsende ausgebrannt, so viel wusste Vera über die Familiengeschichte. Anscheinend hatte ihre Urgroßmutter die Kasse retten wollen und war von den Flammen eingeschlossen worden. War Aurora ebenfalls bei dem Brand umgekommen? Aber weshalb hatten die beiden anderen Schwestern nie über sie gesprochen? Etwas Einschneidendes musste damals passiert sein, und vielleicht war das sogar der Grund, weshalb Teresa ihre Heimat verlassen hatte?

Vera arbeitete lange genug als Journalistin, um eine gute Geschichte zu erkennen, wenn sie auf eine stieß, und eine Geschichte, die so viele Fragen aufwarf, war gut.

»Nächstes Wochenende gehen Opa und ich in den Forst und filmen mit der Drohne im Wald«, sagte Finn gerade, »vielleicht erwischen wir sogar ein Eichhörnchen!«

»Das wird sich bestimmt wundern, wenn es auf einmal eine riesige, brummende Fliege vor sich sieht«, sagte Vera, und Finn lachte sein glucksendes Kinderlachen, für Vera das schönste Geräusch auf der Welt. Sie hatte ihm vor nicht allzu langer Zeit einen Witz nach dem anderen erzählt und währenddessen sein Lachen aufgenommen, denn es würde nicht mehr lange dauern, bis es ihm abhandenkam. Einerseits wollte sie, dass er groß wurde, weil es sie zumindest teilweise aus der Verantwortung für ihn entließ, doch ein anderer Teil von ihr betrauerte, dass das Kind, das er jetzt noch war, für immer verschwinden würde.

Sie parkte vor dem Sendergebäude, und sie stiegen aus. »Dauert das lange?«, wollte Finn wissen.

»Eine halbe Stunde oder so.«

Finn ächzte. »Kann ich hierbleiben und Skateboard fahren?«

Vera sah sich um. In der Nähe waren nicht viele Leute unterwegs, aber im angrenzenden Park sah sie bunte Flecken zwischen den Büschen, Kinderstimmen drangen herüber. Falls etwas passierte, würde Finn Hilfe rufen können. Und er hatte ja auch sein Telefon. Sie wusste, wie neurotisch sie sich verhielt, konnte aber nichts dagegen unternehmen. Dass die Mütter von Finns Klassenkameraden zum Teil noch tiefer über ihren kostbaren Kindern kreisten als sie, war keine Entschuldigung. Sie wusste, dass es anders sein sollte, dass sie Finn zutrauen sollte, eine Zeit lang alleine auf einem Parkplatz Skateboard zu fahren, aber vermutlich würde sie keine ruhige Sekunde haben, solange sie in Patricks Büro saß.

»Du bleibst aber hier auf dem Parkplatz, klar?«, sagte sie,

während sie den Kofferraum öffnete, sodass Finn sein Skateboard herausholen konnte.

»Ja, klar«, sagte er nachsichtig, stellte einen Fuß auf das Board und schob mit dem anderen an. Im Davonrollen hob er lässig die Hand, ohne sich umzusehen. Vera holte noch den Koffer aus dem Wagen und ging zum Haupteingang, wo sie sich noch einmal umdrehte. Beruhigt sah sie Finns knallgrünes T-Shirt am anderen Ende des Parkplatzes leuchten.

Im Gebäude war es kühl und wesentlich ruhiger als unter der Woche. Sie stieg die Treppe hinauf bis in den vierten Stock und trat leicht außer Atem in Patricks Büro, dessen Tür wie immer offen stand.

»Ah, die Sonne geht auf!« Patrick begrüßte so jeden, der in sein Büro kam, egal, ob es die Praktikantin oder der Hausmeister war.

»Allmählich könntest du dir ein paar neue Komplimente zulegen.« Vera legte den Koffer auf den Schreibtisch und küsste Patrick zur Begrüßung auf die Wange.

»Wenn ich Zeit dazu hätte, würde ich's tun, aber du siehst ja – sogar am Sonntag prügelt man mich hinter den Schreibtisch.«

»Ich glaube eher, dass man dich prügeln müsste, um dich hier rauszujagen.« Vera nahm sich eines der Schokoladenbonbons, die auf Patricks Tisch standen und neben dem Kantinenessen mitverantwortlich für seinen Bauchansatz waren.

»Wo soll ich auch hin?«, sagte er mit Leidensmiene. »Keine Frau, keine Kinder, kein trautes Heim …«

»Mein Mitleid hält sich in Grenzen.« Patrick lebte mit seinem Freund, einem Banker, in einem Fabrikloft am Hackeschen Markt.

»Lass uns mal über dieses Feature sprechen, das ich dir anbieten will.«

27

»Das über deine Großmutter, die Wissenschaftlerin?«

»Genau. Meine Mutter hat ein paar Sachen von ihr auf dem Dachboden gefunden, und dabei ist eine ganz eigenartige Sache rausgekommen.« Sie erzählte Patrick von Aurora und zeigte ihm das Foto der Mädchen.

»Sehr geheimnisvoll.« Patrick strich sich über seinen Musketierbart. »Und das mit dem Café ist auch gut. Von der Gastronomie zur Wissenschaft, kann ich mir gut vorstellen.«

»Der Haken ist, dass ich für die Recherche nach Turin fahren müsste.«

»Für wie lange?«

»Ein bis zwei Wochen, je nachdem, wie ich vorankomme. Ich wollte meine Verwandten befragen, die Schwester und ein Bruder meiner Großmutter leben noch. Und wegen der geheimnisvollen dritten Schwester werde ich mich vor Ort in Zeitungsarchiven umsehen.«

»Also, eine Tagespauschale kann ich dir leider nicht zahlen«, sagte Patrick. »Und auch kein Hotel. Zwei Tage gingen, aber zwei Wochen …«

»Ich kann sicher bei meiner Großtante wohnen«, sagte Vera schnell. »Im selben Haus ist auch meine Großmutter aufgewachsen.«

»Wunderbar, dann passt das doch. Dann machen wir wie immer Zweitausendachthundert für sechzig Minuten, plus Recherchepauschale von fünfhundert – als Beitrag zu den Reisekosten, Verpflegung undsoweiter. Gut für dich?«

»Perfekt.« Vera ließ sich nicht anmerken, wie zufrieden sie war. Sie hatte mit einer Länge von höchstens dreißig Minuten gerechnet, und die Recherchepauschale war Musik in ihren Ohren. Zusammen mit Toms Unterhaltszahlungen bedeutete das zwei Monate finanzielle Sicherheit für Finn und sie. »Danke, Patrick.«

Er winkte ab. »Ach, geh! Ist ein super Thema, ich hab zu danken! Kommst du heute Abend mit mir und Frank ins *Geist im Glas*?

»Geht leider nicht, Mutterpflichten, aber amüsiert euch gut.« Vera stand auf. »Ich muss los, Finn wartet unten auf mich.«

Patrick schniefte dramatisch und winkte ab. »Genießt nur alle das schöne Wetter!«

Vera lachte. »Der Kapitän bleibt auf der Brücke, so ist das nun mal.«

Als sie aus dem Haupteingang trat, kam ihr das Licht greller vor. Sie beschattete mit einer Hand ihre Augen und hielt Ausschau nach Finns grünem T-Shirt. Es war nirgendwo zu sehen. Vielleicht übte er gerade hinter einem der geparkten Autos. Sie ging über den Parkplatz auf ihren Wagen zu und behielt dabei die Umgebung im Auge. Kein Finn. *Er muss hier irgendwo sein.* Sie drehte sich einmal um die eigene Achse und scannte den gesamten Parkplatz, mechanisch, Stück für Stück. Finn war nicht da. Die Angst packte ihre Eingeweide und wrang sie wie einen Putzlappen. Einen Moment lang fühlte sie sich vollkommen hilflos. Sie rief nach Finn, doch es kam keine Antwort. Erst dann fiel ihr das Telefon ein. Sie kramte in ihrer Tasche, fand es endlich, konnte in der Sonne das Display aber nicht erkennen und kauerte sich hinter ihrem Auto in den Schatten. Ihre Finger zitterten, als sie die PIN und dann die Kurzwahl für Finns Nummer eintippte. Sie presste sich das Telefon ans Ohr, verstopfte mit dem Zeigefinger das andere. Es klingelte. Zweimal, dreimal. Nach dem vierten Mal würde die Mailbox rangehen. Ihre Eingeweide zogen sich noch mehr zusammen.

»Hallo?«

Sie war so erleichtert, Finns Stimme zu hören, dass sie erst bewusst einatmen musste, bevor sie sprechen konnte. »Sag mal, wo steckst du denn? Ich bin hier am Auto.« Locker, damit er die Sorge in ihrer Stimme nicht wahrnahm.

»Ich bin im Park. Auf dem Parkplatz war es langweilig. Hier gibt's so niedrige Geländer, da kann man super grinden.«

Vera schloss die Augen. »Ich bin fertig mit meinem Termin. Kommst du bitte?«

Keine Minute später rollte Finn auf sie zu, sprang im Fahren vom Board, trat auf das hintere Ende, sodass es in die Luft schnellte, und fing es geschickt auf. »Alles klar?«

»Bei mir schon. Aber bei dir nicht.« Weshalb äußerte sich Erleichterung so oft als Zorn? »Ich hab dir doch gesagt, du sollst hierbleiben. Wenn du dich nicht an unsere Absprachen hältst, kann ich dich nicht mehr alleine lassen.« *Hör dir selbst zu, zum Kotzen.*

»Och Mann, es ist doch gar nichts passiert!« Finn strich sich den verschwitzten Pony, der ihm bis zur Nasenspitze reichte, aus dem Gesicht.

»Ich muss aber wissen, wo du steckst. Schick wenigstens eine Nachricht, wenn du woanders hingehst als verabredet! Okay, Äffchen?« Sie strich ihm über den Kopf. Er ließ es sich eine Sekunde lang gefallen, bevor er ihre Hand abschüttelte.

»Ja, okay.«

»Komm, pack dein Board ein.«

Die ganze Rückfahrt lang war ihr übel. Dieses Mal war Finn nichts passiert, aber sie wurde das Gefühl nicht los, das Schicksal herausgefordert zu haben. Sie versuchte, es abzustreifen. Früher hatte sie vor nichts Angst gehabt, im Gegenteil, sie hatte es sogar genossen, möglichst riskante Dinge zu tun, aber seit Finn auf der Welt war, schien ihr gemeinsames Leben nur noch aus Gefahren zu bestehen. Was würde aus Finn, wenn ihr etwas zustieße? Sie flog nicht einmal mehr, wenn es nicht sein musste, so sehr hatte diese abergläubische Furcht sie im Griff. Sie musste wachsam sein, jeden Augenblick, sonst würde etwas Schreckliches passieren.

Kapitel 3

―― **2015**

»Carinas Tochter? Wie schön, von dir zu hören, *cara cugina*.« Maurizios tiefe Stimme ließ Veras Trommelfell vibrieren.

»Ich weiß, ich hätte mich schon längst einmal melden sollen, aber du weißt ja …« Er unterbrach sie. »Natürlich, kein Grund, sich zu entschuldigen. Ich freue mich, dass du dich jetzt meldest. Kaum zu glauben, du warst ein kleines Mädchen, als wir uns zuletzt gesehen haben. Ich wüsste zu gerne, wie du jetzt aussiehst.«

»Das lässt sich machen. Ich rufe an, weil ich in den nächsten Tagen nach Turin komme und mich gerne mit dir und Tante Lidia treffen würde.« Vera machte eine kleine Pause. »Ich arbeite als Radiojournalistin und mache eine Sendung über Teresas Leben. Meinst du, ich könnte ein Interview mit euch führen?«

»Was mich betrifft, gerne«, schnurrte Maurizio. »Was meine Mutter angeht, muss ich natürlich sie fragen. Warte bitte einen Moment.«

Im Hintergrund hörte Vera Stimmengewirr, Tellergeklapper und das Zischen einer Espressomaschine. Das Molinari schien gut besucht zu sein. Sie hörte Maurizio mit jemandem sprechen, dann war er wieder am Apparat.

»Vera? Tut mir sehr leid, aber sie sagt, sie möchte nicht über die Vergangenheit reden.«

Dass ihre Großtante kein Interesse an dem Feature haben würde, hatte Vera nicht einkalkuliert. Damit wäre das Projekt gestorben.

»Könnte ich kurz selbst mit ihr sprechen?«

»Ich frage sie.« Es dauerte eine halbe Minute, dann meldete sich eine brüchige Stimme. »Vera? Hier spricht deine Tante Lidia.«

»Wie geht es dir?«

»Hervorragend. Früh aufstehen und harte Arbeit machen ein langes Leben.«

»Das ist schön zu hören. Ich würde dich sehr gerne von meinem Vorhaben überzeugen. Es wäre für eine Sendereihe, in der es um Frauen geht, die etwas Besonderes erreicht haben, die ihren Weg gemacht haben, trotz aller Schwierigkeiten – so wie du und Teresa. Es war sicher nicht leicht, damals nach dem Krieg.«

»Ha, das könnt ihr Jungen euch gar nicht mehr vorstellen! Unser letztes Geld haben wir ins Café gesteckt und gearbeitet bis zum Umfallen.«

Jetzt einhaken! »Und genau das ist so interessant, Tante Lidia. Wie ihr das hinbekommen habt, trotz der miserablen Bedingungen, daran können sich junge Frauen heute ein Beispiel nehmen. Und natürlich wäre es auch Werbung für das Café und eure Pralinen – die Sendung wird bundesweit ausgestrahlt und kann per Internet auf der ganzen Welt gehört werden.«

»Tatsächlich? Du meinst, deine Sendung würde uns bekannter machen?« Lidia klang auf einmal viel lebhafter.

Jetzt hab ich dich, dachte Vera, während das schlechte Gewissen an ihr zupfte, weil sie ihre Großtante so bedrängte. Aber wenn sie diese Geschichte machen wollte, durfte sie nicht lockerlassen. »Ganz sicher«, sagte sie deshalb, »die Leute werden neugierig, wenn sie hören, dass es im Molinari die besten Glandujapralinen Turins gibt.«

Am anderen Ende der Leitung war für einige Sekunden nur Lidias schwerer Atem zu hören. Vera vergegenwärtigte sich, dass sie weit über achtzig war. Ein Wunder, dass sie noch immer im Café arbeitete, aber wahrscheinlich übernahm Maurizio inzwischen die meisten Aufgaben.

»Nun gut, du gehörst ja zur Familie«, sagte Lidia schließlich mit brüchiger Stimme. »Komm nach Turin, sieh dir das Café an, und ich erzähle dir, wie alles angefangen hat.«

»Das ist ja großartig, Tante Lidia, ich freue mich wirklich sehr!«

Statt Lidia antwortete wieder Maurizios Bassstimme. »Respekt, du hast sie überzeugt. Übrigens kannst du gerne bei uns wohnen, Platz haben wir genug.«

»Das wäre toll. Störe ich auch nicht, wenn ich mich bei euch einniste?«

»Wir werden doch ein Familienmitglied nicht im Hotel schlafen lassen, was denkst du eigentlich? Weißt du schon, wann du kommst?«

»Ich muss noch buchen, aber wahrscheinlich übermorgen.«

»Ich freue mich auf dich, Cousinchen.«

Sie tauschten ihre Handynummern aus, dann legte Vera auf. Geschafft!

Wichtig war, dass Lidia grundsätzlich zu einem Gespräch bereit war.

Sie rief Tom an, um ihm zu sagen, dass Finn für ein paar Tage zu ihm käme, buchte dann den Nachtzug und schickte Maurizio eine Nachricht mit ihrer Ankunftszeit. Dann druckte sie die Fahrkarte aus und steckte sie in ihr Notizbuch. Innerlich wurde sie kribbelig, wie immer, wenn ihr eine Reise bevorstand, eine Mischung aus Vorfreude und Unruhe, ob sie in Turin die Informationen bekommen würde, die sie brauchte.

Kapitel 4

———— **2015**

Das Geräusch der Räder auf den Gleisen und das sanfte Schaukeln, wenn der Wagen sich in eine Kurve neigte, erzeugten in Vera immer ein tiefes Gefühl der Geborgenheit. Als am frühen Morgen ihr Wecker klingelte, war sie bereits in Italien. Der Schlafwagenschaffner verwandelte das Bett wieder in eine Sitzbank und servierte ihr Espresso und ein *cornetto*. In Venedig Mestre stieg sie um in den *Frecciabianca* nach Turin, der sie rechtzeitig zum Mittagessen an ihr Ziel bringen würde. Als der Imbisswagen vorbeikam, kaufte sie sich einen Cappuccino, dann lehnte sie sich zurück und blätterte in einer Frauenzeitschrift, die sie sich in Mestre gekauft hatte, um ihr Italienisch aufzufrischen. Milano, Novara, Vercelli – der nächste Halt war Turin. Vera legte die Zeitschrift weg und sah aus dem Fenster.

Der erste Eindruck war enttäuschend. Der Zug fuhr durch ein Industriegebiet, das schließlich in verwahrloste Vorstädte überging: vielstöckige Häuser mit riesigen Satellitenschüsseln auf den Balkonen, als versuchten die Bewohner, Außerirdische auf ihre Notlage aufmerksam zu machen. Aus dem Zugfenster erhaschte Vera kurze Ausschnitte des Lebens in diesem Niemandsland: Jugendliche, die Kapuzen ihrer Sweatshirts über die Köpfe gezogen, saßen auf der Bank eines Spielplatzes; eine übergewichtige junge Frau schob einen Kinderwagen, der mit Einkaufstüten behängt war; dunkle, gezackte Graffiti auf den Mauern wirkten wie aggressive Manifeste der Aussichtslosigkeit.

35

Vera war schockiert, wie ärmlich und schmutzig die Stadt dort draußen war.

Doch dann veränderte sich die Szenerie allmählich. Die Häuser wurden niedriger, die Fassaden bekamen Simse, Friese und Giebel aus Stuck. Die billigen Läden mit ihren schmutzigen Schildern wichen Banken und Boutiquen. Es war, als wollte Turin seine Schönheit nur denen offenlegen, die sich von seiner Hässlichkeit nicht schrecken ließen.

Porta Susa war die Endstation, von hier aus musste sie ein kurzes Stück mit dem Bus weiterfahren. Lidia hatte ihr am Telefon gesagt, sie sei zu alt, um sie abzuholen, und Mauro in der Küche unabkömmlich.

Sie trat aus dem Bahnhof auf die Straße und war überwältigt von der großzügigen Anlage der Stadt. Die Hauptverkehrsstraße führte vom Bahnhof in Richtung Innenstadt und besaß zwei Fahrspuren, die von einer breiten Allee für die Fußgänger voneinander getrennt waren. Die Bäume bildeten einen grünen, schattigen Tunnel, an dessen Seiten sich parkende Autos aneinanderreihten. Es roch nach Abgasen, nach feuchten Mauern, nach Fast Food, und die Wärme machte die Gerüche noch intensiver. Der ununterbrochene Strom von Autos und eiligen Menschengruppen bildete einen Gegenpol zu der Unerschütterlichkeit, die die Gebäude ausstrahlten. Kein Zweifel, dass sie sich in einer Großstadt aufhielt.

Vera zog ihren Rollkoffer über die Fahrbahn, hielt kurz im Schatten der Bäume inne, wo der Gestank nach Urin den der Abgase überlagerte, und zog die Karte, die sie zu Hause ausgedruckt hatte, aus ihrer Umhängetasche. Die Bushaltestelle lag in der nächsten Seitenstraße. Sie kaufte in einem *Tabacchi*-Geschäft eine Fahrkarte und folgte dem Stadtplan zur Haltestelle, an der im Sekundentakt Busse hielten, die Menschenknäuel ausspuckten, neue einsaugten und weiterfuhren.

Je näher sie dem Zentrum kamen, umso prächtiger wurden die Gebäude. Dann bog der Bus um eine Kurve und hielt direkt an der Piazza Castello, wo sich das Caffè Molinari befand. Vera stieg aus, das Herz Turins lag vor ihr. Wieder überraschte sie der Eindruck von Weite und Großzügigkeit. In der Mitte des Platzes thronte der Palazzo Madama – Vera versuchte vergeblich, sich zu erinnern, wer ihn erbaut und wozu er gedient hatte, doch die von Statuen gekrönte Balustrade und die hohen Fenster waren deshalb nicht weniger beeindruckend.

Das Kaffeehaus lag laut Plan auf der anderen Seite des Palazzo Madama, wo Arkaden den Platz säumten. Vera tauchte in den Schatten der hohen steinernen Bögen ein, ging an mehreren Verkaufsständen vorbei und erreichte einige kleine Tische, an denen Kaffee getrunken, geraucht und telefoniert wurde, meistens alles gleichzeitig. Veras Herzschlag beschleunigte sich, als sie den geschwungenen Schriftzug auf den Fenstern sah: Caffè Molinari. Sie war angekommen.

Kapitel 5

—— 1948

Um Punkt sieben Uhr dreißig zogen Lidia und Aurora die Rollläden hoch und schlossen die Tür auf: Das Caffè Molinari war zum ersten Mal seit drei Jahren wieder geöffnet. Die Passanten, die unter den Arkaden der Piazza Castello ihren Geschäften nachgingen oder auf dem Weg zur Arbeit waren, stießen ganz selbstverständlich die gläserne Flügeltür mit dem breiten Holzrahmen auf, als nähmen sie jeden Morgen ihren *caffè* mit *brioche* an der geschnitzten Theke mit der polierten Marmorplatte ein. Tatsächlich war ihnen sehr wohl bewusst, dass die Stadt drei Jahre lang auf eine ihrer traditionsreichsten Institutionen hatte verzichten müssen, und viele Gäste waren der Ansicht, es sei das reinste Wunder, was die Schwestern Molinari hier vollbracht hatten.

Tatsächlich, der schwarz-weiß gefliste Boden, die Wandlampen aus Milchglas, die runden Tischchen, die vergoldeten Stuckleisten und die Glasvitrinen mit Pralinen und Gebäck blinkten makellos, und auf den Fensterscheiben leuchtete in Blattgold der geschwungene Schriftzug, der ganz Turin bekannt war. Eine halbe Stunde nach der so unspektakulären Wiedereröffnung summte das Innere des Kaffeehauses bereits von Stimmen, dem Zischen der Kaffeemaschine und dem Klappern der Tassen. Lidias Kasse klingelte ohne Unterlass und spuckte einen Bon nach dem anderen aus. Sie kam kaum nach mit dem Kassieren, nahm sich aber dennoch die Zeit, Aurora einen bösen Blick zuzuwerfen, als diese sich neckisch über den Tresen lehnte und mit einem jungen Mann schäkerte. Er trug einen modisch weiten Anzug und hatte den Hut in den Nacken geschoben. Hätte Lidia ihn nicht schon früher gekannt, hätte sie kaum geglaubt, dass er vor wenigen Jahren in grobem Hemd und zerbeulten Stiefeln, ein halbes Kind noch, bei den Partisanen gekämpft hatte. Jetzt arbeitete er in einer Behörde und sah aus, als hätte er sich noch nie die Hände schmutzig gemacht.

Aurora bemerkte Lidias Blick, schenkte ihrem Galan ein letztes Lächeln und wandte sich wieder ihrer Aufgabe zu, die Gäste zu bedienen. Lidia musste zugeben, dass sie entzückend aussah in der rosafarbenen Schürze über dem schmalen, knielangen Kleid. Ihre Haarpracht hatte sie trotz aller Proteste auf Lidias Anordnung hin hochstecken müssen.

Die Glocke über dem Eingang läutete, und als Lidia sah, wer eben hereingekommen war, begann ihr Herz, schneller zu schlagen. Der groß gewachsene Mann mit den dichten Augenbrauen zog sofort die Aufmerksamkeit der Anwesenden auf sich, und mehrere Gäste begannen zu tuscheln. Auroras Galan richtete sich auf und führte die ausgestreckte Hand an die Hutkrempe: »*Comandante* Fo!«

»Das ist vorbei, Junge. Wenn schon ein Rang, dann *Commissario.*« Er grüßte Aurora mit einem Nicken und kam zu Lidia herüber. Erst jetzt bemerkte diese seinen Begleiter, einen etwa siebzehnjährigen Jungen, der auffallend gut aussah.

Claudio Foletti stützte sich mit seinem Arm auf dem Kassentisch ab und neigte sich zu ihr. »Herzlichen Glückwunsch zur Wiedereröffnung.« Die Zähne in seinem dunklen Gesicht blitzten. »Darf ich Ihnen meinen Neffen Marco vorstellen?« Er schob den Jungen an der Schulter nach vorne, und dieser machte einen Diener, blieb aber stumm.

»Keine leichte Sache für so junge Damen, ein Geschäft zu führen, aber wie ich Sie kenne, *Signorina* Lidia, halten Sie die Zügel fest in der Hand.« Folettis Lächeln vertiefte die Linien,

39

die die Zeit als Kommandant der Partisanentruppe seinem Gesicht eingeprägt hatte. Im gesamten Piemont zirkulierten noch immer, drei Jahre nach Kriegsende, die Legenden seiner Heldentaten. Auch jetzt umgab ihn eine selbstverständliche Autorität wie andere Männer der Duft ihres Rasierwassers, doch Lidia gönnte ihm nur einen kurzen Blick, während sie, um beschäftigt zu wirken, die bereits abgehefteten Belege noch einmal kontrollierte.

»Ganz recht, *Commissario*«, erwiderte sie schnippisch, obwohl ihr unter dem Tisch die Knie bebten. Er sollte sich nur nichts einbilden, dieser *Excomandante*, der auch mit einem Arm noch mehr Mann war als alle anderen, die sie kannte – sie rief ihre abschweifenden Gedanken zur Ordnung und fragte ihn: »Und Sie? Sind denn so früh schon Verbrecher unterwegs?«

»Das sind sie immer, aber hergekommen bin ich, um zu sehen, ob man hier einem müden Ritter nach der Nachtschicht einen Kaffee serviert.«

Nun konnte Lidia ein Lächeln nicht länger zurückhalten, und Foletti zwinkerte überrascht. »Ist das zu fassen? Die steinerne Lidia kann lächeln!«

»Ach, trollen Sie sich, *Comandante* oder *Commissario*, und lassen Sie sich eine ganze Kanne Espresso machen, wenn Sie wollen. Geht aufs Haus.«

Daraufhin beugte er sich noch näher zu ihr und schnurrte: »Ich wusste doch, dass Sie etwas für mich übrighaben, *Signorina* Lidia.« Die Angesprochene zischte verächtlich und erwiderte, er habe wohl im Krieg zu viele Schläge auf den Kopf erhalten.

»Worte, so süß wie ein Gianduiotto«, antwortete er grinsend und zeigte auf die in Goldfolie gehüllten Reihen von Nougatpralinen in der Vitrine. »Die habe ich schon als kleiner Junge hier gegessen. Sind sie immer noch so gut wie früher?«

Lidia hob das Kinn. »Natürlich, das Familienrezept ist seit über vierzig Jahren unverändert. Probieren Sie ruhig.«

Das ließ Foletti sich nicht zweimal sagen und bat Aurora, ihm zwei der Pralinen zu geben. Er löste die Banderole mit dem Molinari-Schriftzug, die jede einzelne Praline umgab. »Schon das Auswickeln versetzt mich in meine Kindheit zurück.« Er lächelte und aß die Praline, die die Form eines Kirchenschiffs hatte, direkt aus dem Papier. Man konnte ihm regelrecht ansehen, wie ihm das Nougatstück auf der Zunge zerging. »Ich erinnere mich auch noch gut an Sie und Ihre Schwestern«, sagte er anschließend. »Drei niedliche kleine Dinger in weißen Kleidern und Windeln, die auf der Piazza spielten, wenn ich von der Arbeit kam.«

»Das klingt ja, als wären Sie unser Großvater«, sagte Aurora und stellte ihm einen Espresso auf die Theke. Aurora stützte das Kinn in die Hand und legte den Kopf schief: »Dabei können Sie auf keinen Fall älter sein als fünfzig.« Sie wusste ebenso gut wie Lidia, dass er sechsunddreißig war.

»Immer noch so frech wie eh und je.« Er drohte ihr spielerisch mit dem Finger.

»Aurora, die Gäste warten«, sagte Lidia. Aurora lachte, wirbelte herum und begann, die Bestellungen abzuarbeiten, die die Kellnerin Simonetta ihr hingelegt hatte. Foletti trank seinen Kaffee aus und kam noch einmal zu Lidia an die Kasse.

»Ich hätte da noch eine Frage. Mein Neffe Marco sucht eine Beschäftigung.« Er legte dem Jungen die Hand auf die Schulter. »Er würde gerne als Kellner arbeiten, und wie ich sehe, gibt es hier mehr als genug zu tun.« Er nickte hinüber zu Simonetta, die zwischen den Tischen hin und her eilte und es kaum schaffte, alle Gäste zu bedienen.

Lidia betrachtete den Jungen. Er war ungefähr sechzehn oder siebzehn, ein hübscher Kerl mit dunklen Locken. Sein

41

Blick wirkte ein wenig schläfrig, aber das mochte an den schweren Lidern liegen.

»Bist du pünktlich und fleißig?«, fragte sie so streng wie möglich.

»Ja, *Signora*, und ich kann gut mit Leuten umgehen.« Er wirkte ungewöhnlich selbstsicher für einen Jungen seines Alters. Lidia überlegte kurz. »Aber bezahlen kann ich dir nur die Hälfte dessen, was ein gelernter Kellner bekommt.«

»Selbstverständlich.« Foletti lächelte. »Dann fängt er also morgen an?«

»Sei um halb sieben hier«, sagte Lidia zu Marco.

Der verbeugte sich wieder. »Vielen Dank, *Signorina* Molinari.«

Seine guten Manieren gefielen ihr.

»Ich danke ebenfalls«, sagte Foletti. Sein Gesicht wurde ernst. »Sollten Sie irgendwann einmal Hilfe brauchen, wenden Sie sich an mich.« Er sah Lidia in die Augen. »Ohne Ihren Vater hätte ich mehr verloren als nur einen Arm.« Er presste kurz die Lippen zusammen. »Hätte er mich nicht weggestoßen, hätte die Granate mich getötet. Ich fühle mich verantwortlich für Sie und Ihre Schwestern.« Er blickte ihr tief in die Augen.

»Ich weiß das zu schätzen, *Comandante*, aber wir kommen wunderbar zurecht.«

»Nun, man weiß nie.« Das Blitzen kehrte in Folettis Augen zurück. »Einen schönen Tag noch!«

Lidia zwang sich, ihm nicht nachzusehen, als er hinausging, doch es fiel ihr nicht leicht.

Kapitel 6

——— 1948

»Kann ich heute nicht zu Hause bleiben und mithelfen?«

»Kommt gar nicht in Frage«, sagte Teresa, zupfte Alessandros Hemdkragen zurecht und strich ihm die Haare aus der Stirn. »Heute Nachmittag haben wir immer noch offen und am Samstag auch – dann freuen wir uns, wenn du uns hilfst.« Sie trat zurück, um ihren kleinen Bruder zu begutachten. »Flott siehst du aus, die Mädchen in deiner Klasse sind bestimmt alle in dich verliebt.« Der vierzehnjährige Alessandro wurde rot, und Teresa musste lachen. »Aber vergiss nicht: Lidia will, dass du dich auf die Schule konzentrierst. Du musst gut rechnen lernen, damit du das Café weiterführen kannst, wenn wir grau und tatterig sind.«

»Mädchen interessieren mich gar nicht«, behauptete Alessandro, während er sich seinen Tornister auf den Rücken schnallte. Dann zog er etwas aus der Tasche und hielt es ihr hin. »Schau mal!« Seine Augen glänzten. Teresa betrachtete den Gegenstand. Es war ein Stein mit einer faserigen Struktur. Sie kannte Alessandros Begeisterung für Fossilien, hatte aber keine Ahnung, was an diesem Stein Besonderes sein sollte.

»Das ist versteinertes Holz!«

»Sehr hübsch«, erwiderte sie, »aber wenn du zu spät kommst, kriegst du von Maestro Dell'Orto was auf die Finger. Also ab mit dir!« Sie sah ihm nach, wie er durch die Hintertür der Confiserie-Küche und über den Hof ging, dann wandte sie sich wieder dem Arbeitstisch zu, auf dem eine große

43

Schüssel voller Nougatmasse stand. Sie ließ sich vom Rumpeln des Kessels, in dem die Haselnüsse geröstet wurden, nicht ablenken, sondern teilte sorgfältig eine Portion mit dem kleinen Spatel ab und setzte sie vorsichtig auf das Blech. Zum Abschluss zog sie jedes Mal den Spatel vorsichtig hoch, sodass ein Grat entstand und die Gianduiotti ihre typische Form eines umgedrehten Bootes erhielten. Sie war noch etwas ungeschickt, und so manche Praline wurde schiefer, als gewünscht, da es ihr an Übung fehlte. Doch mit der Zeit erinnerten sich ihre Hände von selbst an die richtigen Bewegungen. Während ein Teil ihrer Aufmerksamkeit sich auf das richtete, was sie tat, schweifte der andere ab. Sie war neun gewesen, als ihre Mutter ihr gezeigt hatte, wie man die Nougatmasse herstellte und dann mithilfe der beiden Spatel abteilte. »Lidia kann zwar gut rechnen, aber in der Küche ist sie nicht zu gebrauchen«, hatte ihre Mutter gesagt, »und Aurora gelingt es kaum, sich länger als zwei Minuten auf dieselbe Sache zu konzentrieren.« Also war es Teresa zugedacht worden, von ihrer Mutter zur Chocolatière ausgebildet zu werden, und ihr allein wurde das Familienrezept für die Gianduiotti anvertraut. Schon seit 1935 war es wegen der wirtschaftlichen Sanktionen immer schwieriger gewesen, ausreichend Kakao für die Herstellung zu bekommen, und ihrer Mutter hatte es fast das Herz gebrochen, weil sie ihre Gianduiotti mit Johanniskernmehl zubereiten musste, aber die Produktion hatte sie aufrechterhalten. Wenigstens die Haselnüsse hatte sie weiter von einem befreundeten Bauern beziehen können. Der Krieg hatte es nicht leichter gemacht, und ab 1941 war der Verkauf von frischem Gebäck und Süßwaren ganz verboten worden, um die wenigen Rohstoffe nicht zu verschwenden. Trotz aller Schwierigkeiten hatte ihre Mutter die Stellung hinter der Theke gehalten und die wenigen Gäste mit Kaffee aus Feigen und Zichorie versorgt. Statt der Gianduiotti servierte sie kandierte Rote-Bete- und Karottenstücke.

Und dann, als das Kriegsende schon zum Greifen nah gewesen war, war das Molinari abgebrannt.

Teresa hielt kurz inne. Obwohl es inzwischen drei Jahre her war, spürte sie noch immer den Nachhall des Entsetzens, als sie vor den schwelenden Resten des Kaffeehauses gestanden und nirgendwo in der Zuschauermenge ihre Mutter hatte entdecken können.

Ein dicker Klecks Giandujamasse tropfte auf das Blech. Teresa riss sich zusammen, schabte ihn weg und machte weiter. Lidia hatte gesagt, die Gianduiotti dürften auf keinen Fall ausgehen. Ihre Arme waren von den immer gleichen Bewegungen schon ganz schwer, aber trotzdem wollte sie sich beeilen, damit sie später noch in die Bibliothek fahren konnte.

Als das Blech gefüllt war, schob sie es zu den anderen auf den Trockentisch, damit die Masse aushärten konnte. Inzwischen durchzog das intensive Aroma gerösteter Haselnüsse den Raum, und sie rief nach Gigi, dem Laufburschen, um sie mit ihm gemeinsam aus dem Röster zu schaufeln und in den Zerkleinerer zu schütten. Da er nicht kam, lief sie auf den Gang, um ihn zu suchen, und fand ihn an der Schwingtür zum Gastraum, die er einen kleinen Spalt aufgedrückt hatte. Halb gebückt, wie er dastand, sah seine Gestalt noch ungeschlachter aus als sonst. Um ihn nicht zu erschrecken, legte Teresa vorsichtig eine Hand auf seine Schulter. »Kommst du mir ein bisschen helfen?« Gigi nickte, warf aber noch einen letzten Blick durch den Türspalt, bevor er sich abwandte und ihr folgte.

»*Signorina* Aurora ist das wunderschönste Mädchen auf der ganzen Welt«, sagte er, während er den Deckel des Röstkessels aufklappte. »Pass auf, dass du dich nicht verbrennst!«, rief Teresa, als die heiße Luft aus dem Kessel entwich. Gigi trat

45

einen Schritt zurück und sah Teresa mit großen Augen an. »Ich will, dass *Signorina* Aurora meine Freundin ist«, sagte er so hoffnungsvoll, dass Teresa Mitleid mit ihm bekam.

»Aber sie ist doch deine Freundin. Genauso wie ich und *Signorina* Lidia. Sieh mal, jetzt nimmst du die Schaufel und holst die Nüsse heraus, aber achte darauf, nicht den heißen Kessel zu berühren.« Sie hatte ihm schon mindestens sechs Mal gezeigt, wie er es machen sollte, aber es fiel Gigi schwer, sich Dinge zu merken. Ausnahme waren die Straßen von Turin: Er kannte jede einzelne von ihnen und sämtliche Abkürzungen noch dazu, was ihn unter den Geschäftsleuten der Piazza Castello zu einem überaus begehrten Laufburschen machte. Mit dem, was er verdiente, hielt er seine Schwester und sich selbst besser über Wasser als so mancher, der ihm geistig überlegen war.

»Ihr glaubt es nicht, aber eben kam die erste Bestellung rein!« Aurora fegte in die Küche wie ein Frühlingswind. Gigi erstarrte und stierte Aurora mit halb geöffnetem Mund an. Aurora kräuselte bei seinem Anblick die Augenbrauen. »Glotz doch nicht so, du machst einem ja Angst!« Sie wandte sich an Teresa. »Fünfzig Gianduiotti für eine *Signora* Fanoni in die Via Magenta, Lieferung sofort. Schaffst du das?«

»Dann müssen wir die Vitrine plündern. Die frischen sind noch zu weich. Gigi, du machst hier weiter, ich bin gleich zurück.« Teresa nahm eine der Pappschachteln mit dem »Molinari«-Aufdruck vom Regal und folgte ihrer Schwester in den Gastraum.

»Hu, mich gruselt vor diesem Idioten!« Aurora schüttelte sich. »Wie der mich immer anstarrt!«

»Er ist kein Idiot, nur ein bisschen langsam im Kopf«, erwiderte Teresa, während sie die Gianduiotti eines nach dem anderen aus der Vitrine nahm und in den Karton setzte wie kleine, goldene Küken. »Und er starrt dich an, wie alle

Männer dich anstarren, nur kann er es nicht so gut verbergen.«

»Ich will aber nicht, dass er mich beobachtet.«

Teresa lachte. »Das ist der Preis der Schönheit, *sorella*.«

Ein fürchterliches Gebrüll aus der Küche ließ die Schwestern auffahren, und Teresa stieß sich den Hinterkopf an der Vitrine. Trotzdem rannte sie noch vor Aurora durch die Schwingtür. In der Küche bot sich ihnen ein Bild des Grauens: Ein grässliches Knirschen war zu hören, Nüsse schossen quer durch den Raum wie bei einem Artillerieangriff. Gigi hatte sich auf dem Boden zusammengerollt und die Arme um den Kopf geschlungen.

»*Santa Madonna!*« Teresa stellte die Gianduiotti ab, griff sich ein Blech und hielt es wie einen Schild vor ihren Kopf, um die Nüsse und Nussstückchen abzuwehren, die noch immer aus dem Zerkleinerer geschleudert wurden. So näherte sie sich dem Gerät, tastete nach dem Schalter und legte ihn um. Augenblicklich erstarb das Knirschen ebenso wie das Nussbombardement. Teresa ließ das Blech fallen und beugte sich über Gigi. »Ist dir was passiert?« Er wimmerte nur, und sie musste ihm mit sanfter Gewalt die Hände vom Gesicht ziehen. Erleichtert stellte sie fest, dass er keine offensichtlichen Verletzungen hatte. Sie half ihm, sich aufzusetzen, und ging vor ihm in die Hocke.

»Gigi, ich habe dir doch erklärt, dass der Verschluss einrasten muss, bevor du den Zerkleinerer einschaltest.«

»Vergessen«, sagte er kläglich. »Nicht böse sein.«

Teresa betrachtete die mit Haselnüssen übersäte Küche und seufzte. »Ich bin dir nicht böse, aber nächstes Mal wartest du, bis ich dabei bin, ja?«

Gigi nickte. Von der Tür her erklang Gelächter. »Und du behauptest, er sei kein Idiot?«

Der Laufbursche wurde rot im Gesicht und ließ den Kopf

hängen. Teresa drehte sich zu ihrer Schwester um. »Zumindest beleidigt er niemanden. Ein bisschen mehr Taktgefühl täte dir ganz gut.« Aurora blies verächtlich die Backen auf und verschwand in Richtung Café, wo Lidia schon nach ihr rief.

»Ist ja alles gut.« Teresa half Gigi auf. »Geht es wieder?« Er befühlte vorsichtig seine Arme und den Oberkörper und nickte heftig. »Dann kannst du diese Lieferung zustellen.«

»Mach ich!« Wieder nickte er so stark, dass Teresa befürchtete, der Kopf könnte ihm abfallen. »Beeil dich.« Sie drückte ihm die Schachtel in die Arme. Als er zur Tür hinaus war, seufzte sie, griff zum Besen und machte sich daran, die Überreste der Schlacht zu beseitigen. Die Bibliothek würde bis morgen warten müssen.

Im ersten Jahr deckte ihre Mutter den Tisch immer noch für vier. Die Psychologin hatte ihr gesagt, es sei wichtig, Rituale zu entwickeln. In der Anfangszeit dachten sie noch alle drei, Viola werde jeden Augenblick vor der Tür stehen. Jedes Geräusch im Vorgarten, jedes Klingeln jagte ihnen einen Herzschlag lang pure Freude durch den Körper – das musste sie sein! –, die zu Asche zerfiel, wenn sich herausstellte, dass es wieder nur eine Amsel war, die gegen das Fenster pickte, oder einer dieser Reporter.

Nach einiger Zeit begann Vera, das vierte Gedeck an Violas Platz zu hassen. Es hob hervor, dass jemand am Tisch fehlte. Auch ihr Vater schlug irgendwann vor, nur noch für drei zu decken, aber Veras Mutter begann zu weinen und schrie ihren Vater an, sie werde die Hoffnung nicht aufgeben, sie nicht! Es wurde weiterhin für vier gedeckt und für vier gekocht, und nach dem Essen warf Vera, deren Aufgabe es war, die Küche aufzuräumen, die Reste in den Müll.

Eine andere Sache war der Altar, in den Veras Mutter den Kaminsims verwandelt hatte. Sie hatte alle anderen Familienfotos weggeräumt, und jetzt standen dort nur noch Bilder, die Vi zeigten, in allen Stadien des Wachstums vom Baby bis zu den letzten Sommerferien an der Ostsee. Veras Mutter stand oft stundenlang vor diesen Bildern. Vera betrachtete sie nur, wenn niemand außer ihr im Wohnzimmer war. Sie versuchte sich vorzustellen, wo Vi jetzt war, aber sie konnte es nicht. Vi schwebte in einem formlosen Nebel an einem unbestimmten Ort. Manchmal versuchte Vera, sie durch die Kraft ihrer Gedanken dazu zu bringen, zurückzukehren oder zumindest Kontakt zu ihr aufzunehmen. Im Fernsehen war einige

Zeit zuvor ein Mann gewesen, der mit telepathischen Kräften
erraten hatte, was die Leute im Publikum dachten. Aber Vera
gelang es nie, in Vis Gedanken zu lesen, und eigentlich war das
auch kein Wunder, weil sie das ja auch nicht gekonnt hatte, als Vi
noch da gewesen war.

An beiden Enden des Kaminsimses stand jeweils eine grüne
Kerze, die Veras Mutter anzündete, sobald es dunkel wurde. Grün ist
die Hoffnung, das hatte Vera irgendwo gelesen und nie verstanden,
warum ausgerechnet Grün. Sie mochte kein Grün. Sie mochte
überhaupt nichts, was sie an den Wald erinnerte.

Ihre Eltern gingen häufig in den Wald zu der Stelle, an der Vi
verschwunden war. Vera blieb zu Hause. Seit sie der Polizei die
Stelle hatte zeigen müssen, wollte sie nicht mehr dorthin, ganz
gleich, wie oft ihre Eltern wiederholten, das sei wichtig für sie, um
das Ganze zu verarbeiten. Vera hatte nicht das Gefühl, dass es ihren
Eltern gelang, irgendetwas besser zu verarbeiten, nur weil sie die
Stelle besuchten, an der Vi verschwunden war. Ihre Gesichter waren
zusammengesunken, als versuchten sie, sich nach innen zu ziehen,
und von tiefen Falten zerstückelt, die früher nicht da gewesen
waren.

Von Veras Eltern war also keine Hilfe zu erwarten, und deshalb
ging sie, sobald sie von der Schule nach Hause kam, in ihr Zimmer.
Sie blieb dort bis zum Abendessen, hörte Nena oder las Ellery-
Queen-Krimis, die sie heimlich aus dem Bücherregal ihres Vaters
geholt hatte. Wenn sie es nicht mehr aushielt, schlich sie hinüber in
Vis Zimmer und legte sich in ihr Bett. Sie drückte die Nase ins
Kopfkissen, aber es roch nach nichts.

An manchen Tagen fiel es Vera schwer zu glauben, dass es Vi
überhaupt gegeben hatte, und gleichzeitig war sie überall. Das Loch,
das sie hinterlassen hatte, saugte alles andere auf. Es gab keine
Wochenendausflüge zu den Havelseen mehr, keine Piratenfilme mit
Eiscreme, kein Durchgekitzeltwerden, bis man sich beinahe in die
Hosen machte, keinen Streit, keinen Lärm, kein Lachen. Das Leben

war eingefroren, ganz so, als wären das Haus und seine Bewohner in einem Eisklotz eingeschlossen.

In der Schule war es etwas besser. Anfangs hatten Mitschüler und Lehrer Vera behandelt, als litte sie unter einer schrecklichen Krankheit, die Mitleid verdiente. Alle hatten Veras Nähe gesucht, selbst die Älteren, und die eingebildeten Schnepfen mit ihren Burlington-Socken, die sonst nichts mit ihr zu tun haben wollten. Sie hatten geradezu darum gewetteifert, ihr etwas Gutes zu tun, sie zu trösten oder abzulenken. Sie hatte sich halb geschmeichelt, halb bedrängt gefühlt. Doch das hatte sich schnell gelegt, weil sie nicht immer wieder erzählen wollte, was im Wald passiert war, und bald hatte sich die allgemeine Aufmerksamkeit anderen Dingen zugewandt. Vera war erleichtert, dass es zumindest in der Schule einen normalen Alltag gab. In manchen Momenten vergaß sie sogar, dass sie diejenige mit der verschwundenen Schwester war, und konnte einfach sie selbst sein. Bis es ihr dann wieder einfiel. Viola, die Verschwundene – ein guter Name für eine Königin –, war wie Klopapier, das an Veras Schuh klebte und sich nicht abstreifen ließ, eine Regenwolke, die über ihrem Kopf hing, eine Henna-Tätowierung, die nicht verblasste. Vera war gebrandmarkt. Verschwunden zu sein machte Viola zu etwas Besonderem. Sie war weitaus interessanter, als Vera es je würde sein können, und sie hatte häufig das Gefühl, als schöbe sich die abwesende Viola vor sie, bis sie selbst nicht mehr zu sehen war.

Kapitel 7

———— 2015

Vera drückte die Eingangstür auf und betrat den Marmorboden des Molinari. Im vorderen Bereich an den großen Fenstern gab es mehrere runde Tischchen, gegenüber der Tür eine L-förmige, geschnitzte Theke, an der mehrere Gäste ihren Kaffee tranken. Eine junge Frau stand an der riesigen chromglänzenden Espressomaschine. Vera sah sich suchend um und entdeckte rechter Hand eine Art Kanzel. Darin saß eine sehr dünne, alte Frau mit rot gefärbtem Haar, die mit knotigen Fingern auf die Registrierkasse eintippte und Bons an die Kunden ausgab, die sich vor der Kanzel aufgereiht hatten wie arme Sünder vor dem Beichtstuhl.

»Tante Lidia?« Vera schob sich an der Schlange vorbei. Die Frau an der Kasse blickte auf, ohne innezuhalten.

»Vera? Du bist schon da?«, fragte sie, als hätten sie sich vor einer Woche zum letzten Mal gesehen. »Wie du siehst, kann ich hier gerade nicht weg, aber Mauro wird sich um dich kümmern.« Etwas lauter sagte sie in Richtung Theke: »Francesca, sag bitte meinem Sohn, er soll nach vorne kommen.«

»Mauro, Besuch!«, rief die Frau an der Espressomaschine durch eine Schwingtür hinter der Bar. Während Lidia weiter die Kunden abkassierte, stand Vera etwas verloren neben ihrem Koffer, doch da wurde schon die Schwingtür aufgestoßen, und ein Mann in Konditorhose und weißem T-Shirt trat hindurch.

»Vera!« Seine Bassstimme schien die ganze Umgebung in

Schwingung zu versetzen. Er kam hinter dem Tresen hervor und drückte Vera an sich, gab sie aber sofort wieder frei. »*La piccola cugina dalla Germania* – die kleine Cousine aus Deutschland!«

»Inzwischen bin ich etwas gewachsen«, sagte sie.

Ihr Großcousin lachte dröhnend. Es war über zwanzig Jahre her, dass sie Maurizio begegnet war, und es dauerte einige Momente, bis sie den jungen Mann von damals in ihm wiedererkannte. Er hatte noch denselben Zug um den Mund, wenn er lächelte, und auch an seine Augen konnte sie sich erinnern, aber aus dem hübschen Jungen von damals war ein breitschultriger Mann geworden, der vor Vitalität geradezu strotzte und dem die grauen Schläfen hervorragend standen.

»Hast du die Reise gut überstanden? Hier, trink einen Espresso, der macht dich wieder fit.« Vera nahm dankbar die Tasse entgegen, die Maurizio ihr hinschob. Aus den Augenwinkeln sah sie, dass ihr Cousin sie beobachtete.

»Ist alles in Ordnung?«, fragte sie.

»Ja, ich bin nur überrascht. Du siehst viel jünger aus als ich erwartet hatte.«

Vera stellte ihre Kaffeetasse ab und lachte. »Ich werde ganz sicher in meiner Sendung erwähnen, dass eine Frau, die sich nach Komplimenten sehnt, unbedingt im Molinari vorbeischauen sollte.«

Maurizio hob einen Finger. »An jeder Frau gibt es etwas, das ein Kompliment verdient. Man muss nur fähig sein, es zu erkennen. Aber bei dir weiß man gar nicht, wo man anfangen soll.« Er zwinkerte ihr verschwörerisch zu. Dann nahm er ihren Koffer und dirigierte sie zu einem der Fenstertische. »Du hast sicher Hunger, setz dich doch. Ich bestelle in der Küche schnell einen Teller Tramezzini für dich.« Fort war er. Vera hatte gar keine Zeit gehabt, seine Auswahl in Frage zu stellen.

53

Kurz darauf kam Maurizio wieder zurück und stellte zwei Gläser Prosecco auf den Tisch. »Wir müssen unbedingt auf die Familienzusammenführung anstoßen.« Er setzte sich und prostete ihr zu.

»Wenn du gegessen hast, bringe ich dich nach oben. Du erinnerst dich, dass wir über dem Café wohnen? Leider muss ich dann weiterarbeiten, und *mamma* ist sowieso vor achtzehn Uhr nicht von ihrem Platz zu kriegen. Sie will nicht unhöflich sein, aber das Geschäft ist ihr Leben – war es immer. Und seit *papà* nicht mehr da ist, hat sie sich noch stärker darauf fixiert.«

»Das kann ich gut nachvollziehen.« Vera dachte daran, wie sie sich selbst nach der Trennung von Tom in die Arbeit gestürzt hatte, um sich von ihrer Traurigkeit abzulenken. Ihr Großonkel Carlo war allerdings schon seit über zehn Jahren tot.

Die Tramezzini kamen, und Vera merkte, wie hungrig sie war. Die dünnen Sandwiches waren mit gegrillten Auberginen, Roastbeef und Salat belegt und schmeckten köstlich. Während sie aß, begann sie, ihrem Großcousin Fragen zu stellen, die er bereitwillig beantwortete. Nein, er hatte Teresa nie kennengelernt, konnte sich aber erinnern, dass seine Mutter gelegentlich mit ihr telefoniert hatte. Warum sie niemals zu Besuch gekommen war, wusste er nicht.

»Meine Mutter spricht nicht gern über sie. Es gab wohl einen Streit, und sie fühlte sich im Stich gelassen, weil Teresa nach Deutschland ging.«

Als sie aufgegessen und ihr Glas Prosecco geleert hatte, sagte er, er wolle ihr noch jemanden vorstellen. »Erinnerst du dich an Onkel Alessandro?«

Vera nickte. »Aber nur sehr vage.«

»Er ist ziemlich eigen, und wenn er nicht weiß, wer du bist, könnte er sich erschrecken, wenn er dir im Haus begegnet.« Maurizio führte Vera in den hinteren Gastraum, wo an einem Ecktisch ein alter Mann saß und wie besessen in ein Notizbuch kritzelte. Vor ihm auf dem Tisch lagen mehrere Steinbrocken. Erst beim Näherkommen sah Vera, dass es sich um fossile Versteinerungen handelte.

»Sandro?« Maurizio sprach seinen Onkel leise an, um ihn möglichst nicht zu erschrecken. Erst nach der dritten Ansprache sah der alte Mann auf. Sein dünnes, weißes Haar klebte ihm am Kopf, und er sah aus, als bestünde er nur aus Haut und Sehnen. Maurizio stellte Vera vor und erklärte, dass sie Teresas Enkelin sei. Langsam wandte sich ihr das vertrocknete Gesicht zu, das etwas verstörend Kindliches besaß. Als würde sich eigentlich ein Junge hinter dem Gesicht des alten Mannes verbergen. Sie begrüßte den Bruder ihrer Großmutter, doch der reagierte gar nicht darauf. Erst, als Maurizio ihm erzählte, sie werde für einige Tage im Haus wohnen, nickte er langsam. Dann wandte er sich wieder seinem Gekritzel zu.

»Er war schon immer so seltsam«, erklärte Maurizio, während sie aus dem Café hinaus und zur danebenliegenden Haustür gingen, wobei er darauf bestand, Veras Koffer zu ziehen. »Hat nie gearbeitet, aber er ist so etwas wie ein Privatgelehrter und schreibt Artikel für angesehene Fachzeitschriften. Im echten Leben ist er dagegen völlig aufgeschmissen.«

Sie gingen einen dämmrigen Korridor mit Terracottaboden entlang, an dessen Ende Maurizio auf eine Tür zeigte. »Onkel Sandro hat hier eine kleine Wohnung für sich, wir wohnen im ersten und zweiten Stock.«

»Ist er denn dement oder sonst wie krank?«, fragte Vera, aber Maurizio schüttelte den Kopf.

»Einfach nur lebensuntüchtig. Ich glaube, dass er auf seinem Gebiet sogar brillant ist, aber er hat schreckliche Angst vor Menschen.«

Sie stiegen die Treppe hinauf in den ersten Stock. Maurizio ließ Vera galant den Vortritt.

»Und woher kommt das?«

Wieder zuckte ihr Großcousin mit den Schultern. »Keine Ahnung. Ich schätze, er war schon immer ein bisschen verschroben. So, hier wären wir.« Er schloss die Wohnungstür auf. Auf das, was dahinter zum Vorschein kam, war Vera nicht gefasst. Statt in einen weiteren Korridor traten sie in einen Saal. Stuckleisten an der Decke, ein Kronleuchter, drapierter Brokat um die Fenster. Der hohe Raum war sparsam möbliert, nur einige Kommoden und Stühle entlang der Wände, in der Mitte ein großer runder Tisch, auf dem eine Schale voller Visitenkarten stand. Durch eine halb geöffnete Tür rechter Hand sah Vera in einen Wohnraum mit mehreren Sofas und einem Kamin.

»Ich zeige dir das Gästezimmer.« Maurizio ging auf eine große Flügeltür zu, die dem Eingang gegenüberlag. Veras Schritte hallten auf dem Parkett, als sie ihm folgte. Sie kamen in einen Flur, links eine Reihe Fenster, rechts Türen. An den Wandflächen dazwischen standen Konsoltischchen und einzelne Lehnstühle vor alten Wandteppichen. Hier lagen die Schlafräume, wie Maurizio erklärte. »Teresas Zimmer wird dich interessieren, es ist unverändert, seit sie wegging.«

»Es wäre natürlich toll, wenn ich mich darin umsehen dürfte.«

»Kein Problem, es liegt im hinteren Bereich des Flures. Du kannst jederzeit hinein. Aber wundere dich nicht über die Barbiepuppen, meine Töchter schlafen dort, wenn sie mich am Wochenende besuchen. Hast du nicht auch einen Sohn?«

»Ja, genau, Finn ist elf. Wie alt sind deine beiden?«

»Laura ist sieben und Chiara fünf.« Er lächelte. »Leider sehe ich sie nicht so oft, wie ich gerne würde. Aber komm, du willst dich bestimmt ausruhen und frisch machen.«

Vor der letzten Tür im Korridor hielt er an und öffnete sie. »Bitte sehr. Richte dich in aller Ruhe ein. *Mamma* kommt um sechs nach oben, dann essen wir.« Er erklärte Vera den Weg zum Esszimmer. »Du kannst dich natürlich gerne schon vorher in den *soggiorno* setzen und etwas lesen oder dich aus der Hausbar bedienen. Es gibt auch einen Fernseher.«

»Danke. Es ist wirklich nett, dass ich hier wohnen kann, wo Teresa aufgewachsen ist. So etwas hilft immer sehr, um sich in die Person hineinzuversetzen.«

Maurizio winkte ab, als sei diese Selbstverständlichkeit es nicht wert, auch nur erwähnt zu werden. »Ich muss wieder nach unten. Fühle dich ganz wie zu Hause, bitte. Das Bad ist rechts um die Ecke, nimm dir einfach, was du brauchst.«

»Danke. Eine letzte Frage noch: Ihr habt nicht zufällig WLAN hier?«

»Du hältst uns für ganz schön altmodisch, oder? Wir haben ein öffentliches Netz im Café und ein privates hier oben.« Er schrieb ihr das Passwort auf die Rückseite einer Visitenkarte, die er aus der Tasche zog, und ließ sie dann alleine.

Vera schloss die Tür hinter ihm und sah sich um. Das Zimmer war nicht besonders groß und bewahrte mit seinen schweren, dunklen Möbeln die Aura einer vergangenen Zeit. Der Zeit, als ihre Großmutter jung gewesen war.

Vera trat ans Fenster und schob die Spitzengardine beiseite: Ihr Blick fiel auf eine schmale, ruhige Straße, rechts konnte sie die Einmündung in die Piazza Castello sehen. Sie wandte sich ab und setzte sich aufs Bett. Es war eine Wohltat, die Schuhe auszuziehen, und sie konnte es kaum erwarten, sich nach der langen Reise zu duschen. Doch zuerst loggte sie sich ins WLAN ein und schickte Finn eine Nachricht, dass sie gut angekommen war. *Bei euch alles OK?* Sie vermisste ihren Sohn schon jetzt, es war beinahe ein körperlicher Schmerz, so sehr gehörte er zu ihr. Doch er war bei Tom gut aufgehoben, auch wenn dieser manches anders handhabe als sie selbst. Eigentlich konnte sie sich ganz auf die Arbeit konzentrieren, die vor ihr lag.

Vera verbrachte den Nachmittag im Wohnzimmer und recherchierte im Netz Allgemeines zu Turin und der Zeit nach dem Zweiten Weltkrieg. Sie wollte gut vorbereitet sein, wenn sie mit Tante Lidia sprach, und mit etwas Hintergrundwissen konnte sie die richtigen Fragen stellen. Zum Abendessen brachte sie ihr digitales Aufnahmegerät und das Mikrofon mit, ließ sie aber zunächst in ihrer Tasche. Sie hatte die Erfahrung gemacht, dass das Mikrofon ihre Gesprächspartner einschüchterte, und stellte es erst auf, wenn sie sich entspannten und zu erzählen begannen. Ohnehin brauchte sie nicht jeden Satz als O-Ton, und alles, was Lidia sagte, musste sowieso übersetzt werden. Für die Übergänge zwischen den Gesprächspassagen würde sie Geräusche aus dem Café benutzen.

Sie aßen in einem kleinen Speisezimmer neben dem Salon, das durch die allzu üppigen Draperien vor den Fenstern stickig und altmodisch wirkte. Zu Veras Überraschung wurde nicht gekocht, stattdessen brachte Maurizio von unten mehrere Aluminiumschalen mit, deren Inhalt – kalte Antipasti – er in der Küche auf Tellern arrangierte und mit einem Brotkorb auf den Tisch im Esszimmer stellte.

»*Mamma* kommt gleich, sie zieht sich um«, sagte er. »Hoffentlich ist es für dich in Ordnung, dass wir kalt essen. Kochen war nie Mutters starke Seite, und sie hatte auch gar keine Zeit dazu.«

»Mir passt das wunderbar, aber hat es dich als Kind nie gestört?«

Er zuckte die Achseln. »Ich war daran gewöhnt. Meine Kindheit und Jugend habe ich hauptsächlich im Café verbracht. Mein Vater war für die Konditorei zuständig, und Mutter kenne ich eigentlich nur hinter ihrer Kasse. Ein Familienleben wie bei meinen Freunden zu Hause gab es bei uns gar nicht.« Vera fragte sich, ob er damals einsam gewesen war. Vor ihr erschien das Bild eines kleinen Jungen, der auf dem Boden des Cafés spielte, während die Gäste über ihn hinwegstiegen.

»Übrigens kann ich mir morgen Vormittag freinehmen«, fuhr er fort. »Wenn du Lust hast, zeige ich dir die Stadt.«

»Das wäre toll, danke.«

»Können wir essen?«, erklang Lidias Stimme von der Tür. Sie hatte sich umgezogen, trug aber keine bequeme Kleidung, sondern einen knielangen Rock und eine zugeknöpfte Bluse, über der eine Goldkette hing. Vera fragte sich, ob die roten, in Wellen gelegten Haare eine Perücke waren.

Zunächst wurde über Belangloses gesprochen. Maurizio empfahl Vera einen Besuch im Filmmuseum, wo es auch historische Aufnahmen aus Turin zu sehen gebe, und bot sich als Begleiter an. »Wenn wir schon da sind, fahren wir auch mit dem Aufzug aufs Dach. Die Aussicht ist überwältigend.«

»Danke, das Angebot nehme ich gerne an«, sagte Vera. Maurizio lächelte sie über den Tisch hinweg an. Dabei kniff er die Augen zusammen, und ein Bündel Lachfältchen erschien auf seinem Gesicht. Flirtete er mit ihr? Sie lächelte zurück, sah dann weg und trank einen Schluck Wein. Stille trat ein, und um den merkwürdigen Moment zu überbrücken, bedankte Vera sich noch einmal, dass sie im Haus wohnen durfte.

Nach dem Essen fragte sie: »Wäre es euch recht, wenn wir ein erstes Interview führen, oder seid ihr zu müde?«

»Nur zu«, sagte Lidia, die unverwüstlich zu sein schien. Vera fand sie auf gewisse Weise bewundernswert, aber zugleich hatte sie das Gefühl, dass es schwierig war, mit ihr warm zu werden.

59

Sie holte das Aufnahmegerät aus ihrer Tasche und platzierte es zwischen sich und Lidia. Das eingebaute Mikrofon würde in dieser ruhigen Atmosphäre genügen. Maurizio schenkte Wein nach und nickte ihr ermutigend zu. Sie spürte, dass sie ihn mochte.

»Würdest du mir erzählen, wie du, Teresa und Alessandro aufgewachsen seid?«

»Ach, das war in einer anderen Welt«, sagte Lidia. »Die Menschen hatten damals noch Zeit, und man kannte sich gegenseitig. Heute interessiert sich ja keiner mehr für seine Mitmenschen. Als kleines Mädchen kannte ich alle, die hier an der Piazza ein Geschäft hatten, und wir Kinder konnten überall spielen, ohne dass unsere Eltern Angst um uns haben mussten.«

»Wie waren deine Eltern? Damals war man viel strenger mit der Erziehung, oder?«

»Nach heutigen Maßstäben waren sie streng, aber das hat uns nur gutgetan. Wenn wir etwas angestellt hatten, mussten wir eben dafür geradestehen. Und natürlich mussten wir nach der Schule immer im Café mithelfen.« Lidia bekam einen versonnenen Blick. »Ich war so stolz, wenn ich meinem Vater bei der Abrechnung helfen durfte! Und Teresa lernte, wie man Gianduiotti und Torten macht. Meine Mutter hatte ein geheimes Rezept für ihre Nougatpralinen, das niemand außer ihr kannte, und sie hat es nur an Teresa weitergegeben. Damals war ich ein wenig eifersüchtig, aber natürlich kenne ich es inzwischen auch.«

»Und ich«, warf Maurizio ein, während Vera ihm zulächelte.

»Worin liegt denn das Geheimnis?«, fragte Vera.

Maurizio wiegte bedauernd den Kopf. »Das darf ich leider nicht verraten, sonst wäre es ja kein Geheimnis mehr.«

»Obwohl ich zur Familie gehöre?« Vera tat empört.

»Vielleicht, wenn ich dich ein bisschen besser kenne, *cara cugina*.«

»Untersteh dich!« Lidia schlug ihrem Sohn leicht auf den Arm. »Das Rezept darf nur derjenige kennen, der die Gianduiotti herstellt! Ich will nicht, dass unser Rezept im Radio herausposaunt wird.«

»*Mamma*, ich denke, Vera ist vertrauenswürdig.« Er zwinkerte ihr zu.

Es belustigte Vera, dass ihre Großtante die Sache mit dem Rezept so ernst nahm. »Tante Lidia, es soll ruhig euer Geheimnis bleiben. Aber ich würde es auch sonst niemals preisgeben.«

Lidia trank einen Schluck Wein und wedelte gleichzeitig mit der Hand. »Jaja, schon recht. Frag weiter.«

Vera erkundigte sich nach der Familiengeschichte und erfuhr, wie ihre Urgroßeltern das Café aufgebaut hatten. Lidia erzählte freimütig, wie es in ihrer Jugend gewesen war, und schien sich sehr genau an jede Einzelheit zu erinnern. Bei alledem erwähnte sie kein einziges Mal eine Aurora. Vera hatte das Bild in ihrer Tasche, die neben ihrem Stuhl stand, zögerte aber, es ihrer Großtante zu zeigen. Sie wollte erst mehr erfahren, bevor sie nach der dritten Schwester fragte. Vor dem Zweiten Weltkrieg waren die Molinaris recht wohlhabend gewesen. Das Café war von mütterlicher Seite in die Familie gekommen, während ihr Vater die elterliche Baufirma übernommen hatte. Beide Familien stammten ursprünglich aus Neapel und hatten lang zurückreichende Verbindungen. Teresa und Lidia waren behütet aufgewachsen. Ab 1942 hatte Vittorio Molinari unter Mussolini heimlich die Partisanen mit Geld unterstützt und war bei einer Übergabe in ein Gefecht geraten. Er hatte sich vor seinen Freund geworfen und war von einer Granate getötet worden. Die Mutter, Fiammetta, hatte das Kaffeehaus allein weitergeführt, nach dem Tod Vit-

61

torios die einzige Einnahmequelle der Familie. »Anfang 1945 ist das Café komplett ausgebrannt«, sagte Lidia. »*Mamma* wurde schwer verletzt. Sie hatte beinahe überall an ihrem Körper Verbrennungen, nur ihre Füße und ihre Schultern waren noch heil. Der Rest – rohes Fleisch. Sie lag ein halbes Jahr im Krankenhaus und hat gelitten, bevor sie endlich erlöst wurde.«

»Wie furchtbar! Ich dachte immer, sie wäre direkt bei dem Brand umgekommen.«

Lidia schüttelte langsam den Kopf. »Nein, sie musste den Kelch des Schmerzes bis zum letzten Tropfen trinken.« Ihre Augen glänzten, und Maurizio strich seiner Mutter tröstend über den Arm.

»Wie habt ihr euch dann durchgeschlagen? Ihr wart doch noch Kinder.«

»Ich war achtzehn, Teresa sechzehn und Alessandro erst zwölf. Man hat uns eine Zeit lang in einem Heim für Kriegswaisen untergebracht«, antwortete Lidia. »Es war keine schöne Zeit, und sobald ich einundzwanzig war, habe ich die Vormundschaft für meine Geschwister beantragt. Zum Glück hatte *Comandante* Foletti, dem mein Vater im Krieg das Leben gerettet hat, dafür gesorgt, dass das Familienvermögen, soweit noch vorhanden, nicht angetastet wurde. 1948 konnten wir das Café wiedereröffnen.«

»Teresa hat also mit dir zusammen im Café gearbeitet?«

»Ja, sie war ja diejenige, die das Rezept unserer Mutter kannte. Außerdem fehlt mir jegliches Talent in der Küche.«

»Wie kam es dann, dass Teresa später Biologin wurde?«

Lidia schnaubte. »Sie wollte das auf Biegen und Brechen. Studiert hat sie aber erst, als sie Lorenzo geheiratet und mich hier alleine sitzen gelassen hat mit dem Café und der Wohnung und Alessandro. Hätte ich damals nicht einen Mann gehabt, der mich unterstützte, wäre alles den Bach hinuntergegangen. Aber das war Teresa ja egal.«

Vera neigte sich nach vorne. Jetzt wurde es interessant. »Warum glaubst du, dass es ihr egal war?«

»Weil sie von ihrer fixen Idee besessen war, man hätte *mamma* retten können, wenn es damals schon künstliche Haut gegeben hätte. Und sie dachte, sie könnte das erfinden, auch wenn alle Ärzte der Welt daran gescheitert sind!« Lidia fuchtelte in der Luft herum, und ihr Ehering glänzte im Schein der Lampe auf. »Dafür hat sie alles aufgegeben.«

»Du hast gesagt, sie hat dich und Alessandro zurückgelassen.«

Lidia nickte.

»Meine Mutter und ich haben auf dem Dachboden einen alten Koffer mit einigen Dingen entdeckt, die *nonna* gehört haben.« Vera zog das Bild aus der Tasche. Ihr Herz klopfte. »Darunter auch das hier.« Sie legte das Foto so auf den Tisch, dass ihre Großtante und Maurizio es betrachten konnten. »Auf der Rückseite steht ›Die Schwestern Molinari‹, aber auf dem Foto ist außer dir und Teresa noch jemand.« Sie sah Lidia direkt an. »Wer war Aurora?«

Lidia schnappte nach Luft und stieß ihren Stuhl zurück, als hätte Vera eine Vogelspinne auf den Tisch geworfen.

»Entschuldige, ich wollte dich nicht erschrecken.«

Lidia saß kerzengerade auf ihrem Stuhl, die ausgestreckten Arme gegen die Tischkante gestemmt. »Woher hast du das?«

»Das habe ich ja schon gesagt, vom Dachboden. Teresa muss es mitgenommen haben, als sie wegging. Also stimmt es, was auf der Rückseite steht? Du und Teresa hattet noch eine Schwester? Lebt sie noch?«

»Ich bin alt, ich muss jetzt schlafen gehen«, sagte Lidia. »Wir reden ein andermal weiter, jetzt bin ich zu müde.« Sie stand auf. »Mauro, begleite mich zu meinem Zimmer.«

Maurizio stand auf, nahm ihren Arm und führte sie zur

63

Tür. Dort drehte er sich noch einmal um. Sein Schulterzucken sollte wohl bedeuten, dass er auch nicht wusste, warum seine Mutter so heftig reagiert hatte.

Vera hob die Hand als Zeichen, dass alles in Ordnung war.

Nachdem Mutter und Sohn gegangen waren, betrachtete Vera noch einmal das Bild. Die drei Mädchen wirkten so unterschiedlich, doch eine gewisse Ähnlichkeit im Schnitt der Gesichter und der Augen bewies, dass sie miteinander verwandt waren. Die Art, wie Aurora sich ein wenig von den beiden anderen abwandte, nur eine leichte Drehung in den Schultern, wies auf eine gewisse Distanz hin. *Was ist mit dir passiert?*, fragte Vera die dritte Schwester, doch das Bild gab sein Geheimnis nicht preis.

Wie oft hatte Vera sich Bilder von Vi angesehen und vergeblich versucht, in ihnen einen Hinweis auf das zu finden, was später geschehen war. Auch in Auroras Gesicht fand sie nichts, keine noch so kleine Andeutung.

Kapitel 8

---── 1948

Teresa mochte die Geräusche in der Universitätsbibliothek. Das Scharren von Stuhlbeinen, wenn jemand aufstand, das leise Knallen, wenn ein schweres Buch zugeschlagen wurde, die bedächtigen Schritte derer, die in den Regalen etwas suchten, und die im Flüsterton gehaltenen Gespräche bildeten ein Polster, das sie von der Welt draußen abschirmte und ihr half, sich ganz auf ihre eigene Lektüre zu konzentrieren. Vor ihr lag ein Fachbuch über Verbrennungen und deren Behandlung. Um die Fachwörter im Text zu verstehen, benutzte sie ein medizinisches Lexikon. Gerade las sie jedoch nicht, sondern übertrug einen Querschnitt der menschlichen Haut in ihr Skizzenbuch. Wie immer, wenn sie hier war, spürte sie den Druck, in der kurzen Zeit, die sie sich hatte stehlen können, so viel Wissen wie möglich aufzusaugen. Doch sie kam viel zu langsam voran.

Zum ersten Mal hergekommen war sie aus Wut. Sie hatte einfach nicht begreifen wollen, dass die Ärzte kaum etwas für ihre Mutter tun konnten. Sie hatten es mit Hauttransplantationen versucht, doch die unversehrten Körperstellen reichten nicht aus, um genug Haut für die verbrannten abzunehmen. In Kompressionsverbände gehüllt, siechte sie ein halbes Jahr im Krankenhaus dahin, kaum bei Bewusstsein. Teresa hätte alles getan, um nur noch einmal ihr geliebtes Gesicht zu sehen, doch das Einzige, das ihr bestätigte, dass sich unter den dicken Verbänden tatsächlich ihre Mutter verbarg, waren deren Augen. Die Unfähigkeit, ihr zu helfen, ließ Teresa fast verzweifeln. Sie ging in die nahe dem Krankenhaus gelegene Universitätsbibliothek und las alles über Hauttransplantationen in der Hoffnung, etwas zu entdecken, das die Ärzte noch nicht versucht hatten. Doch sie fand nichts. Wäre es doch nur möglich, Haut herzustellen, statt nur die vorhandene zu benutzen!

Als sie begann, sich mit dem Blutkreislauf zu befassen, mit dem Aufbau des ganzen menschlichen Körpers, eröffneten ihr die Bücher eine neue Welt. Bald war es ihr unbegreiflich, dass sie ihren Körper immer als selbstverständlich hingenommen hatte, dabei war er eine Ansammlung Tausender winziger, aufeinander abgestimmter Wunder.

Auch nach *mammas* Tod stahl sich Teresa, sooft es nur ging, hinter Lidias Rücken in die Bibliothek. Allerdings war sie häufig so müde von der Arbeit, dass sie beim Lesen beinahe einschlief. Auch jetzt waren ihre Arme von der endlosen Wiederholung der immer gleichen Bewegungen mit den Spachteln so schwer, dass sie kaum ein Buch heben konnte.

Sie legte den Bleistift zur Seite und sah auf. Ihr Blick traf den des jungen Mannes, der an einem Lesetisch ihr gegenübersaß und den sie geflissentlich ignoriert hatte, seit sie sich niedergelassen hatte. Sie war es gewohnt, als eine der wenigen Frauen im Lesesaal die Aufmerksamkeit auf sich zu ziehen, und wich normalerweise allen Blicken aus. Doch dieser junge Mann lächelte so freundlich, dass sich ihre Mundwinkel wie von selbst hoben. Er neigte grüßend den Kopf. So jung war er gar nicht mehr, stellte Teresa fest, und für einen Studenten war er eigentlich zu gut gekleidet. Vielleicht kam er aus wohlhabender Familie und bildete sich ein, jedes Mädchen für sich einnehmen zu können. Obwohl sein Lächeln nicht gerade selbstsicher wirkte, sondern eher schüchtern. Teresa merkte, dass sie ihn die ganze Zeit gemustert hatte und er Anstalten machte aufzustehen. Sie vertiefte sich schnell wieder in ihr Buch und blätterte zu den verschiedenen Verbrennungsgraden, doch sie konnte sich nicht mehr richtig darauf konzentrieren. Obwohl sie nicht hinsah, spürte sie, wie der Mann um die Tischreihe herumging und herüberkam. Es wäre albern gewesen, so zu tun, als bemerkte sie ihn nicht, also blickte sie auf und sah ihm entgegen.

»Entschuldigen Sie, wenn ich Sie anspreche ...« Hätte er einen Hut in den Händen gehabt, hätte er ihn vor lauter Nervosität sicher geknetet und gedreht, »aber ich habe Sie jetzt schon einige Male hier gesehen und mich gefragt, was Sie herführt.«

»Nein, Sie wundern sich, was eine junge Frau wie ich hier verloren hat, obwohl sie besser in der Küche stünde und für Mann und Kinder das Essen kochen sollte. Oder sich mit ihren Haaren und Kleidern befassen und sich vor dem Spiegel die Augenbrauen zupfen sollte, um wie ein Filmstar auszusehen.« Teresa versuchte, ihn böse anzufunkeln, aber er lachte sie so erfreut an, dass sie ihr Lächeln wieder nicht unterdrücken konnte.

»Ich wusste, dass Sie etwas Unerwartetes sagen würden!« Er schien geradezu entzückt.

»Ach, wenn Sie das schon wussten, war es doch gar nicht unerwartet«, konterte Teresa. In ihrem Bauch fühlte es sich an, als hätte sich eine kleine Flamme entzündet. Diese Art von Geplänkel war neu für sie und machte ihr ungeheuren Spaß.

Er fand anscheinend genauso großen Gefallen daran. »Man sollte stets das Unerwartete erwarten, und nur, weil das ein Paradoxon darstellt, heißt es nicht, dass es eine schlechte Lebensphilosophie ist.« Er blickte kurz auf den Boden, als hätte er sich zu weit vorgewagt.

»Ach, Sie sind also Philosoph?« Teresa verschränkte die Arme.

Er schüttelte heftig den Kopf. »Nein, nur Linguist – Germanist, um genau zu sein. Nicht gerade eine Sprache, mit der man in den letzten Jahren großes Ansehen gewinnen konnte. Aber ich liebe die deutsche Literatur. Entschuldigung, ich gerate ins Schwärmen und stehle Ihre kostbare Zeit.«

»Aber nein, ich würde gerne mehr hören.« Teresa verschwieg, dass sie die Deutschen hasste. Ohne sie wären ihre Eltern noch am Leben.

»Tatsächlich?« Er schien ehrlich überrascht. »Nun, dann darf ich Sie vielleicht auf einen Kaffee einladen?«

»Heute nicht, ich muss gleich gehen. Aber ich bin nächsten Dienstag wieder hier.« Hatte sie das wirklich gesagt? Lidia wäre entsetzt.

»Dann warte ich auf Sie. Gleich gegenüber gibt es ein Café.«

»Gut.« Es entstand eine peinliche Pause, in der sie sich gegenseitig verlegen anlächelten.

»Ach so, wo sind nur meine Manieren: Lorenzo Borromeo, Assistent am Lehrstuhl für Linguistik.«

»Teresa Molinari, Chocolatière und Kaffeehausbesitzerin.« Sie schüttelten sich die Hand.

»Und schon wieder überraschen Sie mich.« Er hielt ihre Hand ein wenig zu lange. »Jetzt bin ich noch mehr darauf gespannt, Genaueres über Sie zu erfahren.«

»Aber nicht heute. Ich muss wirklich los. Auf Wiedersehen.« Teresa klappte beide Bücher zusammen, nahm sie hoch und brachte sie an ihren Platz zurück, dann eilte sie aus dem Saal, ohne sich noch einmal umzudrehen. Ihr Herz klopfte, als hätte sie ein Wettrennen hinter sich. Während sie die Treppe hinunterlief, lächelte sie vor sich hin. Zum ersten Mal seit Langem gab es etwas, auf das sie sich wirklich freuen konnte.

Vor dem Eingang schwang sie sich auf ihr altes Fahrrad und fuhr, so schnell sie konnte, ins Café zurück. Den Vormittag hatte Lidia ihr zwar freigegeben, aber für den kommenden Tag mussten noch drei Torten gebacken und neue Nougatmasse vorbereitet werden.

Eine Viertelstunde später betrat sie außer Atem das Molinari. Zum Glück war es noch leer, erst nach dem Mittagessen würde es wieder voll werden.

»Wo warst du denn so lange?«, empfing Lidia sie mit vorwurfsvollem Blick. »Du weißt doch, dass ich dich hier brauche. Aurora tut nichts, als den Gästen den Kopf zu verdrehen, und mit den anderen habe ich auch nichts als Schererein. Gestern Abend hat die Kasse schon wieder nicht gestimmt, was bedeutet, dass hier jemand lange Finger macht. Man darf das Geld wirklich keinen Augenblick aus den Augen lassen, aber ich kann auch nicht überall gleichzeitig sein.«

»Wer sollte denn hier stehlen?«, fragte Teresa, während sie sich eine frische Schürze umband. Lidia zuckte mit den Schultern. »Wenn ich das wüsste! Dein Gigi vielleicht.«

»So ein Unsinn, der ist doch viel zu dumm zum Stehlen!«, rief Aurora von der Theke her dazwischen. Teresa fuhr sie an: »Kannst du dich nicht ein bisschen netter ausdrücken?« Insgeheim musste sie ihrer Schwester aber recht geben. Gigi würde nicht einmal auf die Idee kommen, Geld aus der Kasse zu nehmen.

»Dann kann es eigentlich nur Marco gewesen sein«, stellte Aurora fest und polierte die Theke mit einem Lappen.

»Du bist ganz schön schnell mit Verdächtigungen bei der Hand«, erwiderte Teresa, aber ihre Schwester zuckte nur mit den Schultern:

»Wer soll es denn sonst genommen haben?«

»Ich denke auch, das ist ein bisschen voreilig«, meldete sich Lidia wieder. »Marco hat sich gut gemacht, außerdem

69

wird doch der Neffe eines Polizisten kein Dieb sein. Aber ich werde ein Auge auf ihn und Simonetta haben.«

»Du hast doch sowieso immer ein Auge auf alles und jeden«, murmelte Teresa, während sie durch die Schwingtür nach hinten ging, sodass Lidia es nicht hören konnte.

In der Küche seufzte sie beim Anblick der Säcke mit Haselnüssen, Zucker und Kakao. Schon der klebrig-sämige Geruch, der beim Rühren entstand und sich in ihren Haaren festsetzte, verursachte ihr inzwischen Übelkeit, und sie fragte sich, ob sie jemals wieder Lust auf etwas Süßes haben würde.

Lidia hätte sich ohrfeigen können, weil sie die Kasse für einige Minuten aus den Augen gelassen hatte. Da sah man es wieder: Man konnte niemandem vertrauen. Außer der eigenen Familie natürlich. Doch auch mit der musste man sich noch herumärgern. Aurora schäkerte schon wieder mit den Gästen – vor dem Tresen hatte sich eine Traube aus Männern gebildet, aus der immer wieder lautes Lachen aufstieg. Die ganze Arbeit blieb an Marco hängen, der sich redlich bemühte, den Wünschen der Gäste nachzukommen, und zwischen Kaffeemaschine und Kuchenvitrine wie aufgezogen hin und her sprang.

»Aurora, kommst du bitte kurz herüber?« Lidia musste noch zweimal nach ihrer Schwester rufen, bis die sie hörte und sich von ihren Bewunderern löste. »Was hast du denn diesmal zu meckern?«, sagte Aurora, als sie mit schwingenden Hüften hinter dem Tresen hervorkam.

»Du brauchst gar nicht die Augen zu verdrehen«, gab Lidia zurück. »Du weißt genau, was los ist: Du arbeitest nicht genug. Anscheinend ist dir nicht klar, dass unser letztes Geld in diesem Café steckt, und wenn wir nicht alle drei unsere gesamte Kraft aufwenden, landen wir schneller auf der Straße, als du *piep!* sagen kannst. Dann hat es sich mit hübschen Kleidern und bunten Haarbändern, und deshalb rate ich dir, dich mehr auf deine Arbeit zu konzentrieren statt auf deinen Zirkel von Anbetern.«

Aurora zog einen Schmollmund. »Du übertreibst, wie immer. Das Café läuft doch gut, die Kunden rennen uns die Tür ein.« Sie reckte das Kinn. »Und weißt du, woran das liegt? An mir! Es reicht nämlich nicht, den Leuten Kaffee und Gianduiotti zu servieren, man muss sie freundlich behandeln, damit sie wiederkommen. Ich versuche nur, dein sauertöpfisches Gesicht auszugleichen, mit dem du die Kunden erschreckst, wenn sie ihren Kaffee bezahlen.«

Aurora zog die Mundwinkel nach oben, wie um zu sagen: »Siehst du wohl.« Lidia sprang von ihrem Kassenstuhl auf und registrierte zufrieden, dass ihre Schwester unwillkürlich einen Schritt zurücktrat. »Ich hätte auch gerne mehr Grund zum Lachen, aber im Gegensatz zu dir ist mir bewusst, dass unsere Zukunft auf dem Spiel steht.«

»Um meine Zukunft musst du dir keine Sorgen machen«, erwiderte Aurora schnippisch. »Wenn ich wollte, könnte ich morgen heiraten.«

«Ja, einen von deinen Hungerleidern da drüben, die sich stundenlang an einem Glas Wein festhalten.« Lidia nickte zur Theke hinüber, aber Aurora warf nur den Kopf hoch. »Ich kriege jeden Mann herum, wenn ich will. Wer weiß, vielleicht heirate ich ja *Commissario* Foletti. Er ist ein bisschen alt, aber noch ziemlich ansehnlich. Und du bekommst ihn sowieso nicht, Schwesterherz.«

Lidia zitterte vor Zorn und hätte sich am liebsten auf ihre jüngere Schwester gestürzt, aber sie würde niemals ihre Selbstbeherrschung aufgeben. Schlimm genug, dass sie hier vor den Gästen stritten. Die stießen sich schon gegenseitig an, um einander auf den Disput aufmerksam zu machen.

»*Commissario* Foletti war ein Freund von *papà*, das ist alles, was mich an ihm interessiert.«

»Ach ja? Dann stört es dich ja nicht, wenn ich mit ihm ausgehe.«

Lidia wollte ihr gerade antworten, als eine bekannte Stimme sie unterbrach: »Weshalb so böse Gesichter, *belle Signorine*? Da kriegt man es ja mit der Angst!«

»Siehst du! Die Gäste möchten freundliche Gesichter sehen«, sagte Aurora und drehte sich zu dem schlaksigen jungen Mann in Konditor-Kluft um, der unbemerkt hereingekommen und zu ihnen getreten war.

»Carlo ist aber kein Gast. Und jetzt kümmere dich wieder um deine Aufgaben.« Sie biss sich auf die Lippen, als Aurora sich mit einem provokanten Hüftschwung wieder hinter den Tresen schob, dann wandte sie sich an Carlo. »Was führt dich denn hierher? Bist du etwa spionieren gekommen?«

Carlo schlug sich an die Brust. »So etwas denkst du von mir? Schauen, ob ihr zurechtkommt, wollte ich.«

Lidia und ihre Schwestern kannten Carlo seit der Schulzeit. Er war der ältere Bruder von Lidias bester Freundin Giulietta und hatte ihnen früher häufig Frösche in die Schulmappen gesetzt und andere Streiche gespielt. Da er nicht der hellste Kopf war, war er frühzeitig von der Schule abgegangen und hatte eine Konditorlehre bei Lello, einem der besten Patissiers der Stadt, begonnen. Da Lello nur wenige Meter vom Molinari entfernt lag, herrschte zwischen den beiden Cafés eine traditionsreiche Konkurrenz, die selbstverständlich niemals offen angesprochen wurde.

Lidia fand, dass Carlo auch mit seinen dreiundzwanzig Jahren noch ebenso albern und aufdringlich war wie früher, aber aufgrund ihrer Freundschaft zu Giulietta konnte sie ihn nicht einfach abfertigen. Wenn er jedoch wieder irgendeinen

Unfug im Sinn hatte, würde sie es ihm nicht zu einfach machen.

»Schmecken die Kuchen bei euch nicht, sodass du zu uns kommen musst, du Ärmster? Vielleicht gibt Teresa dir das Rezept für ihre Mandeltorte.«

»Nun komm schon, sei nicht so kratzbürstig. Ich wollte nur einen *Punt e Mes* auf gute Nachbarschaft mit euch trinken. Turin hat genug Kuchenesser für uns beide.«

Anscheinend wollte er wirklich nur nett sein. Lidia gestattete sich ein Lächeln, dann ließ sie Simonetta zwei Kräuterschnäpse einschenken und stieß mit Carlo an. Ein Grinsen breitete sich auf seinem langen Gesicht aus, das noch stärker an ein Pferd erinnerte, wenn er die Zähne bleckte. »Wie wär's, wenn wir beide mal ausgingen, du und ich?«

»Und schon wirst du unverschämt. Scher dich wieder in deine Backstube!« Lidia stellte das leere Glas auf die Theke. »Ich habe Besseres zu tun, als mich mit Kerlen herumzutreiben. Du kannst ja Aurora fragen.«

Carlo nahm sich einen Zahnstocher und begann, darauf herumzukauen. Wahrscheinlich hatte er das in irgendeinem Film gesehen. »Aber ich will doch mit dir ausgehen, liebste Lidia. Du bist eine kluge Frau, die zu wirtschaften versteht, das Geld zusammenhält – was will ich mit einer, die zwar schön ist, aber nur an Frisuren und neue Kleider denkt?«

Lidia musste lächeln. So unsympathisch war dieser Carlo gar nicht, und sein langes Gesicht hatte doch etwas Freundliches. Aber mit *Comandante* Fo konnte er es nicht aufnehmen.

»Ich gehe nicht mit Männern aus, das weiß jeder hier im Viertel. Du findest schon eine andere, Carlo. Und jetzt muss ich weiterarbeiten.« Vor der Kasse hatte sich bereits eine kleine Schlange gebildet. Lidia nahm ihren Platz wieder ein und ließ die Finger über die Tasten tanzen. Wer, wenn nicht sie, sollte das Geld zusammenhalten? Aurora und Teresa begriffen gar nicht, wie dringend sie regelmäßige Einnahmen benötigten. Die Wohnung über dem Kaffeehaus gehörte ihnen zwar, aber es mussten Gehälter bezahlt und Ware eingekauft werden, ganz abgesehen von den Ausgaben für das tägliche Leben. Die ganze Verantwortung lastete auf ihr, der Ältesten. Gleichzeitig versuchte sie, den Geschwistern Mutter und Vater zu ersetzen, wie sollte sie da Zeit für Vergnügen und Albernheiten haben? Vor allem Alessandro, der erst vierzehn Jahre alt war, brauchte jemanden, der sich um ihn kümmerte. Nach Mutters Tod hatte er sich fast vollständig in seine eigene Welt zurückgezogen, aber in letzter Zeit schien er noch stiller als zuvor. Lidia hatte es zwar wahrgenommen, aber keine Zeit gefunden, mit ihm darüber zu sprechen. Jetzt nahm sie sich vor, ihn so bald wie möglich danach zu fragen, wie es ihm ging. Manchmal wusste sie nicht, wie sie all ihren Aufgaben und Pflichten gerecht werden sollte. Das Molinari war ein Vermächtnis, das ihre Eltern ihnen hinterlassen hatten. Es wieder aufzubauen und weiterzuführen war Lidia ihnen schuldig. Darüber, was sie selbst eigentlich vom Leben wollte, dachte sie schon gar nicht mehr nach.

»Mama, ich kann auch alleine zu Claudias Geburtstag gehen.«

»Ich muss sowieso in dieselbe Richtung, Spatz, da kann ich dich doch begleiten.«

Ihre Mutter lächelte, aber Vera sah sofort, dass es nicht echt war. Es war ein Lächeln, hinter dem sich die Angst nicht verstecken konnte. Es tat ihr leid, aber sie wollte endlich einmal alleine irgendwohin gehen. Eine Zeit lang war sie froh gewesen, dass ihre Eltern sie überallhin gebracht und wieder abgeholt hatten, weil sie sich gefürchtet hatte. Vielleicht war der Mann, der Vi mitgenommen hatte (alle waren sich einig, dass es so gewesen sein musste), inzwischen auf der Suche nach einem neuen Opfer. Sogar unter vielen Menschen hatte sie Angst gehabt, plötzlich zu verschwinden, und sich an die Hand ihrer Mutter oder ihres Vaters geklammert wie ein Kleinkind. Meistens war es ihre Mutter, weil sie ihre Arbeit aufgegeben hatte. Sie konnte sich nicht mehr auf die Probleme ihrer Patienten konzentrieren, weil sie nicht schlafen konnte und immer müde war. Anfangs hatte sie wie eine Schaufensterpuppe im Haus herumgesessen, und manchmal war Vera erschrocken, wenn ihre Mutter sich auf einmal bewegte oder etwas sagte, weil sie sie gar nicht bemerkt hatte.

»Mama nimmt Medikamente, damit sie nicht immer so traurig ist«, hatte ihr Vater gesagt, aber es kam Vera nicht so vor, als ginge es ihrer Mutter besser. Sie weinte zwar nicht mehr so viel, aber sie bekam oft gar nicht mit, was um sie herum passierte. Manchmal tauchte sie aus ihrer Versunkenheit auf, sah sich um und fragte: »Worüber redet ihr denn gerade?«

Deshalb war Vera zuerst richtig froh gewesen, als ihre Mutter

mit den Suchplakaten angefangen hatte. Sie hatte von Hand eine
Suchanzeige geschrieben, ein Foto von Vi daruntergeklebt, sie
stapelweise kopiert und war nun jeden Tag unterwegs, um sie in
der Gegend zu verteilen. Sie fuhr mit dem Auto, mit dem sie vorher
Hausbesuche gemacht hatte, über die Dörfer und bis nach Berlin
hinein und hängte die Suchmeldung überall auf, wo sie Platz
finden konnte.

Der Text lautete: »Verschwunden! Viola, 9 Jahre, 1.35 m,
braune Haare, graue Augen. Zuletzt gesehen am 14. Juni 1987 im
Spandauer Forst/Teufelsbruch. Wer hat sie gesehen oder weiß
etwas über ihren Verbleib? Belohnung für sachdienliche Hinweise:
5000 Mark.«

Die Summe beeindruckte Vera. Sie hatte von ihrer Tante Dörte
einmal fünfzig Mark zu Weihnachten bekommen, aber hundert
Fünfzigmarkscheine konnte sie sich nicht einmal vorstellen.

Hakenfelde war geradezu tapeziert mit diesen Suchanzeigen.
Überall traf Vera aufs Vis Gesicht, und allmählich stieg in ihr ein
Widerwille gegen diese Anzeigen auf, ohne dass sie erklären konnte,
weshalb. Sie wollte sie einfach nicht mehr sehen. Wenn sie Gelegenheit dazu hatte, riss sie sie heimlich ab. Das kam aber nicht allzu
häufig vor, weil ihre Mutter sie ja nirgendwo alleine hingehen ließ.

»Claudia wohnt doch gleich um die Ecke. Das ist voll peinlich,
wenn du da auftauchst.«

Ihre Mutter lächelte immer noch, aber ihr Mund zitterte. »Ich
weiß«, sagte sie, »aber ich hab einfach solche Angst, dass dir auch
was passiert.«

Vera hatte selbst Angst, dass ihr etwas passieren könnte, aber bei
Claudias elftem Geburtstag von ihrer Mutter abgeliefert zu werden
wie ein Kindergartenkind, war noch schlimmer, als Angst zu haben.
Alle anderen aus ihrer Klasse waren alleine im Dorf unterwegs,
genau wie sie und Vi früher auch. Kurz nach Vis Verschwinden
hatte es eine Phase gegeben, in der man fast gar keine Kinder alleine
auf der Straße sah, aber Veras Freunde spielten bald wieder überall,

fuhren auf ihren Rädern durch die Siedlung, tobten unbeaufsichtigt auf dem Spielplatz neben der Schule herum. Nur Vera nicht. Vera musste zu Hause bleiben, wenn ihre Eltern keine Zeit hatten, sie zu begleiten.

»Dann gehe ich eben gar nicht«, sagte Vera. Ihr kamen die Tränen, weil sie genau wusste, dass Claudias Geburtstagsfete klasse werden würde. Sie durfte im Partykeller ihrer Eltern feiern, wo es eine Stereoanlage und farbige Leuchten gab, und alle würden sich schick machen wie für die Disco. Morgen in der Schule würden alle erzählen, was für ein toller Abend das gewesen war. Sie schluckte und versuchte, nicht zu blinzeln, damit ihre Mutter nicht merkte, dass sie weinte.

Veras Mutter rieb sich die Stirn. »Also gut, was hältst du davon: Ich komme mit bis zur Ecke, und von da aus kannst du alleine gehen. Dann hab ich dich im Blick, aber die anderen merken nichts.«

»Okay.« Vera zog die Nase hoch.

Sie ging neben ihrer Mutter bis zur Ecke, wo Eschenweg und Holunderweg sich trafen. »Ich bleib hier stehen, bis du drin bist.«

»Wenn's sein muss.«

Es war ungewohnt, ganz alleine die Straße entlangzugehen. Vera fühlte sich schutzlos und war insgeheim froh, dass ihre Mutter in der Nähe war. Sie zwang sich aber, sich nicht umzudrehen und ihr zu winken. Als sie Claudias Haus erreichte, war sie erleichtert. Nichts war passiert. Aus dem Inneren des Hauses drang I should be so lucky von Kylie Minogue. Vera drückte auf die Klingel.

77

Kapitel 9

—— **2015**

»Du hast doch keine Angst, oder?«, sagte Maurizio. Er stand mit Vera in der großen Halle des Filmmuseums und folgte mit den Augen dem gläsernen Fahrstuhl, der in der Mitte des Raumes nach oben fuhr und durch die Decke verschwand. Um sie herum hallten leise die Stimmen der anderen Besucher und Dialogfetzen aus den Filmklassikern, die in den Nischen der Halle liefen. Ab und zu stieg ein Lachen in die Kuppel auf. Vera legte den Kopf in den Nacken: Der Aufzug schrumpfte auf dem Weg nach oben zu lächerlicher Winzigkeit und gab einen Hinweis darauf, wie groß die Kuppel tatsächlich war. In Veras Magen flatterte es. »Wie hoch ist das noch mal?«

»Fünfundachtzig Meter. Die Aussicht darfst du dir nicht entgehen lassen.«

»Von mir aus gerne.« Sie grinste.

»Ich wusste doch, dass du Schneid hast«, sagte Mauro.

»Ich probiere ganz gerne neue Sachen aus.« Trotzdem war sie ein bisschen angespannt, als sie die gläserne Kabine betraten, und als der Aufzug sich hob, machte ihr Herz einen Sprung. Die Besucher in der Halle wurden rasend schnell kleiner. »Das ist wie umgekehrtes Bungeejumping!«

»Aber langsamer. Keine Sorge, es ist völlig sicher.« Mauro legte ihr einen Arm um die Schultern. Es war nicht einmal unangenehm. Sie spürte den Stoff seines Hemdes an der Wange, und sein Aftershave stieg ihr in die Nase. Es ärgerte sie ein bisschen, dass sie sich so nah bei ihm tatsächlich siche-

78

rer fühlte. Sie überlegte kurz, ob er sie anmachen wollte, doch der beschützende Arm war neutral genug, um als verwandtschaftliche Freundlichkeit durchzugehen. Dann hörte sie auf nachzudenken und genoss die Fahrt. Die offenen Stockwerke des Museums glitten nach unten weg, und nur Sekunden später war die Kuppel zum Greifen nah.

»Es ist großartig. Meinem Sohn würde das auch einen Riesenspaß machen.«

»Schade, dass du ihn nicht mitgebracht hast, aber ich hoffe, dass ich ihn kennenlerne, wenn du uns das nächste Mal besuchst.«

Der Aufzug glitt durch den rechteckigen Ausschnitt am höchsten Punkt der Kuppel und kam zum Stehen. Maurizio nahm seinen Arm von Veras Schulter, und sie gingen zusammen mit den anderen Besuchern auf die Plattform hinaus, die eine Rundumsicht auf Turin bot. Es wehte ein leichter Wind, der die Geräusche der Stadt zu ihnen herauftrug, doch nur gedämpft, als läge Turin unter einer Glasglocke. Maurizio zeigte Vera einige bedeutende Gebäude wie die Wallfahrtskirche Superga, den futuristischen Universitätskomplex, die grüne Insel des Parco di San Valentino und den Königlichen Palast, in dem jahrhundertelang das Haus Savoyen residiert hatte. Er war ein unterhaltsamer Reiseführer, und offensichtlich machte es ihm Freude, ihr alles zu zeigen. Bei ihrem Gang durch das Filmmuseum hatten sie alte Aufnahmen der historischen Innenstadt gesehen. Jetzt, von oben, wurde auch das Gittermuster der Straßen sichtbar, die noch immer der ursprünglichen römischen Stadtanlage folgten.

Vera hielt sich mit einer Hand die Haare aus dem Gesicht und wandte sich Maurizio zu. »Was ich dich schon die ganze Zeit fragen wollte, was war eigentlich gestern mit deiner Mutter? Weißt du, weshalb sie so heftig reagiert hat?«

Er schüttelte den Kopf. »Sie wollte auch mir nichts sagen.

Das Foto hat sie aber sehr erschüttert, und das ist gar nicht gut für sie. Sie hat Angina Pectoris und bekommt starke Schmerzen in der Brust, wenn sie sich über etwas aufregt.«

»Das tut mir leid. Dann spreche ich mit ihr also besser nicht über schwierige Themen?«

Maurizio nickte. »Das wäre besser. Es sei denn, sie kommt von sich aus darauf zu sprechen.« Er stützte sich mit einer Hand am Sicherheitsgitter ab. »Ich würde sie gerne noch eine Weile behalten.«

»Ich verspreche, vorsichtig zu sein. Meinst du, ich kann mit ihr über Teresa sprechen?«

»Ich denke, schon. Sie hatten zwar Meinungsverschiedenheiten, als sie jung waren, aber *mamma* hat daraus nie ein Geheimnis gemacht. Sie war nicht einverstanden damit, dass deine Großmutter nach Deutschland zog. Diese ganze Sache mit dem Studium fand sie überflüssig.« Er hob eine Schulter. »Für sie gab es immer nur das Café. Das Vermächtnis ihrer Eltern.«

»Dann ist sie bestimmt froh, dass du die Familientradition weiterführst.«

Er hob die Schultern und blinzelte, weil irgendwo in der Stadt ein Dach die Sonne reflektierte, dann drehte er den Kopf zu Vera und lächelte. »Ehrlich gesagt glaube ich, dass sie mich allein deswegen bekommen hat.« Er richtete sich auf. »Nur ein Scherz! Komm, gehen wir, ich will dir noch einiges zeigen.«

Sie fuhren wieder hinunter und schlenderten ins Stadtzentrum zurück. Maurizio führte Vera zu den Sehenswürdigkeiten, die in Gehweite lagen, und allmählich bekam sie ein Gefühl für die Stadt, in der ihre Großmutter aufgewachsen war. Die breiten Straßen, häufig von Baumreihen gesäumt, und die vielen barocken Prachtbauten verliehen der Stadt eine repräsentative Atmosphäre, die durch italienische Gelassenheit aufgelockert wurde. Vera fielen die zahlreichen originell gekleideten jungen Leute und die kleinen Modeläden in den Seitenstraßen auf. Die Tische der Straßencafés und Restaurants waren besetzt, die Gassen voller Menschen. Vera bemerkte im Schatten der Bäume aber auch einige abgerissene und ungepflegte Gestalten. Sie lebten sicher in den schäbigen Vierteln, die Vera bei ihrer Ankunft gesehen hatte und die das Zentrum einschlossen, als wäre es die Perle in einer hässlichen, verkrusteten Muschel. Turin war ein Kaleidoskop aus vielen verschiedenen Welten, die einander zu widersprechen schienen und sich doch zu einem Ganzen verbanden.

»Bei einer Million Einwohner gibt es eben viele, denen es nicht so gut geht«, sagte Maurizio. »Die treiben sich dann auf der Straße herum, betteln die Touristen an oder belästigen die Autofahrer, indem sie ungefragt die Scheiben putzen.«

»Sie versuchen zu überleben«, sagte Vera. »Soweit ich weiß, ist das soziale Netz in Italien nicht gerade engmaschig.«

»Aber es gibt zu viele, die sich wie Schmarotzer verhalten«, entgegnete Maurizio. »Um das zu verbessern, bin ich seit einigen Jahren politisch aktiv.«

»Ich sehe das etwas anders mit dem Schmarotzen. Viele haben einfach keine Wahl«, sagte Vera. »Aber lass uns nicht streiten, sonst verderben wir uns nur den schönen Tag.«

»Einverstanden. Willst du ein Eis?«

»Sehr gerne!«

»Heute zeige ich dir nur das Zentrum, aber wenn du Zeit hast, sieh dir auch die anderen Stadtviertel an«, sagte Mauro, während sie Eis essend eine große Einkaufsstraße entlanggingen. »Jedes hat seinen ganz eigenen Charakter.«

»Hast du nie darüber nachgedacht, hier wegzugehen?«

Mauro blieb stehen und machte mit dem Arm eine weit ausholende Bewegung. »Hier gibt es doch alles, was man sich nur wünschen kann. Aber selbst wenn ich wegwollte, könnte ich *mamma* nicht mit dem Café alleine lassen. Außerdem leben meine beiden Töchter hier, und sie nur noch alle paar Wochen zu sehen würde mir das Herz brechen.«

»Bist du geschieden?«

Mauro hob bedauernd die Schultern. »Ja, leider.«

Vera hatte es sich fast gedacht, als er am ersten Tag von seinen Töchtern gesprochen hatte. Und es erklärte auch, warum er wieder bei seiner Mutter lebte. Italienischen Männern wurde ja nachgesagt, dass sie sich niemals ganz abnabelten.

»Bei uns ist es ähnlich. Mein Exmann nimmt Finn an den Wochenenden und wenn ich arbeiten muss.«

»Was für ein *cretino* muss der sein, dass er eine Frau wie dich hat gehen lassen.«

»Nun übertreib mal nicht. Du kennst mich ja kaum.«

Sie wichen dem Tisch einer Kartenlegerin aus, die in bunte Gewänder gehüllt auf einem Campinghocker saß. »Nur fünf Euro für Ihre Zukunft«, leierte sie.

Mauro sah Vera an: »Willst du?«

»Lieber nicht. Wenn sie etwas Schlimmes vorhersieht, kriege ich das nicht mehr aus dem Kopf. Ich bin eine Meisterin darin, überall Gefahren und Katastrophen zu wittern.«

»So wirkst du aber gar nicht.«

»Um mich selbst habe ich ja auch keine Angst – zumindest nicht direkt. Nur um die Menschen, die mir nahestehen.«

»Ich glaube, ich ahne, weshalb.« Er war taktvoll genug, es bei der Andeutung, dass er über Vi Bescheid wusste – *natürlich tat er das, er gehörte zur Familie* –, zu belassen.

»Wir können ruhig offen darüber sprechen«, sagte Vera. »Es ist lange her.«

Mauro sah sie zweifelnd an. »Ändert das irgendetwas?«

»Nein. Es tut immer noch genauso weh, nur lernt man, den Schmerz und all das andere auszuhalten.«

»Woraus besteht das andere?«

»Zum Beispiel die Schuldgefühle.« Vera wunderte sich jedes Mal, wie vernünftig und distanziert sie klang, wenn sie über Vi sprach, obwohl es in ihrem Inneren tobte.

Ihre Schuldgefühle waren wie ein Monster, das in ihr lauerte und nur auf den richtigen Moment wartete, um hervorzukriechen. Erstickend, alles ausfüllend, dagegen hatte keine Therapie geholfen. Das Einzige, was half, war, Vi nicht an die Oberfläche ihres Bewusstseins zu lassen.

Maurizio drückte sie kurz an sich. »Du musst dich ablenken, *cara*, das Leben genießen.«

Vera merkte, dass ihr Lächeln etwas schief ausfiel. Aber er hatte recht: Sehr viel Spaß hatte sie nicht in ihrem Leben. Eigentlich gab es nur Finn und ihre Arbeit.

»*Ecco*, da sind wir wieder.« Vor ihnen öffnete sich die Piazza Castello wie eine Bühne, auf der die Stadt ihr Stück aufführte. Leute strebten in einer Choreografie des Zufalls kreuz und quer über den Patz ihren jeweiligen Zielen entgegen. Touristengruppen ballten sich vor dem Palazzo Madama, die Panflöten- und Tamburinklänge einer südamerikanischen Musiktruppe wehten über ihre Köpfe hinweg, zwei Hunde bellten sich an und zerrten an ihren Leinen, ein Straßenkehrer fegte über die Steinplatten – ein tragischer Sisyphos, denn vermutlich würde es ihm niemals gelingen, den ganzen Platz zu säubern.

Vor den Arkaden, unter denen das Molinari lag, blieben sie stehen. »Die Arbeit wartet«, sagte Mauro. »Aber wenn du möchtest, führe ich dich morgen zum Abendessen aus.«

»Gerne. Wirklich nett, dass du dir so viel Zeit für mich nimmst. Meinst du, ich kann deine Mutter morgen noch mal auf Teresa ansprechen?«

»Wie gesagt, das ist sicher kein Problem.«

»Ich werde Aurora vorerst auch nicht mehr erwähnen, versprochen.« Doch es gab keinen Grund, nicht auf eigene

Faust nachzuforschen. Im Internet hatte sie sich schon die Adresse des *Corriere di Torino*, der lokalen Tageszeitung, herausgesucht. Sobald die Tür des Molinari sich hinter Maurizio geschlossen hatte, drehte Vera sich um und machte sich auf den Weg dorthin.

Kapitel 10

―――― **2015**

Dank ihrer Stadtplan-App fand sie ohne größere Schwierig-keiten den Weg zum Redaktionsgebäude, das in der Nähe des Flusses lag. Der Po floss träge und breit dahin, auf den Kai-mauern saßen Liebespaare und Touristen. Vera tat es ihnen gleich, um in Ruhe Finn anzurufen. Es war halb drei, und heute hatte er keinen Nachmittagsunterricht.

»Mama?«, sagte er atemlos. »Sorry, war gerade am Zo-cken.« Bei Tom gab es eine Spielkonsole, von der Finn reich-lich Gebrauch machte, wenn er bei seinem Vater war.

»Hallo, Äffchen, wie geht's dir? Alles okay?«

»Ja, super. Ich hab fast alle Missionen gemacht.«

»Ist der Controller schon an deinen Händen festgewach-sen?«

Finn kicherte. »Ich spiel schon nicht die ganze Zeit. Papa passt auf, dass ich genug frische Luft kriege. Du, am Wo-chenende fahren wir zum Klettern, so richtig an total hohen Felsen!«

Vera wurde flau im Magen, aber sie ließ ihrer Stimme nichts anmerken. »Wohin genau fahrt ihr denn da?«

»Keine Ahnung, das musst du Papa fragen.«

»Ist er denn da?«

»Ja, warte kurz.« Vera blickte auf den Fluss und den Grün-gürtel am jenseitigen Ufer. Die Sehnsucht nach Finn konnte sie beinahe körperlich spüren.

»Vera? Alles in Ordnung? Wie läuft deine Story?« Tom keuchte ein wenig, als hätte er sich beeilt.

85

»Mal sehen, ich bin ja erst gestern angekommen. Sag mal, was ist das für eine Geschichte mit dem Klettern?«

»Im Elbsandsteingebirge. Ein Kunde von uns veranstaltet da Boulder-Kurse und hat uns eingeladen.«

»Bouldern? Das ist doch ohne Seil, oder? Du willst Finn ohne Sicherung einen Felsen hochschicken?« Sie versuchte, ruhig zu bleiben, aber sie war zu aufgebracht. »Kommt gar nicht in Frage.«

»Das ist vollkommen sicher, die benutzen Matten oder so, und die Kinder üben natürlich an einem kleineren Felsen. Und sie tragen einen Helm. Finn wird das Spaß machen, und wenn er sich ein paar Kratzer holt, bringt ihn das auch nicht um. Ich bleibe die ganze Zeit bei ihm, versprochen.«

Vera schwieg einige Augenblicke, in denen ihr durch den Kopf schoss, was alles passieren konnte, dann seufzte sie. »Na gut. Aber seid vorsichtig, okay?«

»Immer. Viel Glück bei deiner Recherche.«

»Danke. Kann ich Finn noch mal …«, aber Tom hatte bereits aufgelegt.

Vielleicht war es besser so. Sonst würde sie Finn noch mit ihrer eigenen Ängstlichkeit anstecken. Tom hatte recht: Er würde sich amüsieren. Und auch wenn Tom ihm mehr zutraute als sie, war er ein verantwortungsvoller Vater. Leider änderte das nichts daran, dass sie ihr Kind in Gedanken von einem Felsen abrutschen und mit verrenkten Gliedern zwischen Steinbrocken liegen sah. Die Bilder brachten sie beinahe dazu, Tom noch einmal anzurufen und einfach zu verbieten, dass er Finn mit zum Klettern nahm.

Stattdessen stand sie auf, klopfte sich den Dreck von ihrer Jeans und überquerte die Straße. Der *Corriere di Torino* befand sich in einem alten, etwas heruntergekommenen Gebäude. Die Eingangstür war nur angelehnt. Im gleichen Moment, als Vera sie aufziehen wollte, schwang sie von innen auf, und eine Frau rannte Vera beinahe um. Ein Schwall aufdringlich süßen Parfums hüllte sie ein. Die Frau entschuldigte sich nicht, warf ihr nur einen strafenden Blick zu und eilte auf unfassbar hohen Absätzen die Straße hinunter. »Ja, mir tut's auch leid«, murmelte Vera und betrat die Vorhalle. Einen Pförtner gab es nicht, nur ein Metallschild neben dem Aufzug, das die verschiedenen Ressorts auflistete. Das Archiv war im vierten Stock.

Im Aufzug roch es nach dem Parfum der Frau, und Vera war froh, als sich die Türen öffneten und sie der Duftwolke entfliehen konnte. Sie stieß eine Glastür mit der Aufschrift »*Archivio*« auf und gelangte in einen von Neonröhren beleuchteten Gang. Der Linoleumboden und die erbsengrünen Wände erinnerten an ein altes Schulgebäude. Vera ging langsam an den geschlossenen Türen vorüber und las die Schilder. Bei »*Segretariato*« blieb sie stehen, klopfte und trat ein. Ein Tresen, dahinter zwei Schreibtische, Aktenschränke, auf dem Boden ein strapazierfähiger grauer Teppich. An einem der Schreibtische saß ein Mann mit blondem, unordentlichem Haar, der ein Formular oder etwas Ähnliches ausfüllte, am anderen eine Frau um die vierzig mit einer Bienenkorbfrisur. Bei Veras Eintreten sah die Frau auf. Vera trug ihren Wunsch vor, im Archiv nachzuforschen, worauf die Angestellte den Kopf schüttelte. »Das Archiv ist der Öffentlichkeit nicht zugänglich.«

»Aber es ist wichtig. Ich bin selbst Journalistin und recherchiere wegen eines Falls aus den Vierzigerjahren.«

Der blonde Mann hob den Kopf. »Worum geht es denn genau?«

Vera erklärte es, und der Mann zog die Augenbrauen hoch. »Aurora Molinari? Nie gehört, dabei bin ich Experte für die Stadtgeschichte Turins.« Er stand auf, kam an den Tresen und reichte Vera die Hand. »Mattia Palatino, Autor für Lokales.

Und Sie kommen extra aus Berlin, um etwas über diese Frau zu recherchieren?«

»Eigentlich mache ich ein Radiofeature über meine Großmutter und habe erst kurz vor meiner Reise von einer verschwundenen Schwester namens Aurora Molinari erfahren. Meine Großtante Lidia, die älteste Schwester, lebt hier in Turin, will aber nicht darüber sprechen. Sie und ihre Schwestern betrieben das Café Molinari auf der Piazza Castello.« Vera wusste, wie man einen Journalisten köderte.

Palatino rieb sich das Kinn. »Ziemlich interessant. Vorschlag: Wenn ich Sie mit ins Archiv nehme und wir etwas herausfinden, darf ich im *Corriere* darüber berichten.«

Vera lächelte. »Ob das so interessant für Ihre Leser ist? Aber einverstanden, von mir aus können Sie gerne berichten, solange Sie die Privatsphäre meiner Familie respektieren und sich mit mir absprechen, bevor ein Artikel erscheint.«

Palatino lächelte und sagte beinahe akzentfrei auf Deutsch: »Ich merke schon, ich habe mit einem Profi zu tun.«

»Nicht schlecht. Woher können Sie so gut Deutsch?«

Er grinste. »Meine Mutter ist Deutsche. Daher auch die blonden Haare.«

»Da gab es sicher auch einige Nordländer in Ihrer Ahnenreihe väterlicherseits«, sagte Vera lächelnd. »Blond wird rezessiv vererbt.«

Palatino nickte anerkennend. »Hausaufgaben gemacht, Respekt.«

»Ich wollte nur ein bisschen angeben.«

»Gehen wir?« Er sah sie von der Seite an. Dann wandte er sich auf Italienisch an die Bienenkorbfrau: »Morena, die Kollegin unterstützt mich bei der Recherche. *Signora* Barberis muss davon im Moment noch nichts erfahren.« Er zwinkerte ihr zu.

»Keine Sorge, *Signor* Palatino«, zwitscherte sie und schob

ihren Bienenkorb zurecht. Vera fragte sich unwillkürlich, ob sie ihn wie einen Helm im Ganzen abnehmen konnte.

Der Journalist begleitete sie den Gang hinunter. Neben der letzten Tür hing ein Eingabegerät, in das er einen Zahlencode tippte, dann betraten sie das Archiv. Es bestand anscheinend aus mehreren Räumen, deren Fenster alle mit schwarzen Rouleaus abgedeckt waren. Die alten Ausgaben der Zeitung waren wohl in den Rollschränken untergebracht, die auf einer Bodenschiene hin und her gleiten konnten. An der seitlichen Wand des zweiten Raumes gab es mehrere klobige Lesegeräte für Mikrofiches und einige Computer. Es roch staubig und war im Vergleich zu draußen kühl.

»Wer war denn diese Aurora Molinari?«, erkundigte sich Palatino. Vera erklärte es ihm kurz, und er nickte.

»Warum glauben Sie, dass etwas über Ihre Verwandte in der Zeitung stehen könnte?«

»Nur ein Gefühl. Ihre Schwester will nicht über sie sprechen, es wusste niemand aus der Familie, dass sie überhaupt existiert hat. Ich nehme an, dass ihr etwas zugestoßen ist.«

»Wann ist das Ganze denn passiert?«

»Wahrscheinlich 1948/49. Ganz sicher bin ich mir aber nicht.« Teresa und Lorenzo waren um 1950 nach Deutschland gekommen, soweit sie wusste, und das Bild war auf das Jahr 1948 datiert.

»Schade. Wir digitalisieren zwar das Archiv, aber dabei gehen wir rückwärts. Zurzeit sind wir in den Sechzigerjahren. Alles, was früher passiert ist, müssen wir in den Mikrofiches suchen. Genauer können Sie den Zeitpunkt nicht eingrenzen?«

Vera schüttelte den Kopf, und Palatino fuhr sich durch die Haare. Daher rührte also die Sturmfrisur. »Da haben wir ja was vor uns. An die Arbeit.« Er drehte das Rad an einem der Segmente und öffnete so eine Lücke zwischen den Regalen. »Ich glaube, die Fiches sind alle hier.«

89

Vera spürte eine leichte Beklemmung, als sie in den schmalen Gang trat. In den Regalen standen unzählige Archivboxen, die mit Jahreszahlen beschriftet waren. Palatino suchte sie mit den Augen ab, bückte sich und ging dann in die Hocke. »Die Vierziger und Fünfziger sind hier unten.« Er stand wieder auf, eine Archivbox in beiden Händen. Er drückte sie Vera in den Arm und holte noch eine zweite. »Januar bis April 1948. Damit fangen wir an.«

»Müssen Sie nicht arbeiten? Artikel schreiben oder korrigieren oder so etwas?«

»Wichtige Recherchen gehen vor.« Er grinste verschmitzt. »Ich bin übrigens dafür, dass wir uns duzen.«

»Finde ich auch besser.«

Sie setzten sich nebeneinander an die Lesegeräte, und Mattia zeigte Vera, wie sie die Folien einlegen musste. Auf jeder Folie befand sich eine Ausgabe des *Corriere di Torino*, die Seite für Seite auf dem Bildschirm erschien.

»Wenn etwas passiert ist, hat es damals sicher viel Aufsehen erregt«, sagte sie. »Es genügt bestimmt, die Schlagzeilen im Lokalteil zu überfliegen.«

»Ganz deiner Meinung«, sagte Mattia, ohne den Blick vom Bildschirm abzuwenden. Schweigend klickten sie sich durch eine Folie nach der anderen, und als sie beide Kartons durchgegangen waren, stand Palatino auf, reckte sich und bot Vera einen Kaffee an. »Gleich nebenan gibt es eine Bar.«

Es tat gut, dem fensterlosen Archiv zu entkommen. In der Bar, die wie ein Schlauch ins Gebäude hineinführte, bestellte Palatino zwei *caffè macchiato*, dann setzten sie sich an einen der zwei kleinen Tische neben einem altmodischen Wandtelefon.

»Wirklich nett, dass du mir hilfst«, sagte Vera.

Er zuckte mit der Schulter. »Ich habe ja auch was davon. So etwas passt perfekt in unsere Rubrik zur Stadtgeschichte.

Das Molinari kenne ich natürlich, aber ich wusste bisher nichts über seine Besitzerinnen. Erzählst du mir noch etwas über deine Familie?«

Vera berichtete, was sie wusste. Er wirkte vertrauenswürdig, nicht wie einige ihrer Kollegen, die jedes Wissen rücksichtslos ausnutzten, nur um an eine gute Geschichte zu kommen. Sie hoffte stark, dass ihre Menschenkenntnis so gut war, wie sie glaubte.

»Klingt wirklich spannend«, sagte er, nachdem Vera geendet hatte. »Aber für dich ist es natürlich mehr als eine Story.«

»Ich fände es schön, mehr über die Beziehung der Schwestern zu erfahren. Irgendwelche Spannungen müssen da gewesen sein. Nach dem, was meine Großtante erzählt, hatten sie es damals nach dem Krieg nicht leicht. Es lief anscheinend gut, aber dann ist etwas passiert, worüber niemand spricht, und meine Großmutter ging weg. Vielleicht war die dritte Schwester der Auslöser dafür. Jetzt will ich natürlich wissen, was damals passiert ist und wieso meine Großtante sich weigert, darüber zu reden.«

»Dann machen wir am besten weiter.« Mattia zog einige Münzen aus der Tasche und legte sie auf den Tisch. »Bis die Augäpfel schrumpeln.«

Wieder im Archiv fuhren sie fort, die Karteikästen durchzusehen. Es war ermüdend, und nach einiger Zeit taten Vera die Augen weh, doch dann sprang ihr eine Überschrift ins Auge: **Junge Frau wahrscheinlich ermordet.**

»Ich hab's!« Sie stieß Mattia an, und er rückte seinen Stuhl neben ihren. Gemeinsam lasen sie den Artikel, der nicht so groß aufgemacht war, wie man hätte erwarten können.

Die in Turin wohnhafte Aurora Molinari, 20, ist wahrscheinlich ermordet worden. Die Mitbesitzerin

eines beliebten Kaffeehauses an der Piazza Castello war seit einigen Tagen verschwunden. Gestern verhaftete die Staatspolizei einen Angestellten. Commissario Claudio Foletti sagte, der Mann habe den Mord gestanden, außerdem gebe es Indizien, die auf seine Täterschaft hinwiesen. Geheimnisvoll an dem Fall ist, dass die Leiche der jungen Frau bisher nicht gefunden wurde.

Der Artikel war noch länger, aber die Buchstaben verschwammen vor Veras Augen. Sie fühlte sich starr, jede Bewegung kostete auf einmal einen ungeheuren Kraftaufwand, als würde eine zähe Masse sie umschließen. ... *dass die Leiche der jungen Frau bisher nicht gefunden wurde.* Sie dachte an all die Artikel, die damals von Vi berichtet hatten, die Fernsehaufrufe, die immer und immer wieder ihr Gesicht gezeigt hatten, dazu die immer selben Wörter: *spurlos – zuletzt gesehen – unauffindbar.* Das Einzige, das von Vi übrig geblieben war, war ihr roter Haargummi mit den Kirschen. Er hatte auf dem Weg gelegen, genau an der Stelle, an der Vera sie zurückgelassen hatte. Doch man hatte keine Spuren von weiteren Personen entdeckt. Nur der Streifen, wo Vi ausgerutscht war, war noch zu sehen gewesen. Es war, als hätte ein riesiger Vogel sie in die Luft gehoben und fortgetragen.

»Vera, alles in Ordnung?« Mattia wandte sich ihr mit besorgtem Gesicht zu.

Sie konnte nur den Kopf schütteln. Atmete schnell und flach. Vor ihren Augen tanzten schwarze Punkte, und sie fühlte, wie sie langsam zur Seite kippte, ohne etwas dagegen tun zu können. Mattia legte beide Arme um ihre Schultern, um sie aufrecht zu halten.

»Du musst dich hinlegen.« Er half ihr, sich auf dem Boden auszustrecken. Die Kühle des Linoleums drang durch ihr

T-Shirt. Mattia zog seinen Stuhl heran und legte ihre Füße auf die Sitzfläche. »So bleiben. Soll ich einen Arzt rufen?«

»Nein«, sagte Vera, ihre Stimme klang verwaschen, »ist nur der Kreislauf.«

»Hast du heute schon was gegessen?«

»Croissant, Pizza, Eis«, presste Vera hervor. Das Zimmer schaukelte hin und her.

»Dann ist ja gut. Bei euch Frauen weiß man nie.« Mattia legte eine Hand auf ihre Fußknöchel, und das Schwanken wurde etwas schwächer. »Du bist total blass.« Er rieb ihre Waden, seine warmen Finger taten ihr gut, und sie genoss die Berührung ein wenig länger, als notwendig gewesen wäre. Das Schwanken hatte aufgehört.

»Ich glaube, es geht wieder.« Sie stellte ihre Füße auf den Boden und stemmte sich hoch. Mattia griff unter ihren Arm und half ihr auf. Als sie stand, ließ er sie nicht los, sondern legte ihr stützend einen Arm um die Schultern. *Schon der Zweite heute, ein richtiger Lauf.* Vera musste grinsen. Als sie eine kleine Bewegung von ihm weg machte, gab er sie sofort frei, sah ihr aber besorgt ins Gesicht. »Geht's wieder? Was war denn los?«

»Das mache ich immer so. Männer finden es doch toll, wenn sie den Retter geben dürfen.«

Einen Moment lang sah er sie verblüfft an, dann brach er in Lachen aus.

»Danke für die Erste Hilfe«, sagte sie. »Es lag wohl an der stickigen Luft. Machen wir weiter? Wenn Aurora wirklich ermordet wurde, gibt es sicher noch mehr Artikel.«

Mattia sah sie nachdenklich an, als wollte er etwas fragen, doch dann schien er es sich anders zu überlegen und sagte nur: »Klar.«

Sie setzten sich wieder nebeneinander und suchten weiter. Doch es fanden sich überraschend wenige Artikel zu dem

Fall, und diese enthielten auch keine neuen Erkenntnisse. Die wichtigste Information, die sich den Texten entnehmen ließ, war, dass man Auroras Leiche anscheinend nie gefunden hatte. Dann, im Januar 1949, stieß Mattia auf einen weiteren, wieder erstaunlich kurzen Artikel:

Der 21-jährige Giorgio Toso wurde gestern wegen Mordes an der Turiner Kaffeehausbesitzerin Aurora Molinari, zum Zeitpunkt der Tat 20 Jahre alt, zu lebenslänglicher Haft verurteilt. Toso war als Laufbursche im Caffè Molinari beschäftigt und hat die Tat gestanden (das Geständnis allerdings später widerrufen), und in seinem Besitz wurden persönliche, mit Blut verunreinigte Gegenstände der Vermissten gefunden. Es fragt sich, welchen Wert man der Aussage des geistig zurückgebliebenen Verurteilten beimessen kann. Zeugen, unter anderem die beiden Schwestern der Verschwundenen, sagten aus, dass Toso Signorina Molinari mit einer heftigen Zuneigung verfolgt und einmal sogar angegriffen hatte, wobei die junge Frau Verletzungen davontrug. Rätselhaft an dem Fall bleibt, dass die Leiche der jungen Frau bis heute nicht entdeckt werden konnte. Der Einzige, der den Verbleib aufklären könnte, schweigt starrsinnig. Toso wurde nach der Urteilsverkündung ins Gefängnis »Le Nuove« gebracht, wo er bereits in den Monaten vor dem Prozess in Untersuchungshaft saß.

»Damit können wir arbeiten«, sagte Mattia. Seine Augen glänzten, und sein Jagdfieber übertrug sich auf Vera.

»Ich fürchte, dieser Toso lebt nicht mehr, aber vielleicht hat er noch lebende Verwandte. Das sollten wir unbedingt herausfinden«, sagte sie. »Der Fall erinnert mich an einen ähnlichen aus Deutschland, bei dem auch ein geistig Behinderter einen Mord gestand und deswegen verurteilt wurde. Erst nach Jahren hat sich herausgestellt, dass er es nicht gewesen sein konnte. Vielleicht war es ja bei Toso genauso.«

»Wahrscheinlich war man damals einfach froh, einen Schuldigen zu haben, und hat keine weiteren Ermittlungen angestellt.« Mattia schlug sich mit der Faust in die Handfläche, als könnte er es kaum abwarten, mit der Recherche zu beginnen. »Dass er sie angeblich so verehrt, aber trotzdem angegriffen haben soll, passt auch nicht zusammen.«

Er sah auf die Uhr. »Schon fast fünf. Wie wäre es damit: Ich sehe mal, was ich über diesen Toso herausfinden kann, und wir hören uns morgen?«

»Einverstanden. Darf ich dich dann auch interviewen und das Gespräch aufnehmen? Ich will möglichst viel Tonmaterial sammeln.«

»Sicher. Diese Sache ist ziemlich rätselhaft, ich bin gespannt, was ich nach so langer Zeit noch rauskriege.«

Vera lächelte. Mattia glich einem Jagdhund, der eine Fährte aufgenommen hatte. Sie kannte das Gefühl gut. Wenn sie einer spannenden Geschichte auf der Spur war, ging es ihr ganz genauso. Sie wollte hinter die Fassaden blicken, genau wissen, was tatsächlich vor sich ging, und sie gab nicht auf, bevor sie es herausgefunden hatte. Sie besaß genug Erfahrung als Journalistin, um zu spüren, dass sie und Mattia ein gutes Team bilden würden. Er war fokussiert und redete keinen Unsinn. Außerdem war er auf eine flapsige Art ziemlich charmant, was die Zusammenarbeit zusätzlich angenehm machte.

Sie tauschten ihre Telefonnummern aus, und Mattia brachte sie zum Aufzug. »Bis morgen dann.«

Vera fuhr mit dem Aufzug, in dem immer noch ein schwacher Hauch des aufdringlichen Parfums hing, nach unten und machte sich auf den Rückweg zur Piazza Castello. Es war kurz vor fünf, und wenn sie sich vor dem Aperitif mit Mauro und ihrer Tante noch frisch machen wollte, musste sie sich beeilen. Trotzdem ging sie zu Fuß, um über das nachzudenken, was Mattia und sie herausgefunden hatten.

Die Geschichte um Aurora war ein ungelöstes Rätsel, eine spannende Sache für jeden Journalisten, aber deswegen war sie eigentlich nicht nach Turin gekommen. Sie hatte das Radiofeature als eine Art Andenken an ihre Großmutter geplant, als Reverenz an eine Frau, über die sie erschreckend wenig wusste. Wenn sie stattdessen Auroras Verschwinden nachspürte, würde die Sendung einen ganz anderen Schwerpunkt bekommen. Patrick würde das nicht gefallen. Aber Vera wusste, dass Auroras Geschichte sie nicht mehr loslassen würde. Die seltsame Übereinstimmung mit dem Verschwinden ihrer eigenen Schwester war einfach zu merkwürdig. Unzählige Male hatte sie sich die Frage gestellt, was mit Vi geschehen war. Ob sie noch lebte, ob ihre Leiche unentdeckt ganz in der Nähe des Elternhauses lag, ob jemand sie mitgenommen, ob sie gelitten hatte – das Nichtwissen war wie ein freier Fall, der niemals endete. Irgendwann wurde das Gefühl so unerträglich, dass man begann, den Aufprall herbeizusehnen, auch wenn er einem alle Knochen brechen würde.

Tagelang hatten Polizisten mit Hunden den Teufelsbruch und den Spandauer Forst durchsucht, hatten alle Anwohner befragt, waren wieder und wieder mit Vera jede Einzelheit dieses Nachmittags durchgegangen. Und sie hatte sich bemüht, hatte sich wirklich angestrengt, sich an die eine, kleine Sache zu erinnern, die möglicherweise den Schlüssel zu Vis Verschwinden darstellte, doch sie hatte versagt.

Inzwischen wusste sie, dass sie keine Schuld an dem trug, was passiert war, wusste es gewiss, und trotzdem war da immer noch dieses grellweiße Gefühl ihrer Schuld, das wie ein

Fremdkörper in ihr steckte und schmerzte, wenn man es nur leicht anrührte. Es gelang Vera manchmal für lange Zeit, die Gedanken daran zu verdrängen, doch es war immer da, Tag und Nacht, wie eine Strafe, die sie sich selbst auferlegt hatte. Irgendwann hatte sie begriffen, dass es Scham war. Sie schämte sich, weil sie Vi alleine gelassen hatte, weil sie nichts zur Aufklärung hatte beitragen können. Weil sie noch da war und Vi, die so viel witziger und begabter gewesen war, nicht. Nur ließ das Wissen darum die Scham nicht verschwinden, die wie ein Kainsmal an ihr klebte, so hässlich und peinlich, dass sie sich wunderte, warum andere es nicht wahrnahmen. Lange hatte sie gedacht, dass eigentlich sie hätte verschwinden sollen. Dass es Vi getroffen hatte, musste eine Verwechslung gewesen sein.

Den Schlüssel zu Vis Schicksal hatte Vera in all den Jahren nicht finden können, doch vielleicht konnte sie herausfinden, was vor beinahe siebzig Jahren Aurora Molinari zugestoßen war.

Kapitel 11

—— 1948

Teresa war so aufgeregt, dass sie zitterte, als sie das Café erreichte, in dem sie mit Lorenzo Borromeo verabredet war. Es war ihre erste Verabredung mit einem Mann, und sie hatte keine Vorstellung davon, wie so etwas eigentlich ablief und wie sie sich verhalten sollte. Aurora hätte ihr sicher einiges über Verabredungen erzählen können, aber Teresa hatte Lorenzo ihren Schwestern gegenüber nicht erwähnt. Sie wollte nicht über ihn reden und Lidias misstrauische Fragen abwehren müssen. Und wer wusste schon, ob sie sich überhaupt ein zweites Mal treffen würden?

Sie näherte sich der Eingangstür, doch etwas hielt sie davon ab, sie aufzudrücken. Sie wollte Lorenzo wiedersehen, aber gleichzeitig fürchtete sie sich davor, er könnte ganz anders sein, als sie ihn sich vorstellte. Was, wenn er die ganze Zeit nur von sich sprechen oder unangemessene Bemerkungen machen würde? Oder noch schlimmer: Er könnte denken, sie sei leichtfertig und verabrede sich ständig mit fremden Männern.

Sie biss sich auf die Unterlippe. Wenn sie nicht hineinging, würde sie Lorenzo jedenfalls nicht näher kennenlernen. Sie spähte durchs Fenster, um ihn ausfindig zu machen, und fuhr zusammen, als sie unerwartet hinter sich eine Stimme hörte.

»Warten Sie schon lange?«

Teresa fuhr herum. Lorenzo trug einen abgetragenen Anzug, dessen Jackenärmel zu kurz waren, und einen alten Hut, doch sein weißes Hemd war makellos. Er hielt Teresa die

Hand hin. Sie war eiskalt, obwohl die Sonne schien. Zu wissen, dass er ebenfalls nervös war, beruhigte Teresa ein wenig.

»Ich wollte gerade hineingehen«, sagte sie.

»Dann bin ich ja genau zum richtigen Zeitpunkt gekommen.« Er hielt ihr die Tür auf, und sie traten ein. Es war ein kleines Café mit fünf oder sechs Tischen, und Teresa war froh, dass nur wenige Gäste da waren. Sie fragte sich, was die Leute über sie denken mochten. Es musste auffallen, dass sie und Lorenzo sich nicht gut kannten.

Doch warum kümmerte sie es überhaupt, was andere dachten? Es musste an ihrer Nervosität liegen. Normalerweise war sie nicht so unsicher, aber dies hier war vollkommen neues Terrain.

Sie setzten sich und bestellten jeweils einen *caffè macchiato*, außerdem zwei Stücke *torta della nonna*. Teresa hatte zwar keinen Appetit auf Kuchen, aber sie wollte sich mit etwas beschäftigen können, falls das Gespräch stocken sollte.

»Ich bin sehr froh, dass Sie gekommen sind, *Signorina* Molinari.« Er wusste wohl nicht, was er mit seinen Händen tun sollte, denn er legte sie erst auf den Tisch, nahm sie dann herunter und legte sie schließlich wieder auf der Tischplatte übereinander.

»Ich auch. Also, ich meine, dass Sie gekommen sind, nicht, dass ich …« Das fing gar nicht gut an. Sie saßen sich so steif gegenüber wie zwei Statuen. Wenn es ihnen nicht gelang, das Eis zu brechen, würde das Treffen eine Katastrophe werden. Teresa beschloss, so zu tun, als würden sie sich schon seit Ewigkeiten kennen und hätten sich bereits Dutzende Male getroffen und miteinander geredet. Sie lehnte sich zurück, legte einen Ellbogen auf die Stuhllehne und fragte: »Und, wie kommen Sie mit Ihren Studenten zurecht?« Das war erbärmlich, aber sie wusste ja kaum etwas über ihn, und es war zumindest ein Anfang.

»Nicht sehr gut, um die Wahrheit zu sagen. Es mangelt mir ein wenig an Autorität, da meine Studenten und ich keinen nennenswerten Altersunterschied aufweisen. Viele von ihnen haben des Krieges wegen ihr Studium unterbrochen oder gar nicht erst begonnen. Und nach dem, was sie erlebt haben, sind sie nicht geneigt, sich von einem Schreibtischkrieger wie mir etwas sagen zu lassen.« Lorenzo zupfte an seiner Hemdmanschette, die aus dem Ärmel seines Jacketts hervorblitzte. »Das soll nicht heißen, dass ich sie nicht mag. Wir diskutieren viel, und sie trauen sich auch bei mir eher, ihre eigenen Ansichten zu vertreten, da ich ja nur ein Assistenzprofessor bin. Ein kleines Licht im strahlenden Meer des Wissens.« Als er lächelte, fühlte Teresa sich ihm sofort näher. Sie mochte, wie präzise und gewählt er sich ausdrückte.

»Und Sie interessieren sich für die Medizin?«, fragte er.

Teresa war es zuerst unangenehm, darüber zu sprechen. Bisher wusste niemand davon, und sie fürchtete, er könnte sie auslachen. Eine Confiseurin, die den menschlichen Körper erforschen wollte, das klang ja lächerlich. Doch Lorenzo hörte ihr mit solcher Aufmerksamkeit zu, dass sie ihre Hemmung bald vergaß und ihm ihre ganze Geschichte erzählte. »Ich habe so viel darüber nachgedacht, wie man Menschen wie meiner Mutter helfen könnte, und ich habe alle Bücher, die es in der Bibliothek darüber gibt, gelesen. Wir stehen immer noch ganz am Anfang, weil wir die Prozesse der Heilung noch nicht gut genug verstehen.«

Lorenzo nickte ernst. »Wenn es Sie in die Forschung zieht, sollten Sie besser Humanbiologie studieren statt Medizin.«

»Ich und studieren?« Teresa winkte lachend ab. »Dafür habe ich gar keine Zeit neben meiner Arbeit. Die Besuche in der Bibliothek sind meine private Leidenschaft.«

»Einen höheren Schulabschluss haben Sie, *Signorina* Molinari, und Ihre Schwestern würden Sie sicherlich freigeben, wenn es Ihr Wunsch ist.«

»Wie soll das gehen? Beide sind in der Küche hoffnungslos unbegabt und zählen auf mich. Wir müssen zusammenhalten, außer uns haben wir niemanden.« Teresa schüttelte den Kopf. Der Gedanke, den Lorenzo ausgesprochen hatte, war verführerisch, aber nicht mehr als ein Hirngespinst.

»Sehr bedauerlich«, sagte Lorenzo. »Ich bin der Ansicht, jeder Mann und jede Frau sollte seinen oder ihren beruflichen Neigungen nachgehen können. Dass dies nicht immer einfach ist, will ich nicht leugnen. Mein Vater war Schuster in Chivasso, in die Wiege gelegt wurde mir das Studium nicht. Aber ich habe es mir erarbeitet.«

»Ich bewundere Sie. Weshalb ausgerechnet die deutsche Sprache?«, fragte sie, und Lorenzo lächelte.

»In der Nachbarschaft gab es einen Deutschen, der nach dem Ersten Weltkrieg eine Italienerin geheiratet hat. Er zitierte mit Vorliebe Gedichte der Romantik in seiner Muttersprache, wahrscheinlich, weil er es vermisste, Deutsch zu sprechen. Als Junge hat mich zuerst der Klang fasziniert, der wunderbare Rhythmus, und als ich die Gedichte zu verstehen begann, war ich sehr ergriffen von den tiefen Empfindungen, die darin lagen.« Er lächelte. »Das klingt wahrscheinlich ganz dumm.«

»Nein, kein bisschen«, sagte Teresa schnell. Lorenzo war so völlig anders als die jungen Männer, die sie kannte. Die waren laut, prahlten herum und benahmen sich wie Gockel auf dem Misthaufen. Andere taten vornehm und hielten allzu viel auf Traditionen und darauf, was ihre Umgebung von ihnen dachte. Mit Lorenzo zu sprechen war, als käme man nach einem langen Aufenthalt in einem stickigen, dunklen Raum an die frische Luft.

»Meine Güte, wie spät ist es eigentlich?« Sie blickte auf die

101

Wanduhr über der Theke. »Ich muss zurück ins Café, meine Schwestern werden sich fragen, wo ich bleibe. Ich habe ihnen gesagt, ich müsse Pralinen ausliefern.« Sie stand auf, und Lorenzo erhob sich ebenfalls. Er bestand darauf, zu bezahlen, und hielt ihr erneut die Tür auf. Dann standen sie auf der Straße und wussten nicht recht, was sie sich sagen sollten.

»Es war ein großes Vergnügen, Sie näher kennenzulernen«, sagte Lorenzo, plötzlich wieder etwas gehemmt. »Darf ich denn auf eine Wiederholung hoffen?«

Ohne zu zögern, sagte Teresa, das könne er selbstverständlich. »Es war wunderbar, mit Ihnen zu sprechen.« Sie hätte sich vielleicht spröder verhalten sollen, doch jede Art von Schauspielerei erschien ihr bei Lorenzo überflüssig, weil auch er alles offenherzig aussprach, was er dachte.

Sie verabredeten, sich in wenigen Tagen wieder im selben Café zu treffen. Bereits auf dem Heimweg wünschte Teresa sich, es wäre schon so weit.

In den folgenden beiden Monaten trafen sie sich, wann immer sie Zeit fanden. Lorenzo wurde Teresas engster Vertrauter, ihm konnte sie alles sagen, was sie bewegte. Und er wirkte weiter auf sie ein, sie solle ein Studium aufnehmen. Er erkundigte sich sogar bei der Fakultät für Biologie nach den Bestimmungen für die Immatrikulation und brachte ihr alle notwendigen Formulare mit. Durch seine Unterstützung entstand in Teresa die Gewissheit, dass sie sich dem widmen sollte, was sie am meisten interessierte, statt ihr Leben lang Kuchen und Pralinen anzufertigen. Doch wenn sie studieren wollte, benötigte sie Lidias Einverständnis, da diese ihr Vormund war. Im Gegensatz zu Lorenzo war Teresa alles andere als sicher, dass ihre Schwester sie gehen lassen würde. Sie kannte Lidia, und deswegen schob sie das Gespräch mit ihr immer weiter vor sich her. So konnte sie wenigstens weiterhin von ihrem Studium träumen.

»Um Himmels willen, wie siehst du denn aus? Teresa legte die Spatel weg und wischte sich die Hände an der Schürze ab. Alessandro schob die Hintertür, durch die er gerade hereingekommen war, hinter sich zu und legte den Zeigefinger auf den Mund.

»Nicht so laut, sonst kriegt Lidia es mit.«

»Ganz sicher wird sie nicht begeistert sein, dass du die neuen Hosen ruiniert hast.« Teresa betrachtete das große Loch unterhalb des rechten Knies, dann wanderte ihr Blick zu Alessandros Gesicht. Erst jetzt sah sie die Schramme auf seiner Wange und sein zerrauftes Haar. »Was ist denn passiert? Hast du dich geprügelt?«

»Nein, bin bloß hingefallen«, murmelte ihr Bruder und lehnte seine Schulmappe gegen den Rührkessel. Teresa holte ein sauberes Handtuch, tränkte einen Zipfel in Wasser und tupfte Alessandros Wunde ab. Er biss die Zähne zusammen, aber sie merkte, dass es ihm wehtat. »Armer Schatz«, sagte sie und strich ihm über den Kopf. Alessandro fing an zu weinen.

»Was ist denn?«, fragte Teresa. Aber er antwortete nicht, sondern drückte nur seinen Kopf gegen ihre Brust und schluchzte. Sie legte die Arme um ihn wie bei einem kleinen Kind und machte beruhigende Geräusche, bis seine Schultern nicht mehr zitterten, dann hielt sie ihn von sich weg. »Erzähl mal, was genau passiert ist.«

»Ich bin auf der Treppe ausgerutscht. Die anderen haben mich ausgelacht. Ich will nicht mehr in die Schule.«

»Ach, das ist bis morgen längst wieder vergessen.« Sie ließ ihn los und gab ihm einen der frischen Gianduiotti, die auf dem Blech aushärteten. Die Süßigkeit schien ihn zu beruhigen, er wischte sich die Tränen aus dem Gesicht und atmete tief durch.

»Nein, niemand vergisst das«, sagte er düster und stieß seine Schuhspitzen gegen den Boden. »Ich hasse die Schule,

103

die sind alle dumm dort. Am liebsten würde ich zu Hause lernen, und zwar nur das, was mich auch interessiert.«

»*Tesoro*, man muss aber noch andere Dinge lernen, nicht nur die Namen versteinerter Tiere und Pflanzen.«

»Ach ja? Weshalb denn? Ich werde sowieso Paläontologe.«

Teresa seufzte. »Das kannst du ja auch. Aber nur, wenn du einen guten Abschluss machst, sodass du auf die Universität gehen kannst.«

Alessandro ließ die Schultern hängen, und sie strich ihm wieder übers Haar. Er hob den Kopf und sah sie an. »Lidia wird überschnappen wegen der Hose«, sagte er.

»Das lass mal meine Sorge sein. Gigis Schwester ist die reinste Zauberin, was Nähen und Stopfen angeht. Nimm die Hintertreppe nach oben, zieh dich um und leg die Hose in mein Zimmer, dann gebe ich sie ihm morgen mit.«

»Danke, Teresina, du bist die beste Schwester der Welt.« Er sah schon etwas munterer aus. Teresa lugte auf den Flur, um sicherzugehen, dass niemand Alessandro sehen würde und winkte ihm dann. Er huschte den Gang hinunter und verschwand durch die Tür zur Hintertreppe, die früher den Dienstboten ermöglicht hatte, die Wohnung zu betreten und zu verlassen, ohne die Herrschaft zu stören.

Die Schwingtür zum Café wurde aufgestoßen, und Lidia streckte ihren Kopf durch den Spalt. »Teresa, hast du Alessandro gesehen? Er müsste doch längst aus der Schule zurück sein.«

»Er ist gleich hinaufgegangen, weil er Kopfschmerzen hatte und sich etwas hinlegen wollte.«

Lidia zog die Augenbrauen zusammen. »Ein vierzehnjähriger Junge mit Kopfschmerzen? Dr. Floriano sollte ihn sich mal ansehen. Er hat in letzter Zeit auch so wenig gegessen und wirkte ganz blass, findest du nicht?« Zum ersten Mal wurde Teresa bewusst, wie sehr ihre älteste Schwester sich bemühte, für ihre jüngeren Geschwister zu sorgen. Auf ihren Schultern lastete eine Menge Verantwortung. Kein Wunder, dass sie häufig so schroff war.

»Ich bin sicher, es ist alles in Ordnung«, sagte Teresa sanft, »er wächst einfach zu schnell.«

»Ich mache mir trotzdem Sorgen um ihn. Er bräuchte richtige Eltern, ich kann mich nicht genug um ihn kümmern.«

»Wir tun alle unser Bestes, und das ist gut genug.«

Lidia sah sie bekümmert an. Unter ihren Augen lagen dunkle Schatten, von den Mundwinkeln zogen sich zwei feine Linien abwärts, und sie wirkte viel älter als ihre einundzwanzig Jahre, aber dann straffte sie sich und nahm die Schultern zurück. »Ich will, dass dieses Café uns allen ein gutes Leben ermöglicht. Gehen wir wieder an die Arbeit.«

Sie wollte in den Gastraum zurückkehren, hielt aber inne, als Teresa sagte: »Ich muss kurz weg.«

»Mitten am Tag?«

»Ich muss eine Torte ausliefern, die ich vergessen habe, Gigi mitzugeben. Gianduiotti sind noch genug da, und die Marzipantorte für morgen bereite ich heute Abend vor.«

»Da kann man wohl nichts machen. Aber beeil dich.«

Teresa nickte, dann lief sie zurück in die Küche und nahm ihre Schürze ab. In dem kleinen Spiegel über dem Handwaschbecken überprüfte sie ihre Erscheinung, strich sich die Haare glatt und wischte sich einen Mehlfleck aus dem Gesicht. Sie schlüpfte in ihre Jacke und nahm eine der leeren Gebäckschachteln vom Regal. Im Gastraum nickte sie Lidia hinter der Kasse zu und rief: »Bis später!« Dann eilte sie über die Piazza zur Tramhaltestelle. Zehn Minuten später stieg sie am Parco del Valentino aus. Ihr Herz klopfte so schnell, als wäre sie gerannt, und als sie am Haupteingang Lorenzo stehen sah, machte es einen Hüpfer.

105

Nach jenem ersten Kaffee, bei dem sie sich schüchtern und verkrampft gegenübergesessen und an ihren Tassen genippt hatten, weil sie nicht einmal wagten, einander in die Augen zu sehen, hatten sie sich mehrere Male gesehen und Stück für Stück die Scheu voreinander verloren. Lorenzo lachte sie nicht aus, wenn sie von ihren Studienplänen erzählte, im Gegenteil, er ermutigte sie sogar. Er konnte ihre Gedanken nachvollziehen, weil er sich genauso für sein Fachgebiet begeisterte wie sie sich für das ihre. Und mit seinem skurrilen Sinn für Humor, den sie zunächst gar nicht an ihm vermutet hatte, brachte er sie ständig zum Lachen. Die Stunden, die sie zusammen verbrachten, waren eine Befreiung von der Schwere des Alltags, und sie hatte endlich jemanden, dem sie all ihre Gedanken anvertrauen konnte.

Inzwischen hatte er sie entdeckt und winkte, um auf sich aufmerksam zu machen – als könnte man seine lange, schmale Gestalt übersehen! Teresa lief auf ihn zu. Er schloss sie kurz in seine Arme, während sie sich mit zwei Wangenküssen begrüßten. Seine Bartstoppeln kratzten auf ihrer Haut, und am liebsten hätte sie ihn noch einmal geküsst, aber es waren zu viele Leute um sie herum.

»*Scusa*, ich konnte nicht rechtzeitig weg«, sagte sie etwas atemlos.

»Dafür hast du Kuchen dabei.« Er deutete auf die Schachtel und sie lachte. »Alles Tarnung!« Sie stopfte den Karton in einen Mülleimer und hakte sich bei ihm ein. Heute trug er einen dünnen Mantel, den sie an ihm noch nicht kannte und der ihn sehr seriös aussehen ließ, doch der Stoff unter ihren Fingern war abgetragen. Sie empfand deswegen noch mehr Zärtlichkeit für ihn.

Er führte sie unter dem Triumphbogen hindurch und in den Park hinein, wo sich zahlreiche Menschen auf den Wegen tummelten. Es schien, als wollten sie die frühherbstliche

Sonne aufsaugen, um Wärmevorräte für den Winter anzulegen. Kindermädchen schoben Kinderwagen oder hielten kleine Mädchen an den Händen, ältere Ehepaare schritten gemächlich nebeneinanderher, und den frisch Verliebten strahlte die Sonne aus den Augen, wenn sie sich gegenseitig anblickten. Teresa fühlte sich mit ihnen allen verbunden, die den Tag genossen, statt sich zu plagen. An Lorenzos Seite geschmiegt schlenderte sie durch die Parkanlage, die sich am Fluss entlangzog, doch nach einiger Zeit fiel ihr auf, dass das Gespräch nicht so leicht dahinfloss wie normalerweise. Lorenzo war wortkarg und wirkte zerstreut.

»Hast du irgendwelche Sorgen?«, fragte sie ihn, aber er schüttelte den Kopf und antwortete, es gehe ihm gut. Sein Adamsapfel hob und senkte sich, und als sie die Hand auf seinen Arm legte, spürte sie ein leichtes Zittern. Angst stieg in ihr auf, ohne dass sie hätte sagen können, weshalb. Auch sie wurde schweigsam, und in dieser eigenartigen Stimmung gingen sie am Schlösschen vorüber tiefer in den Park hinein, bis sie das *borgo medievale* erreichten, ein künstliches Dorf, das Ende des neunzehnten Jahrhunderts anlässlich der Landesausstellung erbaut worden war. Teresas Eltern hatten sie und ihre Geschwister an den wenigen freien Sonntagen manchmal mit hierhergenommen, um Eis zu essen, und sie erinnerte sich an Versteckspiele zwischen den winkeligen Häusern und wie sie sich vorgestellt hatten, Prinzessinnen zu sein – außer Alessandro natürlich, der eigentlich ein Prinz hätte sein müssen, aber noch zu klein gewesen war, um sich dessen bewusst zu sein.

Die Erinnerung ballte sich in Teresas Hals zu einem Kloß, und als sie Lorenzo von damals erzählte, klang ihre Stimme rau.

»Wenn es dich traurig macht, lass uns lieber umkehren«, sagte er, doch Teresa erklärte, dass die Erinnerung zwar schmerzte, aber auch schön war. Sie hatte lange nicht mehr an diese Ausflüge gedacht.

Sie folgten der Straße, die zwischen den Gebäuden im Zickzack verlief, um die kleine Häusergruppe größer erscheinen zu lassen, und fanden sich schließlich unterhalb der »Festung« aus rotem Backstein wieder, wo sie sich auf eine Bank setzten. Der Himmel hatte sich zugezogen, ein Windstoß fegte über den Platz.

»Teresa …« Lorenzo fasste ihre Hand. Das hatte er noch nie getan. Teresas Herz schlug ihr buchstäblich bis zum Hals. Sie ahnte etwas und fühlte sich ein wenig zittrig. Hoffentlich würde Lorenzo sein Anliegen vortragen, bevor sie sich übergeben musste, in Ohnmacht fallen oder beides tun würde. Ihm ging es anscheinend auch nicht gut, denn er war blass, seine Stirn glänzte, und vor lauter Nervosität sah er sie weniger an als durch sie hindurch. Endlich gab er sich einen Ruck. »Ich muss dir etwas mitteilen. Es kam sehr überraschend für mich, ich habe es selbst erst vor zwei Tagen erfahren«, sagte er auf ungewohnt steife Art. »Man hat mir eine Stelle angeboten, als Professor …«

Erleichterung durchflutete Teresa. Deshalb machte er solch ein Brimborium? Natürlich würden sie sich nicht mehr so häufig sehen können, wenn er in eine andere Stadt ginge, doch sie würden schon eine Lösung finden. Sie wollte ihm gerade gratulieren, als er weitersprach: »… an der Universität von Berlin.«

»Berlin?« Sie sah ihn verständnislos an. »Berlin in Deutschland?«

Lorenzo nickte. »Es ist eine einmalige Gelegenheit.«

»Aber du kannst doch nicht in ein Land … diese Leute haben meine Eltern getötet und so viele andere von uns.« Sie zog ihre Hand aus seiner.

»Teresa, nicht alle Deutschen waren für Hitler. Seine Anhänger wurden bestraft, hat man mir gesagt. An der Universität soll niemand mehr lehren, der Hitler gefolgt ist, und deshalb suchen sie dringend Professoren. Aber darüber möchte ich gar nicht sprechen, sondern dich etwas fragen.« Lorenzo rutschte von der Bank und kniete sich in das trockene Laub. »Würdest du mich nach Berlin begleiten, als …«, er schluckte wieder heftig, »als meine Frau?«

Lidia lugte hinter der Säule des Eckhauses hervor und sah, wie der junge Mann sich auf den Boden kniete. Es sah seltsam aus, weil er so groß war und sich regelrecht zusammenfalten musste. Lidia konnte nicht hören, was er sagte, aber das war auch nicht nötig. *Sie wird uns verlassen.* Wenn Teresa heiratete, würde sie sich um ihren Mann kümmern. Ganz gewiss wollte ihr zukünftiger Ehemann nicht, dass sie weiter im Café arbeitete. Und ohne Teresas Gianduiotti war das Molinari nichts.

Lidia versuchte, Teresas Miene zu deuten. Ihr Gesicht war seltsam ausdruckslos, dabei hätte sie eigentlich strahlen und ihrem Verehrer um den Hals fallen müssen. Er kniete noch immer vor ihr. Erst, als sie den Blick abwandte und die Hände vors Gesicht schlug, rappelte er sich auf und setzte sich wieder neben sie. Er legte eine Hand auf Teresas Schulter und sprach mit ihr. Sie nahm die Hände herunter, wandte sich ihm zu, lauschte. Dann schüttelte sie so heftig den Kopf, dass ihr Hut herunterfiel. Sie achtete gar nicht darauf, sondern sprang auf. Auch der junge Mann erhob sich. Seine Schultern hingen schlaff herunter. Teresa barg wieder das Gesicht in den Händen, dann drehte sie sich um und ging mit eiligen kleinen Schritten auf Lidias Versteck zu. Lidia wich in den Schatten des Säulengangs zurück und drehte sich zur Wand. Sie hörte Teresa unterdrückt schluchzen, als sie vorüberging. Dann wurden ihre Schritte wieder leiser.

Lidia sah noch einmal nach dem jungen Mann. Er hatte

sich wieder hingesetzt und die Stirn in die Hände gestützt. Er tat Lidia leid, doch gleichzeitig war sie unendlich erleichtert darüber, dass Teresa bei ihnen bleiben würde. Jetzt musste sie zurück ins Café. Aurora die Kasse anzuvertrauen war ihr schwergefallen, und wahrscheinlich würde das dumme Ding alles durcheinanderbringen. Lidia nahm einen anderen Weg als Teresa, um ihrer Schwester nicht zu begegnen. Es würde schwierig sein, ihr zu erklären, weshalb sie ihr gefolgt war. Lidia hätte es vorgezogen, Teresa nicht nachzuspionieren, doch sie war in letzter Zeit so häufig verschwunden, dass sie unbedingt hatte herausfinden müssen, was dahintersteckte. Nun, die heimlichen Treffen dürften jetzt wohl vorbei sein, und Teresa würde sich wieder ihrer Arbeit widmen können.

Unterwegs begann es zu tröpfeln, und Lidia schaffte es gerade noch rechtzeitig ins Molinari, bevor es heftig zu regnen begann.

»Ist Teresa schon zurück?« Aurora verneinte, und Lidia atmete auf. Sie scheuchte Aurora von der Kasse weg und nahm ihren Platz wieder ein. Besser, Teresa erfuhr erst gar nicht, dass sie weg gewesen war, doch gleichzeitig machte Lidia sich Sorgen um ihre Schwester. Was hatte sie wohl bewogen, den Antrag abzulehnen?

Teresa kam eine Stunde später, klatschnass, die Augen leicht gerötet und geschwollen. »Ich fühle mich nicht gut«, sagte sie mit einer Art matter Entschlossenheit. »Wahrscheinlich habe ich mich erkältet. Es fing an zu regnen, nachdem ich die Torte abgeliefert hatte, und sie haben mich eine Weile dortbehalten, aber der Regen wollte nicht aufhören. Ich lege mich oben hin.«

Lidia nickte. »Brauchst du etwas? Aurora kann dich begleiten, Simonetta und Marco schaffen es auch alleine.«

Teresa schüttelte den Kopf. »Nein, nein, ich brauche einfach nur ein bisschen Ruhe. Morgen geht es mir wieder gut.«

Arme Teresa, dachte Lidia, als sie ihrer Schwester nachsah. Offensichtlich hatte die Entscheidung sie mitgenommen. Sie liebte den Mann wahrscheinlich, und doch gab es etwas, das sie davon abgehalten hatte, seinen Antrag anzunehmen. Sollten sie selbst und ihre Geschwister der Grund dafür gewesen sein? Eine zärtliche Wärme stieg in Lidia auf. Teresa stellte die Familie über ihre eigenen Gefühle, wollte ihre Schwestern nicht im Stich lassen? Sie nahm sich vor, in nächster Zeit besonders freundlich zu ihr zu sein, um ihr über die Trauer hinwegzuhelfen.

Um diese Zeit am Nachmittag waren nur wenige Gäste im Café. Die älteren Damen, die gerne Kuchen aßen, waren fort, und die Paare und Gruppen, die vor dem Abendessen oder dem Theater einen Aperitif tranken, würden noch eine Stunde auf sich warten lassen. Zudem trieb das schlechte Wetter die Leute nach Hause. Simonetta und Aurora tuschelten und kicherten, während Marco mit gelangweiltem Gesichtsausdruck seine Fingernägel betrachtete. Lidia wies ihn an, den Boden zu wischen. Bei diesem Wetter brachte jeder Gast Dreck herein.

»Dafür bin ich nicht eingestellt worden«, sagte Marco, der müßig an der Theke lehnte.

Lidia fuhr hoch. »Wie bitte?«

»Ich soll als Kellner ausgebildet werden, nicht als Putzkraft. Den Boden zu wischen gehört nicht zu meinen Aufgaben.« Er hob eine Augenbraue und sah Lidia so gelassen an, dass sie ihm am liebsten den Putzlumpen übergezogen hätte. Sie trat dicht vor ihn und richtete sich auf. Sehr deutlich sagte sie: »Wenn du nicht der Neffe deines Onkels wärst, hätte ich dich jetzt schon hinausgeworfen, mein Lieber. Du machst sofort den Boden sauber, und wenn du dir dafür zu schade bist, weißt du, wo die Tür ist.«

»Schon gut, regen Sie sich ab.« Er stieß sich von der Theke

ab, nahm den Lumpen samt Eimer, die sie ihm entgegenhielt, und fing lustlos an, den Boden zu schrubben.

»Nicht zu fassen!« Lidia schüttelte den Kopf und setzte sich wieder hinter die Kasse.

Als mit einem Mal die Tür aufgestoßen wurde, musste Marco beiseitespringen. Lidia sah auf und erkannte sofort Teresas jungen Mann. Das Wasser rann ihm aus dem Hut, und der Regen hatte seinen Mantel dunkel gefärbt. Seine Augen irrten umher, dann ging er auf die Theke zu. »Sie Ärmster!«, sagte Aurora mitleidig. »Sie sind ja ganz durchgeweicht.«

»Entschuldigen Sie, ich suche Teresa. Sie hat das hier verloren.« Er legte ihren Hut, der jede Form verloren hatte, auf die Theke, nahm seinen eigenen ab und legte ihn daneben. »Ist sie nicht hier?«, fragte er und sah sich suchend um.

»Sie ist krank.« Lidia stand auf und trat hinter den Tresen. »Aber sie wird den Hut bekommen. Wir sind ihre Schwestern.«

»Danke, natürlich, Teresa hat mir von Ihnen erzählt.«

»Aber sie hat uns nicht von Ihnen erzählt«, schnurrte Aurora, stützte die Ellbogen auf die Marmorplatte, legte das Kinn auf ihre verschränkten Hände und sah zu ihm auf. »Wie heißen Sie denn?«

»Lorenzo Borromeo«, sagte er und blickte verwirrt auf Aurora, die ihn anstrahlte. »Das klingt wundervoll. Sind Sie in Teresa verliebt?«

»Aurora!« Lidia warf ihr einen strengen Blick zu, der aber unbeachtet blieb. Der junge Mann wand sich. »Ihre Schwester und ich kennen uns seit einiger Zeit, aber ich fürchte …« Seine Arme fielen herab, das Haar klebte ihm am Kopf. Er atmete tief ein. »Ich habe Ihre Schwester heute gebeten, meine Frau zu werden, aber sie hat abgelehnt.«

»Oh, Sie Allerärmster! Wie furchtbar!«, rief Aurora, richtete sich auf und stemmte die Hände in die Hüften. »Wie konnte sie nur!« Ihre Augen funkelten, aber Lidia wusste genau, dass es keine Empörung war, die da aufblitzte. In Auroras Gehirn arbeiteten gerade viele kleine Kolben, Federn schnalzten, Gedanken griffen wie winzige Zahnräder ineinander.

»Aurora!«, mahnte Lidia noch einmal. »Das ist Teresas private Angelegenheit.«

»Aber sieh ihn dir doch an!« Aurora zeigte auf die hagere, nasse Jammergestalt. »So können wir ihn jedenfalls nicht gehen lassen. Er braucht jetzt einen ordentlichen Schluck Grappa.«

Sie wandte sich um, nahm die Flasche vom Bord und schenkte ein. Borromeo schluckte den Tresterschnaps ohne Zögern und stellte das Glas wieder auf den Tisch. Seine Augen blickten etwas lebhafter als zuvor.

»Danke.«

Aurora schenkte ihm wortlos nach, und wieder kippte er den Grappa mit einem Schwung hinunter.

»Bitte«, sagte er, »dürfte ich mit Teresa sprechen?«

»Ich denke, das ist keine gute Idee«, sagte Lidia. »Aber wir werden ihr ausrichten, dass Sie hier gewesen sind, und wenn sie mit Ihnen sprechen möchte, wird sie sich melden.«

Borromeo nickte, dann rieb er sich die Stirn, und Lidia fürchtete, er würde anfangen zu weinen. Doch er fing sich wieder, setzte seinen Hut auf und verneigte sich knapp, wobei er ein wenig ins Schwanken geriet. Offenbar war er nicht an Alkohol gewöhnt. »Vielen Dank«, sagte er, »Sie waren sehr freundlich.« Dann taumelte er hinaus.

»Teresa muss von allen guten Geistern verlassen sein«, sagte Aurora. »Wenn er mir einen Antrag machen würde, würde ich sofort Ja sagen.«

»Du würdest zu jedem Ja sagen«, sagte Lidia trocken,

nahm Teresas Hut vom Tresen und stopfte ihn in den Mülleimer. »Jetzt geh zurück an die Arbeit. Und noch etwas: Kein
Wort zu Teresa, dass er hier gewesen ist.«

Zu Beginn der Sommerferien zog schräg gegenüber ein Junge in Veras Alter mit seinen Eltern ein. Ein paar Tage lang beobachtete Vera mit ihrem Fernglas von ihrem Fenster aus, wie er in der Einfahrt Skateboard fuhr. Niemand sonst, den sie kannte, fuhr Skateboard. Die Jungen aus Hakenfelde fuhren BMX. Er sah auch anders aus als die anderen: Er hatte lange Haare, die er sich ständig aus der Stirn wischte, und trug ausschließlich schwarze Jeans und schwarze T-Shirts mit Aufdrucken von Bands, die Vera nicht kannte. Er schien sich zu langweilen, saß manchmal lange auf der Gartenmauer, die Kopfhörer seines Walkmans auf den Ohren, und schlug mit den Füßen gegen die Mauer. Vera erhöhte die Vergrößerung und richtete das Fernglas auf sein Gesicht. Seine Miene zeigte keine Regung, als wäre ihm alles gleichgültig. Sie hatte noch nie jemanden getroffen, der dermaßen cool wirkte, und hätte sonst was dafür gegeben, ihn kennenzulernen.

Die Familie kam aus Kreuzberg, erzählte Veras Mutter, die hinübergegangen war, um die neuen Nachbarn willkommen zu heißen. Der Junge hieß Joachim und würde nach den Ferien in Veras Klasse gehen.

»Geh doch mal rüber, er freut sich bestimmt.«

»Das ist doch blöd«, sagte Vera.

»Weshalb soll das blöd sein? Du würdest dich doch auch freuen, wenn du neu wärst und niemanden kennen würdest.«

»Mal sehen.«

Am Tag darauf holte sie ihr Fahrrad aus der Garage. Joachim kurvte auf seinem Skateboard vor dem Haus seiner Eltern herum und sah nicht herüber. Vera stieg auf ihr Fahrrad, trat heftig in die

Pedale, um möglichst schnell zu werden, und raste an Joachim vorbei, wobei sie ihm mit einem geschickten Schlenker auswich. Der Fahrtwind strich ihr das Haar aus dem Gesicht, und sie hörte, dass er ihr etwas nachrief. In ihrem Brustkorb breitete sich ein Triumphgefühl aus, als hätte sie ihn besiegt.

Sie fuhr in einem weiten Kreis zurück zur Fichtenstraße, erst durch den Aspenweg, dann vorbei an der Waldschänke, und kam von der anderen Seite wieder an Joachim vorbei. Er hatte sein Skateboard gegen die Mauer gelehnt und sich danebengesetzt. Dieses Mal sagte er »Hey«, als Vera vorbeifuhr. Sie hielt an und blickte sich um, ohne die Hände vom Lenker zu nehmen. »Was denn?«

Er stand auf, nahm sein Skateboard und kam auf sie zu.

»Du wohnst da drüben, oder?« Er wies mit dem Kinn in Richtung von Veras Haus.

»Ja«, sagte sie gedehnt, weil sie wusste, dass alles, was sie sonst hätte sagen können, albern geklungen hätte.

»Wir sind gerade hier eingezogen.« Er kniff die Augen zusammen und schob sich die Haare aus dem Gesicht. Um den Hals trug er eine dieser schwarz-weißen Ketten aus Muschelperlen, die man im Urlaub am Strand kaufen konnte. »Wie heißt 'n du?«

»Vera. Und du?«

»Johnny.« Sogar sein Name war cool.

»Und wie gefällt's dir so?«, fragte Vera.

Er zuckte mit den Schultern. »Geht so. Meine Mutter kriegt noch ein Kind, deshalb sind wir hier raus gezogen. Mehr Platz, frischere Luft und so. Kreuzberg war besser.«

»Hier ist nicht viel los.« Erst, als sie es sagte, wurde Vera bewusst, dass das stimmte. Sie war ein paar Mal mit ihren Eltern und Vi in Berlin gewesen, zum Einkaufen. Einmal hatten sie sich die Mauer angesehen, und Vera hatte in der Nacht darauf schlecht geträumt. Von Kreuzberg wusste sie nur, dass dort viele Türken lebten.

»Da leben ziemlich viele Türken, oder?«

»Klar«, sagte Johnny und zuckte mit einer Schulter, als wäre daran nichts Besonderes. »Hast du etwa was gegen die? Mein bester Kumpel ist Türke.« Er streckte den Hals ein bisschen.

»Quatsch. Warum soll ich was gegen Türken haben?« In Wirklichkeit hatte sie darüber noch nie nachgedacht. »Jedenfalls ist es in Kreuzberg bestimmt aufregender als hier. Hier gibt's nur den Spielplatz und ein Eiscafé.« Man konnte auch mit dem Fahrrad in die Spandauer Altstadt fahren, wo es ein Kino gab, aber das erlaubte Veras Mutter ihr nicht, also sagte sie besser nichts davon. Sonst würde Johnny vielleicht ohne sie dorthin fahren, weil da mehr los war.

»Was für Musik hörst 'n du?« Er sah sie mit einem überlegenen Ausdruck an. Auf seinem T-Shirt stand Echo and the Bunnymen.

Vera und ihre Freundinnen hörten meistens die Top Ten. Jetzt war es ihr peinlich, das zuzugeben. Sie wünschte sich verzweifelt, Johnny möge sie toll finden. »Alles Mögliche«, sagte sie. »Rock halt.«

»Aha.« Johnny verschränkte die Arme. »Stehst du auf Alternative? Gothic?«

Vera zuckte mit den Schultern. »Klar, ist ganz okay.« Sie hatte keine Ahnung, wovon er sprach, und kam sich vor, als versuchte sie, über eine sehr schmale Mauer zu balancieren, ohne abzustürzen.

»Ich kann dir ein paar gute Sachen vorspielen. Ich hab eine Anlage in meinem Zimmer.«

»Okay. Ich sag nur kurz meiner Mutter Bescheid. Sie macht sich ziemlich schnell Sorgen.« Sie zog eine bedauernde Grimasse.

Ihr Herz sang, während sie die paar Meter zu ihrem Haus fuhr. Der coolste Junge, dem sie je begegnet war, hatte sie zu sich nach Hause eingeladen. Und sie war die Erste, die ihn kennengelernt hatte. Wenn die Schule anfing, wären Johnny und sie schon die besten Freunde, und alle würden sie beneiden. Das Beste war aber, dass er keine Ahnung davon hatte, dass Vera eine verschwundene Schwester hatte. Das würde nicht lange so bleiben, aber bis dahin würde er sie behandeln, als wäre sie ein ganz normaler Mensch.

Kapitel 12

—— **2015**

Vera bestellte einen Cappuccino und wählte aus der Kuchen-vitrine ein Stück *torta della nonna*. Es hatte seine Vorteile, über einem Kaffeehaus zu wohnen. Eigentlich hatte sie am Tresen frühstücken wollen, aber dann sah sie Alessandro im hinteren Teil des Gastraums sitzen. Sie trug Tasse und Teller hinüber. »Darf ich mich zu dir setzen?«

Ihr Großonkel ruckte mit dem Kopf und murmelte etwas, das Vera als Einladung aufzufassen beschloss. Sie setzte sich Alessandro gegenüber. Mit einer schützenden Bewegung schob er die Papiere und Bücher zusammen, die er vor sich ausgebreitet hatte. Vera erhaschte einen Blick auf die Zeichnung eines schneckenförmigen Fossils.

»Das sieht interessant aus. Ich kenne mich mit versteinerten Pflanzen oder Lebewesen kein bisschen aus, würdest du mir etwas darüber erzählen?«

Alessandro warf ihr einen misstrauischen Blick über den Tisch zu. Er tat Vera leid. Wahrscheinlich interessierte sich niemand aus der Familie für das, womit er sich ein Leben lang beschäftigt hatte. Beim Aperitif am Vorabend hatte Lidia erzählt, dass er nach dem Tod ihrer Mutter damit angefangen hatte. Sie vermutete, dass er sich hatte ablenken wollen. Aber im Lauf der Jahre hatte die Leidenschaft für die Fossilien manische Züge angenommen. Alessandro hatte zwar Geologie studiert und danach einige Artikel in Fachzeitschriften veröffentlicht, aber nie eine richtige Arbeitsstelle angetreten. Zum Unterrichten sei er zu gehemmt gewesen, hatte Lidia erklärt, und auch die Arbeit in einem Büro wäre für ihn eine Tortur gewesen. Also hatte Lidia dafür gesorgt, dass er von zu Hause aus arbeiten konnte. Das Kaffeehaus, hatte sie stolz erklärt, habe immer genug eingebracht, um Alessandro mitzuversorgen.

Der Tod seiner Eltern musste ihn vollkommen traumatisiert haben. Seine Schwestern waren damals schon fast erwachsen, aber er war noch ein Kind. Vera stellte ihn sich als sensiblen Vierzehnjährigen vor, kein Draufgänger, sondern ein stiller Junge, der in der Schule wahrscheinlich als Streber gegolten hatte. Wenn um einen herum alles zusammenbrach, war Wissenschaft wohl etwas, an dem man sich festhalten konnte. Auf das, was Steine und Fossilien erzählten, konnte man sich verlassen.

Vera lächelte Alessandro aufmunternd zu, worauf er etwas über verschiedene Gattungen von Ammoniten und die zeitliche Einordnung von Sedimenten murmelte, ohne sie anzusehen.

Durch weitere Fragen gelang es Vera, ihren Großonkel ein wenig aus der Reserve zu locken. Mit scheuer Begeisterung in der Stimme erklärte er, es habe vierzigtausend Arten von Ammoniten gegeben, deren größte knapp zwei Meter Durchmesser gehabt hätten. Vera fand, er wirkte selbst wie ein Ammonit oder ein anderes schutzloses Wesen, das zum Überleben eine Hülle um sich herum brauchte, aus der es sich nur selten hervorwagte.

Möglichst unauffällig zog sie ihr Aufnahmegerät aus der Tasche, schaltete es ein und legte es auf den Tisch. Das Mikrofon anzuschließen, wagte sie nicht, weil sie fürchtete, Alessandro würde dann aufhören zu sprechen. Sie konnte nur hoffen, dass die Qualität der Aufnahme ausreichen würde.

Er sprach liebevoll, beinahe zärtlich von den Ammoniten und ihren Formen, den winzigen Merkmalen, die die jewei-

119

lige Art von den anderen unterschied. Es war, als hätte all sein Wissen nur darauf gewartet, sich mitzuteilen. Wegen seines schlecht sitzenden Gebisses nuschelte er und war schwer zu verstehen, aber Vera lauschte ihm aufmerksam. Als sie von ihrem Cappuccino nippte, war er kalt geworden.

Sie zögerte, das Gespräch auf die Familie zu lenken, weil sie befürchtete, er würde sich zurückziehen, sobald er sich nicht mehr auf sicherem Terrain bewegte, aber wenn sie etwas erfahren wollte, blieb ihr nichts anderes übrig.

»Du weißt, dass ich hergekommen bin, um eine Radiosendung über Teresa zu machen, oder?«, begann sie vorsichtig. »Ich weiß sehr wenig über sie. Würdest du mir von ihr erzählen? Wie sie war? Was sie gern hatte?«

Alessandros Schultern zogen sich wieder nach oben, sein weißer Haarkranz schien sich zu sträuben. Vera glaubte, sie würde keine Antwort bekommen, doch nach einer Weile sagte er: »Sie hat immer alles verstanden. Sie hat mir gefehlt.«

»Nachdem sie mit Lorenzo nach Deutschland gezogen war?«

Alessandro blickte zur Seite, und für einen Augenblick glaubte Vera in ihm den Jungen zu sehen, der er gewesen war.

»Ich war traurig, als sie wegging.« Seine Stimme klang brüchig.

»War sie für dich so etwas wie eine Ersatzmutter?«

Er schüttelte kaum merklich den Kopf. »Ich konnte ihr meine Geheimnisse erzählen.«

»Was für Geheimnisse?« Vera bewegte kaum die Lippen.

Alessandro sah sie an, jetzt lächelte er sogar ein wenig. »Dumme Sachen. Schuljungengeheimnisse.«

»Aber du hast sie wiedergesehen? Wenn sie auf Besuch kam?«

»Zwei oder drei Mal vielleicht. Ich weiß nicht mehr. Sie

kam nicht oft zu Besuch.« Er rieb sich über die Stirn. »Das ist alles so lange her.«

»Weshalb kam sie so selten?« Vera beugte sich vor. »Hatte sie Streit mit Lidia?«

»Lidia wollte auch nicht, dass Aurora wegging. Sie war wütend.«

»Teresa«, sagte Vera. »Es war Teresa, die weggegangen ist.«

Alessandro sah sie mit verwirrtem Blick an. »Nein, Aurora ist weggegangen …«

Er verstummte, als Veras Telefon klingelte. Sie drückte das Gespräch weg, ohne hinzusehen, und wandte sich wieder an Alessandro.

»Was war mit Aurora?«

Aber Alessandro beschäftigte sich schon wieder mit seinen Papieren. »Ich muss jetzt weiterarbeiten«, murmelte er. »So viel zu tun.«

Er kritzelte etwas in sein Notizbuch und nahm Vera gar nicht mehr wahr. Sie steckte das Aufnahmegerät ein und überließ ihn seiner Welt aus Fossilien und Gewissheiten und trat zu Lidia an die Kasse, um ihr Frühstück zu bezahlen, doch ihre Großtante schnaubte nur. »Natürlich bezahlst du nichts, das wäre ja noch schöner. Hast du dich gut mit Alessandro unterhalten?« Der letzte Satz sollte beiläufig klingen, hatte aber einen lauernden Unterton.

»Er hat mir alles über seine Ammoniten erzählt«, sagte Vera. »Sehr spannendes Feld. Wusstest du, dass es über eintausendfünfhundert Gattungen gab?«

»Ja, ja.« Lidia winkte ab.

»Ich ziehe los und mache Aufnahmen in der Stadt«, sagte Vera. »Jede Stadt hat ihre ganz eigene Geräuschkulisse, und Alltagsgeräusche eignen sich immer gut für Überleitungen.«

»Viel Erfolg.« Lidia runzelte die Stirn und blätterte in den Papieren, die neben der Kasse lagen.

121

Vera ging hinaus und über den Platz auf den Palazzo Madama zu. Erst als sie in seinem Schatten stand, holte sie ihr Telefon heraus. Mattia hatte angerufen. Sie rief ihn sofort zurück.

»Vera, wir sollten uns treffen.« Seine Stimme klang aufgeregt wie die eines kleinen Jungen. »Ich habe einiges über Toso herausgefunden. Wo bist du gerade?«

Vera sagte es ihm. »Ich hole dich ab«, sagte er, »bin in zehn Minuten da.«

Während sie wartete, umrundete Vera den Palazzo Madama. Mit seiner hellen, barock verzierten Vorderseite und der mittelalterlichen Rückseite aus rotem Backstein schien das eigenartige Gebäude eine Metapher Turins zu sein. Das Helle und Verspielte existierte direkt neben dem Dunklen und Schweren, das Erhabene und das Bodenständige bildeten keinen Widerspruch, sondern eine Einheit, und das machte die besondere Stimmung dieser Stadt aus.

Vera suchte die Nähe einer Touristengruppe und hielt unauffällig ihr Aufnahmegerät in deren Richtung. Danach nahm sie das Plätschern der Fontänen auf, die direkt dem Boden des Platzes entsprangen und von lachenden Kindern als Spielplatz genutzt wurden. Das war Turins helle Seite, für die dunkle würde sie noch Klänge finden.

Sie sah Mattia über den Platz laufen und ging ihm entgegen. Er sah ein wenig zerzaust und verschlafen aus, grinste sie aber gut gelaunt an. »*Buongiorno!*«

Sie begrüßten sich auf italienische Art mit drei Wangenküssen. Seine Jacke roch leicht nach Rauch, dem ein eigenartig exotisches Aroma beigemischt war. »Kurze Nacht gehabt?«, fragte Vera neckend.

»Eher eine lange. Bin im Café Hafa hängen geblieben, das ist mein zweites Wohnzimmer. Du musst mal mitkommen, dann rauchen wir eine Narghilè zusammen.«

122

»Gerne.« Das hatte sie früher mit Tom auch ab und zu getan.

»Also, was hast du für Neuigkeiten?«

Mattia erzählte es ihr, während sie nebeneinander über den Platz gingen. Er war noch bis spätabends in der Redaktion geblieben und hatte weiter das Archiv durchforstet. »Toso ist tatsächlich im Gefängnis gestorben. Aber ich habe weiterge-sucht und bin auf einen Typen gestoßen, der noch vor Toso verdächtigt wurde, etwas mit Auroras Verschwinden zu tun zu haben. Sein Name war Marco Panero, er hat eine Zeit lang als Hilfskellner im Molinari gearbeitet. Kurz vor Auroras Ver-schwinden wurde er entlassen – weshalb, konnte ich nicht herausfinden. In dem Artikel steht, dass er der Neffe eines Po-lizeikommissars war, eines Claudio Foletti. Das Interessante an der Sache: In keinem anderen Artikel wird dieser Marco auch nur erwähnt.« Er blieb stehen. »Ist doch eigenartig, oder?«

»Wahrscheinlich hat sich herausgestellt, dass er nichts da-mit zu tun hatte«, sagte Vera. »Aber seltsam ist es schon, da gebe ich dir recht.«

»Und wenn sein Onkel seine Befugnisse als Kommissar genutzt hat, um Beweismaterial verschwinden zu lassen?«

»Denkbar wäre alles. Lebt dieser Marco noch?«

»Zumindest gibt es jemanden mit Namen Marco Panero im Telefonbuch von Turin. Allerdings ist der Nachname sehr verbreitet im Piemont, es kann also gut sein, dass er es nicht ist. Ich habe vorhin versucht, ihn anzurufen, aber niemanden erreicht. Allerdings ist die Adresse ganz in der Nähe, deshalb dachte ich, wir schauen mal vorbei.«

»Mir ist es eigentlich lieber, wenn meine Interviewpartner vorbereitet sind«, sagte Vera. »Diesen Panero einfach so zu überfallen ist bestimmt kein guter Ausgangspunkt, wenn er uns etwas erzählen soll. Ruf ihn doch noch mal an, vielleicht ist er jetzt zu Hause.«

»Du hast recht, anrufen ist besser.« Mattia zog sein Telefon aus der Hosentasche. Vera registrierte, wie bereitwillig er auf ihren Vorschlag eingegangen war. Viele männliche Kollegen waren bei der Zusammenarbeit weniger kooperativ.

»*Buongiorno*, Mattia Palatino vom *Corriere di Torino*. Spreche ich mit Marco Panero? Ich bin Journalist für Lokalgeschichte und schreibe einen Artikel über Turin in der Nachkriegszeit. Ich und meine Kollegin würden Sie gerne als Zeitzeugen befragen, sicher haben Sie viel zu erzählen.« Mattia lauschte, dann nickte er. »Wenn Sie nichts anderes vorhaben. Wir sind ganz in der Nähe. Vielen Dank, *Signor* Panero, bis nachher.« Er steckte das Telefon weg und sah Vera an. »Er ist es bestimmt. Und wir haben in einer halben Stunde einen Termin mit ihm. Gehen wir inzwischen einen Kaffee trinken?« Er wies mit dem Kinn auf eine Bar an der nächsten Straßenecke.

Sie traten ein und mischten sich unter die Anzugträger, Touristen und älteren Damen, die dicht an dicht an der Theke und im schlauchförmigen Gastraum standen. Alle redeten durcheinander, wobei jeder versuchte, seine Nachbarn zu übertönen, und je nach Temperament wurde dazu mehr oder weniger ausladend diskutiert. Die einzigen Sitzplätze an zwei winzigen runden Tischen blieben unbesetzt. »Nicht ganz so fein wie das Molinari«, bemerkte Mattia und bestellte zwei *caffè*, »dafür lebendiger.«

»Mir gefällt die bunte Mischung auch.« Vera hatte das Gefühl, klarstellen zu müssen, dass sie sich nicht einer höheren sozialen Schicht angehörig fühlte. Nahm Mattia an, sie wäre ein Snob, nur, weil ihre Familie ein etabliertes Kaffeehaus führte?

»Sehr schlau, dem alten Herrn nicht zu erzählen, worum es eigentlich geht«, sagte sie. Es klang spitzer, als sie gewollt hatte. Mattia kniff die Augen zusammen. »Du hältst mich für einen dieser skrupellosen Sensationsjournalisten, die für eine gute Story über Leichen gehen, richtig?«

Vera zuckte die Achseln. »Ich kenne dich ja nicht, woher soll ich das wissen?«

»Und jetzt bereust du, dass du dich auf die Zusammenarbeit mit mir eingelassen hast, weil du die Sache ganz anders angehen würdest.« Er sagte es nicht überheblich, sondern als Feststellung und sah sie abwartend an.

Sie schüttelte den Kopf. »Das hier ist dein Revier, und du weißt, wie man mit den Leuten hier umgehen muss. Wenn wir gleich mit der Tür ins Haus fallen, erzählt er uns möglicherweise gar nichts.«

»Ich spiele auch nicht gerne was vor.« Mattia drehte seine Espressotasse zwischen den Fingern. »Aber ich gebe offen zu: Ich brauche dringend eine gute Geschichte. Eine, die ein bisschen Aufsehen erregt und Leser anzieht.«

»Und weshalb so dringend?«

»Ich arbeite freiberuflich, seit ich angefangen habe, für den *Corriere* zu schreiben. Das Zeilenhonorar ist erbärmlich. Aber demnächst wird eine Redakteursstelle frei, und die kriege ich nur, wenn ich mit ein paar wirklich spannenden Themen komme.«

»Die Probleme kenne ich.« Vera probierte, ob ihr Espresso inzwischen trinkbar war. »Man muss einen Knaller nach dem anderen liefern, sonst ist man schnell weg vom Fenster. Es gibt so viele Freie, die ihre Geschichten unterbringen wollen. Im Printbereich ist es wahrscheinlich noch schlimmer als beim Radio.«

»Meine Chefredakteurin ist sehr gut darin, uns Freie gegeneinander auszuspielen.« Mattia zog eine Grimasse.

»Ist das zufällig die mit dem aufdringlichen Parfum?«

Er nickte. »Der Vorteil ist, dass man sie schon riecht, bevor sie um die Ecke kommt, und ihr aus dem Weg gehen kann.«

125

Vera lachte. »Wenn das so ist, würde ich noch mal gründlich überlegen, ob du für so jemanden arbeiten willst.«

»Ich habe nicht so viele Alternativen, wenn ich in Turin bleiben will.« Mattia sah auf die Uhr über der Theke. »Wir müssen los.«

Panero lebte in einer engen Gasse im Quadrilatero Romano. Neben der Tür lagen zerdrückte Bierdosen, aus dem Kebab-Imbiss nebenan zog der Geruch nach gebratenem Fleisch und mischte sich mit dem Duft der Räucherstäbchen, der durch die offene Tür des Esoterikladens gegenüber drang. Die Klingelknöpfe aus Messing waren angelaufen, und die in unterschiedlichen Handschriften geschriebenen Namen der Bewohner so verblasst, dass Vera eine Weile brauchte, um Paneros Namen in der zweiten Reihe von oben zu finden. Sie mussten kurz warten, dann klackte das Türschloss, und sie traten ins Treppenhaus. Darin roch es nach altem, feuchtem Mauerwerk. Durch ein schmales Fenster, das auf den Hinterhof ging, kam nur wenig Licht, und neben der Treppe stand ein Fahrrad mit verdrehtem Vorderrad.

»Der Lichtschalter funktioniert nicht«, sagte Mattia, und so stiegen sie im Halbdunkel die Treppe hinauf. Die Steinstufen waren krumm getreten, und Vera griff nach der dünnen Eisenstange, die als Geländer an der Wand entlanglief. Auf jeder Etage gab es drei Türen, deren abgeblätterte Farbe zum verwahrlosten Gesamteindruck des Hauses beitrug.

Vera war etwas außer Atem, als sie den vierten Stock erreichten, versuchte aber, es sich vor Mattia nicht anmerken zu lassen. Die Wohnungstür auf der rechten Seite stand einen Spalt offen. Vera klopfte dennoch an. »*Signor* Panero?« Als niemand antwortete, sah sie Mattia an. Der zuckte die Achseln und schob die Tür auf. Vor ihnen lag ein enger Flur. Es roch nach einer Mischung aus strengem Körpergeruch, Urin

126

und Zigarettenrauch, nach Alter und Einsamkeit. Vera fragte sich, seit wie langer Zeit sie die ersten Besucher waren. Sie schoben sich an der Garderobe vorbei, an der eine graue Windjacke und eine karierte Schiebermütze hingen, daneben lehnte ein Gehstock an der Ablage.

»*Signor* Panero?«, versuchte sie es wieder. Diesmal ertönte als Antwort ein Krächzen, das aus dem Raum am Ende des Flurs zu kommen schien. Die Tür stand offen. Vera ging voran und betrat ein Wohnzimmer, das mit Möbeln so vollgestopft war, dass sie den alten Mann in seinem tiefen Sessel erst auf den zweiten Blick wahrnahm. Er trug eine ausgeleierte Jogginghose und ein T-Shirt mit dem Logo einer Versicherung. Neben ihm stand ein Gehgestell, und Vera fragte sich unwillkürlich, wie Panero bei all den Möbeln bis zu seinem Sessel gekommen war.

Mattia stellte Vera und sich selbst vor. Panero nickte und bot ihnen mit brüchiger Stimme an, sich auf dem Sofa niederzulassen. Seine hängenden Wangen bewegten sich, wenn er sprach, und etwas an seinem Aussehen erinnerte Vera an einen müden Jagdhund. Doch hinter den von Tränensäcken verborgenen Augen blitzte eine Verschlagenheit hervor, die ihn Vera unsympathisch machte, obwohl er noch kaum etwas gesagt hatte.

Sie setzten sich, und während Mattia noch einmal seine Geschichte vom Artikel über die Nachkriegszeit erzählte, sah Vera sich um. Neben Paneros Sessel standen auf einem Glastisch ein halb voller Aschenbecher, eine Packung Zigaretten, eine fast leere Flasche *Amaro* und ein Wasserglas, an dessen Grund brauner Belag klebte. Jetzt fiel ihr auch ein süßlicher Geruch auf, als verweste in einer Zimmerecke ein Tier. Sie hoffte, dass dies nicht der Wahrheit entsprach, aber gewundert hätte es sie nicht. Offensichtlich hatte Panero niemanden, der sich um ihn und seine Wohnung kümmerte.

»Stört es Sie, wenn ich das Gespräch aufnehme?«, fragte sie und legte, als Panero verneinte, ihr Aufnahmegerät neben die Likörflasche. Mattia, ganz Zeitungsreporter, zückte Kladde und Kugelschreiber und begann, Fragen zu stellen. Vera hatte Mühe, den Erzählungen des alten Mannes zu folgen, weil er immer wieder in einen starken Dialekt verfiel. Doch wenn sie genau hinhörte, verstand sie das meiste. Mattia fragte ihn zuerst nach seiner Kindheit. Anfangs sprach Panero langsam und machte viele Pausen, als müsste er erst in den Tiefen seines Gedächtnisses nach jenen lange vergangenen Ereignissen suchen, doch dann erzählte er zunehmend flüssig. Sein Vater hatte zusammen mit seinem Onkel für die Partisanen gekämpft und wurde 1944 von der Republik von Salò hingerichtet. Seine Mutter musste Marco und seine drei Geschwister daraufhin alleine durchbringen. Der Onkel, der bei den Partisanen Kommandant gewesen war, unterstützte seine Mutter und nahm Panero unter seine Fittiche. Er besorgte ihm eine Arbeit als Kellner im Caffè Molinari, dessen Besitzerinnen er gut kannte, weil er schon vor dem Krieg mit deren Vater befreundet gewesen war.

»Wir hieß denn Ihr Onkel?«, fragte Vera.

»Claudio Foletti«, sagte Panero, während er sich einen *Amaro* einschenkte. »Schreiben Sie, dass er der beste Mann war, den es je gab.«

Er trank. Mattia wechselte einen schnellen Blick mit Vera und zog die Augenbrauen hoch. Sie nickte.

»Was war so besonders an ihm?«, fragte Mattia weiter.

Der Kräuterlikör hatte ihren Gesprächspartner belebt. Er richtete sich etwas auf, und seine Stimme klang munterer.

»Er ließ einen nie im Stich. Einmal hatte ich große Probleme, und er hat mich da herausgeholt.« Er sah an Mattia und Vera vorbei, als blickte er zurück in die Vergangenheit.

»Erzählen Sie uns mehr darüber?«

»Das ist schon so lange her, aber vergessen hab ich ihm das nie. Hab auch später noch manchmal Schwierigkeiten gehabt, aber *zio* Claudio hat sich immer vor mich gestellt.« Der alte Mann nickte mehrmals, und Vera musste sich zurückhalten, ihn nicht mit weiteren Fragen zu drängen. Wenn man ihm Zeit ließ, würde er wahrscheinlich alles von selbst erzählen. Fast jeder Mensch hatte das Bedürfnis, sich zu offenbaren, wenn man ihm nur zuhörte.

Panero nahm noch einen Schluck *Amaro*, dann sprach er weiter: »Unangenehme Sache war das damals. Ich arbeitete also in diesem Café an der Piazza Castello, das drei Schwestern gehörte. Schöne Mädchen alle drei, aber die Jüngste war die Schönste. Nur, dass sie ein raffiniertes Biest war. Schäkerte herum, Sie wissen schon, machte allen Hoffnungen, die sich nie erfüllten. Ich war nämlich ein ziemlich flotter Bursche damals, müssen Sie wissen!« Er hustete und sprach weiter. »Eines Tages ist sie verschwunden, war einfach weg und ist nie wieder aufgetaucht. Ich hatte überhaupt nichts damit zu tun, aber sie brauchten einen Prügelknaben, und da kam ich wohl gerade recht. Wie die Polente mich in die Mangel genommen hat, das wünsche ich keinem. Mit meinen siebzehn Jahren hab ich nicht gewusst, wie mir geschah, wenn Sie verstehen, was ich meine. *Zio* Claudio hat mich da rausgeholt. Ich hatte rein gar nichts damit zu tun.«

»Das sagten Sie schon.« Mattia notierte etwas in seiner Kladde. »Aber wie sind die ausgerechnet auf Sie gekommen?«

Panero zuckte die Achseln und runzelte die Stirn. »Was weiß ich. Die Kleine – ich komme nicht mehr auf ihren Namen – verschwand ausgerechnet, kurz bevor ich meine Arbeitsstelle im Café aufgegeben hatte. Das hat ihnen wohl genügt.«

»Und weshalb wollten Sie nicht mehr im Molinari arbeiten?«, fragte Vera. Panero sah sie mit zusammengezogenen Augenbrauen an: »Woher wissen Sie, dass ich im Molinari gearbeitet habe?«

»Das haben Sie anfangs selbst erwähnt.«

»Hab ich das? *Va bene*, dann hab ich das wohl gesagt, ja …« Paneros Stimme erstarb, und er legte den Kopf schief. Vera musste ihre Frage wiederholen.

»Würden Sie irgendwo arbeiten wollen, wo Ihnen unterstellt wird, dass Sie sich aus der Kasse bedienen? Nicht mit mir, hab ich mir gesagt. Ich war jung, hatte viele Möglichkeiten. Dass sie mir den Mord anhängen wollten, obwohl es nicht mal eine Leiche gab, hat mir dann alles verbaut. Vor allem diese Schlampe von Schwester, die in ganz Turin verbreitet hat, dass ich der Mörder wäre und nicht ihr schwachsinniger Bruder.«

Vera gefiel Paneros Ausdrucksweise nicht, aber es war besser, ihn reden zu lassen, nun, da er in Schwung gekommen und sich kaum noch bewusst war, wer ihm gegenübersaß. Es genügte jetzt, seine Erzählung durch vorsichtiges Nachfragen zu lenken.

»Welche Schwester war das noch mal?«

Panero winkte ab. »Keine der Molinaris. Die Schwester von dem Kerl, der das Mädchen wirklich umgebracht hat. Hat mich mit Briefen bombardiert, ich solle gestehen und damit ihren Bruder aus dem Gefängnis holen. Dabei hat er zugegeben, dass er es gewesen ist. Nur, was er mit der Leiche gemacht hat, hat er nie verraten. Wahrscheinlich in den Fluss geworfen, so haben sie es damals jedenfalls gesagt. Durch meinen Onkel war ich ja ganz dicht dran an der Geschichte, auch als ich nicht mehr unter Verdacht stand.«

»Haben Sie diese Briefe noch?« Vera bemühte sich, nur mäßig interessiert zu klingen. Leute wie Panero witterten schnell, wenn man etwas von ihnen wollte, und versuchten dann, etwas für sich herauszuschlagen. Meistens Geld. Doch

Panero stand sofort auf, wobei er sich an seinem Gehgestell hochzog, tappte zu einer Kommode und wühlte eine Zeit lang in einer der Schubladen herum.

»Wusste ich doch, dass die noch irgendwo sind.« Er kam wieder zurück, fiel in seinen Sessel und gab Vera einige Umschläge. Mattia rückte näher, um mitlesen zu können. Die Adresse und die Briefe selbst waren sorgfältig datiert und von Hand geschrieben, in einer auffällig ordentlichen Schrift, so als hätte die Verfasserin sichergehen wollen, dass ihre Botschaft lesbar war.

Vera überflog den Inhalt der Briefe. Im ersten bat die Verfasserin Panero in sachlichem Ton, Giorgio Toso zu entlasten, da dieser unschuldig sei. Panero solle die Verantwortung für das übernehmen, was er getan habe, statt einen Unschuldigen an seiner Stelle ins Gefängnis gehen zu lassen. Der Brief endete mit den Worten *Gott schütze Sie* und war von Francesca Dutti unterschrieben.

Doch mit jedem Brief wurde der Ton schärfer, die religiösen Beschwörungen extremer, bis Panero im vierten Brief himmlische Rache angedroht wurde. *Sollten Sie sich nicht zu Ihrem Verbrechen bekennen, wird Gott Sie richten und mit ewigen Höllenqualen strafen.*

»Heftig«, murmelte Mattia. »Klingt nach religiösem Fanatismus.«

»Oder nach Verzweiflung.«

»Ich sage doch, die Frau war verrückt!«, warf Panero ein und zündete sich mühsam eine Zigarette an.

»Haben Sie denn auf die Briefe reagiert?«

»Meinem Onkel habe ich die Briefe gezeigt, aber er meinte, ich solle nichts unternehmen. Nach einer Weile haben sie auch tatsächlich aufgehört. Hab die Frau nicht ein einziges Mal gesehen.«

»Danke, *Signor* Panero, das hat uns ein historisches Ereignis der Lokalgeschichte nähergebracht«, sagte Mattia. Er sah Vera an. »Hast du noch Fragen?«

»Ja. Wie ging es danach für Sie weiter?« Für ihre Recherchen war es nicht mehr wichtig, aber Vera interessierte, was für ein Leben der alte Mann ihr gegenüber gehabt hatte. War er glücklich gewesen?

Panero hustete wieder. »Hat mir alles versaut, diese Geschichte, obwohl ich nichts getan habe. Keiner wollte mich mehr als Kellner einstellen. Hab dann bei Fiat gearbeitet, vierundvierzig Jahre lang Autos zusammengeschraubt. Geheiratet hab ich nie. Mich wollten viele, aber ich hab mich nicht drankriegen lassen.« Er zwinkerte und lachte keuchend. »Wozu sich für eine entscheiden, wenn man viele haben kann?«

»Danke, *Signor* Panero.« Vera nahm ihr Aufnahmegerät, schaltete es aus, steckte es in die Tasche und stand auf. »Bleiben Sie ruhig sitzen, wir finden alleine hinaus.«

»Wir schicken Ihnen eine Ausgabe, wenn der Artikel erscheint«, fügte Mattia hinzu.

»Kommen Sie ruhig mal wieder!«, rief Panero ihnen nach.

Wieder auf der Straße, atmete Vera tief ein. Die Mischung aus Abgasen, Mülltonnenmief, Kebabgeruch und Räucherstäbchen war eine Wohltat nach Paneros stickiger, verrauchter Wohnung.

»Und, was hältst du davon?«, sagte Mattia neben ihr. »Hat er es getan oder nicht?«

»Keine Ahnung, aber ich habe selten jemanden getroffen, der mir so unsympathisch war. Er würde alles erzählen, nur um sich selbst gut darzustellen. Allerdings heißt das nicht, dass er Aurora umgebracht hat.«

»Ja, unangenehmer Kerl. Und wenn er es war, würde er es natürlich nicht zugeben. Aber wir wissen jetzt, wo wir weitersuchen müssen: Francesca Dutti.«

»Schade, dass keine Absenderadresse auf den Briefen stand«, sagte Vera.

»Wir haben alte Adressbücher in der Redaktion, vielleicht finde ich sie da. Wenn wir Glück haben, ist sie noch am Leben.«

Der Geruch von gegrilltem Fleisch kitzelte Veras Nase, und ihr Magen machte ein rumpelndes Geräusch. »Entschuldigung.«

Mattia lachte. »Mein Magen knurrt auch. Nachher habe ich noch Termine, aber gleich um die Ecke gibt es einen großartigen Marokkaner. Du bist eingeladen.«

»Wie könnte ich dazu Nein sagen?« Bevor sie gingen, sah Vera noch einmal an der Fassade von Paneros Haus hoch. Saß dort oben hinter den halb geschlossenen Läden ein Mörder?

Kapitel 13

———— 2015

Den folgenden Tag verbrachte Vera in der Stadt. Sie besuchte das Amtsgericht, wo Tosos Verhandlung stattgefunden hatte, erhielt dort aber keine näheren Informationen über ihn. Das Pressebüro hatte lediglich die Daten der Gerichtsverhandlung bestätigt und ihr mitgeteilt, wenn sie Akteneinsicht wolle, müsse sie einen schriftlichen Antrag stellen, dessen Bearbeitung etwa zwei Monate dauern würde. Als Nächstes fuhr sie ins alte Gefängnis »Le Nuove«, wo Toso seine Strafe verbüßt hatte und das inzwischen ein Museum war. Sie hatte eine Führung gebucht und war entsetzt von dem düsteren Bau. In den schmalen Zellen hatte es bis in die Siebzigerjahre weder Heizung noch fließend Wasser gegeben. Ein Gefangener mit geistiger Behinderung wie Toso hatte hier sicher nicht die notwendige Betreuung erhalten. Die Atmosphäre in den Gängen war beklemmend, man fühlte sich wie lebendig begraben. Vera war erleichtert, als sie wieder auf die Straße trat und das eiserne Tor hinter sich lassen konnte.

Am späten Nachmittag kehrte sie in die Wohnung zurück, um sich für das Abendessen mit ihrer Großtante und Mauro fertig zu machen. Sie verkniff es sich, Finn anzurufen, und schickte stattdessen eine Nachricht. Dann nahm sie Handtuch und Kosmetiktasche und ging zum Badezimmer, um zu duschen. Als sie vor der Tür stand, öffnete sich diese, und Mauro trat heraus, mit nassem Haar und um die Hüften nur ein Handtuch. Sie lachten beide verlegen, und Vera sah auf den Boden, während sie einen Schritt zur Seite machte. Als er sich

134

an ihr vorbeischob, spürte sie die Feuchtigkeit, die noch an seiner Haut haftete.

Pünktlich um halb acht trafen sie sich in der Eingangshalle und gingen zusammen hinunter.

»Wenn man nicht im *Del Cambio* war, war man nicht in Turin«, erklärte Mauro, während er zwischen seiner Mutter und Vera unter den Arkaden der Piazza Castello entlangging. Er trug einen dunkelblauen Anzug, und auch Lidia hatte sich fein gemacht. In ihrem violetten Blusenkleid sah sie altmodisch, aber festlich aus. Vera hatte das einzige elegante Kleidungsstück angezogen, das sie dabeihatte: ein schmales, knielanges Kleid mit Wasserfallkragen, das den Vorteil hatte, nicht zu knittern.

Mauro schlug ein gemächliches Tempo an, und Vera wurde bewusst, dass Lidia nicht so robust war, wie sie sich gab. Im Café fiel es nicht auf, dort saß sie den ganzen Tag, aber jetzt klammerte sie sich an Mauros Arm und scharrte mit den Schuhen über das Pflaster, als hätte sie kaum genug Kraft, die Füße zu heben. Glücklicherweise bogen sie nach wenigen Schritten um eine Ecke, und Mauro kündigte an, dass sie bereits an Ort und Stelle seien.

Die Piazza Carignano wirkte wie ein Salon unter freiem Himmel. Links erhob sich ein roter Palast mit geschwungener Fassade, rechts ein hell verputzter Bau. Mauro dirigierte sie zu einem Eingang mit heller Markise und antiken Laternen, zwischen denen auf einem Schild *Ristorante del Cambio* zu lesen war. Sie kamen in eine Bar mit kleinen Marmortischen und einer Theke im hinteren Teil. Mauro schien sich ganz zu Hause zu fühlen und führte sie nach links in einen Seitenraum. Er begrüßte den Oberkellner mit Vornamen, der sie persönlich zu ihrem Tisch führte. Vera setzte sich auf die weinrote Sitzbank, die an der Wand entlanglief. Große Kronleuchter warfen einen warmen Schein über die Tische, und die

Kellner bewegten sich so diskret über die dunklen Dielen, dass man sie kaum wahrnahm.

»Das Restaurant existiert seit 1775.« Mauro klang so stolz, als wäre das sein Verdienst. »Du kannst dir nicht vorstellen, wer alles hier war: von Casanova bis zur Callas. Und wenn du den ersten Bissen schmeckst, weißt du auch, weshalb.«

»Da bin ich aber neugierig.« Vera nahm die Menükarte entgegen.

»Du solltest als Hauptspeise die *finanziera* probieren, das ist typisch piemontesisch.«

»Und woraus wird die gemacht?«

»Kalbsbries, Kalbshirn, Hahnenkämme ...« Mauro grinste. »Früher ein Armengericht, heute eine Delikatesse.«

»Danke, aber ich glaube, die *melanzane alla parmigiana* sind mehr nach meinem Geschmack.«

»Ich lasse dich mal probieren«, sagte Mauro grinsend.

Lidia bestellte nur einen Salat und etwas Brot. »Eine alte Frau wie ich braucht nicht viel, um sich am Leben zu halten.«

Noch einmal kam der Oberkellner an ihren Tisch, erkundigte sich nach *Signora* Molinaris Befinden und sprach kurz mit Mauro über lokale Neuigkeiten. Mauro stellte Vera vor, und diese nutzte die Gelegenheit um zu fragen, ob sie im Lokal Aufnahmen machen dürfe. »*Ma certo*, selbstverständlich, solange Sie nicht unsere Gäste belauschen.« Der Oberkellner zwinkerte.

Gleich nachdem er den Tisch verlassen hatte, nahm sich Lidia eine Scheibe Brot und begann, kleine Stücke davon abzubrechen und sie sich in den Mund zu schieben. Mauro wandte sich an Vera: »Und, was hast du heute Schönes unternommen?«

Vera zögerte kurz. Sollte sie erzählen, was sie herausgefunden hatte?

Mauro hatte sie gewarnt, dass seine Mutter sich aufregen könnte, andererseits musste sie mit Lidia sprechen, wenn sie etwas erfahren wollte. Vielleicht würde sie auch noch etwas Wichtiges beitragen.

»Ich war gestern im Archiv der Zeitung«, sagte sie, »und habe nach alten Artikeln gesucht. Über Aurora.«

Sie bemerkte, dass Maurizio das Kinn vorschob, konzentrierte sich aber ganz auf Lidia. Die legte ihre zerrupfte Brotscheibe hin, hielt aber den Blick weiter auf den Tisch gerichtet. Ihre Schultern hoben sich, als sie einatmete.

»Was hast du herausgefunden?«

Vera antwortete zurückhaltend: »Aurora war deine Schwester ...«

»Ich glaube nicht, dass wir beim Essen darüber reden sollten«, mischte sich Maurizio ein, verstummte aber, als Lidia eine Hand hob. Die goldenen Armreifen an ihrem Handgelenk klimperten.

»Es ist kein Geheimnis, ich spreche nur nicht gern darüber. Es tut weh, auch nach all der Zeit noch.«

»Das verstehe ich«, sagte Vera sanft.

Lidia sah ihr direkt in die Augen. »Richtig, ich hatte es im Augenblick ganz vergessen. Also, du hast gelesen, was in der Zeitung stand. Dieser Verrückte ist über meine Schwester hergefallen, und dann hat er uns noch den Trost vorenthalten, sie zu Grabe zu tragen. Mehr gibt es nicht zu erzählen.«

»Darf ich dir trotzdem einige Fragen stellen?«

»Vera, es ist nicht gut für *mammas* Herz, wenn sie sich aufregt.«

»Ich rege mich nicht auf. Was möchtest du wissen?«

Lidias Finger spielten wieder mit dem Brot, zerdrückten es in winzige Teilchen, die auf die Tischdecke rieselten.

»Hatte es etwas mit Auroras Tod zu tun, dass Teresa aus Turin wegging?«

»Nein. Sie hat sich in deinen Großvater verliebt und ist ihm dorthin gefolgt, wo er Arbeit gefunden hatte.«

»Hatte sie ein enges Verhältnis zu Aurora?«

»Wir standen uns alle vier sehr nahe. Nachdem unsere Eltern tot waren, hatten wir sonst niemanden mehr, also mussten wir uns umeinander kümmern.«

Der Wein wurde serviert, und Vera hatte Gelegenheit, ihr Aufnahmegerät aufzustellen. »Stört es dich?« Lidia verneinte, und Vera schaltete es ein.

Als alle ein gefülltes Glas vor sich hatten, sagte sie: »Gab es denn keine Verwandten?«

»Nicht in der Nähe. In Neapel, woher meine Großeltern stammten, gab es noch Familie, aber mit ihnen hatten wir kaum Kontakt. Einen alten Freund unseres Vaters gab es, den wir um Hilfe bitten konnten, Claudio Foletti, aber im Grunde mussten wir selbst zusehen, wie wir uns nach dem Krieg über Wasser hielten. Natürlich haben wir manchmal auch gestritten, aber das ist unter Geschwistern normal, nicht wahr?«

Lidia sah Vera seltsam starr an. Vera fragte weiter: »Also habt ihr alle drei im Café gearbeitet?«

»Ich habe es geführt, Aurora war für die Bar zuständig, und Teresa hat die Torten und vor allem die Gianduiotti hergestellt. Und das hat sie hervorragend gemacht. Ich verstehe bis heute nicht, weshalb sie dann unbedingt studieren wollte.«

»Habt ihr euch deswegen gestritten?« Vera überging Mauros heftiges Zwinkern. Lidia regte sich keineswegs auf, anscheinend tat es ihr sogar gut, über die Vergangenheit zu sprechen.

Lidia zuckte mit den Schultern. »Natürlich war sie im Café nicht so leicht zu ersetzen, aber sie wollte nun einmal studieren, warum hätte ich sie davon abhalten sollen?«

»Hat es dir nichts ausgemacht, dass sie mit Großvater nach Deutschland ging?«

»Doch, natürlich habe ich sie vermisst. Aber ich hätte ihrem Glück nie im Weg gestanden.«

»War das, bevor oder nachdem Aurora verschwunden ist?«

»Kurz danach.«

Mauro funkelte Vera mit zusammengezogenen Augenbrauen an und schüttelte leicht den Kopf, aber da Lidia offensichtlich niemanden brauchte, der unangenehme Themen von ihr fernhielt, ignorierte Vera ihn weiterhin.

»Es war bestimmt schwierig für dich, mit allem alleine klarkommen zu müssen.«

»Wer hat behauptet, das Leben wäre einfach? Der Krieg hat uns abgehärtet, da haben wir gelernt, Verluste zu ertragen. Man muss weitermachen, was bleibt einem übrig?«

»Wie würdest du euch drei und Alessandro beschreiben?«

Lidia trank von ihrem Wein, dann hustete sie, und Maurizio tätschelte ihr den Rücken. »Geht es dir gut?«

Sie schob seinen Arm weg. »Würdest du bitte damit aufhören, es geht mir auf die Nerven, dass du mich behandelst, als stünde ich am Rande des Grabes.« Vera gab ihr insgeheim recht.

»Wie würde ich uns beschreiben?«, wiederholte Lidia nachdenklich. »Sehr jung waren wir. Alessandro war unser aller Liebling. Wir haben ihn immer beschützt – vielleicht zu sehr. Aber manche Menschen sind für die Härte des Lebens nicht geschaffen.

Teresa war ein bisschen wie Alessandro, als sie klein war, aber sie hatte auch einen gesunden Wirklichkeitssinn. Sie war mir immer die größte Stütze. Was Aurora betrifft: Sie war zu hübsch und zu leichtsinnig – wie ein Schmetterling, der nur für den Augenblick lebt. Es war sie, die uns zum Lachen gebracht hat, auch wenn schwere Zeiten herrschten.«

Sie verstummte und schwieg, bis Vera leise sagte: »Und du selbst?«

Lidia zuckte mit den Schultern. »Als Älteste musste ich alles zusammenhalten und für die anderen sorgen. Ich habe mir das nicht ausgesucht, aber meine Pflicht erfüllt. Und ich habe das Café wieder aufgebaut, sonst wäre das Lebenswerk unserer Eltern dahin gewesen.«

»Und das war dir besonders wichtig?«

»Es ist alles, was uns von ihnen geblieben ist. Ich habe meine Eltern sehr geliebt, und jeden Morgen, wenn ich im Molinari meinen Platz hinter der Kasse einnehme, fühle ich mich ihnen nah.«

»Da kommt unser Essen«, sagte Maurizio.

Lidia legte ihre von Altersflecken gesprenkelte Hand auf seine. »Ja, mein Lieber. Genug geredet.«

Es entstand eine Pause, während die Antipasti serviert wurden. Vera probierte ihre *acciughe al verde*, frische Sardinen in einer Creme aus Brotkrumen, Essig, Olivenöl und Petersilie, die kräftig mit Knoblauch gewürzt war. »Köstlich«, sagte sie.

Mauro strahlte. »Auch ein typisches Piemonteser Gericht. Unsere Küche macht aus den einfachsten Sachen eine Delikatesse.«

»Bei diesem Ragout aus Hirn und Hahnenkämmen bin ich mir nicht ganz sicher«, antwortete Vera, »aber was die Sardinen betrifft, hast du meine volle Zustimmung.«

Lidia aß mit überraschender Schnelligkeit und bestellte nach ihrem Salat ebenfalls eine Portion Sardinen mit grüner Soße.

»Nun reden wir einmal über dich, Vera.« Das Essen und ein zweites Glas Wein hatten Lidia sichtlich belebt. »Weshalb willst du eine Sendung über meine Schwester machen?«

»Damit Teresa und ihre Leistungen nicht vergessen werden. Damit nicht nur Männer den Ruhm einheimsen für etwas, woran Frauen wie sie maßgeblich beteiligt waren. Ihre Forschung wirkt zwar nicht sonderlich spektakulär, aber ohne diese Vorarbeit wären viele Fortschritte auf ihrem Gebiet nicht möglich gewesen. Und doch wird im Wikipediaeintrag über künstliches Gewebe nicht einmal ihr Name erwähnt.«

»Aber weshalb musst du dafür die Vergangenheit aufwirbeln? Was mit Aurora geschehen ist, hat doch damit gar nichts zu tun.«

»Mich berührt die Geschichte irgendwie. Wahrscheinlich nicht sehr überraschend. Es ist seltsam, wie bestimmte Ereignisse sich wiederholen – beinahe wie ein Familienfluch.«

»Meine Güte, das finde ich ein bisschen übertrieben.« Lidia schnaubte. »Ein Familienfluch! Wir sind hier nicht in einem kitschigen Roman, soweit ich weiß.«

Der Kellner kam, räumte die Vorspeisenteller ab und brachte gleich darauf die *primi piatti*. Es war eigentlich eine Schande, die *melanzane alla parmigiana* so nebenbei in sich hineinzuschlingen, aber Vera wollte das Gespräch jetzt nicht abbrechen. Sie beschloss, unsicheres Gelände zu betreten.

»Bist du eigentlich damals bei der Gerichtsverhandlung gewesen?«

»Nein. Das wollte ich mir nicht antun.« Lidia ließ ihre Gabel auf den Teller fallen und griff nach dem Weinglas.

»Trink besser nicht so viel, *Mamma*«, sagte Mauro, aber sie verscheuchte seine Bedenken mit einer Handbewegung. »Sei nicht albern, ich habe mein Leben lang Wein getrunken. Und noch bin ich nicht senil, sodass man mir sagen müsste, was gut für mich ist.«

»Wie du meinst, *mamma*.« Mauro widmete sich wieder seiner *finanziera*.

»Glaubst du denn, dass der Richtige verurteilt wurde?«

»Ja, natürlich. Immerhin hatte er Aurora vorher schon einmal angegriffen. Aber ich möchte nicht weiter darüber reden. Es ist so lange her, und ich habe damit abgeschlossen. Und für deinen Bericht über Teresa spielt das auch keine Rolle.«

»Ich war einfach neugierig«, sagte Vera.

Maurizio lenkte das Gespräch auf unverfängliche Themen, während sie aßen, und erzählte von den angeblich magischen Orten der Stadt. »Man sagt, in Turin ringen weiße und schwarze Magie miteinander«, sagte er augenzwinkernd. »Und unter der Piazza Statuto befindet sich der Eingang zur Hölle.«

»Kein Turiner glaubt an diesen Unsinn.« Lidia schob ihr Besteck zusammen. »*Tesoro*, ruf bitte den Kellner, ich möchte einen *caffè* und einen *grappa*.«

»Aber Alkohol ist nicht gut für dein …«, begann Mauro, doch ein Blick seiner Mutter ließ ihn verstummen. Auch Vera bestellte einen *grappa* und dazu ein *tiramisu*.

»Ein Schluck ab und zu stärkt das Herz. Die Ärzte haben doch keine Ahnung. Und jetzt erzähl ein wenig von dir, Vera. Wie alt ist dein Sohn? Ist er gut in der Schule?«

Vera wollte gerade antworten, als Lidia schwer zu atmen begann und sich an die Brust griff.

»Was ist los?« Vera blickte Mauro an. Der wühlte schon in Lidias Handtasche und zog eine Arzneidose heraus.

»Ihre Angina Pectoris«, sagte er, schüttelte eine Tablette aus der Packung und gab sie seiner Mutter.

»Soll ich einen Arzt rufen?«

»Nicht nötig, das ist chronisch bei ihr. Sie muss nur ihre Medikamente nehmen und sich ausruhen.« Er strich Lidia über den Arm. »Es wird gleich besser, *mamma*.«

Lidia nickte, während sie nach Luft rang. Ihre Hand auf dem Tisch fuhr über das Tischtuch. Vera sah hilflos zu, doch nach wenigen Minuten war der Anfall vorüber.

»Geht es wieder?« Mauro beugte sich besorgt über sie.

»Ja, ja, es geht schon.« Sie schob Mauros Hand beiseite.

»Ich bringe dich besser nach Hause.« Mauro stand auf und half ihr hoch. »Entschuldige«, sagte er zu Vera. »Bleib ruhig hier und iss dein Dessert. Sie muss sich hinlegen.«

»Kann ich irgendwie helfen?«

Vera stand auf und half Lidia zwischen den Tischen hindurch. Deren Oberarm unter der Seidenbluse fühlte sich erschreckend dünn an, aber sie war schon wieder ganz sie selbst.

»Kannst du nicht, Vera, also tu, was Mauro sagt. Es wäre schade um das gute Essen. Meinen *grappa* kannst du auch haben.« Lidia hakte sich bei Mauro ein. »Selbstverständlich bist du eingeladen. Genieß den Abend.«

Sie wandte sich brüsk ab und ließ sich zum Ausgang führen. Vera sah zu, wie Mauro ihr in die Jacke half. Sie war sich nicht sicher, ob sie ihre Tante mochte, aber ihre stoische Haltung war bewundernswert. Statt zu jammern, wie schlecht es ihr ging, hielt sie sich wie ein Soldat. Vera war sicher, dass sie morgen wieder an ihrem Platz hinter der Kasse sitzen und alle herumkommandieren würde.

Das *tiramisu* kam, und es wäre in der Tat ein Jammer gewesen, es stehen zu lassen. Auch der *grappa* war köstlich, mild und rund. Nach dem zweiten Glas fühlte sich Vera leicht schwummerig, und sie stellte amüsiert fest, dass sie ein bisschen angetrunken war. Wann war das zum letzten Mal vorgekommen? Früher hatten sie und Tom häufiger wild gefeiert, aber seit sie die Verantwortung für Finn trug, trank sie nie mehr als ein Glas Wein.

Sie legte zehn Euro Trinkgeld auf den Tisch und ging. Der Oberkellner verabschiedete sich mit Handkuss, als kenne er sie schon seit Jahren. Draußen empfing sie der milde Sommerabend. Über der Stadt spannte sich ein rauchblauer Himmel, der aussah wie gemalt. Die Straßen waren genauso belebt wie tagsüber: Kinder spielten Fangen, Jugendliche zogen in Gruppen durch die Straßen, Pärchen schlenderten Händchen haltend dahin. Ein junger Kerl mit Dreadlocks hockte im Schneidersitz auf dem Boden und schlug rhythmisch auf seine Bongos, einem Kind fiel sein Eis herunter, und es begann zu weinen, aus einer Kirche drang Orgelmusik.

Es war erst zehn, noch viel zu früh, um in die große, stille Wohnung zurückzukehren. Wie hieß noch das marrokkanische Café, das Mattia erwähnt hatte? Sisha? Nein, Hafa. Sie rief ihre Kartenapp auf: Es war nur eine Viertelstunde entfernt, im selben Viertel, in dem Panero wohnte. Es wäre nett, dachte sie, Mattia zu treffen. Sie hatte tagsüber einige Male an ihn gedacht und sich gefragt, ob er Tosos Verwandte hatte aufspüren können.

Als sie ankam, war die Wirkung des *grappa* verflogen, und sie fühlte sich wieder ganz klar. In den Gassen des Quadrilatero drängten sich noch mehr Menschen als im Rest der Stadt, die meisten jung und aufgekratzt. Eine Bar reihte sich an die nächste, vor den Eingangstüren standen Menschentrauben. Vera musste mehrere Male ihre App zurate ziehen, bis sie das Hafa fand. Draußen standen Tische unter roten Sonnenschirmen. Vera trat ein, sah sich kurz nach Mattia um, und ging dann direkt zur Bar, als sie ihn nicht in der Menge entdeckte. Sie musste eine Weile warten, weil die Gäste in mehreren Reihen nach Getränken anstanden, und hatte Zeit, sich umzusehen. Der Laden gefiel ihr. Die orange verputzten Wände verwandelten das Licht der vielen Blechlaternen, die von der Decke hingen, in ein warmes Leuchten. Es spiegelte sich in den silbernen Teekannen und im farbigen Glas der Wasserpfeifen, die auf der Theke standen. Die Gäste saßen an niedrigen Tischen auf Stühlen, die mit Kelimkissen gepolstert waren. Nur die Musik passte nicht zum Ambiente: Gerade lief italienische Popmusik.

Als sie an die Reihe kam, bestellte sie einen Pfefferminztee. Das Glas war heiß, sodass sie es nur am oberen Rand anfassen konnte, und während sie sich zwischen den Gästen hindurchschlängelte, war sie so darauf konzentriert, nichts zu verschütten, dass sie Mattia erst wahrnahm, als er sie am Arm berührte. »Ciao, was machst du denn hier?« Er wirkte erfreut. »Na, ich beschatte dich«, sagte Vera. »Wenn wir zusammenarbeiten, muss ich doch wissen, mit wem ich es zu tun habe.«

»Völlig richtig«, sagte Mattia. »Und bei einer Shisha lege ich gerne meine Seele bloß. Einen Augenblick.« Er arbeitete sich zur Theke durch, sprach kurz mit dem Barmann, kam zurück und brachte Vera in einen Nebenraum, in dem Lederpoufs und gepolsterte Liegen verteilt waren. Mehrere Barbesucher saßen dort in kleinen Gruppen um Wasserpfeifen, und die verschiedenen Tabakaromen vereinten sich zu einem vage orientalischen Duft. Vera und Mattia setzten sich auf die letzte freie Liege, und endlich konnte sie ihr heißes Teeglas abstellen. Genau wie Mattia streifte sie die Schuhe ab, zog die Knie an und lehnte sich mit dem Rücken an die Wand. »Schön hier.«

»Schön, dass wir uns hier getroffen haben.«

Er drehte den Kopf und lächelte sie an. *Er ist gar nicht mein Typ*, dachte sie, *und außerdem viel zu jung.*

Du hast gestern so von dem Laden geschwärmt, das musste ich mir natürlich mal ansehen.«

»Das Publikum ist ein bisschen zwielichtig«, sagte er. »Journalisten und ähnlich unseriöses Gesocks.«

»Habe ich schon bemerkt.« Vera probierte ihren Tee: überwältigend minzig und süß.

Eine junge Frau brachte eine Shisha aus grünem Glas an ihren Tisch. »Ciao, Matti, wie geht's dir?«

»Ciao, Diana, schön, dich zu sehen. Ich dachte schon, du

arbeitest nicht mehr hier.« Sie küssten sich auf die Wange, dann stellte Mattia Vera beiläufig vor. Diana nickte ihr nur zu, kniete sich vor den Tisch und begann die Wasserpfeife vorzubereiten. Es war beinahe ein Ritual, Mattia und Vera sahen schweigend zu.

»Viel Vergnügen.« Diana winkte kurz und verschwand wieder.

»Hübsches Mädchen«, sagte Vera.

»Und schlau. Sie studiert Wirtschaftswissenschaften.«

Vera hätte gerne gewusst, ob zwischen den beiden mehr als Freundschaft bestand, doch natürlich konnte sie Mattia nicht danach fragen.

Er rauchte die Pfeife an, dann reichte er Vera einen der beiden Schläuche. Sie nahm das Endstück zwischen die Lippen und sog den kühlen Rauch ein, nach einigen Sekunden ließ sie ihn langsam wieder ausströmen. »Minzgeschmack? Sehr erfrischend.«

»Gut. Willst du wissen, was ich inzwischen herausgefunden habe?«

»Auf rhetorische Fragen muss man nicht antworten, oder?«

»Tosos Schwester habe ich nicht gefunden«, sagte Mattia, »aber ihre Tochter, Marta Dutti.«

»Kommt bei dir die Pointe immer zuerst? Am Spannungsaufbau könntest du noch arbeiten.«

»Aber sie will nicht mit uns reden.«

»Okay, das war eine Pointe. Sehr ärgerlich. Hat sie dir gesagt, weshalb nicht?«

»Sie meinte, sie will die Sache nicht wieder aufwirbeln. Sie glaubt an Tosos Unschuld, aber sogar, wenn die jetzt bewiesen würde, würde das ihrer Ansicht nach nichts mehr ändern.«

»Aber das würde es! Toso würde rehabilitiert, wenn auch

posthum. Und wenn Panero es war, kann er noch bestraft werden.«

»Keine Sorge, ich bleibe dran. Vielleicht kann ich sie noch überzeugen.«

»Denkst du, wir können nach so langer Zeit noch herausfinden, was damals passiert ist?«

Mattia zuckte die Schultern. »Wir können es versuchen. Aber warum ist dir das eigentlich so wichtig?«

Vera nahm noch einen Zug aus der Wasserpfeife, um Zeit zu gewinnen. »Weil sie nicht verdient hat, dass niemand weiß, was ihr zugestoßen ist«, sagte sie langsam, nach den richtigen Worten tastend. »Wenn jemand spurlos verschwindet, ist es, als könnte er weder leben noch sterben. Ich schätze, das ist etwas ganz Archaisches – die Toten zur Ruhe kommen lassen oder etwas in der Art.«

»Und die Lebenden auch, oder?« Mattia sah ihr forschend ins Gesicht.

Vera lächelte kurz. »Das wohl auch.«

Ach Vi, warum habe ich dich einfach dort sitzen lassen? Der Rauch der Shisha nahm den metallischen Geschmack der Wut an, die sie damals gefühlt hatte, als sie davongegangen war, ohne sich noch einmal umzudrehen.

»Vielleicht erzählst du mir ja irgendwann, welcher Mensch aus deinem Leben verschwunden ist.« Mattia rutschte ein Stückchen näher, sodass ihre Schultern sich berührten.

»Vielleicht. Aber nicht heute Abend.« Sie lehnte sich ganz leicht an ihn, gerade so weit, dass es noch als unabsichtlich durchgehen konnte.

»*Bene*, dann erzähl mir etwas anderes über dich.«

»Wird das etwa ein Interview?«

»Nein, ich bin außer Dienst. Meine Motive sind rein privater Natur.« Er nahm einen tiefen Zug von der Wasserpfeife, sodass die Kohlenstücke aufglühten.

»Was willst du denn wissen?«

»Lebst du alleine?«

Das war direkt. »Nein.« Sie musste lachen, als sie sein enttäuschtes Gesicht sah, und fügte hinzu: »Ich lebe mit meinem elfjährigen Sohn zusammen. Er heißt Finn.«

»Schöner Name. Aus der keltischen Mythologie, oder? Wie ist er so?«

»Ein ganz normaler Elfjähriger, aber für mich natürlich der tollste Junge der Welt. Er ist hellwach, witzig, vielleicht ein bisschen zu nachdenklich. Die Trennung war nicht einfach für ihn, auch wenn mein Exmann und ich uns inzwischen gut verstehen.«

»Und wofür interessiert er sich?«

»Computerspiele, was sonst.« Sie lachten beide. »Und Skateboardfahren.«

»Das hab ich früher auch gemacht. Verrückte Sachen, mit Vollspeed einen Hügel runter und so.« Mattia schüttelte den Kopf. »Ich war alle paar Monate wegen irgendeinem gebrochenen Knochen im Krankenhaus.«

»Finn ist bis jetzt nichts passiert, hoffen wir mal, dass es so bleibt.«

Mattia drehte sein Gesicht ganz zu ihr. Der warme Schein der Lampen teilte es in Licht und Schattenzonen. Er war so nah, dass ihre Wangen kribbelten.

»Hast du Angst um ihn?«

Vera nickte. »Sehr. Zu sehr.«

Mattia lächelte. »Mach dir nicht zu viele Sorgen. Die meisten überleben und werden irgendwie groß.«

»Die meisten schon, da hast du recht.«

Kapitel 14

―――― **1948**

Das Papier brannte geradezu in Teresas Schürzentasche. Nachher würde sie es Lidia geben und ihr sagen, dass sie sich an der Universität einschreiben würde. Unruhig war sie, weil sie dafür die Unterschrift ihrer Schwester brauchte, und sie wusste, dass Lidia sie ihr nicht ohne Weiteres geben würde. Doch Teresa war entschlossen, sich durchzusetzen. Es war, als hätte Lorenzos Antrag ihr die Augen geöffnet. Sie hatte die Wahl, sie konnte selbst über ihr Leben entscheiden. Sie konnte Möglichkeiten ergreifen, ablehnen, etwas erschaffen.

Lorenzo – sie tat alles, um nicht an ihn denken zu müssen. Sie stürzte sich in die Arbeit und in ihre Studien, zeichnete abends wissenschaftliche Illustrationen ab, bis ihre Augen brannten. Trotzdem saß in ihrem Hinterkopf immer der Gedanke an ihn, und sie fragte sich täglich Dutzende Male, ob ihre Entscheidung richtig gewesen war. Doch aus Turin wegzugehen und ihre Schwestern zurückzulassen, um unter Deutschen zu leben – dem Volk, das am Tod ihrer Eltern Schuld hatte –, erschien ihr unmöglich.

Sie war froh darüber, dass sie so viel zu tun hatte. Heute stapelten sich im Flur Säcke mit Kakao und Mandeln, die in den Keller geschafft werden mussten. Sie rief nach Gigi und nahm den Kellerschlüssel vom Wandbrett. Ihr Herz klopfte heftiger, wie immer, wenn sie in die *infernotti* hinuntermusste. Bei Luftangriffen hatte sich ihre Mutter mit ihnen und etlichen anderen in den verzweigten Gängen tief unter der Erde verkrochen, und sie spürte noch immer die Erschütterungen

149

von damals, wenn oben die Bomben eingeschlagen hatten. Sie hatte sich auch nie ganz von den unheimlichen Geschichten erholt, die das Kindermädchen ihnen früher erzählt hatte. Schreckliche Geschöpfe hausten angeblich dort unten, und manchen zufolge waren die Tunnel sogar der Eingang zur Hölle.

Gigi kam aus der Backstube und lud sich auf Teresas Anweisung bereitwillig zwei Kakaosäcke auf die Schultern. Sie schloss die Kellertür auf und leuchtete ihm mit einer Öllampe, denn elektrisches Licht gab es in den Gewölben nicht. Sie gingen die steile Treppe hinunter, und mit jedem Schritt spürte Teresa, wie die Luft kühler wurde. Der Vorratsraum, der einzige der vielen Räume, den sie noch nutzten, lag am Ende des Ganges. Der Boden aus gestampfter Erde war unregelmäßig, und Teresa musste achtgeben, um im flackernden Licht nicht zu stolpern. Sie versuchte, die Beklemmung, die sich immer enger um ihre Brust zog, zu ignorieren, doch es gelang ihr nur zum Teil. Gigi war ja bei ihr, sagte sie sich. Um die Stille zu verjagen, begann sie, sinnloses Zeug zu reden. »Sind die Säcke sehr schwer, Gigi? Keine Sorge, gleich haben wir es geschafft, schau, nur noch ein paar Schritte, dann sind wir da. Ich weiß gar nicht mehr, wann wir zum letzten Mal hier waren – letzten Freitag? Genau, da hast du doch neue Mandeln heraufgeholt, erinnerst du dich?« So plapperte sie vor sich hin, aber ihre Stimme klang dünn in der kalten Luft.

Endlich hatten sie den Vorratsraum erreicht. Teresa versuchte, nicht den Gang hinunterzublicken, der hier rechtwinklig abbog und sich zu einem Labyrinth aus Tunneln und Kammern weitete, dessen Ausmaße niemand genau kannte. Teresa erschauerte, trat schnell in den Vorratsraum und zeigte Gigi die Palette, auf der er die Säcke abstellen sollte. Der Raum hatte das ideale Klima, um Lebensmittel zu konservieren. Die

Luft war kühl, aber trocken. Die Paletten dienten nur zur Sicherheit, falls doch einmal Wasser eindringen sollte.

»Unheimlich hier, findest du nicht?«, sagte sie zu Gigi, als sie wieder zurückgingen.

»Dunkel macht mir Angst«, bestätigte er.

Wie jedes Mal fiel das Gefühl der Enge erst von Teresa ab, nachdem sie die Tür geschlossen hatte. Ihre Atemzüge wurden entspannter.

»Gigi, für heute kannst du Schluss machen und nach Hause gehen«, sagte sie, als sie wieder in der Backstube waren. »Deine Schwester freut sich, wenn du ein bisschen früher kommst.«

Gigi lächelte breit und nickte heftig. »Francesca freut sich! Sie macht Pasta mit Tomaten und Zwiebeln, das mag ich.« Er rieb sich den Bauch und brummte.

Teresa musste über die ausdrucksvolle Geste lachen. »Da kriege ich ja selber Hunger!« Sie strich ihrem Gehilfen über den Arm. »Bis morgen!«

Sie sah ihm nach, wie er mit schlenkernden Armen durch die Hintertür hinauslief, den Hof überquerte und durch das Gittertor in der Mauer verschwand. Manchmal beneidete sie ihn. Für ihn war alles einfach und klar, und er war zufrieden mit dem, was er hatte. Seine Gefühle waren beständig, und er zweifelte nie an ihnen. Seine Zuneigung zu Aurora war durch nichts zu erschüttern, ganz gleich, wie schlecht sie ihn behandelte. Erst heute Morgen hatte er ihr gelb leuchtende Gewitterblumen mitgebracht, die er irgendwo am Straßenrand gepflückt hatte. Teresa hatte sie in einem Wasserglas auf die Theke gestellt und Aurora erzählt, dass sie für sie seien, aber ihre Schwester hatte die Blumen überhaupt nicht angesehen, geschweige denn, sich bedankt. Doch Gigi war nicht einmal auf die Idee gekommen, deswegen zornig zu werden.

Teresas eigene Gefühle schienen ihr dagegen unsicher wie

Eisschollen, von denen man nie wusste, ob sie kippten oder brächen, wenn man auf sie trat. Sie überlegte, ob sie mit Lorenzo sprechen sollte – doch sie wusste ja nicht einmal, wo er wohnte, und in der Bibliothek hatte sie ihn nicht mehr getroffen. Wenn nur die Sache mit Deutschland nicht wäre, würde sie ihn ja liebend gerne heiraten – vorausgesetzt, er erwartete nicht, dass sie dann ihre Studien aufgab, um sich um ihn, Haushalt und Kinder zu kümmern. Sie war so entschlossen wie nie zuvor, ihren Traum vom Biologiestudium wahr zu machen.

Sie tastete nach dem Formular in ihrer Tasche. Das Papier knisterte. Die Wanduhr zeigte Viertel vor sieben, um sieben schloss das Molinari, und dann würde sie mit Lidia sprechen müssen. Sie sehnte den Augenblick herbei, hätte ihn aber trotzdem am liebsten noch hinausgeschoben. Sie kannte ihre Schwester. Lidia hatte das Ruder übernommen, nachdem *mamma* und *papà* gestorben waren, und hatte sich daran gewöhnt, über Teresa und Aurora zu bestimmen. Aurora tat heimlich trotzdem, was sie wollte, aber Teresa hatte sich bisher nie gegen ihre ältere Schwester aufgelehnt. Ihr stand ein Kampf bevor, von dem sie nicht wusste, ob sie ihn gewinnen würde, und das machte ihr Angst.

Doch es brachte ja nichts, hier in der Backstube herumzustehen. Sie räumte die Bleche auf, spülte die Spatel ab und ging nach vorne. Der Rollladen vor der Tür war halb heruntergelassen, Lidia zählte die Tageseinnahmen, Aurora wischte die Kuchenvitrine aus und naschte dabei Gianduiotti. Teresa trat zu ihr hinter den Tresen und schenkte drei *limoncelli* ein. Sie hatten sich angewöhnt, sich nach der Arbeit im leeren Gastraum zusammenzusetzen und die Ereignisse des Tages zu besprechen, bevor sie zum Essen nach oben gingen.

Teresa trug die Gläser zu einem der kleinen Tische, die neben der Eingangstür standen. »Kommst du?«

»Ich bin gleich fertig«, sagte Lidia. »Es fehlt schon wieder Geld in der Kasse, diesmal noch mehr als sonst. Wir haben einen Dieb unter uns.«

»Ich war es nicht«, sagte Aurora, kicherte und nippte von ihrem *limoncello*. »Aber Marco hat neue Schuhe. Sehr elegant. Ich frage mich, wie er sich die leisten kann.«

Lidia schob die Tageseinnahmen in das dafür vorgesehene Lederetui und kam zu ihnen herüber. »Dann muss ich mir den Jungen wohl morgen mal vorknöpfen.« Sie setzte sich, griff nach ihrem Glas und stieß mit Teresa und Aurora an. »Du konntest wohl wieder nicht warten«, bemerkte sie mit einem Blick auf Auroras halb leeres Glas, doch die zuckte nur mit den Schultern.

»Von *Commissario* Folettis Neffen hätte ich das nicht erwartet«, sprach Lidia weiter. »Doch es gibt wohl keine andere Erklärung.« Sie seufzte. »Wie unerfreulich. Aber Geschäft ist Geschäft.«

Teresa schluckte. Nun war der Moment gekommen. Sie legte das gefaltete Formular auf den Tisch. »Ich muss mit euch reden.« Die Worte fühlten sich zäh an, als wollten sie nicht heraus.

»Worum geht es?« Lidia sah erst das Blatt, dann Teresa an. Die holte tief Luft, bevor sie zu sprechen begann.

»Ich will mich an der Universität einschreiben. Ende Oktober beginnt das neue Semester, ihr hättet also genug Zeit, einen Ersatz für mich zu finden. Das hier musst du als mein Vormund unterschreiben.« Sie schob das Blatt zu Lidia, die es in die Hand nahm und auffaltete.

»Für welches Fach denn?«, fragte Aurora, aber die beiden anderen beachteten sie gar nicht. Teresa versuchte, Lidias Blick standzuhalten.

»Du hast dir also diese dumme Idee immer noch nicht aus dem Kopf geschlagen«, stellte Lidia fest.

»Nein, habe ich nicht.« Teresa zwang sich, sich nicht zu rechtfertigen. Sonst würde sie verlieren. »Ich will Biologin werden. Wozu hat *papà* uns denn auf die höhere Schule geschickt? Damit wir den ganzen Tag Gianduiotti und Torten herstellen?«

»Damit wir für uns selbst sorgen können, falls ihm etwas passiert«, erwiderte Lidia hart. »Ich kann nicht auf dich verzichten, Teresa. Ohne dich gibt es kein Caffè Molinari mehr.«

»Das stimmt doch gar nicht. Du kannst einen Konditor einstellen, wo ist der Unterschied?«

Lidia lachte höhnisch. »Der dann mit unserem Familienrezept zur Konkurrenz geht! Das fehlt mir gerade noch!«

»Und wenn schon!« Teresa richtete sich auf. »Unsere Gianduiotti sind auch nur aus Haselnüssen, Kakao und Zucker, genau wie alle anderen.«

»Nicht ganz, das weißt du genau. Und das Mischungsverhältnis und die Conchierzeit hat *mamma* über Jahre hinweg entwickelt. Unsere Gianduiotti sind die besten im ganzen Piemont, deshalb sind wir berühmt, und die Leute kommen zu uns. Das überlasse ich doch nicht irgendeinem Zuckerbäcker, der mit der Familie gar nichts zu tun hat.«

»Und wie wäre es mit einem Zuckerbäcker, der etwas mit der Familie zu tun hat?«, ließ sich Aurora vernehmen. Teresa und Lidias Köpfe wandten sich ihr gleichzeitig zu.

»Wie meinst du das?«

»Nun ja, ich kenne da einen Konditor, der sicher Interesse hätte, ein Teil der Familie Molinari zu werden.« Aurora machte einen Kussmund.

Nach einem Moment sagte Lidia: »Kommt nicht in Frage. Ich soll Carlo Damasio heiraten, damit Teresa studieren kann? Du bist ja verrückt!«

Zuerst fand Teresa Auroras Vorschlag ebenfalls verrückt, doch als sie länger darüber nachdachte, schien es geradezu auf der Hand zu liegen. Carlo machte Lidia seit Ewigkeiten den Hof, und obwohl sie ihm meistens ziemlich schnippisch begegnete, mochte sie ihn recht gerne, das war nicht zu übersehen.

»Deinen Foletti bekommst du sowieso nicht«, sagte Aurora jetzt. Sie ging zur Theke, holte die Limoncelloflasche und schenkte ihnen allen nach. »Der ist schon vergeben. Er hat sich mit Daria Ferri verlobt.«

Lidia war anzusehen, dass sie nichts davon gewusst hatte. Sie war mit Daria in dieselbe Klasse gegangen, und da sie in der Nähe wohnte, begegnete man sich ab und zu beim Einkaufen oder abends auf der Piazza. Daria war ein schlichtes Gemüt, zu jedem freundlich und immer bereit zu helfen, wenn jemand in Not war. Vor allem aber hatte sie einen Teint wie Schnee, Rehaugen und beinahe hüftlanges, glänzendes Haar.

»Daria Ferri«, wiederholte Lidia, dann schwieg sie. Teresa fragte sich, was in ihr vorging. Hatte sie sich wirklich Hoffnungen auf Foletti gemacht? Lidia war in dieser Hinsicht schwer einzuschätzen, weil sie nie über ihre Gefühle sprach.

»Tut mir leid, ich dachte, du wüsstest es.« Aurora trank ihren zweiten *limoncello* aus.

»Mit wem *Commissario* Foletti sich verlobt, ist ganz allein seine Sache«, sagte Lidia steif, aber ihre Augen glänzten. Dann blinzelte sie und räusperte sich. »Zurück zu dir«, sagte sie zu Teresa.

»Sprich nicht mit mir, als wärest du meine Mutter, Li!« Mit einem Mal war Teresa nicht mehr nervös. Aurora hatte recht, es gab andere Möglichkeiten, und sie zerstörte weder die Familie noch das Geschäft, nur, weil sie ihren eigenen Weg gehen wollte.

»Ich werde mich für das Wintersemester einschreiben, und du hast kein Recht, mich davon abzuhalten. Wenn du willst, kannst du mich noch zwei Jahre lang daran hindern, aber wenn ich einundzwanzig bin, hast du mir nichts mehr zu sagen, und dann bin ich schneller weg, als du dir die Nase kratzen kannst. Unterschreib jetzt, und ich helfe dir, jemanden einzuarbeiten, und unterstütze euch am Wochenende.«

»Ach wirklich?« Lidia betrachtete sie kühl. »Und wer sorgt für deinen Lebensunterhalt?«

Teresa lehnte sich nach vorne. »Du kannst versuchen, mich einzuschüchtern, aber das wird nicht funktionieren. Du weißt ebenso gut wie ich, dass jede von uns ein Drittel des Hauses und des Cafés geerbt hat, und somit auch ein Drittel aller Einnahmen. Ich muss nicht hier arbeiten, um mir meinen Lebensunterhalt zu verdienen, und wenn du mich loswerden willst, musst du mich auszahlen. Das kannst du aber nicht, was bedeuten würde, dass alles verkauft würde. Willst du das?« Teresa lehnte sich zurück und schwieg. Die wenigen Sätze hatten sie erschöpft. Sie hatte keine Ahnung, woher das, was sie gerade gesagt hatte, gekommen war. Ihr Herz klopfte so schnell, dass sie kaum atmen konnte.

Sie war überrascht, als Lidia zu lachen begann. »Du bist ja eine richtig harte Verhandlungspartnerin, wenn es darauf ankommt. Gut, ich unterschreibe deinen Wisch.« Lidia ging zur Kasse, unterschrieb mit einem Kopierstift und gab Teresa das Formular. »Dann werde eben Biologin, wenn es dich glücklich macht. Aber einen Mann kriegst du so nie. Und *mamma* wird auch nicht wieder lebendig. Auri, schenk noch mal ein.«

»Vielleicht will ich ja gar keinen Mann«, murmelte Teresa, aber das Herz tat ihr dabei weh. *Lügnerin*, dachte sie. Dann stieß sie mit ihren Schwestern an. Dass sie nun tatsächlich studieren würde, drang erst allmählich in ihre Gedanken vor. Der *limoncello* brachte alles in ihrem Kopf durcheinander. »Gott, habe ich einen Hunger!« Sie stand auf und holte die vom Tag übrig gebliebenen Kuchenstücke aus der Vitrine.

Gemeinsam machten sie sich über die Torten her. Etwas hatte sich gelöst, und zum ersten Mal seit Langem lachten und schwatzten sie miteinander wie früher. Sogar Lidia ließ die strenge Maske fallen und benahm sich endlich einmal wie eine Einundzwanzigjährige.

Mit blitzenden Augen fragte sie: »Was meint ihr, wie passt der Name *Damasio* zu mir?«

Aurora und Teresa versicherten ihr, dass *Lidia Damasio* sehr beeindruckend klänge, geradezu hochherrschaftlich.

»Also gut«, sagte Lidia. »Dann ist es beschlossen: Ich werde *Signora* Carlo Damasio.«

»Obwohl du ihn nicht liebst.« Teresas Worte ernüchterten Lidia auf einen Schlag.

»Ach, was hat man schon von Liebe?«, sagte sie ärgerlich. »Nichts als Kummer, weil man mit dem Herz nicht denken kann. Carlo ist ein anständiger Mann und kann im Geschäft mitarbeiten. Ich brauche jemanden, auf den ich mich verlassen kann.«

»Also denkst du schon nicht mehr an deinen *Commissario*?«

»Hör doch endlich damit auf«, fuhr Teresa Aurora an. »Du weißt doch gar nicht, was Liebe ist. Dir geht es nur darum, dass alle Männer dir zu Füßen liegen. Sich mit jemandem fürs Leben zu verbinden ist etwas ganz anderes.«

»Deshalb denke ich ja auch gar nicht daran, zu heiraten. Warum jeden Tag Erdbeereis essen, wenn es doch so viele Sorten gibt?«

»Sehen wir, ob du immer noch so redest, wenn du faltig und breithüftig geworden bist und keiner sich mehr nach dir umdreht«, sagte Lidia.

Aurora zuckte mit den Schultern und lachte. »Dann muss ich mir wenigstens nicht vorwerfen, ich hätte etwas versäumt.«

»Du bist wirklich unmöglich«, sagte Teresa. Aber insgeheim bewunderte ein Teil von ihr Auroras Haltung, auch wenn sie es damit nicht wirklich ernst meinen konnte. Kurz blitzte diese Möglichkeit auch für ihr eigenes Leben vor ihr auf, doch ohne Mann und Kinder war eine Frau einfach nicht vollständig. Sie hatte keinen Platz in der Gesellschaft und würde beäugt wie ein exotisches Tier, dem man besser nicht zu nahe kam. Sie wollte zwar studieren und arbeiten, aber deshalb nicht auf eine Familie verzichten. Doch so praktisch wie Lidia konnte sie nicht denken. Sie wollte einen Mann, den sie wirklich liebte. Ihr Herz zog sich zusammen. Hatte sie falsch entschieden? Wenn Lidia Carlo heiratete, brauchte sie Teresa nicht mehr. Warum also nicht mit Lorenzo nach Deutschland gehen? Nicht alle Deutschen konnten schlechte Menschen sein. Vielleicht war es an der Zeit zu vergeben.

»Was ist denn mit dir? Du guckst auf einmal so seltsam«, bemerkte Lidia.

Teresa lächelte mechanisch. »Ich war nur kurz in Gedanken. Sollen wir hochgehen und eine Pasta machen?«

»Das fände ich angebracht.« Lidia musste sich beim Aufstehen auf dem Tisch abstützen. »Mir dreht sich der Kopf von all dem Likör, ich brauche etwas Herzhafteres als Kuchen, um wieder ich selbst zu werden.«

»Dann gib ihr lieber nichts zu essen!«, flüsterte Aurora Teresa zu.

Wider Willen musste Teresa lachen. »Du bist wirklich unmöglich!«

Kapitel 15

―――― 1948

Am nächsten Morgen, noch bevor das Molinari öffnete, rief Lidia Marco in das kleine Büro neben der Backstube und teilte Marco mit, er sei entlassen. »Diebe brauchen wir hier nicht«, sagte sie mit einem Blick auf seine polierten Lederschuhe.

»Aber ich habe nichts gestohlen!«

»Seit Wochen fehlt Geld in der Kasse, wer sollte es sonst gewesen sein? Bitte nimm deine Sachen und geh.«

»*Porca miseria*, ich war's aber nicht!« Er machte einen Schritt auf sie zu, und Lidia wich zurück. Marco war einen Kopf größer als sie und hatte doppelt so breite Schultern. Als er ihre Unsicherheit bemerkte, glomm in seinen Augen ein seltsamer Funke auf, und sein rechter Mundwinkel zuckte.

»Und wenn ich einfach nicht gehe?«

Lidia richtete sich auf und verschränkte die Arme. »Dann werde ich wohl deinen Onkel rufen müssen. Deine Dienste sind hier nicht mehr erwünscht.«

»Dann geben Sie mir gefälligst noch mein Gehalt. Beweisen können Sie nämlich nicht, dass ich's war.«

Lidia nahm einige Scheine aus ihrem Geldbeutel und gab sie ihm. Mit einem frechen Grinsen steckte er sie ein, dann zerrte er sich die Fliege vom Hals und warf sie auf den Boden. »Es war sowieso eine dämliche Idee, hier zu arbeiten. Immer freundlich sein, auch wenn man behandelt wird wie ein Wischlappen. Ist doch beschissen.«

»Dann kommt dir meine Entscheidung ja entgegen«, sagte Lidia.

159

»Und wie!« Marco drehte sich um und ging zur Tür. Im Hinausgehen rief er über die Schulter: »Ihr hört noch von mir!«

Lidia wartete einige Augenblicke, dann folgte sie ihm nach vorne. Sie war froh, als sie sah, dass er bereits hinausgegangen war.

»Wie war es? Er schien ziemlich wütend zu sein«, sagte Aurora, die dabei war, frische Blumen auf den Tischen zu platzieren.

»Natürlich hat er behauptet, er wäre es nicht gewesen.« Lidia spähte aus dem Fenster, sah ihn aber nirgendwo. »Für einen Moment hatte ich richtig Angst vor ihm.«

»Ich hab euch gehört. Du hast dich nicht von ihm einschüchtern lassen«, sagte Teresa, die eben mit einem Tablett Gianduiotti durch die Schwingtür kam. »Ich habe nie etwas gesagt, weil er Folettis Neffe ist, aber ich fand ihn von Anfang an ein bisschen windig.«

»Wer weiß, was er seinem Onkel für eine Geschichte auftischt.« Lidia zupfte an ihrer Oberlippe.

»Ach, denk nicht mehr an ihn.« Aurora stellte das Tablett mit den Vasen auf einen Tisch, ergriff Lidias Hände und schwenkte sie herum. »Denk lieber an deinen zukünftigen Ehemann!«

Es wurde nicht ganz so einfach, Carlo Damasio um den Finger zu wickeln, wie Lidia gedacht hatte. Er hatte sich schon eine Zeit lang nicht mehr im Molinari sehen lassen, und sie begegnete ihm auch nicht zufällig auf der Piazza. Allmählich beschlich sie ein ungutes Gefühl. Aurora hörte sich bei ihren zahlreichen Freundinnen in der Stadt um und kehrte mit bestürzenden Neuigkeiten zurück.

»Dein Carlo geht seit Neuestem mit Nunzia Balbi aus«, berichtete sie. »Angeblich sind die beiden unzertrennlich. Du hast dich wohl zu lange geziert, und da hat er sich eine gesucht, die ihn nicht ständig abweist.«

Beinahe wäre Lidia ein Schimpfwort entschlüpft. Schwammen ihr denn alle Felle davon? Erst Claudio Foletti und jetzt auch noch der Konditor? Nicht, dass sie in Carlo verliebt gewesen wäre, aber er war genau das, was sie brauchte: ein verlässlicher, braver Kerl, der sich ins Geschäft einbringen konnte.

Und wenn sie ehrlich zu sich selbst war, wollte sie Foletti zeigen, dass sie keinesfalls als alte Jungfer sterben würde. Wenn er sich jemanden zum Heiraten suchen konnte, konnte sie es schon lange.

»Was will Carlo denn mit einer Schneiderin? Außerdem ist Nunzia hässlich wie die Nacht«, sagte Lidia.

Aurora lachte. »Was redest du für einen Unsinn? Ihre Nase ist vielleicht ein bisschen groß, aber ansonsten ist sie ziemlich ansehnlich. Und ihre Eltern sind nicht gerade arm. Für deinen Carlo ist sie eine großartige Partie.«

»Hör auf damit, mir Nunzia Balbis Vorzüge aufzulisten, und sag mir lieber, was ich machen soll. Ich habe Teresas Wisch unterschrieben, und wenn mir Carlo durch die Finger schlüpft, stehe ich in sechs Wochen ohne Confiseur da.«

»Das muss Liebe sein«, spottete Aurora, doch dann begann sie, auf ihrer Unterlippe zu kauen, was bedeutete, sie dachte nach. »Du kannst nicht einfach bei ihm im Geschäft auftauchen, das wäre zu auffällig«, sagte sie nach einer Weile. »Also musst du abends dorthin gehen, wo du ihn treffen kannst. Am Freitag ist er sicher beim Tanzabend am Largo Saluzzo, also wirst du auch dort sein.«

Lidia stöhnte. »Ich hasse es auszugehen. All die sinnlosen Gespräche, die Menschenmassen – ich weiß nicht, wie man daran Gefallen finden kann.«

»Es würde dir ganz guttun, mal nicht nur ans Geschäft

161

und ans Geld zu denken. Außerdem gehst du ja nicht zum Vergnügen hin.«

»Nun gut, wenn es sein muss.« Lidia gab sich geschlagen, und Aurora klatschte in die Hände. »Großartig! Und ich werde dich so herrichten, dass deinem Carlo die Augen aus dem Kopf fallen!«

»Auch das noch!« Lidia stöhnte noch einmal. Wenn sie eine Sache mehr hasste, als tanzen zu gehen, war es die, sich herauszuputzen. Doch wenn es helfen würde, Carlo zu erobern, würde sie sich Aurora unterwerfen. Auf diesem Gebiet war ihre Schwester ihr weit überlegen. Insgeheim hoffte Lidia, am Freitag auch Claudio Foletti zu begegnen, damit er sah, was ihm entging.

Und es entging ihm einiges, fand Lidia am frühen Freitagabend, als sie sich im Spiegel betrachtete. Aurora hatte ihre Haare in weiche Wellen gelegt und ihr Gesicht mit Lidstrich und rotem Lippenstift in das einer Filmdiva verwandelt. In dem ärmellosen grünen Kleid von Aurora, mit weitem Rockteil und Rüschen am Ausschnitt, und den grünen Lackschuhen mit Absatz, fühlte Lidia sich selbst ganz fremd. Es war, als wäre sie in die Haut einer ganz anderen Person geschlüpft, und sie betrachtete diese Person mit Erstaunen und Neugierde. Womit würde diese neue Lidia sie überraschen?

Sie gingen zu Fuß und kamen unterwegs an mehreren Tanzveranstaltungen vorbei. Obwohl die Luft schon herbstlich kühl war und Lidia ihre Strickjacke enger um sich zog, spielten scheinbar auf allen Plätzen Tanzkapellen auf. Aus den Bars und Cafés floss helles Licht und beleuchtete die tanzenden Paare. Ganz Turin war einziges Fest. Aurora und Teresa hakten Lidia unter, und so ließen sie sich gemeinsam in dieser besonderen Atmosphäre von einem Platz zum nächsten tragen.

»Ist das jedes Wochenende so?«, fragte Lidia. Die Straßen waren bevölkert wie am Tag, aber die Nacht gehörte vor allem den jungen Leuten. Die Luft vibrierte vor Erwartung, vor Verheißung, war erfüllt von Rufen und Gelächter. Die Stimmung ergriff auch Lidia. Zum ersten Mal seit Langem ließ sie sich einfach treiben. Erst, als sie am Largo Saluzzo ankamen, fiel ihr wieder ein, weshalb sie hier war.

Sie ließen sich an einem der Tische nieder, wo man ihnen Wein und eine kräftige *finanziera* servierte. Aurora winkte Freunde heran, die Lidia nicht kannte. Schlagartig wurde ihr bewusst, dass ihre Schwester ein Leben führte, von dem sie so gut wie nichts wusste. Doch die Leute schienen anständig und fröhlich zu sein, und bald saßen sie in einer lauten und gut gelaunten Runde. Lidias Schlagfertigkeit fand großen Anklang, und das Gelächter spornte sie zu immer neuen Bemerkungen an – auch der Wein tat das Seine dazu. Einige Male bemerkte Lidia, dass Teresa sie mit einem überraschten Ausdruck beobachtete.

Solange sie aßen, ließ man sie in Ruhe, doch kaum schoben sie die Teller von sich, wurden sie zum Tanzen aufgefordert. Auroras Freunde waren gute Tänzer, und nach einiger Zeit ließ Lidia sich einfach führen. Ihre Füße folgten wie von selbst. Sie hatte ab und zu mit Teresa und Aurora Tanzschritte geübt, aber nicht geahnt, wie herrlich es war, von einem kräftigen jungen Burschen herumgewirbelt zu werden.

Der kleine Platz füllte sich zunehmend, und die Tanzfläche dehnte sich immer weiter aus. Die Kapelle stand auf ihrem Podest wie auf einer umtosten Insel. Ab und zu entdeckte Lidia ein bekanntes Gesicht und genoss, wie erstaunt alle waren, sie hier zu sehen. Doch weder Claudio Foletti noch Carlo Damasio waren unter ihnen.

Doch da blitzte ein Gesicht auf, während sie sich mit ihrem Tänzer drehte, nur kurz: Der junge Mann, mit dem Teresa

163

eine Zeit lang ausgegangen war und dessen Antrag sie abgelehnt hatte. Lidia wurde von ihrem Tanzpartner in eine Drehung gerissen und konnte ihn in der Menge nicht mehr ausmachen. Vielleicht hatte sie sich auch geirrt.

Als das Lied vorbei war, bat sie ihren Tanzpartner, sie zu ihrem Platz zurückzubringen, weil sie durstig sei. Gerade als sie ein Glas Wasser hinunterstürzte, kam Aurora, hinter sich Carlo Damasio und Nunzia Balbi. »Sieh mal, wen ich gefunden habe«, sagte Aurora vergnügt. »Ich habe gesagt, wir müssen unbedingt miteinander auf das junge Glück anstoßen.«

Nunzia begrüßte Lidia, aber Carlo brachte kein Wort heraus, sondern starrte Lidia nur mit halb geöffnetem Mund an. »Donnerwetter«, murmelte er dann. Aurora und Nunzia, die miteinander schwatzten, hörten es nicht.

»Schließ den Mund, sonst fliegt dir noch ein Käfer hinein«, sagte Lidia.

Der Kellner stellte eine neue Karaffe Wein auf den Tisch, Carlo schenkte ein, und dann tranken sie auf sein und Nunzias Wohl. Carlo vermied es dabei, Lidia in die Augen zu sehen.

Aurora stellte ihr Glas ab. »Komm, Nunzia, gehen wir zu den anderen hinüber, ich muss dir unbedingt diese Frau mit dem fantastischen Kleid zeigen. So eines hätte ich auch zu gerne.« Sie packte Nunzias Hand und zog sie davon, bevor die andere protestieren konnte. Lidia und Carlo blieben zurück und schwiegen einige Sekunden betreten.

»Ich habe dich schon länger nicht mehr bei uns gesehen«, sagte Lidia. Carlo kratzte sich im Nacken. Er sah unbehaglich aus. »Nun ja, ich dachte, du legst keinen Wert darauf, dass ich dich besuche.«

Lidia warf den Kopf zurück und lachte. »Aber wie kommst du nur darauf? Wir sind doch gute Freunde. Oder etwa nicht?« Sie blickte ihm in die Augen. Er schluckte sichtbar.

»Du hast immer gesagt, dass du keine Zeit hast, tanzen zu gehen, und da dachte ich, du magst mich nicht. Nicht so.«

»Ich habe tatsächlich wenig Zeit, so ist das eben mit einem eigenen Geschäft. Aber ich habe nie gesagt, dass ich nicht gerne tanze.«

»Oh, ja wirklich?« Er rieb sich sein Ohr so heftig, dass es ganz rot wurde. »Also, ja, dann – möchtest du?« Er nickte zur Kapelle hin.

»Aber gerne!« Lidia reichte ihm graziös die Hand, als befänden sie sich beim Silvesterball im Palazzo Reale, und er führte sie zu den anderen Tanzpaaren. Er bewegte sich ein wenig ungelenk, aber mit Energie, und Lidia dachte, dass man an der Art, wie jemand tanzte, seinen Charakter gut einschätzen könne. Bald verlor Carlo seine Verlegenheit, schwenkte Lidia herum, machte seine Scherze und rief auch den anderen Tänzern im Vorbeiwirbeln etwas zu. Alle schienen ihn zu kennen, Begrüßungen und Zurufe flogen durch die Luft. Lidia lächelte ihn an. Ein Adonis war er zwar nicht, aber einen Mann wie ihn brauchte sie: handfest, leutselig und mit beiden Füßen auf dem Boden. Claudio Folettis Abgründe mochten verlockender sein, aber Lidia wurde klar, dass sie mit ihm keine glückliche Ehe geführt hätte. Mit Carlo wäre es möglich.

Als ein langsames Lied kam, schmiegte sie sich an ihn. »Ich sollte eigentlich nach Nunzia sehen«, murmelte er, die Lippen auf ihrem Haar.

»Hast du sie denn lieber als mich?«, fragte Lidia ebenso leise. Sie lächelte, als sie spürte, wie er den Kopf schüttelte.

»Nein«, sagte er, »ich hab keine so lieb wie dich.«

Teresa stand am Rand des Platzes im Schatten eines Hauses. Sie hatte Ausschau nach ihren Schwestern gehalten, sie aber nirgendwo mehr entdecken können. Ihren allzu anhänglichen Tanzpartner war sie mit der Ausrede losgeworden, sie müsse sich den Lippenstift nachziehen. Jetzt betrachtete sie das Treiben auf dem kleinen Platz, doch obwohl sie anfangs in Hochstimmung gewesen war, fühlte sie sich nicht mehr dazugehörig. Wie so häufig in letzter Zeit hatte sie eine plötzliche Traurigkeit überkommen.

Sie überlegte gerade, ob sie beim Kellner eine Nachricht für ihre Schwestern hinterlassen und nach Hause gehen sollte, als sie Lorenzo entdeckte. Er stand genau wie sie ein wenig abseits und sah mit einem Glas Wein in der Hand dem Treiben zu. Sein Anblick tat ihr weh. Er musste denken, dass sie ihn nicht genug gemocht hatte, aber so war es ja gar nicht, im Gegenteil. Sie wollte mit ihm sprechen, ihm erklären, was sie zu ihrer Entscheidung bewogen hatte. Damit er ihr verzeihen konnte. Bevor sie den Mut verlor, ging sie auf ihn zu. »Lorenzo!«

Er wandte ihr den Kopf zu, lächelte halb, dann erkannte er sie. Sein Gesicht verschloss sich. Sie stand vor ihm, doch es kam ihr nichts von alldem über die Lippen, was sie eigentlich sagen wollte. »Wie geht es dir?«

»Gut.« Er gab ihr nicht die Hand. Noch vor Kurzem hatte er sie zur Begrüßung in die Arme genommen.

»Weißt du schon, wann du nach Deutschland gehen wirst?«

»In ein paar Monaten. Das Semester beginnt im Februar.«

»Ich fange Ende Oktober mit dem Studium an. Lidia hat endlich zugestimmt.«

»Das ist schön für dich.« Er machte keinen Versuch, das Gespräch weiterzuführen.

»Bitte, Lorenzo, ich wollte dich nicht … wenn es anders wäre, dann hätte ich nicht Nein gesagt, aber ich kann hier nicht einfach weggehen. Können wir nicht trotzdem Freunde sein?«

»Ich glaube nicht.« Seine Stimme war nicht wütend, sondern traurig. Die fröhliche Tanzmusik im Hintergrund klang wie Hohn.

»Gut.« Teresa verschränkte die Arme. »Wenn du es so haben willst, dann dränge ich mich nicht auf. *Salve*, Lorenzo, ich wünsche dir alles Gute.« Ohne seine Antwort abzuwarten, drehte sie sich um und schob sich durch die Menge. Überall um sie herum waren lachende Gesichter, eng aneinandergeschmiegte Paare, alle schienen sie glücklich zu sein. Hier war sie eindeutig fehl am Platz. Mit schnellen Schritten ließ sie Musik und Stimmengewirr hinter sich. Sie schlang die Arme um ihren Körper und eilte mit gesenktem Kopf durch die bevölkerten Straßen. Etwas in ihr hoffte, Lorenzo würde ihr nachkommen, aber das tat er nicht. Sie hatte ihn zu sehr verletzt.

Und wenn sie es sich anders überlegte? Würde er sie noch wollen? Aber dann würde sie ihr Studium aufgeben müssen. Sie wusste nicht einmal, ob Frauen in Deutschland studieren durften, und außerdem sprach sie kein Wort Deutsch. Doch ihren Traum würde sie jetzt, da sie ihm so nah war, nicht aufgeben.

»Man kann nicht alles haben«, hatte *mamma* immer gesagt, aber früher hatte Teresa das nie verstanden. Weshalb sollte man nicht alles haben können? Inzwischen hatte sie es herausgefunden. Das Leben zwang einen dazu, Entscheidungen zu treffen, die einem das Herz brachen.

»Dir kann gar nichts passieren«, sagte Jo. »Zumindest nichts wirklich Schlimmes. Das, was mit deiner Schwester geschehen ist, ist wirklich übel, und gerade deshalb ist es total unwahrscheinlich, dass deine Eltern jetzt noch mal so was verkraften müssen.« Er zog an seinem Joint und stieß sich mit den Füßen ab, um der Schaukel Schwung zu geben. »So was kommt nie zwei Mal im Leben vor. Du bist außer Gefahr, ganz egal, was du anstellst.«

»Meinst du? Ich wäre mir da nicht so sicher.« Sie griff nach der Schaukelkette und zog daran, sodass Jo einen Rechtsdrall bekam und mit seiner Schaukel unkontrolliert hin und her schlenkerte.

»Halt mich an, ich muss gleich kotzen!« Er lachte unbändig, dann ließ er sich einfach auf den Boden fallen und blieb auf dem Rücken liegen. Er lachte nicht mehr. Sein Kopf lag außerhalb des Scheines der Straßenlaternen, und Vera konnte sein Gesicht nicht erkennen.

Sie beugte sich vor. »Alles in Ordnung?«

Als Antwort reckte er die Hand, in der er den Joint hielt, in die Luft. »Willste?«

»Warum fragst du mich jedes Mal wieder?«

»Gute Kinderstube.«

»Blödmann. Los, steh auf. Es ist langweilig, wenn du da unten rumliegst.«

»Hakenfelde ist überall langweilig, ganz egal, auf welchem Level.«

»Na, dann mach doch was.« Vera setzte sich auf die Schaukel.

»Etwa so wie du, Fräulein Schülerzeitungsredi... dira...
Scheiße, Redakteurin.«

»Zum Beispiel.«

»Ich könnte für euch Plattenkritiken schreiben. Wie wär's?«
Jo rappelte sich auf und wischte sich den Spielplatzdreck vom
Hosenboden.

»Wir sind eine Schülerzeitung, nicht die Bravo.«

»Als ob ich für die Bravo schreiben würde.« Er machte ein
würgendes Geräusch.

»Schreib was, was mit der Schule zu tun hat, und wir drucken
es.«

»Echt? Versprochen?«

»Klar.«

»Geil. Abgemacht.«

Vera sah auf die Uhr. Kurz vor zehn. »Ich glaube, ich gehe nach
Hause. Meine Mutter lauert bestimmt schon hinter der Tür und ist
halb verrückt vor Sorge.« Sie stand auf.

»Och nö, ist doch noch total früh.« Jo trat auf sie zu und legte
seine Arme um sie. Sie roch das Gras in seinem Atem und den Duft
seiner Lederjacke.

Halb rangelten sie miteinander, halb umarmten sie sich.

»Ich lass dich einfach nicht gehen. Sag deiner Mutter, ich bin
schuld.«

»Spinner.«

Sie küssten sich. Vera wusste nicht, wer angefangen hatte. Es
war seltsam, weil sie sich schon so lange kannten, und gleichzeitig
ganz selbstverständlich.

»Komm, wir fahren runter zur Seebrücke.« Er warf den Joint
auf den Boden und zertrat ihn.

Dann saß sie hinter ihm auf seinem Roller und schmiegte sich
an seinen Rücken, als wären sie aus einem Stück gegossen. Sie sah
Baumschatten und Lichter vorüberwischen. Sie fuhren das Aale-
mannufer hinunter, vorbei an der Baustelle, wo seit letztem Jahr

die neue Siedlung entstand. Unten am Fähranleger hielt Jo an, und sie stiegen ab. Am Flussufer war es kühler.

»Und was machen wir jetzt?«

»Schwimmen gehen«, sagte Jo. »Bis rüber nach Konradshöhe.«

»Du spinnst total.«

Jo begann, sich auszuziehen. Seine Kleider legte er über den Lenker des Rollers. Er würde das wirklich durchziehen.

»Willst du dich umbringen, oder was?« Ihr Herz klopfte so schnell wie das eines verängstigten Kaninchens.

»Ich will nur schwimmen.«

»Du bist so bekifft, du würdest nicht mal merken, wenn du ertrinkst.«

»So zugedröhnt bin ich nicht. Was ist jetzt mit dir, kommst du?« Er stand in Boxershorts vor ihr, das Laternenlicht verwandelte seinen Körper in eine Skulptur. Um den Hals trug er immer noch die Muschelkette.

Vera schüttelte den Kopf. »Das Wasser ist doch noch viel zu kalt. Zieh dich wieder an, ich glaub dir auch so, dass du mutig bist.«

»Darum geht es doch gar nicht«, sagte er. Es geht drum zu merken, dass man am Leben ist. Los, mach ein Mal was Beklopptes, Vera. Nur ein Mal. Wenn deine Schwester hier wäre, wäre sie sofort dabei.«

Er hatte recht. Vi hätte keine Sekunde gezögert. Sie sprachen so häufig über sie, dass es Vera manchmal vorkam, als wären sie zu dritt. Auf gewisse Weise war es tatsächlich so. Bei allem, was sie tat, dachte Vera daran, dass Vi es nicht tun konnte. Es war, als müsste sie für Vi mitleben.

»Okay«, sagte sie, mehr, weil sie ihn nicht alleine lassen wollte. Abhalten würde sie ihn nicht, und es würde weniger schlimm sein, mit ihm ins Wasser zu gehen, als am Ufer auf ihn warten zu müssen und sich Sorgen zu machen.

Jo fasste ihre Hand und zog sie die Böschung hinunter. Dort

streifte sie Turnschuhe, Jeans und ihr Karohemd ab und behielt nur ihren Slip und den BH an. Jo ging zuerst ins Wasser. »Scheiße, ist das kalt!« Er warf sich vorwärts und tauchte unter, kam Wasser spritzend wieder hoch. »Wo bleibst du denn?«

Vera stand am dunklen Ufer und sah auf die andere Seite, wo die Lichter von Konradshöhe sich mit ihren Spiegelungen in der Havel mischten. Es war schwer abzuschätzen, wie breit sie an dieser Stelle war. Hundert Meter? Zweihundert?

Jo planschte herum und trieb sie an, endlich ins Wasser zu kommen. Es stieg an ihren Beinen hoch, so kalt, dass es brannte. Vera watete ein paar Schritte hinein, voller Angst, sie könnte in eine Scherbe oder Schlimmeres treten, dann zog sie die Beine an und schwamm. Die Lichtreflexe auf dem schwarzen Wasser wichen vor ihr zurück.

»Alles klar?« Jo trat auf der Stelle, bis sie ihn erreicht hatte, dann wandte er sich um und strebte mit kräftigen Schwimmzügen auf die Havel hinaus.

Vera war langsamer als er. Jos Kopf verschwand vor dem dunklen Wasser und den schwankenden Lichtern. Sie spürte ihren Körper in der Kälte nicht mehr, die Bewegungen, die sie ausführte, schienen nur in ihrem Kopf stattzufinden. Wenn sie umkehrte, würde sie Jo nicht helfen können, falls er Probleme bekam. Sie rief nach ihm, sah irgendwo vor sich auf der tanzenden Oberfläche eine Bewegung. Sie versuchte aufzuholen, bekam Wasser in den Mund, hustete. Vi hätte es geschafft. Sie wäre sogar noch vor Jo auf der anderen Seite angekommen. Vera strengte sich an, zog ihre Arme durchs Wasser und trat mit den Füßen, als stieße sie sich von einer Mauer ab. Sie musste ungefähr die Hälfte der Strecke hinter sich haben. Vor sich haben. Wo war Jo? Sie rief wieder nach ihm, aber es klang so schwach, dass es ihn nicht erreicht haben konnte. Die Angst sog Vera die Kraft aus den Gliedern. Sie stand still im Wasser. Sie fühlte sich, als wäre sie das einzige Lebewesen auf der Erde.

Die Sehnsucht nach Vi kam unvermittelt, wie ein Stoß gegen den

Brustkorb. Vera merkte, dass sie unterging, aber sie wollte ihre
Arme und Beine kaum noch bewegen. Die Trauer, die sich in ihr wie
Regen in einer Zisterne gesammelt hatte, zog sie nach unten. Die
Vorstellung, sich einfach hinabsinken zu lassen, war beinahe
unwiderstehlich. Dort würde es still sein, und nichts würde mehr
wehtun. Es würde keine Gedanken mehr geben, keine Schuld, keine
Fragen.

»Mann, was machst du denn da?« Jo packte sie an der Taille
und schob sie nach oben. Sein Körper drückte sich an sie, und sie ließ
die Stirn gegen seinen Hals sinken. Seine Beine bewegten sich heftig,
um sie beide oben zu halten.

»Hilf gefälligst mit!«

Er ließ sie kurz los, drehte sich auf den Rücken und fasste ihr
unter die Arme, wie sie es im Schwimmunterricht gelernt hatten.
Dann zog er sie durchs Wasser. Sie sah in den Himmel, in den Ohren
das Gurgeln, das seine Bewegungen erzeugten. Alles, was sie spüren
konnte, war, dass Vi nicht da war. Es fühlte sich an, als hätte man
etwas aus ihr herausgeschnitten, und jetzt, da die Wunde nicht
mehr blutete, drang der Schmerz mit voller Wucht in sie ein. Bis jetzt
hatte ein kleiner Teil tief in ihrem Inneren daran festgehalten, dass
Vi irgendwann zurückkommen würde, zurückkommen musste, doch
diese Hoffnung hatte sich im eisigen Havelwasser aufgelöst. Vera
hatte den ganzen Tag lang nicht über das Datum nachgedacht, und
erst im Nachhinein fiel ihr auf, dass ihre Mutter morgens ganz
verschwollene Augen gehabt hatte. Heute war der 5. Juni. Vi war
vor genau sieben Jahren verschwunden, aber erst in diesem
Augenblick wurde Vera klar, dass sie ihre Schwester tatsächlich
nie mehr wiedersehen würde und wie endgültig dieses »nie
mehr« war. Nimmerwiedersehen.

»Lass mich los.« Sie drehte sich auf den Bauch und schwamm.
Sie spürte die Kälte nicht mehr, und Jo hatte Mühe, mit ihren
kraftvollen Zügen mitzuhalten. Eine Wut, die sich aus vielen
kleinen Teilchen zusammensetzte, schob sie durch das schwarze

*Wasser. Wut auf Vi, auf den, der sie ihnen weggenommen hatte,
auf ihre Eltern, auf sich selbst, auf die Welt, die zuließ, dass solche
Dinge passierten. Ihre Arme schmerzten, sie war außer Atem, aber
es war ihr gleichgültig. Sie schwamm wie jemand, der alles um sich
herum in Stücke schlägt.*

*Knapp vor Jo kam sie auf der anderen Seite an. Es gab kaum
Licht. Das Ufer war sandig, Steine drückten in ihre Fußsohlen. Die
Wut hatte sich aufgelöst. Sie kauerte sich auf die Böschung, die Arme
zwischen die Oberschenkel gesteckt, und beobachtete Jo, wie er aus
dem Wasser kam: eine tropfende Gestalt ohne Gesicht, wie aus einem
alten Horrorfilm, dann wieder er selbst.*

»Scheiße, ist das kalt.«

*Erst, als er es aussprach, wurde Vera bewusst, dass sie mit den
Zähnen klapperte. Sie hatten nichts, um sich abzutrocknen. Jo zog
sie hoch und umarmte sie, ihre kalten Bäuche drückten sich
aneinander. Sein Herz pochte fühlbar und brachte ihr eigenes
kurz aus dem Takt.*

*»Wir haben es geschafft«, sagte sie und sah zurück ans jenseitige
Ufer, das nur die Lichtpunkte der Laternen in der Dunkelheit
markierten. Veras Haut fühlte sich frisch und empfindlich an, als
wäre sie aus einer verhornten Hülle geglitten, deren Existenz sie
vorher nicht einmal bemerkt hatte.*

*»Wir sind die Geilsten, war doch klar.« Jos nasses Haar klebte
an ihrer Wange.*

*»Aber ich schaffe es nicht zurück.« Sie war froh, als er sagte:
»Ich auch nicht.«*

*Sie nahmen den Rückweg über Eiswerder. Es war ihnen egal,
ob jemand sie sah. Aber die Industrieanlagen, an denen sie vorbei-
kamen, waren alle dunkel und verlassen. Ihre Unterwäsche
trocknete an ihren Körpern und allmählich wurde ihnen wieder
warm. Sie gingen Hand in Hand und sangen lauthals alles von den
Toten Hosen und den Ärzten, was sie auswendig konnten. Veras
Hochgefühl hielt an, bis sie wieder bei Jos Roller waren. Sie wusste*

nicht, wie lange sie unterwegs gewesen waren, sicher über eine Stunde.

»Was war das eigentlich da mitten im Fluss?«, sagte er. »Du wärst fast abgesoffen.«

»Krampf im Bein.«

Sie zogen sich an und fuhren zurück in die Siedlung. Vor Veras Haus hielt Jo an, und sie rutschte vom Sattel. Er nahm wie sie den Helm ab, blieb aber sitzen. Sie legte den Helm auf den Lenker und ließ los, sodass Jo ihn festhalten musste. Das Licht der Straßenlaterne höhlte seine Wangen aus.

»Das hätte keine mitgemacht, die ich sonst kenne.«

»Ich wollte ausprobieren, ob du recht hast.«

»Womit?«

»Dass mir nichts passieren kann.« Sie zuckte mit der Schulter, als wäre es nichts, aber in ihr hatte sich etwas verändert, auch wenn sie nicht wusste, was.

Mit der freien Hand zupfte er an ihrem Hemd. »Darf ich dich noch mal küssen?«

Nach einer Weile machte sie einen kleinen Schritt zurück.

»Schlaf gut«, sagte Jo.

Auf dem Weg zur Haustür zog Vera ihren Schlüssel aus der Tasche. Die Fenster im Erdgeschoss waren dunkel, aber oben im Schlafzimmer ihrer Eltern brannte noch Licht. Es ging in dem Moment aus, in dem sie die Tür aufschloss.

Kapitel 16

——— **2015**

Vera war überrascht, am Morgen nach dem Besuch im *Del Cambio* in der Eingangshalle auf Lidia zu treffen. »Geht es dir besser?«

Lidia winkte ab. »Wenn ich mich jedes Mal krankmelden würde, wenn ich ein bisschen Brustschmerzen habe, läge ich nur noch im Bett.«

»Ich wollte dich etwas fragen: Gibt es noch Sachen von Teresa im Haus? Maurizio hat gesagt, ich kann mich in ihrem Zimmer umsehen, aber da liegt nur Kinderspielzeug.«

»Wenn es noch Sachen gibt, die Teresa damals nicht mitgenommen hat, dann wahrscheinlich auf dem Dachboden«, sagte Lidia und setzte sich auf einen der Stühle in der Eingangshalle, um ihre Pumps anzuziehen. Vera fand es bewundernswert, dass ihre Großtante sich trotz ihres hohen Alters kein bisschen gehen ließ und stets perfekt zurechtgemacht aus der Wohnung ging.

»Und du hast nichts dagegen, wenn ich da ein bisschen herumstöbere? Ich hab mich gefragt, wie sie auf die Idee gekommen ist, Biologie zu studieren. Es kann doch nicht nur mit Uromas Verletzungen zu tun gehabt haben.«

»Teresa war schon immer eine, die sich um alles gekümmert hat, was Hilfe brauchte.« Lidia stand auf, trat vor den Spiegel und überprüfte ihre Frisur. »Was die uns alles angeschleppt hat – lahme Hunde, einbeinige Tauben, blinde Katzen … Sie wollte immer alle retten. Leider auch Giorgio Toso, den sie irgendwo auf der Straße aufgesammelt hatte. Wenn sie den nicht ins Haus gebracht hätte … Schau dich ruhig auf dem Dachboden um, aber viel wirst du nicht finden. Was ihr wichtig war, hat sie damals mit nach Deutschland genommen.«

»Danke, Tante Lidia. Geht's dir wirklich wieder gut?«

Lidia winkte ab. »Diese kleinen Anfälle haben nichts zu bedeuten. Wenn ich meine Tabletten nehme, kann ich hundert werden.«

»Das ist schön. Aber streng dich trotzdem nicht zu sehr an.«

Nachdem Lidia hinuntergegangen war, suchte Vera den Zugang zum Dachboden. Sie fand ihn in der Küche: eine Klappe in der Decke. In der Speisekammer entdeckte sie außerdem einen Stock mit Haken, an dem sie die Klappe aufziehen konnte. Ein Gemisch aus Putz und Staub rieselte herab – anscheinend war lange niemand mehr dort oben gewesen. Sie stieg die Leiter hinauf und war überrascht, als sie keine düstere Dachkammer vorfand, sondern einen weiten, lichterfüllten Raum mit Dachgaubenfenstern. Das Licht ergoss sich über alte Schränke und Sessel, Spiegel, geschnitzte Truhen, Korbkinderwagen, Porzellanstatuen und Kartonstapel. Für einen Antiquitätenhändler musste dieser Dachboden eine Goldgrube sein. Vera überkam das innere Kribbeln, das sie immer hatte, wenn sie einer interessanten Geschichte auf der Spur war.

Sie ging systematisch vor. Umflirrt von dem Staub, den sie aufgewirbelt hatte, öffnete sie Schränke und Schubladen und stieß auf die Überbleibsel längst vergangener Existenzen. Ein Holzreif mit Treibstock, ein hölzerner Kreisel, von dem die Farbe abgeplatzt war. Eine Schachtel voller Handschuhe aus hauchdünnem Leder, die in Seidenpapier eingeschlagen waren, ein ebenso sorgfältig verpackter Pelzkragen, ein altes Kontobuch aus den Zwanzigerjahren, in das man Waren, ihre

Kosten und ihren Verwendungszweck eingetragen hatte, Quittungen von Lieferanten. Alles lag durcheinander, willkürlich dorthin gelegt, wo gerade Platz gewesen war. Vera wunderte sich, dass sich all das erhalten hatte, aber der Brand hatte damals wohl nur im Café gewütet und die Wohnung darüber verschont.

Sie kam zu einer Truhe, auf der ein staubiges Porzellanservice gestapelt stand. Nachdem sie alle Teller und Tassen auf den Boden geräumt hatte, hob sie den Deckel an. Eine Spinne, die ihr Netz in einer Ecke der Truhe gebaut hatte, floh unter ein Buch, als das Licht sie traf. Zuoberst lagen Papierrollen. Es waren wissenschaftliche Zeichnungen wie diejenigen, die sie in Berlin gefunden hatte. Zellen, Blutgefäße, Organe – in Bleistift ausgeführt und mit Aquarell koloriert besaßen sie eine künstlerische Qualität, die die Zerbrechlichkeit und Zartheit des menschlichen Körpers vermittelte, und Vera hatte das unmittelbare Gefühl, etwas von der Persönlichkeit ihrer Großmutter zu spüren. Eine Hingabe an das Lebendige an sich, das mit Sorgfalt und Respekt behandelt werden wollte und das es zu beschützen galt. In Vera wallte eine spontane Zuneigung zu ihrer Großmutter auf, und sie wünschte, sie hätte sie kennenlernen können. Ihre Mutter hatte Teresa als abwesend geschildert, ganz ihrer Arbeit zugewandt, und das, was aus diesen Zeichnungen sprach, ließ Vera etwas besser verstehen, weshalb sie so gewesen war.

Unter den Zeichnungen lag ein Poesiealbum, in dem die Freundinnen ihrer Großmutter in kindlicher Handschrift die üblichen Gedichte, Sprüche und guten Wünsche hinterlassen hatten, verziert mit Zeichnungen und kitschigen Papieraufklebern. Auch Aurora und Lidia hatten sich verewigt: »Es reicht nicht, *Honig!* zu rufen, um die Süße zu schmecken«, hatte Lidia geschrieben, Aurora dagegen hatte ein Gedicht über drei freche kleine Mäuse gewählt. Vera musste lächeln:

Schon als keine Mädchen waren die unterschiedlichen Persönlichkeiten der Schwestern klar hervorgetreten. Sie fragte sich, was wohl Teresa in die Alben der beiden anderen geschrieben hatte.

Unter den Zeichnungen lagen Bücher, zumeist italienische Klassiker wie Dante und Goldoni, aber auch einige Bände Unterhaltungsliteratur. Auf den Vorsatzblättern der Klassiker stand Teresas Name in ordentlichen, steilen Buchstaben. Die leichte Lektüre hatte Aurora gehört, sie hatte ihren Namen mit einer schwungvollen Linie mitten auf das Papier gesetzt. Vera nahm ein Buch mit einem hübschen, geprägten Einband aus der Kiste, und als sie es aufschlug, glitt ein Umschlag zwischen den Seiten hervor. Vera legte das Buch weg und hob ihn auf. Er war vergilbt und unbeschriftet, darin ein einzelnes Blatt. Sie zog es heraus und faltete es auf. Die dünne Schrift mit ihren eigenartig langen Ober- und Unterlängen hatte etwas Spinnwebartiges und war nur schwer zu entziffern. Aber etwas daran kam ihr vage bekannt vor. Vera stand auf und trat mit dem Blatt in der Hand an ein Fenster. Die Anrede fehlte. Während sie las, breitete sich in Veras Magen eine Schwäche aus, sodass sie sich auf einen Lehnstuhl setzen musste. Weil sie kaum glauben konnte, was darin stand, las sie den Brief noch einmal.

Ich versichere dir, dass mir unendlich leidtut, was geschehen ist. Wir haben uns in einem unbedachten Augenblick zu etwas hinreißen lassen, das nicht richtig war, und nun müssen wir mit den Konsequenzen dieser Tat leben. Ich versichere dir, dass ich bereit bin, die Verantwortung dafür zu übernehmen, das gebietet mir mein Ehrgefühl, doch dir muss bewusst sein, dass dies allein der Grund meines Handelns ist und nicht etwa tiefere Empfindungen. Ich wünschte, wir wären uns nie begegnet, und ich wünschte, wir hätten den Anstand besessen, die Sache nicht fortzusetzen. Ich bitte dich deshalb, keine Hoffnungen darein zu setzen, dass meine Gefühle sich ändern könnten. Wir werden ein Arrangement treffen, das für alle Beteiligten erträglich ist. Wir werden heiraten, und ich werde alle finanziellen Aufwendungen, derer du und das Kind bedürfen, übernehmen. Es ist sicher auch in deinem Sinn, wenn wir nicht zusammenleben. So kannst du in deiner gewohnten Umgebung bleiben. Gleichzeitig wird dein Status als Ehefrau nicht in Frage gestellt werden. Wenn ich gelegentlich zu Besuch komme, wird sich eine Lösung finden. Ich möchte das Kind bei diesen Gelegenheiten sehen und über seine Entwicklung in Kenntnis gesetzt werden, doch ansonsten überlasse ich dir seine Erziehung. Ich denke, so ist es für uns und das Kind am besten. Ich hoffe, du hegst keinen Groll gegen mich – das, was geschehen ist, ist das Ergebnis unserer Schwäche, und wir müssen uns damit abfinden. Ich sende dir meine besten Grüße und verbleibe in Erwartung deiner Antwort.

Vera kaute auf ihrem Daumennagel herum, während sie den Brief anstarrte. Da er aus einem von Auroras Büchern gerutscht war, lag nahe, dass er an sie gerichtet gewesen sein musste. Oder war er zufällig dort hineingeraten, als man die Sachen auf dem Dachboden verstaut hatte? Aber an wen war er dann gerichtet?

Vera rieb sich über die Stirn. Wenn Aurora tatsächlich die Adressatin des Briefes gewesen war, hatte sie eine Affäre gehabt und war schwanger geworden. Und niemand hatte je davon erfahren. Vielleicht bot dieser Brief eine Erklärung für Auroras Verschwinden. Nach allem, was Vera wusste, war Aurora eine eigenwillige junge Frau gewesen. War sie mit diesem »Arrangement« vielleicht nicht einverstanden gewesen, und war ihr das zum Verhängnis geworden? Der Brief war nicht datiert, aber Aurora musste verschwunden sein, bevor jemand von ihrer Schwangerschaft erfahren hatte. War sie vielleicht freiwillig gegangen, um einen Skandal zu vermeiden?

Vera betrachtete den Brief auf ihrem Schoß. Doch wie passte Giorgio Toso zu dieser Geschichte? Was hatte in dem alten Zeitungsartikel gestanden? Man hatte persönliche Gegenstände Auroras in seinem Zimmer gefunden. Sie musste unbedingt mit seiner Nichte sprechen. Vielleicht war es besser, das nicht Mattia zu überlassen. Einer Frau gegenüber wäre Marta Dutti vielleicht aufgeschlossener.

Sie steckte den Brief wieder in den Umschlag und nahm ihn mit in ihr Zimmer. Im Gegensatz zu dem lichtdurchfluteten Dachboden kam ihr die Wohnung düster vor, aber das lag wohl an den schweren Vorhängen, die die antiken Möbel vor dem Licht schützen sollten.

In ihrem Zimmer schob sie den Brief in ein Seitenfach ihres Koffers, dann rief sie Mattia an.

»*Ciao*, Vera, schön, dich zu hören! Bin leider gerade total im Stress.«

»Ich störe dich nicht lange. Hast du schon mit Tosos Nichte gesprochen?«

»Nein, keine Zeit gehabt.« Im Hintergrund hörte Vera eine weibliche Stimme seinen Namen rufen.

»Meine Chefredakteurin. Wir haben gleich Konferenz.«

»Schick mir die Nummer, dann versuche ich es. Von Frau zu Frau.«

»Gute Idee. Melde mich später, ja? *Bacione!*«

Sie legte auf, ein warmes Gefühl im Magen.

Ihr Telefon machte ein ploppendes Geräusch, als eine Textnachricht von Mattia eintraf. Die Nummer von Marta Dutti. Vera tippte die Zahlen in ihr Handy.

»*Pronto?*«

Die Stimme einer älteren Frau, aber wach und munter. Vera erklärte kurz, welche Verbindung sie zu Mattia hatte und weshalb sie daran interessiert war, mehr über Toso zu erfahren.

»Ich will herausfinden, was wirklich passiert ist.«

Marta Dutti seufzte. »Ändern kann man es doch nicht mehr. Meine Mutter hat sich bei ihren Bemühungen, ihn aus diesem schrecklichen Gefängnis herauszuholen, aufgerieben. Ich bin froh, dass endlich Ruhe ist.«

»Das kann ich verstehen, aber solange wir nicht die Wahrheit ans Licht holen, wird diese Geschichte kein Ende haben.« Es klang ein bisschen zu dramatisch, aber vielleicht war das genau der richtige Tonfall. »Mich treibt der Fall um, obwohl ich bis vor ein paar Tagen nicht einmal wusste, dass meine Großmutter noch eine weitere Schwester hatte. Die älteste lebt sogar noch und möchte vor ihrem Tod unbedingt wissen, was mit ihrer Schwester geschehen ist.« Vera verachtete sich ein bisschen, weil die Lüge sich so einfach aussprach, aber manchmal musste man die Wahrheit ein wenig dehnen, um sein Ziel zu erreichen.

»Das verschwundene Mädchen war also Ihre Großtante?« Da war ein Hauch von Zögern, von Unsicherheit.

»Bitte lassen Sie uns doch ein paar Fragen stellen. Wenn Sie genug von uns haben, gehen wir sofort, versprochen.«

»*Va bene*, meinetwegen kommen Sie vorbei. Irgendwo habe ich auch noch ein paar alte Briefe von meinem Onkel, die kann ich Ihnen zeigen. Am besten nach dem Mittagessen, bevor ich mein Nickerchen mache.«

»*Mille grazie, Signora* Dutti. Wir werden Ihnen nicht auf die Nerven gehen.«

»Ja, ja, schon recht. Kommen Sie gegen ein Uhr.«

Vera beendete das Gespräch und schrieb eine Nachricht an Mattia. *Hast du Zeit um eins? Sie ist einverstanden.*

Umgehend kam die Antwort: *Du bist die Größte. Halb eins, Palazzo Madama.*

Vera lächelte. Sie freute sich darauf, Mattia zu sehen. Der lange Abend im Café Hafa hatte zwischen ihnen eine große Vertrautheit hergestellt, obwohl sie sich erst seit zwei Tagen kannten.

Bis es so weit war, konnte sie die Aufnahme von Paneros Interview abhören und die Stellen heraussuchen, die sie für das Feature verwenden wollte. Sie packte ihre Sachen zusammen und ging hinunter ins Café, das sie schon als ihr Wohnzimmer betrachtete.

»*Caffè macchiato* und ein Croissant mit Vanillecreme?«, fragte Francesca.

»Perfekt, danke.«

Vera wartete, bis ihr Kaffee fertig war, und setzte sich an ihren bevorzugten Platz am Fenster. Das schöne Wetter der letzten Tage war vorbei, und die Piazza Castello sah im bleigrauen Licht leblos aus. Die nassen Steinplatten spiegelten ein verzerrtes Bild des Palazzo Madama, der umstehenden Häuser und der dichten Wolken. Umso gemütlicher war es, im Inneren des Cafés zu sitzen und in kleinen Schlucken den heißen Kaffee zu genießen. Das Croissant splitterte beim Hineinbeißen und gab die luftige Vanillecreme frei. Vera machte ein Foto davon und schickte es Finn. *Wie geht's, Äffchen? Nächstes Mal musst du mitkommen und dich durch das Kuchenbuffet futtern.*

Sie legte das Telefon auf den Tisch, schob sich die Kopfhörer in die Ohren und schaltete das Aufnahmegerät ein. Marco Paneros brüchige Stimme ließ eine Mischung aus Arroganz und Resignation erkennen, die zugleich Abneigung wie auch Mitleid erzeugte. Vor Ort war ihr das nicht bewusst gewesen, aber es ging ihr häufig so, dass sie beim Abhören eines Gesprächs mehr über die Persönlichkeit ihres Gegenübers erfuhr als während des Gesprächs selbst. Die Stimme verriet vieles, insbesondere, wenn jemand sich verstellte.

Jemand, der sich selbstsicher gab, konnte eine Barrikade aus Worten vor seiner Unsicherheit errichten, doch der Klang seiner Stimme riss sie wieder ein.

Panero zuzuhören war nicht angenehm. Er wusste, dass er sein Leben vergeudet hatte, wollte es sich selbst aber nicht eingestehen.

Vera notierte sich anhand der Zeitangaben auf dem Display die Stellen, die sie gebrauchen konnte. Es kam darauf an, eine Stimmung zu schaffen, die sich auf den Hörer übertrug, und sie überlegte, mit welchen anderen Geräuschen sie seine Stimme unterlegen konnte. Doch sie war nicht vollkommen bei der Sache. Der Brief vom Dachboden beschäftigte sie. Nicht nur Aurora war verschwunden, sondern auch ihr ungeborenes Kind.

Vera schaltete das Gerät aus, und sofort drangen die Stimmen und Geräusche des Cafés wieder zu ihr durch, wenn auch gedämpft, da sie die Kopfhörer noch in den Ohren hatte. Weshalb gingen eigentlich alle davon aus, dass Aurora tot war? Dafür gab es keinen Beweis, nur Indizien. Der Brief hatte Vera bewusst gemacht, dass sie längst nicht alle Teile zu diesem Puzzle besaß. Es gab viele Möglichkeiten, vielleicht war Aurora auch absichtlich verschwunden, aus Gründen, die nur sie kannte. War das plausibel? Sie musste mit Mattia darüber sprechen.

»*Buongiorno, bellezza!*«

Eine Hand strich ihr über den Nacken, und Vera fuhr herum. Maurizio stand neben ihr. Sie spürte, wie ihr Herz pochte, schnell und heftig.

»Gott, spinnst du? Willst du mich zu Tode erschrecken?«

»Entschuldige, natürlich nicht. Aber ich konnte nicht widerstehen. Die hochgesteckten Haare stehen dir hervorragend.«

Vera zwang ihr Gesicht dazu, sich zu entspannen. Der

Zorn, den der Schreck hervorgerufen hatte, verblasste und mit ihm der irritierende Wunsch, noch einmal Maurizios Finger in ihrem Nacken zu spüren. Das hatte nichts mit ihm zu tun, sagte sie sich. Es hatte sie nur schon lange Zeit kein Mann mehr auf diese Art berührt.

Er setzte sich nicht, sondern stützte sich nur auf den Tisch.

»Was machst du heute Abend, schöne Cousine?«

»Meine Aufnahmen abhören.« Sie wies auf das Aufnahmegerät, aber Maurizio schüttelte den Kopf.

»Falsch. Du gehst mit mir in ein Piazzolla-Konzert im Palazzo Saluzzo Paesana.«

»Ach ja, tue ich das?« Vera verschränkte die Arme.

Maurizio zuckte mit einer Schulter. »Wie du möchtest, aber ich würde es dir stark empfehlen, wenn du Piazzollas Tangostücke magst. Und der Palazzo Paesana ist spektakulär. Ganz abgesehen davon, dass du mich an deiner Seite hättest.« Er lächelte und legte sich die Hand auf die Brust.

Vera musste grinsen. »Als Begleiter kannst du dich sehen lassen«, sagte sie. Maurizio hob den Zeigefinger. »Der Mann ist nur da, um von der Frau überstrahlt zu werden. Was dir mit Leichtigkeit gelingt.«

Automatisch fuhr Vera sich über die Haare. »Es tut gut, ab und zu mal ein Kompliment zu hören, danke.«

Maurizio schnalzte mit der Zunge. »Du solltest den ganzen Tag Komplimente hören, schöne Cousine.«

»Dann käme ich ja gar nicht mehr zum Arbeiten.«

Er nickte zum Aufnahmegerät hin. »Wen hast du denn interviewt?«

Vera zögerte kurz. Aber es gab keinen Grund, vor Maurizio geheim zu halten, wonach sie suchte.

»Einen früheren Angestellten des Cafés, Marco Panero. Er hat seine Sicht der damaligen Ereignisse geschildert und konnte uns auch etwas Hilfreiches über Aurora erzählen.«

»Wirklich? Nach so langer Zeit?« Maurizio nahm sich einen Stuhl und setzte sich. »Das interessiert mich jetzt aber auch.«

»Eigentlich ging es mehr um Giorgio Toso. Durch Panero haben wir seine Nichte gefunden, und die will uns Briefe zeigen, die er aus dem Gefängnis geschrieben hat.«

Maurizio legte den Kopf schräg. »Wir?«

»Ich arbeite mit einem Kollegen vom *Corriere* zusammen, einem Spezialisten für lokale Geschichte.«

»Klingt gut. Ich bin gespannt, ob du – ihr – etwas Neues entdeckt.«

Vera stützte das Kinn in die Hand. »Würdest du nicht gerne wissen, was mit Aurora passiert ist?«

»Natürlich, aber nach so langer Zeit wird man nichts mehr herausfinden, fürchte ich.«

»Es muss schlimm für deine Mutter und Teresa gewesen sein, nicht zu wissen, was Aurora zugestoßen ist. Diese Ungewissheit zerfrisst einen doch.«

»Und du weißt genau, wie das ist, nicht wahr?« Maurizio fasste über den Tisch und legte seine Hand auf ihre. Vera war nicht sicher, ob sie damit einverstanden war.

»Ja, das weiß ich, und ich frage mich, wie sie damit leben konnten.« Maurizio zog seine Hand weg.

»Es klingt scheußlich«, sagte er, »aber wahrscheinlich haben sie sich einfach daran gewöhnt. Während des Krieges verschwanden ständig Leute, und man wusste lange Zeit nicht, ob sie tot waren. Und sie hatten bereits ihre Eltern verloren – meine Mutter redet so gut wie nie darüber, aber ich denke, man hat einfach die Zähne zusammengebissen und weitergemacht, wie sie selbst gesagt hat. Meine Mutter ist hart, zu anderen und zu sich selbst, weil sie es sein musste, um zu überleben. Als Kind war sie sicher anders, aber das, was uns zustößt, macht uns zu dem, was wir sind. Und wir können nichts daran ändern.«

185

»Das klingt trostlos.«

»Aber wir müssen damit klarkommen. Wir alle verlieren etwas. Ich habe meine Familie verloren. Auch wenn ich meine Töchter regelmäßig sehe – wie früher ist es nicht mehr. Da waren wir eine Einheit, und dieses Gefühl fehlt mir.« Er lächelte verlegen, als hätte er zu viel von sich preisgegeben. Er drückte noch einmal kurz ihre Hand und stand auf. »Viel Erfolg bei deinen Recherchen, halt mich auf dem Laufenden. Und mach diesem Journalisten nicht allzu schöne Augen.«

Kapitel 17

— 1948

»*Porca miseria*, was ist das denn für eine Schweinerei?« Lidia stemmte die Hände in die Hüften und betrachtete die geschlossenen Läden des Molinari. Über Nacht hatte sie jemand mit roter Farbe beschmiert. Was dort stand, machte sie so wütend, dass sie kaum noch Luft bekam. »Wenn ich den erwische, der das getan hat, drehe ich ihm den Hals um.«

Ein etwa zwölfjähriger Zeitungsjunge stellte sich neben sie. »Die Hurenschwestern Molinari lassen jeden ran«, las er laut. »Mannomann!« Er jaulte auf, als Lidias Hand auf seine Wange klatschte. »Aua! Ich kann doch gar nichts dafür!«

»Dann kümmere dich um deinen eigenen Kram!«, fuhr Lidia ihn an, und der Zeitungsjunge trollte sich. Lidia winkte ihre Schwestern herüber, die gerade aus dem Haus kamen.

»Ich würde sagen, wir ziehen schnell die Läden hoch, bevor halb Turin das gesehen hat«, sagte Teresa sachlich.

Sie ging vor der Schmiererei in die Hocke, öffnete das Vorhängeschloss, das den Laden geschlossen hielt, und schob ihn so weit hoch, dass sie die Glastür aufschließen konnte. Von innen zog sie dann den Laden ganz nach oben. Lidia atmete auf, als die unsägliche Beleidigung verschwand.

»Haben wir das dir zu verdanken?«, sagte sie zu Aurora, die wie immer so strahlend wie ein Frühlingsmorgen aussah.

»Mir?« Aurora machte große Augen. »Willst du mir damit etwas unterstellen? Dann sprich es wenigstens offen aus.«

»Dass deine Moral nicht gerade die beständigste ist, ist

kaum etwas Neues«, entgegnete Lidia, während sie Teresa ins Café folgten.

»Da steht *die Schwestern*, nicht Aurora Molinari.« Aurora nahm eine frische Schürze vom Haken und band sie sich um.

»Hört doch auf zu streiten«, sagte Teresa. »Das ist eine dumme Beleidigung ohne jede Grundlage, das ist doch offensichtlich. Die Frage ist, wer das getan hat.«

»Da muss ich nicht lange grübeln.« Lidia hatte große Lust, gegen die Theke zu treten, tat es aber nicht. »Dieser kleine Mistkäfer Marco, wer denn sonst?«

»Beruhige dich erst einmal.« Teresa legte ihr eine Hand auf den Arm. »Wir wissen doch gar nicht, ob es wirklich Marco war.«

»Aber ich werde es herausfinden. Wenn sein Onkel ihn in die Mangel nimmt, wird er schnell mit der Wahrheit herausrücken.« Lidia ging nach hinten, wo der Wandapparat hing. Was sie noch mehr erboste als die Beleidigung selbst, war die Tatsache, dass jemand es gewagt hatte, das Kaffeehaus zu schänden. Ihr schien es so, als hätte jemand das Andenken ihrer Eltern besudelt. Sie wählte die Nummer der Polizeistation, die auf einem Zettel neben dem Telefon hing, und ließ sich mit *Commissario* Foletti verbinden. Tatsächlich war er trotz der frühen Stunde bereits im Büro. Lidia schilderte ihm den Fall, und er versprach, nachmittags vorbeizukommen. Nachdem sie aufgelegt hatte, schickte sie Gigi, der inzwischen eingetroffen war, mit einem kurzen Brief zu Carlo hinüber.

»Wir können unmöglich eine Firma beauftragen, das Geschmiere wegzumachen. Da könnten wir es auch gleich stehen lassen, damit es die ganze Stadt sieht«, erklärte sie ihren Schwestern. »Carlo wird das übernehmen, und zwar heute Nacht.«

»So bekommt er Gelegenheit, seine Liebe zu beweisen«, kicherte Aurora, verstummte aber unter Lidias Blick.

»Geh lieber an die Arbeit, statt dummes Zeug zu reden«, sagte sie und setzte sich auf ihren Platz hinter der Kasse. Sie sortierte das Wechselgeld in die Fächer und legte eine neue Papierrolle für die Quittungen ein. Schon kamen die ersten Kunden herein und verlangten nach Espresso und frischen *brioches*, die Teresa wie immer am Vorabend vorbereitet hatte, sodass sie sie nur noch aufbacken musste. Gigi war mit den Bestellungen unterwegs, die Kaffeemaschine zischte, die Kasse klingelte – das Molinari funktionierte wie ein gut geölter Mechanismus, und daran änderte auch keine hingeschmierte Beleidigung etwas. Es verschaffte Lidia sogar eine gewisse Befriedigung, dass sie den Lümmel richtig eingeschätzt hatte. Er hatte ihr von Anfang an nicht gefallen mit seinem verschlagenen Blick und war nur Foletti zuliebe eingestellt worden. Das hatte sie nun davon, dass sie so weichherzig gewesen war. Doch Foletti war nun Vergangenheit. Carlo stand kurz davor, ihr einen Antrag zu machen – Aurora hatte ihr verraten, dass Carlo sich bei ihr nach Lidias Ringgröße erkundigt hatte. Alles entwickelte sich zu Lidias Zufriedenheit. Nur um Teresa machte sie sich Sorgen. Obwohl sie sich endlich zum Studium einschreiben durfte, sah sie traurig und verhärmt aus. Und auch wenn sie kein Wort über ihre Gefühle verlor, ahnte Lidia, dass sie immer noch ihrem Verehrer aus dem Park nachhing. Die Gelegenheit für ein Gespräch war günstig, da Aurora sich in eine kurze Pause verabschiedet hatte. Angeblich, weil sie ins Bad musste, aber Lidia wusste genau, dass sie heimlich auf dem Hof rauchte.

»Hast du einen Augenblick Zeit?«, rief sie zu Teresa hinüber, die dabei war, frische *brioches* auf der Porzellanetagère, die auf der Theke stand, zu arrangieren.

»Stimmt etwas nicht?« Teresa wischte sich die mit Puderzucker bestäubten Finger an der Schürze ab.

»Das wollte ich eigentlich dich fragen.« Lidia senkte die

Stimme, damit die Gäste sie nicht hören konnten. »Seit dem Fest läufst du mit einem Gesicht wie drei Tage Regenwetter herum. Sagst du uns irgendwann, welche Laus dir über die Leber gelaufen ist?«

»Was hätte das für einen Sinn?« Teresa klang müde.

»Es geht um einen jungen Mann, richtig?«

Teresa blickte zum Fenster hinaus.

»Hab ich's mir doch gedacht. Habt ihr euch gestritten?« Dass sie die beiden im Park beobachtet hatte, konnte Lidia ihrer Schwester natürlich nicht sagen.

»Etwas in der Art.«

Lidia seufzte. »Das ist schade. Wenn du ihn nur einmal mitgebracht und uns vorgestellt hättest, könnte ich zwischen euch vermitteln.«

Teresa schüttelte den Kopf. »Das würde nichts ändern. Es ist vorbei. Irgendwann werde ich ihn vergessen.« Sie versuchte zu lächeln. »Ich werde mich bemühen, nicht mehr so trüb auszusehen, sonst verscheuche ich noch die Kunden.«

Sie schraken beide auf. Aus der Küche ertönte jämmerliches Geheul, dann stürzte Gigi durch die Verbindungstür. Das Haar fiel ihm ins Gesicht, und aus seinem Mund kamen unartikulierte Töne, während ihm Speichel über das Kinn lief.

»Da, da …! Schlimm!«, rief er und zeigte nach hinten.

Teresa war sofort bei ihm und nahm ihn an den Schultern. »Was ist passiert?«

Aber Gigi konnte nicht antworten, sondern stammelte nur: »Au, au!« Er kauerte sich auf dem Boden zusammen und legte beide Hände über den Kopf. »Ganz, ganz schlimm!«

Lidia hielt sich nicht bei Gigi auf. Sie war aufgestanden, lief hinter die Theke und stieß die Schwingtür beiseite. »Aurora?«, rief sie in den dämmrigen Flur. »Aurora?«

Aus der Backstube drang ein leises Stöhnen. Lidia stürmte hinein und sah Aurora, die auf einem Hocker saß und sich ein

190

kariertes Handtuch gegen den Kopf presste. Ihre linke Gesichtshälfte war mit Blut verschmiert.

»*Dio mio!*« Lidia fragte nicht einmal, was passiert war, sie sah nur das Blut, das aus Auroras Haar quoll. »Lass mich sehen.« Sie nahm Aurora das Handtuch weg und versuchte zu bestimmen, wie groß die Wunde war, konnte aber vor lauter Blut und Haaren nichts erkennen. »Ruf den Arzt«, befahl sie Teresa, die inzwischen nachgekommen war und wie festgenagelt dastand. Nach kurzem Zögern drehte sich Teresa um und eilte hinaus, gleich darauf hörte Lidia, wie sie die Wählscheibe bediente.

»Ist dir schwindelig?«

Aurora schloss das Auge, das nicht vom Blut verkrustet war. »Ein bisschen.«

»Sag mir, wenn dir übel wird.« Lidia presste das Handtuch so fest auf die Wunde, wie sie konnte. »Wir müssen die Blutung stoppen!«

Teresa kam zurück. »Dr. Monardi kommt sofort. Was ist denn eigentlich passiert?«

»Dieser Schwachsinnige hat mich angegriffen. Aua, drück nicht so fest!«

»Gigi?« Teresa klang fassungslos. »Aber warum sollte er das tun?«

»Was weiß ich. Weil er verrückt ist.«

»Würdest du bitte stillhalten?«, fuhr Lidia Aurora an. Das Handtuch färbte sich allmählich rot.

»Gigi würde dir nie etwas tun, er verehrt dich.«

»Ich hab immer gewusst, dass er gefährlich ist. Ein Irrer.«

»Gigi ist kein Irrer, nur ein bisschen zurückgeblieben. Und er würde keiner Fliege etwas zuleide tun.«

»Ach ja?« Aurora fuhr auf, und Lidia musste sie wieder auf den Hocker drücken. »Schau dir doch an, was er getan hat!« Aurora deutete auf ihren Kopf.

191

»Jetzt erzähl doch der Reihe nach, was ist denn genau passiert?«, schaltete sich Lidia ein. Der erste Schreck hatte sich gelegt, offensichtlich ging es Aurora nicht allzu schlecht, da sie noch mit Teresa streiten konnte.

»Ich stand draußen auf dem Hof, als Gigi von seiner Lieferrunde zurückkam. Als er mich gesehen hat, hat er sich auf mich gestürzt und mich gegen die Wand gestoßen.«

Teresa stemmte die Hände in die Hüften. »Einfach so, ohne Grund?«

»Wahrscheinlich wollte er sich an mir vergehen.«

»So ein Unsinn! Lass mich mal sehen.«

Lidia trat beiseite. Bei Verletzungen kannte Teresa sich besser aus als sie. Sie sah zu, wie ihre Schwester Auroras Kopf abtastete, ohne darauf zu achten, dass ihre Fingerkuppen blutig wurden.

Aurora wimmerte und quengelte während der Untersuchung wie ein Kleinkind.

»Ich glaube, es sieht schlimmer aus, als es ist.« Sie trat ans Waschbecken und seifte sich die Hände ein. »Unter der Kopfhaut liegen viele Blutgefäße, deshalb blutet es so stark, aber die Wunde ist nicht groß.« Sie trocknete sich die Hände ab. »Drück das Tuch weiter auf die Wunde. Ich sehe mal nach Gigi. Ich glaube, er hat einen Schock.«

Kaum hatte sie den Raum verlassen, sagte Aurora: »Ich glaube, mir wird schwindelig.« Sie sackte zusammen, und Lidia musste das Handtuch fallen lassen, um ihr unter die Arme zu greifen. Auroras Kopf fiel nach vorne und beschmierte Lidias Schürze mit Blut.

»Aurora!« Lidia hatte Angst, zwang sich aber zu einem strengen Tonfall. Mit einer Hand stützte sie Aurora, mit der anderen tätschelte sie ihr kräftig die Wange. Auroras Augenlider flatterten.

»Du musst dich hinlegen.« Wo blieb denn nur Dr. Monardi? Er hatte seine Praxis um die Ecke, so lange konnte es doch nicht dauern.

Lidia rief Teresa zurück. »Los, fass mit an!« Gemeinsam halfen sie Aurora, sich auf den Boden zu legen. Sofort begann die Wunde, wieder stärker zu bluten. Lidia griff sich ein frisches Handtuch und kniete sich neben Auroras Kopf. Blut tropfte in einen Mehlfleck auf den Steinfliesen und wurde sofort aufgesaugt.

»Bist du wach?«

Aurora bejahte, was Lidia ein wenig beruhigte. Sie wandte sich an Teresa. »Was ist mit den Gästen?«

»Habe ich weggeschickt.«

Aus dem Gastraum hörten sie jemanden rufen. »Hallo? Dr. Monardi hier!«

Teresa holte ihn nach hinten, und Lidia war froh, dass sich endlich ein Mann der Situation annahm. Sie stand auf und machte Platz für den Arzt, der Auroras Kopf untersuchte. Dabei entdeckte sie Gigi, der neben der Tür kniete. Durch seine Hände, mit denen er sein Gesicht bedeckte, drang ein leises, aber stetiges Wimmern. Teresa kauerte neben ihm und strich ihm über den Kopf, während sie beruhigende Worte murmelte.

»Sag ihm, er soll das lassen und erklären, was er getan hat.«

Teresa blickte mit ärgerlicher Miene auf. »Du siehst doch, dass er vollkommen außer sich ist.«

»Er tut zumindest so. Aber wenn in meinem Haus jemand angegriffen wird, möchte ich eine Erklärung.«

»Es ist auch unser Haus«, sagte Teresa. Doch Lidia wischte ihre Worte mit einer wegwerfenden Geste beiseite. Welchen Unterschied machte das?

Sie ging auf Giorgio zu, zog ihn hoch und zerrte ihm die Hände vom Gesicht. »Du erzählst uns sofort, warum du Aurora angegriffen hast!«

193

Giorgios Augen irrten umher als suchte er nach einem Ausweg, doch Lidia hielt seine Handgelenke umklammert. Breitschultrig und ungeschlacht wie er war, hätte er sich leicht befreien können, aber er machte keinen Versuch dazu. Rotz lief ihm aus der Nase und sammelte sich auf seiner Oberlippe, während er stoßweise nach Luft schnappte. »Ein böser Kerl«, stieß er endlich hervor. »Böse, böse.«

»Ja, du warst sehr böse«, sagte Lidia streng. »Du hast Aurora ganz schlimm wehgetan.«

Giorgio schüttelte heftig den Kopf. »Der Kerl war böse! Der wollte *Signorina* Aurora wehtun.«

»Versuch nicht, dich rauszureden.« Lidia wandte sich an Aurora, die inzwischen wieder auf dem Hocker saß, während ihr Dr. Monardi einen Kopfverband anlegte. »War da etwa noch jemand?«

»Nein. Das hätte ich doch sonst erzählt. Dieser Kretin hat mich aus heiterem Himmel angefallen.«

»Gibst du es nun zu?«, herrschte Lidia den Laufburschen an.

Giorgio schnaufte. »Böser Kerl«, wiederholte er, als könnte er sie dadurch überzeugen.

»Lass ihn doch, er ist ja ganz aufgelöst.« Teresa legte Giorgio einen Arm um die Schultern.

Lidia löste ihren Griff und verschränkte die Arme. »Ich kann niemanden beschäftigen, der für uns eine Gefahr darstellt. Geh nach Hause und komm nicht wieder.«

»Darüber sprechen wir noch, mach dir keine Sorgen«, sagte Teresa zu ihm, während sie Lidia einen zornigen Blick zuwarf. »Ruh dich ein wenig aus, und morgen kommst du wie immer.«

Giorgio nickte und stolperte durch die Hintertür nach draußen. Lidia wollte gerade erneut ansetzen, als Teresa sagte: »Nicht jetzt. Kümmern wir uns um Aurora. Wie steht es, Dr. Monardi?«

»Für den Moment genügt der Verband.« Der Arzt rückte sich die Brille zurecht. »Aber sie muss ins Krankenhaus, damit die Wunde genäht werden kann.«

»Sollen wir einen Krankenwagen rufen?«

»Nicht notwendig, mein Wagen steht draußen. Aber es wäre gut, wenn eine von Ihnen Ihre Schwester begleiten könnte.«

»Geh du«, sagte Lidia. »Ich kümmere mich um den Laden.«

Teresa nickte. Zusammen mit Dr. Monardi nahm sie Aurora in die Mitte und hakte sie unter.

»Ich sehe bestimmt furchtbar aus«, jammerte diese, und Lidia nickte. »Grauenvoll.«

»So zeige ich mich nicht in der Öffentlichkeit.«

»Ausnahmsweise gebe ich dir recht«, sagte Lidia. »Wenn die Leute dich so sehen, fliegen die Gerüchte schneller durch die Straßen, als man sie wieder einfangen kann.«

Dr. Monardi parkte den Wagen hinter dem Haus, dann brachten er und Teresa die Verletzte nach draußen. Lidia blieb zurück und säuberte die Backstube, dann schloss sie die Eingangstür wieder auf und wartete hinter der Theke auf Kunden. Bereits nach kurzer Zeit hatte sich der Raum wieder gefüllt, es herrschte das übliche Kommen und Gehen. Vormittags blieben die Tische weiter hinten im Gastraum meist leer, aber dennoch war der Andrang von einer Person kaum zu bewältigen, zumal Lidia auch noch kassieren musste. Gegen zehn Uhr wurde es wie immer etwas ruhiger. Trotzdem war Lidia froh, als Teresa nach zwei Stunden wieder im Café erschien.

»*Santa Madonna*, ein Glück, dass du wieder da bist.« Sie tupfte sich mit einer Papierserviette den Schweiß von der Stirn. »Wo hast du Aurora gelassen?«

»Sie soll zur Beobachtung eine Nacht im Krankenhaus

195

bleiben, um sicherzugehen, dass sie keine Gehirnerschütterung erlitten hat. Die Wunde ist genäht worden – das Schlimmste an der ganzen Prozedur war für sie, dass man ihr um die Wunde herum die Haare abgeschnitten hat.«

»Das wird sie überleben. Aber ich bin froh, dass dieser Verrückte ihr nichts Schlimmeres angetan hat. Wir werden ihn auf keinen Fall weiter beschäftigen. Wer weiß, ob er uns nicht eines Tages die Kehlen durchschneidet.«

Teresa schüttelte den Kopf, während sie benutzte Tassen von der Theke räumte. »Ich kann das immer noch nicht glauben. Gigi ist der harmloseste Mensch, den man sich vorstellen kann. Vielleicht war da wirklich noch jemand.«

»Das hätte Aurora uns doch gesagt. Warum sollte sie die Schuld auf Giorgio schieben, wenn sie in Wirklichkeit jemand anderer angegriffen hätte?«

Teresa zuckte die Schultern. »Ich weiß nicht. Aber wissen wir so genau, was Aurora treibt? Ich habe keine Ahnung, mit wem sie sich trifft, wenn sie ausgeht.« Teresa nahm das Tablett mit den schmutzigen Tassen hoch.

»Mit ihren Freundinnen natürlich«, erwiderte Lidia.

»Ach ja? Was macht dich da so sicher?« Mit diesen Worten verschwand Teresa durch die Schwingtür und ließ Lidia mit ihren Gedanken zurück.

Am Nachmittag kam *Comandante* Foletti vorbei, wie immer eleganter gekleidet, als ein Polizist es sein sollte. Lidia ärgerte sich darüber, dass sie in seiner Gegenwart immer noch Herzklopfen bekam, und verhielt sich deshalb schroffer als beabsichtigt.

»Ein schönes Ei haben Sie mir da ins Nest gesetzt, *Comandante*. Ihr Neffe bestiehlt uns und wagt es dann auch noch, uns für den verdienten Rauswurf zu beleidigen.«

Foletti ließ seine Zähne blitzen. »Wenn Sie so zornig sind,

dass Ihre Augen blitzen, sind Sie noch hübscher, *Signorina* Lidia.«

Sie reckte das Kinn. »Versuchen Sie nicht, mich durch Schmeicheleien weichzukochen, das funktioniert nämlich nicht. Wer zahlt mir die Kosten für die Reinigung der Läden? Und eine Entschuldigung seitens Ihres prächtigen Neffen wäre wohl auch angebracht.«

»Moment.« Er hob die Hand. »Hat jemand Marco dabei beobachtet, wie er die Läden beschmiert hat?«

»Das weiß ich nicht. Ist es nicht die Aufgabe der Polizei, das herauszufinden?«, sagte sie, so schnippisch sie konnte.

»Wenn es keine Beweise dafür gibt, dass er es war, gilt er als unschuldig. So lautet nun einmal das Gesetz. Aber ich verspreche, ihn ins Gebet zu nehmen. Ich gebe zu, dass er sich nicht so entwickelt, wie es wünschenswert wäre, und ich bedaure, dass er Ihnen und Ihren Schwestern Unannehmlichkeiten bereitet hat. Dass er ein Dieb ist, glaube ich allerdings nicht, solange es keine Beweise gibt. *In dubio pro reo*, heißt es doch.« Foletti lehnte sich leicht nach vorne und sah Lidia in die Augen. »Aber ganz sicher werde ich ihn nicht laufen lassen, falls er tatsächlich derjenige war, der Sie und Ihre Schwestern beleidigt hat. Ich werde ihn in die Mangel nehmen, bis er Blut schwitzt, versprochen.«

»Das will ich hoffen. Ich werde nicht zulassen, dass auch nur der Schatten eines Zweifels auf die moralische Festigkeit meiner Schwestern und meiner selbst fällt.«

Zuckte da ein Lächeln in Folettis Mundwinkel? Und musste ihn das noch anziehender machen? Standhaft bleiben, mahnte sich Lidia und wandte dem *Comandante* den Rücken zu.

Nachdem keine Anzeichen einer Gehirnerschütterung festgestellt worden waren, kehrte Aurora am nächsten Tag wieder aus dem Krankenhaus heim, blieb aber noch zwei Tage im

Bett und beklagte sich, dass ihre Frisur ruiniert sei. Am dritten Tag jagte Lidia sie aus den Federn, woraufhin sich Aurora eine Strähne über die Wundnaht kämmte und wieder ihren Platz hinter dem Tresen einnahm. Auch Teresa verrichtete ihre Arbeit wie gewohnt, sprach aber kaum mit ihren Schwestern. Lidia war hart geblieben und hatte Gigi nicht wieder aufgenommen, auch wenn Teresa sich beschwerte, der neue Laufbursche verwechsle ständig die Lieferungen und trödele herum. Lidia war besorgt und vertraute sich Carlo an. Sie hatten sich angewöhnt, nach Arbeitsende einen täglichen Spaziergang durch die Innenstadt zu machen, wobei sie besprachen, was tagsüber geschehen war.

»Wir sind alle wütend aufeinander, und das ist nicht gut fürs Geschäft«, erklärte sie Carlo, während sie am Palazzo Reale vorbeischlenderten. »Die Gäste spüren, dass etwas nicht stimmt. Als ob die Luft im Café vergiftet wäre. In den letzten Tagen hatten wir viel weniger Umsatz als normalerweise.«

»Das bildest du dir bestimmt nur ein.« Carlo hielt ihr den Arm hin, damit sie sich einhaken konnte. Ihm lag viel daran, die Leute sehen zu lassen, dass er und Lidia ein Paar waren. »Und Schwestern streiten sich nun mal ab und zu, das ist doch nichts Besonderes. Meine Brüder und ich streiten uns auch oft. Letztes Jahr hat Aris mir sogar ein blaues Auge verpasst. Das renkt sich von selbst wieder ein, du wirst schon sehen.«

»Wollen wir's hoffen«, murmelte Lidia. Dann wechselten sie das Thema und sprachen über den Schmierfink, der die Läden verunstaltet hatte. Lidia berichtete von ihrem Gespräch mit Foletti.

»Wenn ich den in die Finger krieg, der das gemacht hat, dem zerquetsch ich die Birne!«, sagte Carlo aufgebracht.

»Das ist lieb von dir, aber ich möchte dich ungern im Gefängnis sehen.« Lidia lachte und strich ihm über den Arm. »Sonst wäre ich ja ganz alleine.«

»Keine Sorge, kommt mir gar nicht in den Kopf, dich alleine zu lassen, mein Sternchen.« Carlo blieb stehen und zog sie in seine Arme. »Die Leute«, murmelte Lidia, unternahm aber nichts, um sich zu befreien. Es tat gut, Carlos Arme um ihren Körper zu fühlen.

Jetzt räusperte er sich. »Da ist etwas, das ich dich fragen will. Ich weiß, wir sind noch nicht sehr lange ein Paar, aber was mich angeht, muss ich da nicht weiter drüber nachdenken, also denk ich, ich kann dich genauso gut gleich fragen …«

Die Erleichterung hob Lidia hoch, als würde sie von einer Welle erfasst. Sie würde die Zukunft nicht alleine bewältigen müssen. Sie würde jemanden an ihrer Seite haben, mit dem zusammen sie das Molinari führen konnte. Das Vermächtnis ihrer Eltern würde erhalten bleiben. »Ja«, sagte sie, als Carlo seine Frage stellte, »natürlich will ich.« Carlo küsste sie, und zum ersten Mal war es ihr ganz gleich, wer dabei zusah.

Der Ring, den er gekauft hatte, war schmal und ohne Stein, aber das war Lidia ohnehin nicht wichtig. Romantische Liebesbeweise brauchte sie nicht. Carlo war ein guter Konditor, er war tüchtig, beständig und zuverlässig, und sie wusste, dass sie mit ihm das Leben würde führen können, das sie wollte. Das andere, die Leidenschaft, die Liebe, würde mit der Zeit kommen – und wenn nicht, hatte sie trotzdem die richtige Wahl getroffen.

»Das müssen wir feiern«, sagte sie, als Carlo sie freigab.

»Möchtest du am Wochenende tanzen gehen?«

»Nicht so. Ich meine ein richtiges Fest, und zwar nicht im Café, sondern bei uns zu Hause. Die Eingangshalle wurde früher für Gesellschaften benutzt, ich kann mich noch gut daran erinnern.«

199

»Gut, wenn du es willst, machen wir das so«, sagte Carlo lächelnd.

An diesem Tag, dem Tag ihrer Verlobung, feierte Lidia nur mit ihren Schwestern, und ihr zuliebe vergaßen Teresa und Aurora für einen Abend den Streit, der immer noch wegen Gigi zwischen ihnen schwelte. Sie holten eine staubige Flasche Nebbiolo aus dem Keller, die noch ihr Vater eingelagert hatte, und setzten sich in den Salon, den sie so gut wie nie benutzten. Das Kaminfeuer ließ Schatten über Wände und Möbel gleiten, und Lidia schien es, als seien die Seelen ihrer Eltern mit ihnen im Raum. Sie hätten ihre Wahl gebilligt, das wusste sie.

Teresa freute sich still, wie es ihre Art war, und Aurora laut, wie es ihrem Charakter entsprach: »Haben wir das nicht wunderbar hinbekommen?« Lidia musste ihr zustimmen. Auroras Plan, Carlo zurückzugewinnen, hatte ihr einen Ehemann beschert. Sie bedankte sich nicht oft bei jemandem, aber bei dieser Gelegenheit war es mehr als angemessen. »Alleine wäre mir das nicht gelungen.«

Aurora lachte. »Du wärest viel zu stolz gewesen, auch nur mit Carlo zu sprechen, und jetzt wäre er mit Nunzia verlobt. Jetzt müssen wir nur noch Teresa unter die Haube bringen.«

Diese hob abwehrend die Hände. »Irgendwann vielleicht, aber das Wichtigste wird in den kommenden Jahren das Studium sein.«

»Was ist eigentlich mit dir selbst?«, fragte Lidia an Aurora gewandt.

Ihre Schwester zuckte mit der Schulter und lächelte. »Ich habe es damit nicht eilig. Aber manchmal gehen solche Dinge ja schneller, als man denkt, wie man an dir sehen kann.«

Aurora schien bei dem »Überfall des Verrückten«, wie sie es nannte, keine bleibenden Schäden erlitten zu haben, weder körperlich noch seelisch. Die Kopfverletzung war schnell verheilt, das Haar wuchs wieder, und sie ging ebenso häufig aus wie zuvor. Als Lidia sie darauf hinwies, sie gefährde ihren Ruf, lachte sie nur. »Mir ist egal, was die Leute über mich denken.«

Lidia als ihr Vormund hätte ihr verbieten können auszugehen, aber sie war klug genug, es nicht zu tun. Aurora war sie nicht gewachsen. Ihre jüngere Schwester würde sich über jedes Verbot hinwegsetzen. Doch sie wollte wissen, mit wem Aurora ihre Zeit verbrachte. Eines Abends, als sich die jüngere Schwester erst spät zum Ausgehen fertig gemacht hatte, folgte Lidia ihr. Der Wind pfiff durch die breiten Straßen und über die Plätze, dass einem die Knochen gefroren, und da nur wenige Leute unterwegs waren, musste Lidia aufpassen, nicht entdeckt zu werden. Sie dachte schon daran, umzukehren, doch Aurora stieg in die Straßenbahn in Richtung Crocetta. Dort wohnten zwar viele Kunden des Molinari, doch soweit Lidia wusste, pflegte Aurora mit keinem von ihnen eine private Freundschaft. Sie stieg schnell einen Wagen hinter Aurora in die Bahn und versuchte an jeder Station zu erkennen, ob ihre Schwester ausstieg. Glücklicherweise trug Aurora einen hellen Mantel, sodass es nicht allzu schwierig war, sie im Auge zu behalten.

Nahe der Piazzale Duca d'Aosta verließ Aurora die Straßenbahn. Die Absätze ihrer guten Schuhe, dieselben, die Lidia auf dem Fest getragen hatte, klapperten laut auf dem Pflaster, was es Lidia leicht machte, ihr zu folgen. Aurora bog in eine kleine Straße namens Via Toselli ein und ging zielstrebig auf ein mehrstöckiges Mietshaus zu. Sie musste schon einmal hier gewesen sein. Lidia versteckte sich im Eingang des Nachbarhauses, bis Aurora im Inneren verschwunden war, dann trat sie auf die Straße und sah an der Fassade empor. Die Rundbogenfenster und Balkone mit steinernen Balustraden vermittelten den Eindruck gehobener Bürgerlichkeit. Mehrere Fenster waren erleuchtet, es war also unmöglich zu sagen, in welche Wohnung Aurora gegangen war. Lidia trat an die Haustür, aber an den Klingelknöpfen aus Messing standen nur Nummern, keine Namen.

Im vergeblichen Versuch, sich vor der Kälte zu schützen, zog Lidia ihren Mantel fester um sich. Ihre Zehen wurden allmählich taub. Sie konnte unmöglich warten, bis Aurora wieder herauskam – denn das konnte Stunden dauern –, aber sie wollte auch nicht einfach aufgeben. Wen besuchte ihre Schwester in dessen Wohnung? Kurz entschlossen packte Lidia den Türknauf, drehte ihn, und zu ihrem Erstaunen öffnete sich die Tür. Da hatte wohl jemand absichtlich nicht abgeschlossen, damit Aurora ins Haus schlüpfen konnte.

Lidia bediente den Lichtschalter neben der Tür, und vor ihren Augen erschien ein mit Marmor ausgelegter Korridor, an dessen Ende eine gewundene Treppe aufwärtsführte. Lidia stieg nach oben, wobei sie sich dicht an der Wand hielt, um nicht sofort entdeckt zu werden, falls jemand eine Wohnungstür öffnete.

Die Hierarchie der Mieter war klar gegliedert. Im ersten und zweiten Stockwerk gab es jeweils eine Tür aus dunklem Holz, die mit Türklopfern in Form eines Eulenkopfes versehen waren. Im dritten und vierten Stock befanden sich zwei Wohnungen, deren Türen mit schlichten Türklopfern ausgestattet waren, und im fünften Stock, ganz nah unter der Glaskuppel, die das Treppenhaus überwölbte, gab es drei gänzlich schmucklose Türen. Vor der mittleren standen Auroras grüne Schuhe.

Und nun? Lidia trat vorsichtig ganz nah an die Tür heran und legte ihr Ohr auf das Holz. Es war so kalt wie Metall, aber sie biss die Zähne zusammen und presste ihr Ohr noch fester gegen die Tür. Erklang dort drin ein Lachen? Hörte sie Musik? Ihre Schwester in der Wohnung zu wissen, aber nicht, in wessen Gesellschaft, war beinahe unerträglich. Als Vormund hatte sie ein Recht darauf, zu wissen, was Aurora trieb. Sie löste ihr Ohr von der Tür und klopfte. Nichts geschah. Sie klopfte noch einmal. Diesmal tat sich etwas. Die Musik wurde lauter, anscheinend hatte sich eine Tür geöffnet. Schritte erklangen und näherten sich der Tür. Lidia trat einen Schritt zurück. Sie wünschte, sie hätte etwas bei sich, womit sie sich im Notfall verteidigen könnte. Wie überflüssig das war, wurde ihr bewusst, als die Tür sich öffnete und sie erkannte, wer vor ihr stand.

Vera war es undenkbar erschienen, dass sie und Jo jemals getrennte Wege gehen würden. Doch dann geschah es, ohne dass sie es wirklich merkten. Er begann nach dem Abitur eine Schreinerlehre und zog nach Friedrichshain, sie hatte ein Volontariat beim Sender Freies Berlin im Westend ergattert. Einige Monate lang trafen sie sich noch ab und zu. Jo schleppte sie durch die Bars in der Simon-Dach-Straße, und danach schlief sie in seiner winzigen, heruntergekommenen Wohnung mit dem schmutzigen Badezimmer. Jos Bettzeug roch muffig, und sie fühlte sich dort nicht wohl. Sie mochte die Leute nicht, mit denen er jetzt unterwegs war. Viele von ihnen warfen sich Pillen ein, als wären es Smarties. Vielleicht war auch sie es, die sich verändert hatte. Die Leute beim Radio waren älter, ernsthafter. Die Abstände, in denen sie und Jo sich trafen, wurden länger, und irgendwann fiel ihr auf, dass sie sich seit über einem Monat nicht mehr gesehen hatten und es ihr nichts ausmachte.

Tom lernte sie bei einer Reportage kennen. Sein Motorradclub hatte Geld für die Kinderkrebshilfe gesammelt, und sie sollte darüber berichten. Sie hatten es beide sofort gespürt, als sie sich zum ersten Mal gegenüberstanden. Vera hatte ihm ihr Mikrofon unter die Nase gehalten, und während sie ihre Fragen abspulte, nur daran denken können, was für warme Augen er hatte.

Am nächsten Tag rief er im Sender an, und am Wochenende darauf nahm er sie mit auf eine Tour zu den Potsdamer Havelseen. Sie aßen in einem Altstadtlokal in Werder zu Mittag und erzählten sich gegenseitig ihre Lebensgeschichten. Tom wollte alles über sie wissen. Vier Monate später zog sie aus ihrer WG aus und bei ihm ein. Sie machte den Motorradführerschein und entdeckte ein neues Gefühl von Freiheit. Auf dem Motorrad vergaß sie alles, lebte nur noch im Augenblick. Sie hörte auf, von Vi zu träumen.

Doch mit der Geburt ihres Sohnes kehrte die Angst zurück. Schon als sie schwanger war, wagte sie kaum, eine Treppe hinunterzugehen oder die Straße zu überqueren. Sie sah sich am Fuß der Treppe liegen oder von einem Auto angefahren auf der Straße, überall Blut. Sie hatte das Gefühl, Finn niemals ausreichend beschützen können.

Als er auf die Welt kam, staunte sie darüber, dass ihr Herz plötzlich in einem anderen Körper schlug. Die schlimmen Träume kehrten zurück. Kaum war sie eingeschlafen, schreckte sie wieder hoch, stand auf, beugte sich über Finns Bett und legte ihm eine Hand auf die Brust, um zu prüfen, ob er noch atmete.

Als Tom vorschlug, Finns Bett in das Kinderzimmer zu stellen, das sie so liebevoll hergerichtet hatten, war sie entsetzt. »Was, wenn er Schmerzen hat und wir ihn nicht hören?«

Das Gitterbett blieb im Schlafzimmer. Am liebsten hätte Vera Finn zu sich ins Bett geholt, aber ihre Angst, ihn im Schlaf zu ersticken, war zu groß.

Tom nannte sie neurotisch. Sie übertreibe, gebe ihre Furcht an das Kind weiter und schade ihm dadurch. »Wie soll er jemals selbstständig werden, wenn du ständig um ihn herumkreist?«

Vera versuchte es. Finn steckte sich einen Stein in den Mund, lief rot an, und Tom musste ihm auf den Brustkorb klopfen, bis der Stein endlich wieder herauskam.

»Eine unaufmerksame Sekunde genügt«, sagte Vera. »Das will ich mir nicht antun, wegen dieser Sekunde mein Kind zu verlieren.«

Tom schüttelte den Kopf. »Du bist immer noch traumatisiert vom Verlust deiner Schwester. Was du brauchst, ist eine Therapie.« Er suchte sogar die Nummer einer Psychologin heraus, aber Vera rief nie dort an. Keine Therapie würde etwas daran ändern, dass

Finn ihr das Kostbarste war. Allein die Vorstellung, ihm könne etwas zustoßen, trieb ihr Tränen in die Augen.

Sie begann, ihre Mutter dafür zu bewundern, dass sie die Kraft gefunden hatte weiterzuleben. Und sie verstand endlich, dass wahrscheinlich sie selbst der Grund dafür gewesen war.

Kapitel 18

2015

Marta Dutti, Giorgio Tosos Nichte, lebte in einem Stadtviertel namens Borgo Dora. Mattia erklärte Vera, dass in der sogenannten Kasbah von Turin inzwischen vor allem Immigranten lebten: Rumänen, Chinesen, Marokkaner, Afrikaner, Albaner und Dutzende weitere Nationen. »Gutbürgerliche Turiner wagen sich hier nicht her«, sagte Mattia, »und nachts würde ich auch einen Bogen um die Gegend machen.«

Die meisten Häuser wirkten heruntergekommen, die Mauern waren mit Graffiti überzogen, es roch nach Urin. Auf der Straße sahen sie eine Gruppe uralter Chinesen, verschleierte Frauen, die Kinderwagen schoben, gebeugte Italienerinnen mit perfekt sitzender Dauerwelle und Rollwägelchen. An den Straßenecken standen nordafrikanische Jugendliche, die Kapuzen ihrer Hoodies tief ins Gesicht gezogen.

Vera war fasziniert von dieser völlig anderen Welt nur einen Katzensprung vom historischen Zentrum Turins entfernt.

»Die Leute schlagen sich durch, so gut sie können«, sagte Mattia. »Dealen ist im Borgo Dora die schillernde Alternative zur Arbeitslosigkeit.«

»Na, ich weiß nicht, ob ich das als Arbeit bezeichnen würde.«

Die Läden schienen vor allem Gebrauchtwaren zu verkaufen. Mattia und Vera mussten Waschmaschinen und Möbeln ausweichen, die den Bürgersteig blockierten. Unter ihren Füßen knirschten Glasscherben.

»So richtig wohl fühle ich mich nicht«, gestand Vera. Als Berlinerin war sie eigentlich nicht zimperlich, und fremdartige Gesichter machten ihr keine Angst. Dieses Viertel beunruhigte sie jedoch ein wenig. Ihre leise Unsicherheit verdrängte sie mit dem Wissen, dass Mattia die Stadt gut kannte. An seiner Seite konnte Vera loslassen und sogar ein wenig von der Faszination spüren, die das Viertel auf sie ausübte. Sich hier aufzuhalten war wie das Betreten eines fremden Landes, dessen Regeln man nicht kannte und dessen Sprache man nicht sprach. Obwohl nicht viele Passanten zu sehen waren, glaubte sie, die Entschlossenheit der Einwohner zu spüren, sich um keinen Preis unterkriegen zu lassen.

»Ich glaube, hier ist es.« Mattia blieb vor einem lang gestreckten, nur zweistöckigen Haus stehen, dessen Fensterläden so schief hingen, dass sie wirkten, als könnten sie jederzeit abfallen und auf die Straße stürzen. Es gab mehrere Eingangstüren, vor denen Wasserflaschen standen, wie in vielen italienischen Städten.

»Kannst du mir mal erklären, wozu die Flaschen gut sein sollen?«

»Katzen«, sagte Mattia, während er auf eine der Türen zusteuerte. »Man sagt, sie erschrecken, wenn sich ihre Augen im Wasser spiegeln.«

Wie ein unsichtbarer Zwilling, dachte Vera. Sie folgte Mattia, der schon geklingelt hatte, zur Tür. Die ältere Frau, die ihnen öffnete, trug einen Pagenkopf, der von einem breiten Haarband zurückgehalten wurde. Bequeme beigefarbene Hosen, weiße Turnschuhe und ein kariertes Hemd – ganz untypisch für eine Italienerin. Eine schwarze Katze mit einem weißen Ohr strich ihr um die Beine und miaute die Besucher an.

Mattia und Vera stellten sich vor: »Danke, dass Sie uns trotz Ihrer Bedenken eingeladen haben.«

Marta Dutti winkte ab. »Wenn Sie meinen, dass es Ihnen etwas bringt ...«

Sie sprach weiter, während sie durch einen schmalen Gang in den hinteren Teil des Hauses voranging. Von dort strömte ihnen ein intensiver Geruch nach Knoblauch und Zwiebeln entgegen.

»Ich hoffe, wir stören Sie nicht beim Essen.«

Marta Dutti wandte sich halb um und erwiderte: »Ich esse immer sehr früh. Sie kommen genau richtig zum Kaffee.«

Sie betraten eine enge Küche, gefolgt von der Katze, die sie wachsam umkreiste. Marta Dutti bat sie, sich an den Küchentisch zu setzen, der zwischen Kühlschrank und Spüle eingekeilt war. Vera kam sich vor wie in einer Puppenstube. Ihre Gastgeberin machte sich daran, eine Espressokanne vorzubereiten. Vera und Mattia wechselten einen Blick, dann sahen beide sich unauffällig um. Die Küche war alt, aber peinlich sauber und aufgeräumt. Über dem Tisch hing ein einzelnes Foto, ein Studioporträt in blassen Farben, das eine verhärmt aussehende Frau mit Bienenkorbfrisur, einen bulligen Mann mit Schnurrbart und ein Mädchen mit einer grünen Schleife im Haar zeigte.

»Meine Eltern und ich«, sagte Marta Dutti, während sie drei Espressotassen auf den Tisch stellte. Die Kanne auf dem Herd zischte, als die heiße Luft entwich.

»Kümmerte sich Ihre Mutter um Giorgio?«, fragte Mattia.

Vera fand, dass er zu direkt an die Sache heranging, aber *Signora* Dutti antwortete bereitwillig: »Nach dem Tod ihrer Eltern blieb ihr kaum etwas anderes übrig. Beide waren bei einem Bombenangriff verschüttet worden. Meine Mutter arbeitete als Verkäuferin und hat spät geheiratet – Männer waren ja Mangelware nach dem Krieg. Also gab es nur sie und Giorgio, bis diese furchtbare Sache passierte. Das hat sie nie verwunden, glauben Sie mir.«

»Das kann ich gut nachvollziehen«, sagte Vera. »Haben Sie denn Ihren Onkel kennengelernt?«

»Mein Vater wollte nicht, dass wir ihn besuchen. Erst nachdem er sich aus dem Staub gemacht hatte, konnten wir wieder zu Gigi.« Sie schenkte den Espresso ein, cremig und dickflüssig rann er in die Tassen, schon der Duft gab Vera neue Energie. »Ein schrecklicher Ort.«

»Ich weiß«, sagte Vera, »ich war gestern dort.«

Marta Dutti stellte die Kanne auf den Herd zurück, brachte Milch und Zucker und setzte sich zu ihnen. Die Katze sprang auf ihren Schoß und lugte über die Tischkante.

»Ich wollte ja eigentlich gar nicht mit Ihnen reden.« Die Frau runzelte die Stirn. »Wen interessiert das noch nach so vielen Jahren? Schreiben Sie einen Artikel für die Zeitung?«

Vera erklärte, wie sie auf Auroras Geschichte gestoßen war. Ihre Gesprächspartnerin entspannte sich sichtlich und begann, die Katze zu kraulen.

»Also hat das Ganze auch mit Ihrer Familie zu tun. Dann rede ich gerne mit Ihnen. Und falls Sie etwas Wichtiges herausfinden, sagen Sie es mir, ja?« Sie wandte kurz das Gesicht zur Seite. »Für die Nachbarn waren wir immer nur die Familie eines Monsters. Das war nicht leicht, als ich klein war. Irgendwann lässt man sich dann ein dickes Fell wachsen.«

»Wie haben Sie denn Ihren Onkel in Erinnerung?«, fragte Mattia.

»Er hat sehr gelitten im Gefängnis, und obwohl er gar nicht verstand, warum man ihn eingesperrt hatte, nahm er seine Lage einfach hin. Manchmal sagte er, dass er es vermisse, in der Stadt herumzulaufen, und dass er so gerne mal wieder an den Fluss gehen würde. Er war wie ein Kind.«

»Das klingt wirklich traurig. Sie glauben also, dass er unschuldig war?«

Marta Dutti sah Vera fest in die Augen. »Da bin ich sogar

ganz sicher. Er hat immer gesagt, dass er es nicht gewesen ist, und er war einfach nicht fähig zu lügen.«

»Ich will Ihrem Onkel nicht zu nahe treten«, warf Mattia ein, »aber er hatte Aurora doch vor ihrem Verschwinden angegriffen und verletzt.«

»Das war keine Absicht. Gigi hat immer gesagt, dass er sie vor einem bösen Mann beschützen wollte, der ihr wehgetan hat.«

»Ach!« Vera lehnte sich vor. »Das stand nicht in der Zeitung.«

»Weil er das erst erzählt hat, nachdem er schon verurteilt war. Weiß der Herr, weshalb.« Marta Dutti hob die Hände und ließ sie dann auf den Tisch sinken. Die Katze miaute und sprang auf den Boden. »Wir haben versucht, eine Wiederaufnahme des Falls zu erreichen, aber bei Gericht haben sie gesagt, dafür gebe es keinen Grund. Dabei hat mein Onkel von dem ganzen Prozess nur die Hälfte verstanden. Wenn überhaupt.« Sie klang frustriert. »Das alles hat unsere Familie kaputt gemacht. Mein Vater hatte irgendwann genug davon, dass es immer nur um Onkel Gigi ging, und hat sich eine andere gesucht.« Sie blickte auf das Bild an der Wand. »Das Getratsche der Nachbarn, die anderen Kinder … Als ich klein war, war ich manchmal unheimlich wütend auf meinen Onkel – aber er konnte ja nichts für all das.«

»Das ist nur menschlich«, sagte Vera. »Sie konnten genauso wenig etwas dafür.«

»Sie haben gesagt, dass Sie noch Briefe von Ihrem Onkel besitzen«, sagte Mattia. »Dürften wir die sehen?«

»Ich habe sie schon herausgesucht.« Marta Dutti stand auf und ging zu dem altmodischen Küchenbuffet, das beinahe eine ganze Seite der Küche einnahm. Die Katze hatte beschlossen, Vera für vertrauenswürdig zu erachten, und stupste die Nase an ihr Bein, bis sie sich hinunterbeugte und das Tier am Kopf kraulte.

Marta Dutti kam mit einem Bündel Papiere an den Tisch zurück. »Es sind keine Briefe im eigentlichen Sinn«, sagte sie. »Gigi konnte sich nicht gut mit Worten ausdrücken und auch kaum schreiben. Aber er hatte eine Begabung fürs Zeichnen.«

Mattia legte seinen Notizblock weg und beugte sich zusammen mit Vera über die Briefe. »Die Zeichnungen sind wirklich erstaunlich. So detailliert.«

»Ich glaube, er erinnerte sich an alles, was er mal gesehen hatte. Er hatte ein sehr gutes Gedächtnis.«

Die Briefbögen waren über und über mit Kritzeleien bedeckt, sodass man zuerst nur einen Wirrwarr aus Linien sah. Doch nach und nach traten Figuren daraus hervor, Tiere, Häuser, Autos, alles gleichzeitig kindlich und trotzdem voller Details.

»Schau mal, der Palazzo Madama.« Mattia zeigte auf das Blatt. »Und da, das Café unter den Arkaden.«

»Und das da!« Vera zeigte auf eine Zeichnung gleich daneben. »Das ist Lidia hinter der Kasse.«

»So etwas habe ich noch nie gesehen«, murmelte Mattia. »Man könnte es beinahe genial nennen.«

Sie betrachteten nacheinander auch die anderen Zeichnungen. Manche zeigten Giorgio Toso in seiner Zelle, eine einsame, kleine Gestalt, umgeben von Dunkelheit. Vera versuchte, professionelle Distanz zu wahren und sich nicht anmerken zu lassen, wie bewegt sie war, aber Mattia hatte wohl bemerkt, dass ihr Tränen in den Augen standen, denn er strich ihr wortlos über den Rücken.

»Das ist interessant.« Mattia zeigte ihr eines der Blätter. Darauf war eine weibliche Figur mit langen dunklen Locken zu sehen, die von einem Mann umschlungen wurde. Ihr Mund war wie zu einem Schrei aufgerissen. »Das ist genau die Szene, die Sie beschrieben haben. Die Frau muss Aurora sein.« Mattia drehte das Blatt so, dass Marta Dutti es betrachten konnte.

»Tatsächlich«, sagte sie. »Wir dachten, es tut ihm gut, wenn er zeichnen kann, aber wir haben die Kritzeleien nie so genau angesehen.« Sie sah Mattia und Vera fragend an. »Bedeutet das, seine Geschichte hat gestimmt?«

»Schwer zu sagen.« Mattia runzelte die Stirn.

»Ich kann mir nicht vorstellen, dass er etwas gezeichnet hätte, nur um den Verdacht von sich abzulenken«, sagte Vera.

»Er hat beobachtet, wie jemand Aurora angegriffen hat. Wartet mal!« Ihr war etwas in den Sinn gekommen, und sie drehte sich zu Mattia um. »Ich muss dir unbedingt erzählen, was ich heute Morgen auf dem Speicher gefunden habe.« Sie fasste den Inhalt des Briefes an Aurora kurz zusammen.

»Es war also doch ein Liebhaber im Spiel«, sagte Mattia.

»Was, wenn die beiden sich gestritten haben? Giorgio hat den Streit beobachtet und wollte Aurora nicht angreifen, sondern beschützen! Dabei könnte er sie versehentlich verletzt haben.«

»Wäre möglich.« Mattia rieb sich den stoppeligen Bart. »Und sie hat vielleicht niemandem davon erzählt, weil sie nicht wollte, dass jemand von diesem Liebhaber erfährt. Aber wirklich weiter bringt uns das nicht.«

»Doch. Wenn wir herausfinden, wer der Liebhaber war, haben wir auch den Mörder, davon bin ich überzeugt. Es muss später noch einen Streit gegeben haben, und dieses Mal war Gigi nicht zur Stelle, und Aurora wurde getötet.«

»Aber dafür haben wir keinen Beweis«, sagte Mattia. »Was ist mit den Sachen, die man in Giorgios Zimmer gefunden hat?« Er wandte sich an Marta Dutti, die schweigend zugehört und von einem zum anderen geblickt hatte. »Wissen Sie etwas darüber?«

213

Sie schüttelte den Kopf. »Meine Mutter konnte sich nie erklären, wie die Sachen in seinen Schrank kamen. Es waren ein Haarband, ein Taschentuch mit gesticktem Monogramm und ein Anhänger. Gesehen habe ich die Sachen natürlich nie, das alles passierte ja mehrere Jahre vor meiner Geburt, und die Polizei hat die Sachen anschließend mitgenommen.«

»Da kommen wir also nicht weiter.« Mattia pochte mit den Fingerknöcheln auf den Tisch.

»Würden Sie vielleicht gerne das Zimmer sehen? Es ist noch genauso wie damals.«

»Wie das denn?« Vera riss die Augen auf.

»Meine Mutter wollte es so, falls Gigi doch eines Tages aus dem Gefängnis gekommen wäre. Und ich habe es später so gelassen. Benutzen wollte ich es sowieso nicht, irgendwie ist es immer Gigis Zimmer geblieben, auch nach seinem Tod.«

»Wir würden das Zimmer sehr gerne sehen«, sagte Vera. Marta Dutti stand auf, kramte aus einer Schublade einen alten Schlüssel hervor und öffnete die gläserne Hintertür, die in den Hof führte. Als Vera ihr nach draußen folgte, sah sie, dass es neben der Tür noch einen kleinen Anbau gab, einge-schossig und mit alten Ziegeln gedeckt, ein Miniaturhäuschen mit separatem Eingang. Ihre Gastgeberin schloss die Tür auf. Vera und Mattia traten hinter ihr ein.

Es war, als träten sie in eine andere Zeit. Ihre Schuhe scharrten über unebenen Terracottaboden. Ein Bett, eine Kommode, ein Tisch mit einem Stuhl davor, mehr gab es nicht. Die Möbel waren schlicht, aus unlackierten Brettern gefertigt. Auf dem Bett lag eine mit grobem Leinen bezogene Matratze. An der Schranktür hing an einem Haken eine wat-tierte Jacke. Es war still im Zimmer, als hätten die Jahrzehnte, seit Giorgio Toso hier gelebt hatte, sich zu Schweigen verdich-tet, und als Vera sprach, flüsterte sie unwillkürlich. »Dürfen wir uns umsehen?«

Marta Dutti nickte, und Vera ging zur Kommode, auf der mehrere Gegenstände lagen. Es war kein Staub darauf zu sehen, das Zimmer wurde anscheinend regelmäßig gereinigt. Ein Jojo aus Holz, ein Zinnsoldat mit nur einem Bein, ein Stein, auf dem der Abdruck eines Ammoniten zu sehen war, ein kleiner Blechkreisel, ein Stapel Zigarettenbildchen mit Tiermotiven – Dinge, wie ein Kind sie sammelte.

»Darf ich?« Mattia öffnete den Schrank. Vera trat neben ihn. Darin hingen zwei Hosen und zwei Hemden. Auf einem Regalbrett lag ein zusammengefalteter Wollpullover mit Mottenlöchern.

»Wissen Sie, weshalb Ihr Onkel nicht mit im Haus wohnte?«

»Ich glaube, es war nicht genug Platz. Es gibt nur ein Schlafzimmer in der Wohnung. Außerdem war Gigi ja Laufbursche, und die Leute riefen ihn rund um die Uhr, um Botengänge zu erledigen, hat meine Mutter mir erzählt.«

»Verstehe«, sagte Mattia, »so konnte man direkt bei ihm anklopfen.«

»Und falls nicht abgeschlossen war, konnte jeder unbemerkt hinein, wenn er nicht da war«, fügte Vera hinzu. Mattia nahm den Ball auf: »Und Auroras Sachen dort platzieren.«

Marta Dutti nestelte an ihrem Hemdkragen. »Glauben Sie auch, dass mein Onkel es nicht gewesen ist?«

»Zumindest ist es vorstellbar, dass ihm jemand den Mord in die Schuhe geschoben hat«, sagte Mattia. Er wandte sich an Vera. »Willst du dich noch umsehen?«

Sie schüttelte den Kopf, und sie verließen das kleine Häuschen. Draußen atmete Vera freier. Sie fragte Marta Dutti nach dem Gittertor, das den Hof abschloss. »Das gab es damals schon«, sagte diese. »Abgeschlossen wurde es nur nachts, und das war wohl auch vor meiner Geburt schon so.«

»Also hätte jeder Zutritt gehabt.« Sie sah Mattia an. Der

215

wiegte den Kopf. »Nur, weil es möglich war, heißt es noch lange nicht, dass es sich so abgespielt hat. Die Polizei hat das damals sicher überprüft.«

»Und was, wenn die Polizei geschlampt hat? Sonst hätten sie ja den Täter gefunden.«

»Ich glaube auch nicht, dass Toso es getan hat, aber wir können ihn nicht völlig ausschließen. Wenn wir nur das wahrnehmen, was uns in den Kram passt, sind wir nicht mehr unvoreingenommen.«

»Auch wieder wahr.« Vera rieb sich die Stirn. »Aber da ist irgendwas, das mich zwickt, ich kann es nur nicht festnageln.«

»Sehen wir, was wir noch herausfinden.«

Sie verabschiedeten sich von Marta Dutti und versprachen, sie auf dem Laufenden zu halten, dann machten sie sich auf den Rückweg ins Zentrum. Auf der Porta Palazzo wurden gerade die Marktstände zusammengeklappt. Männer schleppten Kisten zu bereitstehenden Lieferwagen, und Menschen aller Hautfarben standen mit vollen Einkaufstaschen an der Straßenbahnhaltestelle. Afrikanerinnen in bunten Gewändern neben schwarz gekleideten Musliminnen mit Kopftüchern und jungen Männern mit Smartphone am Ohr, die versuchten, wie Rapstars auszusehen. Nach der eigenartigen Ruhe im Borgo Dora war es schön, wieder in belebtere Viertel zurückzukehren.

»Wie machen wir jetzt weiter?«, fragte Mattia, während sie auf die Straßenbahn warteten.

»Ich versuche herauszufinden, wer Auroras Liebhaber war. Vielleicht erinnert sich meine Großtante an etwas.«

Mattia schüttelte den Kopf und fuhr sich durchs Haar. »Wenn deine Großtante von ihm gewusst hätte, hätte sie ihn doch als Verdächtigen benannt.«

»Versuchen kann ich es ja.«

Die Bahn kam, und sie stiegen ein. Es war so voll, dass Vera kaum zum Stempelautomaten durchkam. Dann stand sie dicht an Mattia gedrängt, und da sie keine Haltestange erreichen konnte, bot Mattia ihr an, sich an ihm festzuhalten. Vera zögerte kurz, dann schlang sie einen Arm um seine Taille. Sein T-Shirt war ein bisschen verschwitzt, und unter dem Stoff fühlte sie seine Rückenmuskeln. *Was mache ich hier gerade?*, fragte sie sich. *Er ist höchstens Anfang dreißig.* Jetzt legte auch er seinen freien Arm um sie, um ihr zusätzlichen Halt zu geben. Sie reichte ihm genau bis zum Kinn, und als die Straßenbahn um eine Kurve schlenkerte, wurde sie gegen ihn geworfen. Ein Hauch von Rasierwasser stieg ihr in die Nase, als sie gegen ihn stieß. »Ups, tut mir leid.« Sie wich zurück und hob entschuldigend die Augenbrauen. »Wirklich?« Mattia grinste auf sie hinunter. Seine Hand in ihrem Rücken gab nicht nach, sodass sie weiter an ihn gepresst wurde. Bevor sie verstand, was geschah, küsste er sie. Lange. Vera schloss die Augen und hörte auf zu denken. »Bravo!«, rief ein Fahrgast neben ihr, dann brandete plötzlich Beifall auf. Es wurde gelacht, und eine Frau sagte: »Recht so, Junge!«

Auch Mattia und Vera mussten lachen, lösten sich voneinander und sahen sich verlegen an, während erneut Beifall geklatscht wurde. »Ah, *l'Amore!*«, seufzte ein älterer Herr im Anzug. Vera lehnte ihre Stirn an Mattias Brust und lachte ein bisschen.

Als sie an der Piazza Castello Hand in Hand ausstiegen, winkten ihnen die anderen Fahrgäste durch die Scheiben. Mattia hob grüßend die Hand, dann wandte er sich Vera zu. »Geplant war das nicht«, sagte er. »Aber schön.«

»Den Augenblick sehr geschickt ausgenutzt.«

»Ich bin eben der spontane Typ«, sagte er und lachte, als Vera ihm den Ellenbogen in die Seite stieß. Dann legte er wieder die Arme um sie. »Was machst du eigentlich am Wochenende? Ein paar Freunde von mir fahren heute Abend raus aufs Land. Komm doch einfach mit.«

»Würde ich sehr gerne. Aber mein Cousin hat mich zu einem Konzert eingeladen, und ich habe schon zugesagt.«

»Dann sagst du eben wieder ab.«

»Das kann ich nicht machen. Wirklich schade.«

»Dann ein anderes Mal.« Er zuckte mit den Schultern. »Vielleicht findest du ja noch was Interessantes über Toso heraus.«

»Ich versuche es.«

»Wie wäre es mit einer Entschädigung für die Absage?« Mattia grinste.

»Kommt ganz darauf an, was du verlangst.«

»Zum Beispiel das hier.«

Sie küssten sich noch einmal, und es fühlte sich genauso gut an wie beim ersten Mal. Dann klingelte Veras Telefon.

»Entschuldige.« Sie löste sich von ihm und zog ihr Telefon aus der Handtasche.

»Hallo, Tom.«

Toms Stimme klang leise und sehr weit weg. »Hallo, Vera. Ich muss dir was sagen, aber bitte reg dich nicht auf, okay?«

Veras Herz setzte aus. Sie umklammerte das Telefon und presste es so fest ans Ohr, dass es wehtat. »Was? Was ist passiert?«

»Finn hatte einen Unfall. Er ist beim Klettern abgestürzt.«

Kapitel 19

1948

Seit Teresa wusste, dass sie bald davon befreit sein würde, den ganzen Tag Giandujapralinen herzustellen, hatte sie die Freude daran wiedergefunden. Es kam ihr nun weniger wie eine Arbeit vor, sondern wie ein gelebtes Erinnern an ihre Mutter, die ihr alles beigebracht hatte. Während sie die Bewegungen ausführte, die ihr so sehr in Fleisch und Blut übergegangen waren, dass sie nicht mehr darüber nachdenken musste, kamen ihr viele, lang verdrängte Erinnerungen an ihre Mutter – und auch ihren Vater – in den Sinn. Es war, als hätte sie sich seit dem Tod ihrer Eltern nicht an all das Schöne erinnern wollen, das sie gemeinsam erlebt hatten, weil der Schmerz darüber, dass sie nicht mehr da waren, sonst übermächtig geworden wäre.

Doch jetzt konnte sie es, und die meisten dieser Erinnerungen hingen mit dem Café zusammen. Ihre Eltern hatten fast immer gearbeitet und wenig Zeit für Ausflüge gehabt, aber die Kinder waren immer Teil dieser Welt gewesen, hatten mitgeholfen, beobachtet, gelernt. Teresa wurde bewusst, dass das Molinari ihr Zuhause war und dass dies der wahre Grund war, weshalb sie nicht mit Lorenzo fortgehen konnte. Sie freute sich auf das Studium, doch das Café würde immer der Ort sein, an dem sie Zuflucht finden würde, wenn die Welt ihr zu viel wurde.

Sie packte eine Zitronentorte ein, die für eine Kundin nach Hause geliefert werden sollte, doch der neue Laufbursche, dessen Namen sie immer vergaß, war wieder einmal zu spät dran. Ihr blieb nichts anderes übrig, als selbst zu gehen, da Alessandro Klavierstunde hatte und nicht als Ersatz zur Verfügung stand. Sie hüllte sich in ein dickes Wolltuch und gab ihren Schwestern Bescheid, dass sie eine halbe Stunde weg sein würde, dann verließ sie das Haus durch die Hintertür. Sie lief die Straße hinunter und stieß an der Ecke auf ihren Laufburschen. Ottavio hieß er, jetzt fiel es ihr wieder ein. Sie schalt ihn, weil er zu spät dran war, gab ihm den Karton mit der Torte, erklärte ihm noch einmal genau, wo er sie abliefern sollte, und machte sich auf den Rückweg.

Der vertraute Duft nach Kakao und Nüssen hieß sie in der Backstube willkommen. Sie nahm das Tuch von ihren Schultern und wollte sich gerade wieder die Schürze umbinden, als sie durch die halb geöffnete Tür zum Korridor die Stimmen ihrer Schwestern hörte. Sie stritten, das erkannte Teresa sofort an ihrem Tonfall. Warum waren die beiden nicht im Café?

Sie ging leise zur Tür und lauschte.

»Hast du denn überhaupt kein Gewissen?«, fragte Lidia gerade, und Aurora antworte: »Warum musst du dich immer in meine Angelegenheiten einmischen?«

»Das ist aber nicht deine Angelegenheit, geht das nicht in deinen Kopf hinein? Wie konntest du nur!«

»Ach, spiel nicht den Moralapostel! Du hast auch alles getan, um Carlo zu dir zu locken.«

Lidias Stimme wurde tief vor Ärger. »Das, meine Liebe, ist etwas völlig anderes.«

»Was ist etwas völlig anderes?« Teresa stieß die Tür auf und trat in den Korridor. Die Gesichter ihrer Schwestern wandten sich ihr zu, aber im Dämmerlicht waren ihre Mienen nicht genau zu erkennen.

Lidia räusperte sich. »Ach nichts, sie hat nur wieder mit den Gästen geflirtet. Es wird allmählich peinlich. Die Leute reden, und das Café steht schlecht da. Die Leute werden glauben, die Schmierereien entsprächen der Wahrheit.«

»Die hat ja gar niemand zu Gesicht gekriegt«, sagte Aurora. »Ich gehe jetzt wieder an die Arbeit, wenn es recht ist.« Sie wirbelte herum und entschwand durch die Schwingtür.

»Sie sollte ans Theater gehen.« Teresa lächelte. »Sei nicht allzu streng mit ihr, sie kann nichts dafür, dass sie so hübsch ist und die Männer an ihr kleben wie Fliegen am Honig.«

Lidia rieb sich die Schläfen. »Ja, aber inzwischen geht sie zu weit.«

»Wie meinst du das?« Teresa trat näher, aber ihre Schwester machte eine wegwerfende Handbewegung.

»Lassen wir das. Ich muss wieder an die Kasse, die Leute stehen schon Schlange.«

Nachdenklich kehrte Teresa in die Backstube zurück und begann, weitere Nougatpralinen zu formen. Ihre beiden Schwestern hätten kaum unterschiedlicher sein können und hatten schon als Kinder oft gestritten. Aber was blieb ihnen noch, wenn sie sich alle in verschiedene Richtungen bewegten? Wenn sie geglaubt hatte, sich auf jemanden verlassen zu können, war es ihre Familie.

Sie musste an Lorenzo denken. Sollte sie versuchen, mit ihm zu sprechen? Doch was sollte sie ihm sagen? Dass er ihr zuliebe seine Pläne aufgeben sollte? Dass er sie nicht mehr wollte, hatte er deutlich genug gesagt.

Sie zwang sich, ihre Aufmerksamkeit auf ihre Arbeit zu richten. Die gleichmäßigen Bewegungen halfen ihr, sich zu beruhigen.

Es war bereits dunkel, als sie das letzte Blech mit Gianduiotti zur Seite stellte. An den Geräuschen aus dem Gastraum erkannte sie, dass es ungefähr halb sechs sein musste. Gläser klirrten, viele Stimmen redeten durcheinander, gelegentlich stieg ein Lachen auf. Nach der Arbeit kamen die Angestellten aus den umliegenden Büros, um auf dem Heimweg einen Aperitif zu trinken und die Zeit bis zum Abendessen mit ein paar *tramezzini* zu überbrücken.

Teresa wusch die Spatel ab, trocknete sie sorgfältig und ging dann nach vorne, um zu sehen, ob sie helfen konnte. Paola, das Mädchen, das seit einigen Tagen Marcos Stelle hatte, wirbelte hinter der Bar umher, drehte mit einer Hand das Kaffeesieb in der Maschine fest, während sie mit der anderen einen Kräuterlikör einschenkte. Flink war sie, sogar Lidia hatte nichts an ihr auszusetzen.

»Was kann ich tun?« Teresa legte keinen Wert darauf, zu zeigen, dass sie über Paola stand.

»Zwei Rotwein und einen Tramezziniteller für das Paar ganz rechts.«

Während Teresa das Gewünschte zusammenstellte, fragte sie: »Wo ist denn Aurora?«

»Musste eine dringende Besorgung machen, bevor die Läden schließen. Sie sollte schon längst zurück sein.«

Kaum hatte sie es gesagt, sah Teresa ihre Schwester hereinkommen, bleich wie ein Sack Mehl. Sie drängte sich durch die Gäste und streifte ihren Mantel ab. »Was ist denn los?«, fragte Teresa, ohne ihre Arbeit zu unterbrechen.

»Marco steht da draußen, völlig betrunken, und trompetet herum, dass wir unseren Wein verwässern und unsere *tramezzini* mit schimmeliger Wurst belegen. Er hat mich am Arm festgehalten und uns als alte Jungfern beschimpft. Er hat gedroht, er würde uns schon zeigen, wie man ihn zu behandeln hat. Ich musste mich losreißen.«

»Wie bitte? Den knöpfe ich mir gleich mal vor. Das ist ja geschäftsschädigend, wenn er vor unserem Laden herumkrakeelt.«

»Aber sei vorsichtig. Der Kerl hat mir richtig Angst gemacht«, sagte Aurora. Teresa stellte die beiden Rotweine und den Teller mit Broten auf die Theke.

»Du hast ihm doch nicht etwa Hoffnungen gemacht?«

Aurora blinzelte mehrmals. »Wem? Marco? Um Gottes willen, der ist ja noch ein Baby.«

»So viel älter bist du nicht«, entgegnete Teresa.

»Jetzt geht die Fantasie mit dir durch!« Aurora schüttelte ihre Locken. »Statt mich zu drangsalieren, kümmere dich lieber darum, dass Marco verschwindet.«

»Das werde ich«, erwiderte Teresa grimmig.

Sie drängte sich durch die Gäste. Im ersten Moment war es erfrischend, vor die Tür zu treten. Die Luft roch nach Winter.

»Da ist ja die nächste!« Marco Panero stand im Dunklen an einen Arkadenpfeiler gelehnt. »Hast Angst, dass ich euch die Kunden vertreibe, was? Geschieht euch recht, ihr Schlampen.« Er neigte den Oberkörper nach vorne, seine Arme schlenkerten.

»Du bist ja betrunken, Marco. Geh nach Hause.«

Mit einer unkoordinierten Bewegung versuchte er, sich die Haare aus der Stirn zu wischen. Sein hübscher Mund verzog sich wie bei einem Kind, das seinen Willen nicht bekam. »Einen Dreck werd ich.« Er streckte den Arm nach einem Paar aus, das gerade das Molinari betreten wollte. »Gehn Sie da nich rein, die panschen ihren Wein.«

Teresa spürte eine ungewohnte Wut aufsteigen. »Jetzt ist es aber genug!« Sie trat an Marco heran und schob ihn zur Seite. Er war nicht darauf gefasst, verlor das Gleichgewicht und hielt sich an der Ecke des Pfeilers fest. »So leicht kriegste mich hier nich weg.« Er holte aus und schlug ihr ins Gesicht. Teresa schrie auf, mehr vor Überraschung als vor Schmerz. Panero begann zu lachen.

Teresa sah sich nach Hilfe um, aber alle Passanten blickten

stumm auf den Boden oder in eine andere Richtung. »Das werden wir noch sehen!«

Von Paneros Gelächter verfolgt, kehrte sie ins Café zurück und trat zu einer Gruppe Maurer in mörtelverschmierten Hosen, die in einer Ecke standen und Wein tranken. Normalerweise gehörten Arbeiter nicht zu den Gästen des Molinari, doch diese hier renovierten ein Haus an der *piazza* und kehrten beinahe jeden Abend ein. Teresa sprach kurz mit ihnen, sie nickten, dann stellten sie ihre Gläser beiseite und gingen hinaus. Teresa ging wieder hinter die Theke, stellte vier langstielige Schnapsgläser in einer Reihe auf und füllte sie großzügig mit dem besten Grappa, den das Molinari zu bieten hatte.

»Was ist passiert?«, fragte Aurora. »Deine Wange ist ganz rot.«

»Marco bekommt gerade eine Lektion zum Thema gutes Benehmen.«

Wenige Minuten später kamen die vier Maurer wieder herein, der Älteste streifte sich die Handflächen aneinander ab und grinste Teresa zu. Die stellte die Grappagläser auf ein Tablett und brachte sie hinüber.

»Auftrag ausgeführt, *Signorina* Molinari! Der reißt sein Maul nicht mehr so schnell auf.«

»Vielen Dank, die Herren. Heute Abend trinken Sie auf Kosten des Hauses.« Teresa lachte, als die Maurer sie hochleben ließen.

Aurora riss die Augen auf. »Das hätte ich dir gar nicht zugetraut, Schwesterherz.«

»Auch mein Mitgefühl kennt Grenzen.« Teresa lächelte, wurde dann wieder ernst. »Was war heute Mittag eigentlich mit dir und Lidia los? Mir kam das nicht vor wie euer übliches Gezanke.«

»Das bildest du dir ein. Es ist alles in Ordnung.« Aurora beugte sich vor, um eine neue Flasche Wein aus dem Schrank zu nehmen, aber Teresa sah trotzdem, dass ihr Gesicht ganz rot wurde. Sie war sicher, dass zwischen ihren Schwestern etwas vorgefallen war. Sie wusste, dass sie Aurora nichts entlocken konnte, aber bei Lidia würde sie möglicherweise mehr Erfolg haben.

Am nächsten Morgen bot sich eine Gelegenheit, mit ihr zu sprechen. Aurora hielt sich im Badezimmer auf und würde sie nicht belauschen. Teresa fing Lidia ab, als diese durch den Salon ins Foyer gehen wollte.

»Hast du einen Augenblick?«

Lidia warf einen Blick auf die Pendeluhr über dem Kamin. »Muss es jetzt sein? Es ist Zeit, das Café zu öffnen.«

»Hat es zwischen dir und Aurora Streit gegeben? Ich habe das Gefühl, ihr geht euch aus dem Weg.«

»Es ist nichts Bestimmtes, ich bin einfach nicht gut auf sie zu sprechen.« Lidia blickte die Wand an, während sie weitersprach. »Erst der Ärger mit Giorgio. Und statt etwas vorsichtiger zu sein, treibt sie sich fast jeden Abend in der Stadt herum. *Mamma* hätte das nicht gutgeheißen, und ich tue es auch nicht. Aber sie lässt sich ja nichts mehr sagen, ich habe völlig die Kontrolle über sie verloren.« Lidia machte ein unglückliches Gesicht und zuckte mit den Schultern. »Ich habe das Gefühl, alles bricht in Stücke. Du wirst bald weg sein, dann bin ich mit den Sorgen um Aurora und Allessandro und das Café ganz alleine.«

»Aber das stimmt doch gar nicht. Ich werde weiter hier wohnen, und wenn ich nicht lernen muss, helfe ich unten mit. Und ich kümmere mich auch wieder mehr um Alessandro. Wenn ich nachmittags keine Vorlesung habe, geht das sogar besser als jetzt.«

Lidia seufzte. »Hoffentlich hast du recht.«

»Du bist bestimmt nervös wegen der Verlobungsfeier, und das macht dich empfindlich. Aber mach dir nicht zu viele

Sorgen deswegen, Aurora und ich helfen dir natürlich bei den Vorbereitungen.«

»Das weiß ich, und ich bin wirklich dankbar dafür.« Jetzt sah Lidia ihr in die Augen. »Ich weiß, ich bin oft ziemlich herrisch, aber das kommt nur daher, dass ich mich für alles hier verantwortlich fühle. Ich will, dass *mamma* und *papà* stolz auf uns sein können.«

»Ich bin mir sicher, das sind sie.« Teresa nahm Lidias Hand und drückte sie. »Und die Verantwortung für mich bist du bald los, wenn ich einundzwanzig werde.«

»Die Verantwortung, aber nicht die Sorge. Geht es dir denn gut? Du hast so dunkle Ringe unter den Augen in letzter Zeit.«

Die Frage genügte, um Teresas Kehle zusammenzuschnüren, und hinter ihren Wangenknochen entstand ein Druckgefühl. Als sie sich zu einem Lächeln zwang, fühlte sich ihr Gesicht so steif an, als wäre sie zu lange in der Kälte gewesen. »Sehr gut. Ich freue mich auf das Studium.« Doch der Schmerz in ihrer Brust strafte ihre Worte Lügen.

Lidia zögerte, bevor sie weitersprach. »Vor einigen Monaten habe ich dich zufällig in der Stadt gesehen. Du warst in Begleitung eines jungen Mannes. Ihr schient sehr vertraut zu sein.«

Teresa fühlte, wie alles Blut aus ihrem Kopf zu ihrem Herzen floss, doch nach einem Augenblick verdrängte sie den Schwindel.

»Nur ein Bekannter aus der Universitätsbibliothek.«

»Er bedeutet dir also nichts?«

Den Kopf zu schütteln kostete Teresa alle Kraft, aber sie tat es. »Nein. Wie ich sagte, ist er nur ein Bekannter. Ich habe ihn schon lange nicht mehr gesehen. Er spielt keine Rolle mehr in meinem Leben. Mir geht es hervorragend, wirklich. Ich schlafe nur manchmal schlecht ein.«

»Dann geh früher ins Bett. Wir können uns keine Ausfälle leisten.« Lidia bedachte sie mit einem letzten sorgenvollen Blick und sagte dann: »Ich bin schon mal unten.«

»Bis gleich. Ich wecke Alessandro und komme nach.«

Sie ging zum Zimmer ihres kleinen Bruders und klopfte. Nichts rührte sich, und sie musste lächeln. So ein Langschläfer!

Leise öffnete sie die Tür. Alessandro lag, die Decke bis zu den Ohren gezogen, auf der Seite, das Gesicht hatte er von der Tür abgewandt. Teresa schlich zum Bett und ließ sich auf dessen Rand nieder. Er schlief so tief, beinahe tat es ihr leid, ihn zu wecken. »Alessandro, Zeit zum Aufstehen.« Als er sich nicht rührte, wiederholte sie es etwas lauter. Alessandro regte sich, brummte verschlafen und wälzte sich herum. Sein Gesicht sah entsetzlich aus. Das rechte Auge war ganz zugeschwollen, ein Bluterguss in Dunkelblau und Violett zog sich bis zur Wange hinunter.

»O Dio, was ist denn mit dir passiert?« Teresa rüttelte an Alessandros Schulter, bis er das heile Auge öffnete. Unwillkürlich fuhren seine Finger über die Verletzung, doch er zuckte bei der leisen Berührung zusammen und ächzte vor Schmerz.

»Wann ist das passiert?«

»Gestern«, murmelte er, und Teresa erinnerte sich, dass er am Vortag nicht wie üblich nach der Schule im Café vorbeigekommen und auch nicht zum Abendessen erschienen war. Aurora hatte gesagt, er sei in seinem Zimmer und habe Kopfweh. Jetzt wusste sie, weshalb.

Alessandro setzte sich auf und lehnte sich an das Kopfteil seines Messingbetts. »Ich kann auf dem einen Auge gar nichts sehen.«

»Nachher lassen wir Dr. Monardi danach sehen. Aber zuerst will ich wissen, wie das passiert ist.«

»Gegen einen Laternenpfahl gerannt?«

Teresa verschränkte die Arme und sagte nichts.

»Ein paar Ältere, die sind zwei Klassen über mir«, sagte Alessandro widerstrebend.

»Und warum haben die dich verprügelt?«

Er zuckte die Schultern und betrachtete seine Hände. »Die mögen mich eben nicht. Ich bin kein richtiger Junge, sagen die. Weil ich mich nicht raufen mag und nicht Fußball spielen kann. Die nennen mich Bücherwurm. Flasche, Tollpatsch und so was.«

»Wie bitte? Das ist ja nicht zu fassen!« Teresa merkte, wie harsch ihr Ton war, und wurde etwas sanfter. »Erzähl mir noch einmal, was genau passiert ist. Und dann finden wir gemeinsam eine Lösung.«

Alessandro schüttelte den Kopf. »Die lassen mich nicht in Ruhe, es sei denn …«, er stockte kurz und senkte den Blick, »es sei denn, ich gebe ihnen Geld.«

Teresa holte tief Luft. »Das ist doch nicht möglich! Solche Lumpen!« Sie nahm die Hand ihres Bruders, die viel größer war als ihre. Doch seine dünnen Finger waren kraftlos, seine Handfläche feucht wie früher, als er noch klein gewesen war. »Wir sorgen dafür, dass diese Strolche dich nie wieder anrühren, das verspreche ich dir.« Sie stutzte, als ihr eine Frage in den Sinn kam. »Bedrohen die dich schon länger?«

Alessandro wich ihrem Blick aus und nickte zögerlich. »Ich muss ihnen jeden Freitag etwas geben, sonst lauern sie mir auf dem Heimweg auf.« Er wandte das Gesicht ab und kaute an seiner Unterlippe, dann brach es aus ihm heraus: »Ich war's, ich habe das Geld aus der Kasse genommen. Es tut mir leid, ich wollte nicht stehlen, und ich wollte auch nicht, dass Marco entlassen wird, aber ich wusste nicht, was ich sonst machen sollte!« Er warf sich an Teresas Hals, sein Körper bebte. Sie legte die Arme um ihn – wie schmal er war – und wiegte ihn vor und zurück. »Sch, sch«, machte sie, wie sie es früher getan hatte.

Nach einigen Minuten befreite sie sich aus seiner Umklammerung. »Jetzt ist es aber genug. Du hast da ein ganz schönes Durcheinander angerichtet.«

Er schniefte und wischte sich mit einem Zipfel des Betttuchs über die Wangen. »Au.«

»Diese Sache wird aufhören, und zwar sofort. Ich gehe nachher mit dir in die Schule und spreche mit dem Direktor.«

Alessandro fuhr hoch. »Bloß nicht!«

Teresa war verblüfft. »Warum nicht? Ich lasse doch nicht zu, dass irgendwelche Strolche meinen kleinen Bruder verprügeln!«

Alessandro packte ihren Arm. »Wenn ich die verpetze, wird alles nur noch schlimmer! Bitte sag in der Schule nichts!«

»Ich verstehe. Aber wir können diese Bande nicht einfach davonkommen lassen.« Teresa dachte nach. Dann kam ihre eine Idee, und sie musste grinsen. »Erstens wird dich in Zukunft immer jemand von uns dreien von der Schule abholen. Und einen Denkzettel bekommen diese Kerle gratis dazu. Freitag ist also deine nächste Zahlung fällig?«

Alessandro nickte. »Nach der Schule warten sie hinter der Turnhalle auf mich.« Teresa klatschte in die Hände. »Dann werden sich Medizin und Backkunst auf das Schönste vereinen! Mehr verrate ich noch nicht.«

»Danke, dass du mir hilfst.«

»Aber natürlich!« Sie strich ihm über den Kopf. »Ich wünschte, du hättest dich uns früher anvertraut.« Wieder schüttelte sie fassungslos den Kopf. »Dass wir nicht gemerkt haben, was da passiert, ist unverzeihlich. Wir haben uns nicht genug um dich gekümmert, weil wir nur mit uns selbst und dem Café beschäftigt waren. Aber das wird sich ändern, das verspreche ich dir. So, und jetzt rufe ich Dr. Monardi. Du hast doch bestimmt noch mehr Verletzungen.«

»Nur ein paar blaue Flecken, und meine Knie sind aufgeschürft. Bin beim Weglaufen hingefallen. Werde ich jetzt bestraft, weil ich das Geld geklaut habe?«

»Ich weiß nicht, darüber muss ich erst mit den anderen sprechen. Ganz bestimmt wirst du es zurückzahlen müssen oder abarbeiten. Wir werden sehen. Mach dir nicht zu viele Sorgen, es wird alles wieder gut.« Sie strich Alessandro über das vom Schlaf verstrubbelte Haar, dann ging sie über die Hintertreppe nach unten und wählte die Nummer des Arztes. Als sie auflegte und sich umdrehte, stand jemand genau vor ihr. Sie konnte einen kleinen Schrei nicht unterdrücken, dann erkannte sie Gigi. »Wie kannst du mich nur so erschrecken?« Sie presste die Handfläche auf ihr pochendes Herz, dann nahm sie Gigi am Arm und zog ihn in die Backstube. »Was tust du denn hier? Wenn Lidia dich sieht!«

Gigi knetete seine Mütze. »Warum ist *Signorina* Lidia so böse auf mich?«

»Weil sie denkt, dass du Aurora wehgetan hast. Aber ich weiß, dass du es nicht absichtlich gemacht hast.«

Gigi schüttelte heftig den Kopf. »Nicht absichtlich. Da war ein böser Mann.«

Teresa nahm Gigis Hand. »Was hat der böse Mann gemacht?«

»Der hat *Signorina* Aurora am Arm festgehalten, und dann hat sie ihn angeschrien, dass er weggehen soll, aber er ist nicht weggegangen. Da hab ich sie beschützt und den bösen Mann verjagt.«

»Wie sah der Mann aus? War es Marco, unser Kellner?«

Gigi blickte sie unsicher an und trat von einem Fuß auf den anderen. »Ich weiß nicht«, sagte er unsicher. »Einen Hut hatte er und einen Mantel.«

Das traf um diese Jahreszeit auf beinahe alle Männer in Turin zu. »Was ist mit seinem Gesicht? Du weißt doch, wie Marco aussieht.«

»Ich weiß nicht«, wiederholte Gigi mit kläglicher Stimme. »Nicht böse sein, bitte.«

»Ich bin nicht böse auf dich.«

Gigis Gesicht hellte sich wieder auf. »Darf ich wieder bei euch arbeiten?«

»Ich versuche, Lidia zu überzeugen, versprochen.«

Gigis Mundwinkel zogen sich nach unten. »Keiner glaubt mir«, sagte er bitter. »Weil in meinem Kopf was nicht stimmt.« Er begann, sich mit dem Handballen gegen die Schläfe zu hämmern. »Blöder, blöder Kopf!«

»Beruhige dich.« Teresa hielt sein Handgelenk fest. Gigis Kinn zitterte.

»Was ist denn hier los?« Dr. Monardi war über den Hof hereingekommen. »Junger Mann, geht es Ihnen nicht gut?« Der Arzt trat näher, und Teresa ließ Gigi los, um ihm Platz zu machen. Auf einmal stieß Gigi Dr. Monardi zur Seite und stürmte durch die Hintertür auf den Hof hinaus. Teresa sprang zur Tür und rief ihm nach, aber er lief einfach weiter und verschwand durch das Hoftor.

Seufzend drehte Teresa sich um. Dr. Monardi machte ein verwirrtes Gesicht. »Ich dachte, es ginge um Ihren Bruder?«

»Das tut es auch. Er ist oben.« Teresa fuhr sich über die Augen. Was für ein Tag! Und es war noch nicht einmal neun Uhr.

Sie begleitete den Arzt nach oben. Aurora war anscheinend inzwischen nach unten gegangen, ihre Schuhe standen nicht mehr an der Garderobe. Teresa war es ganz recht, dass sie ihre Schwester nicht mehr in der Wohnung antraf. Gigi so betrübt zu sehen hatte ihren Zorn auf Aurora erneut entfacht.

231

Dr. Monardi untersuchte Alessandro und verordnete feuchtwarme Kompressen und eine erhöhte Lage beim Schlafen. »Das Auge hat glücklicherweise nicht gelitten«, sagte er. »Du wirst eine Zeit lang durch den Bluterguss verunstaltet sein, aber in zwei Wochen siehst du wieder aus wie neu.«

Teresa bedankte sich bei ihm. »Ich hoffe, wir müssen Sie in nächster Zeit nicht mehr bemühen.«

»Möge Ihnen dieser Wunsch erfüllt werden«, sagte er, während er seine Tasche schloss, »aber falls Sie mich brauchen, bin ich jederzeit für Sie und Ihre Geschwister da.« Von Alessandro verabschiedete er sich mit der Ermahnung, sich nicht erneut in Schwierigkeiten zu bringen, und verließ das Zimmer. »Ich finde alleine hinaus.«

Teresa ging in die Küche und bereitete die Kompresse für Alessandros Auge vor. Wie der Arzt geraten hatte, streute sie noch Kamillenblüten in das warme Wasser und ließ sie ziehen. Während sie wartete, bestrich sie ein Brot großzügig mit Butter und schnitt mehrere dicke Scheiben von einer Salami. Als der Verletzte versorgt war, war es bereits halb elf. Höchste Zeit, die Tramezzini für die Mittagsgäste vorzubereiten. Sie wunderte sich, dass ihre Schwestern noch nicht nach ihr gesucht hatten, doch wahrscheinlich gab es so viel zu tun, dass sie keine Gelegenheit gehabt hatten, ihre Posten zu verlassen.

Tatsächlich wurde sie im Café mit Vorwürfen begrüßt. Sie erzählte nur kurz von Alessandros Zusammenstoß mit den älteren Mitschülern und versicherte ihnen, dass es ihm gut ging. »Er ist kein Kleinkind und muss auch nicht im Bett liegen bleiben. Wenn er etwas braucht, kann er sich selbst helfen oder gibt uns Bescheid.« Dennoch hatte sie ein schlechtes Gewissen, während sie Stapel von Weißbrotschnittchen herstellte. Erst als der Mittagsansturm abgeflaut war, hatten sie und Lidia Zeit, nach oben zu gehen. Alessandro lag im Bett, las ein Buch über Geologie und schien zufrieden damit, zu Hause bleiben zu dürfen.

»Ich möchte mit dir reden«, sagte Teresa zu Lidia. Sie gingen in die Küche und setzten sich an den großen Holztisch, auf dem ihre Mutter so viele Male den Nudelteig ausgerollt hatte. Teresa begann ohne Umschweife und klärte Lidia darüber auf, was passiert war und weshalb Alessandro heimlich Geld aus der Kasse genommen hatte. »So geht es nicht weiter.«

»Was meinst du damit genau?«

»Sieh ihn dir doch an. Seit Monaten wird er drangsaliert, und keine von uns hat etwas davon bemerkt.«

»Das konnten wir ja auch nicht, weil er uns nichts davon gesagt hat.«

»Und weshalb nicht?« Teresa lehnte sich nach vorne und tippte energisch mit dem Zeigefinger auf den Tisch. »Weil er sieht, dass wir genug damit zu tun haben, uns über Wasser zu halten. Er dachte, er muss das aushalten und alleine damit zurechtkommen. Dabei wäre es unsere Aufgabe, ihn zu beschützen.«

»Uns hat auch niemand beschützt, nachdem *mamma* und *papà* tot waren. Du warst so alt wie er, Aurora ein Jahr jünger, ich gerade mal achtzehn. Und obwohl wir Mädchen sind, haben wir es durchgestanden.«

Normalerweise sprachen sie nicht über die Zeit im Waisenhaus. Fast drei Jahre hatten sie dort verbracht, bis Lidia volljährig geworden war und die Vormundschaft für die anderen hatte beantragen können. Teresa hatte ihre Eltern so sehr vermisst, dass sie sich im Waisenhaus ständig erbrochen hatte, und den anderen war es ähnlich ergangen, auch wenn es sich weniger deutlich in äußerlichen Symptomen gezeigt hatte. Die Nonnen, die das Haus leiteten, hatten ihr Möglichstes getan, doch das, was die Kinder gebraucht hätten, konnten sie ihnen nicht geben: das Gefühl, sicher und behütet zu sein. Wie eine bedeutungslose Ameise in einem riesigen Ameisenhaufen hatte Teresa sich unter all den vom Schicksal gebeutelten Kindern gefühlt. Nicht einmal einander hatten sie und ihre Geschwister sich Halt geben können, weil jeder von ihnen zu beschäftigt mit seinem eigenen Unglück gewesen war. Erst, als sie nach Hause zurückgekehrt waren, um das Erbe ihrer Eltern anzutreten, hatte Teresa sich wieder lebendig gefühlt.

»Ja, wir haben es durchgestanden«, sagte sie zu Lidia. »Aber um welchen Preis? Ich fühle mich immer noch so, als könnte bei jedem Schritt der Boden unter mir wegbrechen. Und vergiss nicht, dass Alessandro dasselbe wie wir durchgemacht hat. Und er war erst elf. Elf!«

»Du hast recht«, gab Lidia nach. »Wir sollten uns mehr um ihn kümmern. Wie können wir das organisieren?«

»Indem wir ihm einfach zuhören, wenn er etwas zu erzählen hat«, sagte sie. »Und ihn fragen, wie es ihm geht, statt vorauszusetzen, dass schon alles in Ordnung ist. Indem wir etwas mit ihm unternehmen, woran er Freude hat. Wenn nicht einmal wir füreinander da sind, wer soll es dann sein?«

Lidia rieb sich den Hals und seufzte. »Dann müssten wir Leute einstellen – und auf die kann man sich nicht verlassen.«

»Das ist doch Unsinn. Du kannst die Abrechnungen kontrollieren, und es kann immer jemand von der Familie im Café sein. Entweder du, Carlo oder Aurora. Und wenn ich Zeit habe, ich auch. Das sollte Alessandro uns wert sein.«

»Ich spreche mit Carlo darüber.« Lidia sah angespannt und müde aus.

»Du solltest auch darauf achten, dich nicht zu überarbeiten«, sagte Teresa etwas sanfter. »Genieße deine Verlobungszeit.«

»Von wegen! Ich muss die Verlobungsfeier vorbereiten, was heißt, dass ich nicht einmal mehr Zeit zum Schlafen haben werde.«

Teresa fasste über den Tisch hinweg nach ihrer Hand. »Zusammen schaffen wir es, ganz sicher. Und von dem Fest wird Turin noch jahrelang sprechen.«

»Das will ich hoffen!«

Teresa hielt ihr Versprechen an Alessandro. Sie, Aurora und Lidia wechselten sich damit ab, ihn von der Schule abzuholen. Am Freitagnachmittag war Teresa an der Reihe. Bevor sie ging, nahm sie eine Schachtel vom Regal, die sie bis zum Rand mit Gianduiotti gefüllt hatte. Sie musste sich beeilen, selbst mit der Straßenbahn brauchte man eine knappe halbe Stunde bis zum Galileo-Ferraris-Gymnasium.

Als sie vor dem Schultor ankam, war sie tatsächlich einige Minuten zu spät. Die meisten Schüler waren schon weg, nur einige Grüppchen standen noch am Eingang und am Tor, die Tornister zwischen sich aufgestapelt wie Brennholz.

Alessandro war nicht zu sehen, also war er wohl bereits am Treffpunkt. Teresa eilte über den Hof zur Turnhalle hinüber und bog um die Ecke. Da war ihr Bruder, mit dem Rücken zur Wand, vor sich vier größere Jungen, die die Hälse vorstreckten wie Hyänen kurz vor dem Zuschnappen.

»Ciao, Alessandro!«, flötete Teresa, als sie die Gruppe etwas außer Atem erreichte. »Wie ich sehe, unterhältst du dich mit deinen Freunden?« Sie übersah Alessandros erleichterten Gesichtsausdruck und lächelte freundlich in Richtung der Hyänen, die sich augenblicklich in wohlerzogene Schulbuben zurückverwandelten, einen Gruß murmelten und ihren Diener machten.

»Wie nett, dass ihr euch so gut versteht! Leider muss Alessandro mich begleiten, aber ihr könnt euer Gespräch ja am

Montag fortsetzen.« Sie winkte ihren Bruder zu sich. »Ach, sagt einmal, möchtet ihr vielleicht ein paar Gianduiotti? Ich sollte sie einer Kundin bringen, die war aber nicht zu Hause. Ich mag mich nicht länger damit abschleppen.« Sie hielt die Schachtel vor sich und nickte aufmunternd.

Der Größte der Jungen, ein dünner Kerl mit Stupsnase, streckte den Arm aus, um ihr die Schachtel abzunehmen. »*Grazie mille, Signorina.*«

»*Arrivederci, ragazzi!*« Teresa schritt zügig vom Schulgelände, Alessandro an ihrer Seite. Als sie das Schulgelände hinter sich gelassen hatten, fragte ihr Bruder: »Warum beschenkst du diese Mistkerle auch noch? Die Gianduiotti hättest du besser mir gegeben.«

Teresa brach in Lachen aus. »Weil Gianduiotti mit Rizinusöl eine Wirkung auf deine Verdauung hätten, die dir sicher nicht angenehm wäre.«

Alessandro riss die Augen auf. »Du hast nicht wirklich …«

Teresa nickte. Sie musste immer noch lachen. »Deine Peiniger werden den Nachmittag auf der Toilette verbringen. Und etwas sagt mir, dass sie sich in Zukunft von dir fernhalten werden. So, und jetzt komm, wir haben Wichtigeres zu tun.«

Sie war nicht ganz sicher gewesen, ob die Jungen Alessandro in Ruhe lassen würden, und sie war erleichtert, als er berichtete, dass sie tatsächlich keinen Versuch mehr gemacht hatten, ihn zu erpressen. Dennoch behielten die Schwestern die neue Gewohnheit bei, ihn von der Schule abzuholen.

Alessandro war dankbar für seine Rettung und schloss sich noch enger an Teresa an. Er war ohne Murren zur Stelle, wenn sie ihn als Laufburschen benötigte oder er ihr einen anderen Gefallen tun konnte. Lidia und Aurora, die nie etwas von den Rizinus-Gianduiotti erfuhren, wunderten sich. Lidia war sogar ein wenig eifersüchtig, wie Teresa ihren Bemerkungen entnahm. Alessandro war immer ihr besonderer Liebling gewesen, und Teresa vermutete, dass sie sich ihm gegenüber noch stärker verantwortlich fühlte, als es bei ihren Schwestern der Fall war. Teresa spürte einen leisen Triumph darüber, dass sie Lidia in Alessandros Zuneigung den Rang abgelaufen hatte. Ihre Schwester hatte ja jetzt Carlo.

Kapitel 20

──── 1948

Lidias und Carlos Verlobung wurde wirklich ein Fest, das keiner der Anwesenden je vergessen würde. Normalerweise wurde eine Verlobung im Kreis der Familie gefeiert, doch sie hatten keine Verwandten in der Gegend, und Lidia wollte außerdem, dass all ihre Bekannten erfuhren, dass die Zukunft des Molinari gesichert war. Die Schwestern hatten sich neue Kleider aus Satin schneidern lassen, im selben bodenlangen Schnitt, doch in unterschiedlichen Farben. Lidia trug Malve, Aurora Smaragdgrün und Teresa Nachtblau. Ihre Haare waren von einem Friseur, der eigens bestellt worden war, mit der Brennschere in fließende Wellen gelegt worden, und sie hatten den Schmuck ihrer Mutter aus dem Wandtresor im Schlafzimmer geholt und die schönsten Stücke angelegt. Es war Lidias Idee gewesen, dass ihre Schwestern sie und Carlo zum Fotografen begleiten sollten, wo das Verlobungsbild gemacht werden sollte. Nach dem Foto des Paares – Carlo ungewohnt elegant in einem geliehenen Frack, in dem er sich sichtlich unwohl fühlte – hatten die Schwestern im Studio vor einer Draperie posiert, die Arme wie die drei Grazien um die Hüften der jeweils anderen gelegt, und sich nach Anweisung des Fotografen die Hälse verdreht. Dann kehrten sie nach Hause zurück, um die letzten Vorbereitungen zu überwachen.

Lidia wirkte angespannt und kommandierte alle in barschem Ton herum, sogar ihren Verlobten. »So bekommt er gleich einen Vorgeschmack darauf, wie es in seiner Ehe zugehen wird«, flüsterte Aurora kichernd Teresa zu.

Ab halb sieben trafen nach und nach die Gäste ein: alte Freunde der Familie, Geschäftspartner, Schulfreundinnen und einige Angehörige der besseren Gesellschaft, die Stammgäste im Molinari waren, insgesamt etwa fünfunddreißig Personen. Bei einem Stehempfang mit Champagner im Salon lockerte sich die anfangs etwas steife Atmosphäre. Teresa kümmerte sich darum, dass die Gläser nicht lange leer blieben, und als man sich zum Essen setzte, waren alle gelöst und in guter Stimmung. Lidia, am Kopf der Tafel neben Carlo, war beinahe nicht wiederzuerkennen. Sie plauderte und lachte, zupfte ihren Verlobten an den Ohren – Teresa konnte nicht verstehen, was sie sagten, nahm aber an, dass er eine seiner etwas groben, aber witzigen Bemerkungen gemacht hatte – und scheuchte gleichzeitig die beiden Mädchen herum, die als Kellnerinnen engagiert worden waren.

»Sie sieht glücklich aus«, sagte *Comandante* Foletti, der mit seiner Verlobten rechts neben Teresa saß.

»Dann ist sie es wohl auch«, erwiderte Teresa lächelnd, aber noch während sie es sagte, kam ihr der Gedanke, dass Lidia ein Schauspiel aufführte, das nur für einen einzigen Zuschauer gedacht war, und der saß neben ihr. Lidia hatte schon als kleines Mädchen verkündet, sie werde Claudio Foletti heiraten, und jetzt erinnerte Teresa sich an eine Szene, in der Foletti, damals ein gut aussehender Jüngling von siebzehn oder achtzehn Jahren, ihr versprochen hatte, er werde sie eines Tages heiraten, wenn sie groß sei. Erinnerte sich auch Lidia daran?

Foletti selbst dachte sicher nicht mehr an diesen Vorfall, der mehr als fünfzehn Jahre zurücklag. Er kümmerte sich zärtlich um seine Verlobte, ein scheues, schönes Mädchen, das nur redete, wenn man sie direkt ansprach. Nur im Gespräch mit Foletti blühte sie auf, und Teresa hörte, dass sie ihm überraschend witzige und intelligente Antworten gab.

239

Teresa freute sich, dass sich hier zwei gefunden hatten, die sich gleichermaßen zugetan waren, und gleichzeitig schmerzte es sie, weil sie an Lorenzo denken musste. Wie gut sie es miteinander gehabt hätten, verbunden nicht nur durch Liebe, sondern durch das Bedürfnis zu lernen. Wenn er nur in Turin hätte bleiben können, wäre alles anders gekommen. Dann hätte sie seinen Antrag angenommen. Zum hundertsten Mal stellte sie sich vor, wie sie zu ihm ging und ihn bat, auf die Stelle in Deutschland zu verzichten. Früher oder später würde sich bestimmt auch in Turin etwas für ihn ergeben. Und wie immer führten ihre Überlegungen zu demselben Ergebnis: Eines Tages hätte Lorenzo ihr vorgeworfen, dass sie ihn daran gehindert hatte, diese Gelegenheit zu ergreifen. Wer wusste es besser als sie, wie wichtig es war, seinen Traum wahr zu machen?

Teresas Blicke wanderten zu Aurora, die auf der anderen Tischseite etwas weiter oben an der Tafel saß. Die Blicke aller Männer um sie herum hingen an ihr. Lidia hatte in ihrer Nähe nur Junggesellen platziert, um keine Streitigkeiten zwischen Ehepaaren heraufzubeschwören. Aurora wirkte wie eine Filmdiva, ein strahlendes Geschöpf, das es aus einer anderen Welt an diesen gewöhnlichen Ort verschlagen hatte. Teresa hatte nie herausgefunden, wie sie es machte, doch Aurora konnte diese Eigenschaft ein- und ausschalten wie das elektrische Licht.

Heute war sie besonders aufgekratzt und hatte schon den ganzen Abend verkündet, um Mitternacht werde es eine fantastische Überraschung geben. Teresa hatte sie nicht gefragt, welche. Sie war es müde, dass Aurora immer im Mittelpunkt stehen musste. Außerdem hatte sie selbst genug damit zu tun, für den reibungslosen Ablauf des Abends zu sorgen. Zwischen den Gängen entschuldigte sie sich bei Foletti und ihrem anderen Tischnachbarn, *Signor* Lello, Carlos Chef, um in die Küche zu eilen und nachzusehen, ob alles nach Plan vonstattenging.

Die bestellten Musiker trafen ein, und während die Gäste im Salon Kaffee tranken, wurde die Tafel abgeräumt und Tische wie Stühle an die Wand geschoben. Lidia und Carlo eröffneten den Tanz. Teresa stand mit den anderen Gästen an der Wand und klatschte im Rhythmus der Musik. Am Anfang wirkte es ein wenig, als würden die beiden miteinander ringen, bis Lidia die Führung übernahm und Carlo mit einer bärenhaften Eleganz seine Schritte den ihren anpasste. Teresa sah lächelnd zu. Nach und nach gesellten sich andere Paare zu den Verlobten. Auch Teresa wurde aufgefordert, lehnte aber freundlich ab. Ihre Füße schmerzten wegen der hohen Absätze, und sie wollte kurz in ihr Zimmer, um in bequemere Schuhe zu schlüpfen. Im Korridor stand Aurora vor dem Wandspiegel und zupfte ihren Ausschnitt zurecht. »Ein herrliches Fest, findest du nicht?« Aurora geriet etwas ins Schwanken, als sie sich umwandte, und stützte sich an der Wand ab.

»Ja, es ist genau so, wie Lidia es wollte. Ich freue mich für die beiden.«

»Oh ja, ganz wunderbar!« Aurora rülpste leicht und bekam einen Lachanfall.

»Du hast zu viel getrunken.«

»Nur ein paar Gläser Champagner.« Aurora hatte Schwierigkeiten, das letzte Wort auszusprechen. »Schammpanna«, kicherte sie, dann wurde sie auf einmal ernst. »Du bist meine Schwester«, sagte sie und sah Teresa tief in die Augen. »Ganz egal, was passiert, oder nicht?«

»Natürlich.« Äußerlich geduldig, war Teresa empört, dass Aurora sich so hatte gehen lassen, aber mit ihr einen Streit darüber zu beginnen wäre sinnlos gewesen.

»Gut«, sagte Aurora zufrieden. »Das ist sehr gut. Weißt

du, um Mitternacht gibt's eine große Überraschung.« Sie legte einen Zeigefinger auf die Lippen. »Aber nichts verraten.«

»Ich verrate schon nichts«, sagte Teresa. »Aber jetzt geh in die Küche und lass dir einen Kaffee geben, damit du uns vor den Gästen nicht blamierst.«

»Ja, ja, schon gut.« Aurora ging leicht schwankend in Richtung Küche davon. Teresa schüttelte den Kopf und setzte ihren Weg fort. Nachdem sie die Schuhe gewechselt hatte, wies sie keinen Tanzpartner mehr ab. Seit Wochen hatte sie sich nicht mehr so leicht gefühlt, und sie begann zu glauben, dass sie Lorenzo mit der Zeit doch vergessen könnte.

Kurz bevor es zwölf Uhr schlug, stand sie erhitzt vom Tanz an einem der Tische, wo es kalte Getränke gab, als jemand sie an der Schulter berührte. Sie drehte sich um und sah sich Lorenzo gegenüber, der verlegen lächelte. Sein Anblick traf sie wie ein Keulenschlag. »Was tust du denn hier?«

»Entschuldige, ich wusste nicht, dass hier ein Fest stattfindet.«

»Lidias und Carlos Verlobungsfeier. Aber was willst du denn um diese Zeit überhaupt bei uns?« Sie wunderte sich, dass sie sprechen konnte, so sehr klopfte ihr Herz in ihrer Kehle.

Er knetete seine langen Finger. »Aurora hat mich hergebeten. Aber sie hat mir nichts von dem Fest erzählt.«

Teresa zog die Brauen zusammen. »Woher kennst du denn meine Schwester?«

Lorenzo klappte einige Male den Mund auf und wieder zu, wobei er seinen Kopf leicht nach beiden Seiten wendete, als suchte er einen Fluchtweg.

»Sie hat dir nichts davon erzählt?«

»Wovon denn? Wirst du mir jetzt endlich sagen, was du hier machst?« Am liebsten hätte sie ihn an seinem Jackenaufschlag gepackt und geschüttelt.

»O Gott, sie hat dir gar nichts erzählt?« Er verbarg seine Augen mit der Hand. Nahm sie wieder herunter. »Ich weiß nicht, wie ich dir das erklären soll. Sie hat mir gesagt, du wüsstest es, und es würde dir nichts ausmachen. Du wolltest nichts mehr von Männern wissen und dich stattdessen auf dein Studium konzentrieren.«

»Wovon soll ich wissen?« Die Worte würgten sie und kamen als schwaches Quieken heraus.

Wieder sah Lorenzo sich um. »Vielleicht ist hier nicht der richtige Ort.«

Teresa fühlte sich, als zöge sich der Saal zu einem farbigen Wirbel zusammen, an dessen Rändern Dunkelheit lag, doch sie zwang sich, in festem Ton zu sagen: »Doch, jetzt und hier. Ich will eine Antwort darauf, was du mit meiner Schwester zu schaffen hast und warum du hier bist.«

»Heute um Mitternacht …«, er stockte und wich Teresas Blick aus, »… wollten wir unsere Verlobung verkünden.« Er fuhr sich durchs Haar. »Ich wollte das nicht, es ist aber trotzdem passiert … Aurora bekommt ein Kind von mir.«

Die Musik verstummte, ebenso die Stimmen der Gäste. Die Paare, die sich im Tanz gedreht hatten, erstarrten. Teresas Knie gaben nach, und sie musste sich gegen die Wand lehnen. Sie schloss die Augen. Langsam drangen wieder die Geräusche des Festes zu ihr durch, sie wurden stärker, brandeten über sie hinweg und rissen sie mit.

»Bitte werde jetzt nicht ohnmächtig.« Ein Arm legte sich um ihre Taille. Sie öffnete die Augen, und der Schwindel verging. »Lass mich los.« Sie stieß ihn weg.

»Bitte, lass uns in Ruhe reden. Die Leute schauen schon.«

»Sollen sie doch. Ich muss hier weg.« Sie tastete sich an der Wand entlang wie eine Blinde, stieß sich an einem Tisch, ein Glas fiel und zersplitterte auf dem Parkett.

Lorenzo folgte dicht hinter ihr. An der Tür zum Korridor

243

legte er ihr eine Hand auf die Schulter. »Sprich doch mit mir, Teresa. Ich habe jede Beleidigung verdient, weil ich so ein Idiot gewesen bin. Aber ich liebe nur dich.«

Teresa drehte sich zu ihm um. Der Türrahmen in ihrem Rücken hielt sie aufrecht.

»Wie konntet ihr das nur tun?« Ihre Stimme hatte jeden Klang verloren.

»Ich war so verletzt, weil du mich nicht wolltest.« Lorenzo hob hilflos die Arme. »Ich habe dich richtig gehasst und gleichzeitig geliebt, und auf dem Fest im Sommer, nachdem wir uns gesehen hatten, bin ich deiner Schwester begegnet. Genauer gesagt hatte ich sie schon einmal vorher getroffen, als ich deinen Hut zurückgebracht habe.«

»Meinen Hut? Den habe ich seit dem unseligen Nachmittag im Park nicht wiedergesehen. Aber sprich weiter. Ich will alles hören.« Sie verschränkte die Arme. Sie war so wütend und traurig zugleich, dass es sie beinahe zerriss. Betrogen von zwei der liebsten Menschen, die sie hatte. Denn als Lorenzo so verwirrt und schuldbewusst vor ihr stand, wurde ihr bewusst, dass sie ihn nicht vergessen würde. Doch was sie am meisten traf, war Auroras Selbstsucht. Dass sie so weit reichen würde, hatte Teresa nicht erwartet. Sie setzte sich auf einen freien Stuhl und starrte auf ihre Knie unter dem Satin, ohne das Geringste zu empfinden. Innerlich taub verharrte sie einen Moment, bis all die widersprüchlichen Regungen wieder aufstiegen wie ein Fliegenschwarm.

»Und sie bekommt wirklich ein Kind von dir?«, flüsterte sie so leise, dass es beinahe in der Musik unterging. Doch Lorenzo hatte sie gehört.

»Ich habe keinen Grund, daran zu zweifeln. Inzwischen denke ich, dass sie es von Anfang an vorhatte.«

Teresa hob den Kopf. Jede Bewegung kostete sie ungeheuer viel Kraft. »Dadurch bist du an sie gebunden. Für immer. Und mit uns wird es niemals wieder so werden wie früher.«

»Aber du wolltest mich doch gar nicht.«

Teresa lächelte matt. »Natürlich wollte ich. Aber ich wollte nicht von hier weg. Ich hatte Angst, aber ich wollte dich auch nicht davon abhalten, das zu tun, was dir wichtig ist.«

Lorenzo beugte sich zu ihr und nahm zart ihr Gesicht zwischen seine Hände. »Wir hätten doch darüber sprechen können, um eine Lösung zu finden. Warum bist du nur einfach davongerannt?«

Teresa wollte lachen, doch ihrem Mund entschlüpfte ein klägliches, wimmerndes Geräusch.

»Wir werden jetzt mit Aurora sprechen.« Lorenzo nahm ihre Hand, stand auf und zog sie mit sich. »Ich sage ihr, dass ich sie nicht heiraten kann. Wegen des Kindes werden wir eine Möglichkeit finden. Sie kann es heimlich zur Welt bringen, und wir nehmen es zu uns oder etwas in der Art.«

»Ich fasse es nicht! Glaubst du tatsächlich, ich will dich immer noch, nachdem du mich mit meiner eigenen Schwester betrogen hast?«

Lorenzo verschränkte die Arme. »Es war falsch, aber ich darf dich daran erinnern, dass du meinen Antrag abgelehnt hattest. Ohne jegliche Erklärung.«

Teresa musste zugeben, dass das der Wahrheit entsprach.

»Was auch immer dabei herauskommt«, sagte Lorenzo. »Lass uns die Sache mit allen Beteiligten klären.«

Teresa nickte. »Aber es geht hier nicht um dich. Ich will meine Schwester von Angesicht zu Angesicht fragen, was sie sich dabei gedacht hat. Und dann entscheide ich, ob ich ihr die Augen auskratze. Nicht, weil sie mit dir ein Verhältnis hat, sondern weil sie alles zerstört hat, was uns verbindet.« Sie senkte den Kopf und atmete tief, um sich wieder unter Kontrolle zu bringen. »Ich bin noch nie so enttäuscht worden wie von euch beiden.«

Gemeinsam machten sie sich auf die Suche nach Aurora, konnten sie jedoch nirgends finden. Sie sahen in allen Räumen und sogar in ihrem Schlafzimmer nach, doch auch dort war sie nicht. »Ich frage Lidia, die weiß bestimmt, wo sie steckt.«

»Ich warte hier im Korridor auf dich«, sagte Lorenzo. Teresa wunderte sich, dass er sie nicht begleitete, doch wahrscheinlich war es besser so. Sonst würde Lidia wissen wollen, wer er war, was er hier tat, und jede Menge Fragen stellen, die Teresa im Augenblick nicht in der Lage war zu beantworten.

Sie kehrte in den Festsaal zurück und drehte eine Runde, konnte Lidia jedoch nirgendwo entdecken. Sie fand sie schließlich in der Küche, wo sie, eine Schürze über dem Abendkleid, dabei war, die schmutzigen Teller zu spülen.

»Was machst du denn hier?«, fragte Teresa.

»Irgendwer muss die Arbeit ja machen«, erwiderte Lidia. Die Köchin und ihre Helferinnen wollten nicht länger bleiben, wenn sie nach Mitternacht keinen doppelten Lohn bekämen. Als hätte ich einen Goldesel auf dem Hof stehen!«

»Hast du Aurora gesehen? Ich muss dringend mit ihr sprechen.«

Lidia räusperte sich. »Vor einer Stunde war sie noch hier und hat Kaffee getrunken. Aber dann habe ich Alessandro zu Bett gebracht, weil er sich nicht wohlfühlte. Ich glaube, er hat sich erkältet.«

»Der Ärmste.« Teresa stand einen Augenblick unentschlossen herum, dann sagte sie: »Aurora raucht wahrscheinlich unten eine ihrer scheußlichen Zigaretten. Ich suche sie später.«

»Was wolltest du denn von ihr?« Lidia schrubbte mit heftigen Bewegungen einen Topf aus.

»Nichts Besonderes. Ich gehe und kümmere mich um die Gäste.« Teresa verließ die Küche, bevor Lidia genauer nachfragen konnte. Sie wollte verhindern, dass Lidia sich einmischte, bevor sie mit Aurora gesprochen hatte.

Doch die blieb unauffindbar. Teresa und Lorenzo sahen im Café nach, im Hinterhof und unter den Arkaden, die die Piazza Castello säumten. Doch der Platz lag verlassen da, die Gaslaternen erzeugten tiefe Schatten unter dem Bogengang. Teresa lehnte sich müde gegen einen Pfeiler. Allmählich begann Besorgnis ihren Zorn zu verdrängen. Es musste beinahe ein Uhr sein. »Ich verstehe das nicht. Selbst wenn sie irgendwo hingegangen ist, müsste sie längst zurück sein.«

Auch Lorenzo wusste nicht, was sie tun sollten. Teresa entschied sich, mit Foletti zu sprechen. Sie gingen wieder nach oben, wo sich die meisten Gäste in unterschiedlichen Stadien des Aufbruchs befanden. Einige trugen schon ihre Mäntel, während andere noch ein letztes Glas tranken oder einfach zusammenstanden und sich unterhielten. Lidia hatte sich wieder unter die Gäste gemischt und stand gemeinsam mit Carlo an der Eingangstür und war in ein Gespräch mit einem älteren Ehepaar vertieft. Teresa machte Foletti aus, nahm ihn unauffällig beiseite und erzählte ihm, dass Aurora nirgendwo zu finden war. Er beruhigte sie zunächst, dann fragte er: »Hast du schon nachgesehen, ob ihr Mantel da ist?« Sie sah im Garderobenschrank nach: Auroras taubenblauer Wintermantel war fort, aber unten im Schrank standen die gefütterten Schnürstiefel, die noch von *mamma* stammten und die Aurora in der kalten Jahreszeit normalerweise trug.

»Wahrscheinlich ist sie hinausgegangen, ohne die Schuhe zu wechseln«, sagte Foletti.

»Aber wohin soll sie denn gegangen sein? Und warum hat sie niemandem Bescheid gesagt?«

Foletti hob eine Augenbraue. »Ich erlaube mir die Bemerkung, dass das für Ihre Schwester nicht unbedingt ein ungewöhnliches Verhalten wäre.«

Er hatte recht. Teresa wurde ärgerlich. Was fiel Aurora ein, ihnen solche Sorgen zu bereiten? »Ich spreche jetzt mit Lidia«, sagte sie. Sie ging hinüber und musste einige Minuten warten, da sich soeben eine kleine Gruppe von Carlos Verwandten verabschiedete. Dann erzählte sie Lidia, dass Aurora seit über einer Stunde nicht zu finden war und ihr Mantel fehlte.

»Wenn sie nachts draußen herumrennen will, ist das ihre Sache«, entgegnete Lidia barsch.

»Aber sollten wir nicht etwas unternehmen?«

»Was denn? Soll der *Comandante* die gesamte Polizei ausschwärmen lassen, um sie zu suchen?«

»Immerhin bist du ihr gesetzlicher Vormund.«

Lidia lachte auf, seltsam schrill. »Als ob sie sich je dafür interessiert hätte! Ich bin ihre Eskapaden leid.«

»Also unternehmen wir nichts?« Durch die halb geöffnete Wohnungstür zog kalter Wind herein, und Teresa rieb sich die nackten Oberarme.

»Ich mache mich doch nicht lächerlich. Sie wird irgendwann im Lauf der Nacht nach Hause kommen.«

Teresa war nicht wohl dabei, aber sie wusste nicht, was sie sonst hätte unternehmen sollen. Also kehrte sie zu Lorenzo zurück, der am anderen Ende des Raumes wartete. »Am besten, du gehst jetzt.«

»Und wie geht es mit uns weiter?«

»Ich weiß es nicht. Ich bin zu müde, um darüber nachzudenken.«

»Darf ich morgen wiederkommen?« Er sah sie so betreten an, als erwarte er ein Nein.

»Von mir aus. Ja, komm vorbei.« Sie wich ihm aus, als er Anstalten machte, sie zu umarmen. »Gute Nacht, Lorenzo.«

Nachdem er gegangen war, wollte sie noch einmal mit Lidia über Aurora sprechen, aber die sagte, sie sei müde und wolle zu Bett gehen. »Ganz sicher werde ich nicht hier herumsitzen und auf sie warten.«

Auch Teresa ging schlafen, es schien das Vernünftigste zu sein, was sie tun konnte. Doch sie lag noch lange wach und lauschte vergeblich auf Auroras Heimkehr.

Kapitel 21

—— 2015

»Abgestürzt?« Einen Wimpernschlag lang hatte Vera das Gefühl, der Boden unter ihren Füßen geriete ins Schwanken, bis Tom weitersprach: »Es ist ihm nichts weiter passiert, nur sein Bein ist gebrochen.«

»Sag mir bitte, dass das ein Scherz ist. Ihr wollt mich verkohlen, oder?«

Tom, Hunderte von Kilometern entfernt, hüstelte. »Leider nicht. Er ist abgerutscht. Es war gar nicht hoch, aber er ist so unglücklich auf seinem Bein gelandet, dass es an zwei Stellen gebrochen ist. Mach dir bitte keine Sorgen, es muss nicht operiert werden.«

»Oh, na dann ist ja alles wunderbar!« Vera lief erregt auf der Piazza hin und her. »Natürlich mache ich mir Sorgen!«

»Finn geht's den Umständen entsprechend gut, ehrlich. Wir waren mit ein paar Freeclimbern unterwegs, und er wollte es unbedingt auch mal versuchen. Es waren höchstens zwei Meter, ehrlich.«

Veras Kehle war so eng, dass sie sich räuspern musste, bevor sie sprechen konnte. »Du hast gesagt, es sei völlig sicher! Wie konntest du das nur zulassen?« Unerwartet schossen ihr Tränen in die Augen. »Bist du im Krankenhaus? Ich will mit ihm sprechen.«

»Okay.« Gleich darauf hörte sie Finns Stimme. »Hallo, Mama.«

»Hallo, Äffchen. Was macht ihr denn für Sachen, Mensch! Wie geht's dir?«

»Ganz okay. Tut ein bisschen weh. Aber ich hab einen total coolen Gips, der ist neongrün!«

»Toll, da wollen bestimmt alle deine Freunde unterschreiben. Hast du dir sonst noch was getan?«

»Nö, nur ein paar blaue Flecken, und mein Arm hat sich am Fels aufgeschürft. Sieht total zombiemäßig aus«, sagte Finn nicht ohne Stolz.

Vera atmete tief ein. »Dann mach mal ein Foto und schick es mir.«

»Weinst du etwa?«

»Ich doch nicht. Du, ich nehme das nächste Flugzeug und komme zu euch.«

»Aber du hasst Fliegen doch. Und Papa und ich kriegen das schon hin. Ich muss sowieso ein paar Tage im Krankenhaus bleiben, und Papa darf sogar auch hier übernachten.« Er klang so aufgeregt, als spräche er über einen Campingurlaub.

»Trotzdem, wenn es dir nicht gut geht, will ich bei dir sein.« Dass sie es nicht war, riss an ihr, es war ein geradezu körperlicher Schmerz.

»Aber mir geht's gut, echt. Moment, Papa will dich noch mal sprechen.«

»Vera? Wirklich, wir kriegen das schon hin. Du musst deswegen nicht deine Recherche abbrechen. Oder traust du mir so wenig zu?«

»Das ist es nicht«, sagte Vera, aber Tom unterbrach sie: »Doch, genau das ist es. Du denkst, ich bin nur der Spaßpapa, aber wenn es ans Eingemachte geht, kannst nur du Finn richtig betreuen. Ich bleibe hier bei ihm, er ist gut versorgt, ich spiele mit ihm Trivial Pursuit, so viel er will, und in ein paar Tagen fahren wir nach Berlin zurück. Ich hab alles im Griff.«

»Na klar, deshalb ist mein Kind auch im Krankenhaus.«

251

»Komm, das hätte dir auch passieren können.«

»Das wäre es aber nicht!« Ihre Hand umkrampfte das Telefon.

»Weil du den Jungen in Watte packst.«

»Ich bin nur vorsichtig. Im Gegensatz zu dir. Und wag es nicht, mir mit *no risk, no fun* zu kommen.«

Sie hörte Tom tief durchatmen. »Es tut mir ja auch furchtbar leid, und ich fühle mich mies deswegen – aber es ist passiert. Deswegen musst du trotzdem nicht deine Recherche abbrechen. Wir kommen gut klar hier.«

»Wirklich?« Sie machte eine verzweifelte Grimasse in Richtung Mattia, der das Gespräch mitverfolgte und sie besorgt ansah.

»Na sicher«, brummte Tom. »Kannst mir ruhig auch mal was zutrauen. Und Finn auch.«

Vera atmete tief durch. »In Ordnung. Aber du schickst mir jede Stunde eine Nachricht, wie es ihm geht.«

»Ein bisschen übertrieben, oder?«

»Dann alle zwei Stunden. Oder ich komme.«

»Alle vier Stunden. Er liegt schließlich nicht auf der Intensivstation.«

»Aber mit Fotos!«

»Selbstverständlich.«

»Will Finn mich noch mal sprechen?« Vera hörte, wie Tom die Frage weitergab.

»Er sagt, nicht nötig.«

Vera schloss die Augen und seufzte. »Also gut, dann tschüss. Vergiss die Bilder nicht.«

»Tschüss, Vera, bis dann.«

Sie steckte das Telefon ein. Sie fühlte sich ausgelaugt, und obwohl sie wusste, dass es Finn gut ging, saß ihr der Schreck in den Knochen.

»Geht es?« Mattia sah sie forschend an.

»Mittelmäßig. Mein Sohn hat sich beim Klettern das Bein gebrochen.«

»Dein Sohn hatte einen Unfall? Wie schlimm ist es denn? Und heißt das, du reist ab?«

Vera schüttelte den Kopf. »Finns Vater ist ja bei ihm.« Etwas von der Zuversicht ihrer Worte übertrug sich auf ihre Stimmung, und ihr gelang ein Lächeln.

Mattia legte ihr einen Arm um die Schultern und drückte sie an sich. »Ich war durchgängig eingegipst, als ich klein war, nur waren es immer unterschiedliche Körperteile. Mach dir keine Sorgen, Kinderknochen heilen schnell.«

»Ich werde versuchen, mich auf unsere Recherchen zu konzentrieren. Musst du in die Redaktion?«

Er nickte. »Sehen wir uns morgen Abend?«

»Das hoffe ich.« Sie lächelte ihn an, hob das Kinn und küsste ihn. Er erwiderte den Kuss überraschend hart und leidenschaftlich, und ihr kamen Dinge in den Sinn, die sie gründlich von Beinbrüchen und Recherchen ablenken würden.

Sie versuchte, nicht zu sehr zu bedauern, dass sie nicht mit Mattia aufs Land fahren konnte. Seine Freunde kennenzulernen hätte ihr gefallen, denn bisher wusste sie nichts über sein Privatleben. Er war ihr vorgekommen, als lebte er nur für seine Arbeit. Wie einer dieser Journalisten, die vierundzwanzig Stunden am Tag ihre Antennen darauf ausgerichtet hatten, neue Geschichten aufzuspüren, und die praktisch in der Redaktion lebten. Sie kannte einige Kollegen diesen Schlages. Dass es bei Mattia anscheinend nicht so war, machte sie noch neugieriger auf ihn. Aber die Verabredung mit Maurizio abzusagen wäre ihr unhöflich vorgekommen. Außerdem freute sie sich auf das Konzert.

Später am Abend nahmen sie und Maurizio ein Taxi zum Palazzo Saluzzo Paesana, einem Adelspalast aus dem achtzehnten Jahrhundert, wie Maurizio während der kurzen Fahrt erklärte. Als sie ausstiegen, standen sie genau vor dem Eingangstor, das in einen Innenhof mit doppelstöckiger Loggia führte. Etliche Leute, die Männer in dunklen Anzügen, die Frauen in Abendkleidern, standen schon unter dem Portikus. Maurizio kannte die meisten von ihnen, schüttelte Hände, verteilte Wangenküsse an die Damen und stellte Vera jedem vor.

»Woher kennst du die denn alle?«, flüsterte sie ihm zu.

»Der Abend wird von meiner Partei organisiert, der *Pro-Torino*. Es gibt uns erst seit ein paar Jahren, aber bei der nächsten Wahl schaffen wir es in den Stadtrat. Vor dir steht einer der Kandidaten.«

»Stimmt ja, du engagierst dich in der Politik.«

»Ich möchte etwas für meine Stadt tun, die Verhältnisse verbessern. In Italien ist das ein Kampf gegen Windmühlen, aber ich will es zumindest versuchen.«

»Ich bin beeindruckt«, sagte Vera. »Ist die Bürokratie tatsächlich so kafkaesk, wie immer behauptet wird?«

Maurizio lachte. »Noch viel schlimmer! Aber komm, lass uns hineingehen.« Er berührte ihren Ellbogen und dirigierte sie eine Steintreppe hinauf in den ersten Stock. Sie gingen die Loggia entlang, vorbei an weiteren Gästen, die an Stehtischen Sekt tranken, und kamen in einen hohen, kühlen Raum mit Terrazzoboden. Durch eine Tür erhaschte Vera einen Blick in den Salon, der mit Stuhlreihen bestückt war. Maurizio ließ sie kurz alleine, um etwas zu trinken zu holen. Vera nutzte die Gelegenheit, ihre Nachrichten abzurufen. Tom hatte ein Foto von Finn geschickt, auf dem ihrem Sohn das zerstrubbelte Haar ins Gesicht fiel, sodass von ihm nicht viel mehr zu sehen war als ein breites Grinsen. Er hielt eine Faust mit erhobenem Daumen in die Kamera und zeigte mit der anderen Hand auf sein neongrünes Bein. Vera lächelte. Es schien ihm wirklich nicht allzu schlecht zu gehen. Sie tippte eilig einen Gutenacht-Gruß an Finn, steckte das Telefon weg und nahm ein Glas Prosecco von Maurizio entgegen, der mit zwei Gläsern zurückgekehrt war. Bald kamen Bekannte von Maurizio dazu, und es entspann sich ein interessantes Gespräch über die Kulturszene der Stadt. Kurz darauf rief eine Glocke zum Konzertbeginn in den Salon, wo junge Absolventen des Turiner Konservatoriums Tangostücke spielten. Danach gab es ein Buffet in einem weiteren Salon, der ganz in Rot und Gold gehalten war. Aus versteckten Lautsprechern floss leise Musik, die sich mit den gedämpften Gesprächen mischte. Gegen Mitternacht leerten sich die Räume allmählich. Vera trank noch ein letztes Glas Prosecco mit Maurizio und einem Ärzteehepaar, dann brachen sie ebenfalls auf. Vera hatte sich wider Erwarten so gut unterhalten, dass sie kaum an Mattia gedacht hatte, doch während sie mit Maurizio die Treppe hinunterging, kam er ihr unweigerlich in den Sinn. Wie würde es sein, ihn am nächsten Tag wiederzusehen?

»Soll ich uns ein Taxi rufen, oder wollen wir laufen? Es ist nur eine Viertelstunde bis zur Piazza Castello«, sagte Maurizio.

»Gerne laufen. So hoch sind meine Absätze nicht.«

»Das Pflaster von Turin ist tückisch, aber ich bin ja an deiner Seite, um dich aufzufangen, falls es notwendig wird.«

Vera erwiderte nichts, weil sie Maurizio nicht ermutigen wollte, ihren Flirt noch weiter voranzutreiben. Sie liefen nebeneinander unter den Arkaden, die die Straße säumten. Die Laternen gossen ein trübes, orangefarbenes Licht über die Fassaden und die Straße, doch unter den Bogengängen herrschte Schatten. Nur ab und zu kam ihnen jemand entgegen, nicht mehr als eine verschwommene Figur in der Dunkelheit. Eine fast leere Straßenbahn rumpelte an ihnen vorbei.

Maurizio blieb stehen und griff nach Veras Arm, sodass sie auch stehen bleiben musste. »Das war ein sehr schöner Abend«, sagte er.

Durch den Stoff ihrer Stola spürte sie seine Finger über ihren Oberarm gleiten.

»Hat mir auch gefallen«, sagte sie betont munter. »Die Musik war sehr …«

Er küsste sie, legte dabei beide Hände an die Seiten ihres Kopfes, sodass es zwei, drei Herzschläge dauerte, bis sie sich befreien konnte. Seine Zunge war in ihrem Mund, sein Rasierwasser stieg ihr in die Nase. Sie stemmte die Hände gegen seine Brust und machte einen Schritt rückwärts, um Abstand zwischen sich und ihren Großcousin zu bringen.

»Ich mag dich«, sagte sie, »aber nicht auf diese Art.« Sie hätte sich denken können, dass so etwas passieren würde. Wäre sie nur gar nicht erst mit ihm ausgegangen.

Er sah betroffen aus, stammelte etwas wie: »Ich dachte … falsch interpretiert … tut mir wirklich leid.«

»Mir tut es leid, dass mein Verhalten bei dir falsch angekommen ist«, sagte sie. »Vergessen wir es einfach, in Ordnung?«

Maurizio nickte. In dem schlechten Licht konnte sie seinen Gesichtsausdruck nicht richtig erkennen. »Es tut mir leid«, sagte er nochmals. »Ich wollte mich nicht aufdrängen. Ich war mir sicher, dass du auch …«

»Ich hätte nicht mit dir flirten sollen«, erwiderte sie schuldbewusst. »Du bist wirklich nett, und es hat mir so gutgetan.«

»Wirklich schade, dass es für dich nicht mehr bedeutet hat«, sagte Maurizio. »Du bist eine interessante Frau, zielstrebig und humorvoll – ganz anders als die meisten Italienerinnen.« Er rückte wieder etwas näher, und obwohl Vera sich keineswegs von ihm bedroht fühlte, wurde es ihr unangenehm.

»Danke dir für das Kompliment.« Sie zögerte kurz und sagte dann: »Ich habe hier jemanden kennengelernt, der mir sehr gefällt, und wie es scheint, ich ihm auch.«

»Der Journalist, mit dem du ständig zusammen bist.« Eine Feststellung, keine Frage. Vera nickte. »Ich weiß noch nicht, was daraus wird.«

»Dem Herzen lässt sich nicht befehlen.« Maurizio lächelte schief. »Vergessen wir den Vorfall einfach. Verzeihst du mir den Kuss?«

»Schon passiert.« Aber ihr Herz klopfte immer noch wie rasend. Sie gingen weiter, dieses Mal mit mehr Abstand zwischen sich. Vera wusste nicht richtig, wie sie nun mit Maurizio umgehen sollte.

»Wie kommst du mit deinen Recherchen voran?«, fragte er unvermittelt. Sie war froh, dass er ein unverfängliches Thema anschlug.

»Ganz gut. Diese Geschichte mit Aurora hat mich aber zu sehr von dem weggeführt, was ich eigentlich geplant hatte – Teresas Werdegang nachzuspüren. Ich muss noch mal ausführlich mit deiner Mutter sprechen, aber sie ist immer so beschäftigt.«

»Das kannst du laut sagen.« Maurizio lachte. »Sie weigert sich einfach, Zugeständnisse an ihr Alter zu machen. Aber morgen haben wir Ruhetag, da kannst du sie vielleicht überreden, sich für eine halbe Stunde hinzusetzen.«

»Das versuche ich auf jeden Fall.«

Sie bogen um die Ecke, und am jenseitigen Ende der Piazza Castello erhob sich die Zuckergussfassade des Palazzo Madama, hinter der die dunkle Masse des Wachturms aufragte. Aus einer Bar quoll ein alter Schlager, dessen Fetzen über den Platz wehten, als sie weitergingen. Sie kamen vor dem Molinari an und zogen beide gleichzeitig ihre Hausschlüssel aus der Tasche.

»Lass mich.« Maurizio lachte, und Vera steckte ihren Schlüssel wieder ein.

Es war eigenartig, nebeneinander die Treppe hinaufzugehen und zusammen die Wohnung zu betreten. Die Eingangshalle wurde von einer einzigen Tischlampe beleuchtet und wirkte größer als bei Tag. Vera kam sich seltsam schutzlos vor, als sie sie durchquerte. Sie dachte an Finn und wünschte, er schliefe in einem der Zimmer und sie könnte zu ihm gehen, ihm das verschwitzte Haar aus der Stirn streichen, ihn richtig zudecken und auf seinen Atem lauschen.

»Noch einen Grappa vor dem Schlafengehen?« Maurizio war hinter ihr stehen geblieben, und sie wandte sich halb zu ihm um. »Lieber nicht. Ich gehe gleich ins Bett. Gute Nacht.«

»Gute Nacht.«

Sie lauschte seinen Schritten nach, als er in den Salon ging, und war erleichtert, dass er ihr die Zurückweisung anscheinend nicht übel nahm.

Sie ging in ihr Zimmer und machte sich für die Nacht fertig, als sie das leise »Plopp« einer eingehenden Nachricht hörte. War etwas mit Finn? Sie atmete erst aus, als sie sah, dass die Nachricht von Mattia kam: »*Ciao bellezza*, schade, dass du jetzt nicht mit mir am Lagerfeuer sitzt. Bis morgen, Küsse.«

Vera lächelte. Es tat gut zu wissen, dass er an sie dachte.

Am nächsten Vormittag gab es kein Frühstück im Café, weil Sonntag der wöchentliche Ruhetag war. Die Wohnung schien leer zu sein, und Vera tappte barfuß und im Pyjama in die Küche, um sich einen Kaffee zu kochen. Mit der Tasse in der Hand ging sie zu Lidias Schlafzimmer und klopfte vorsichtig. Es war zwar schon nach neun, aber vielleicht schlief ihre Tante ja noch.

Doch sie wurde schon nach wenigen Augenblicken hineingebeten. Die Fenster waren aufgeklappt, und von der Piazza

drangen Stimmen und ab und zu das Klingeln einer Straßenbahn herauf. Es roch nach frischem Kaffee. Lidia saß aufrecht
im Bett, von mehreren Kissen gestützt, vor sich einen Tablett-
tisch mit einer Tasse, einer kleinen Thermoskanne und einem
Teller voller Kuchenkrümel. Sie trug eine Lesebrille, war dabei, die Zeitung zu studieren, und sah Vera über deren Rand
hinweg an.

»Störe ich dich?«

»Komm ruhig rein.«

Vera trat ans Bett. »Geht es dir gut?«

Lidia ließ die Zeitung sinken. »Bestens. Sonntags bleibe
ich immer lange im Bett. Etwas Luxus gönne sogar ich mir.«
Sie lächelte schmal, als wäre es ihr unangenehm, beim Nichts-
tun ertappt worden zu sein.

»Ich will dich nicht bei deinem Sonntagsritual stören, aber
dürfte ich dich noch einmal ausfragen?«

Lidia seufzte, legte die Zeitung auf die Bettdecke und nahm
die Brille ab. »Deshalb bist du ja nach Turin gekommen. Aber
es fällt mir schwerer, als ich dachte, darüber zu reden. Es ist
so lange her, und mir wird bewusst, wie alt ich geworden bin
und dass ich als Einzige von uns dreien noch da bin. Das
macht mich traurig.«

»Manchmal hilft es aber auch, über Vergangenes zu sprechen und sich an die schönen Zeiten zu erinnern«, sagte Vera
mitfühlend. »Wie war denn eure Kindheit?«

»Bleib doch nicht so vor dem Bett stehen, setz dich.« Lidia
klopfte mit ihrer sehnigen, von Altersflecken übersäten Hand
auf den Bettrand. Vera folgte der Einladung. So vertraut hatte
Lidia bisher nicht mit ihr gesprochen. Vielleicht lag es daran,
dass sie sonntags mehr Muße hatte.

Lidia erzählte, wie sie und ihre Schwestern aufgewachsen
waren. »In einem gastronomischen Betrieb gibt es kein Privatleben«, begann sie. »Privates und Arbeit sind nicht von-

einander zu trennen. Das Molinari war unser Leben, von Anfang an. Aber wir haben nichts vermisst, weil es für uns normal war, dass unsere Eltern bis spätabends im Café zu tun hatten. Dadurch sind wir früh selbstständig geworden. Die Älteren haben sich um die Kleineren gekümmert, das war ja früher allgemein etwas anders. Dass Eltern mit ihren Kindern gemeinsam Zeit verbrachten, so wie Maurizio mit den Mädchen, das kam kaum vor. Im Krieg schon gar nicht.«

»Das war sicher schwer für euch.«

Lidia nickte. »Ein Vergnügen war es nicht. Wir hatten oft Hunger. Und Angst vor den Bomben. So wie alle. Ab 1943 waren wir mit unserer Mutter alleine. *Papà* war in den Lanzotälern bei den Partisanen, während *mamma* versucht hat, das Kaffeehaus weiter geöffnet zu halten, obwohl es kaum noch Kaffee gab und man schon lange kein frisches Gebäck mehr verkaufen durfte. Schließlich mussten ja Rohstoffe gespart werden.« Lidia gab ein schnaubendes Geräusch von sich. »Das hatte schon in den Dreißigerjahren angefangen, als Mussolini sich einbildete, Italien müsse unabhängig von Importgütern sein. Der Ersatzkaffee war eine ganz grässliche Brühe! Zeitweise hatten wir nicht einmal genug Kakao für die Gianduiotti. Aber irgendwie ging es weiter. Wir hatten immer etwas Süßes im Angebot.«

»Ich wette, ihr Kinder habt heimlich einiges davon abgezweigt.« Vera lächelte. Beim Erzählen war ihre Tante richtig aufgetaut.

Veras Blick streifte über die Bilder, die zusammen mit allerlei Nippes auf einem kleinen Tisch neben Lidias Bett aufgestellt waren. »Sind das deine Eltern?«

»Ihr Hochzeitsbild. Meine Mutter war siebzehn.«

Vera beugte sich vor und betrachtete das sepiagetönte Bild genauer. Ihre Urgroßmutter sah jung aus, hatte aber einen willensstarken Unterkiefer und ein energisches Funkeln in den Augen. Ihr Urgroßvater war nicht viel größer als seine Frau, mit der Brust eines Ringers und vor Brillantine glänzendem Haar. Auf einem anderen Bild erkannte Vera ihn wieder, älter und schmaler. Er trug einen Wollpullover, auf dem Kopf ein Barett. Das Bild war im Freien aufgenommen worden. Eine Gruppe von Männern posierte vor einem Lattenzaun, in der Ferne erhoben sich Berggipfel. Ihr Urgroßvater und der Mann neben ihm hatten sich gegenseitig die Arme um die Schultern gelegt. In den freien Händen hielten sie Gewehre. Der zweite Mann hatte etwas Draufgängerisches an sich und sah ungewöhnlich gut aus. Mit seiner dunklen Haartolle und dem Oberlippenbart erinnerte er sie an den jungen Clark Gable.

»Wer ist der andere Mann?«

Lidia seufzte verträumt. »*Comandante* Claudio Foletti. Mein Vater ist umgekommen, als er ihm das Leben gerettet hat. Dafür war Foletti so dankbar, dass er mich und meine Geschwister nach dem Krieg sehr unterstützt hat. Ein wundervoller Mann.« Sie lächelte und legte den Kopf zur Seite.

»Warst du verliebt in ihn?«

»Oh ja.« Lidia schloss kurz die Augen und lächelte. Vera konnte auf einmal hinter dem faltigen Gesicht die junge Frau erkennen, die Lidia vor langer Zeit gewesen war.

»Aber er war nicht die Art Mann, in die man sich verlieben sollte. Als Freund war er beständig und zuverlässig, aber seine Frau ist mit ihm nicht glücklich geworden. Er war keiner von denen, die sich Zügel anlegen lassen.«

»Lebt er noch?«

»Seit achtzehn Jahren nicht mehr. Bis dahin gingen wir jede Woche im *Del Cambio* essen. Seit er nicht mehr unter uns weilt, begleitet mich Maurizio dorthin. Wenn man alt ist, gibt man lieb gewonnene Gewohnheiten ungern auf.«

Vera nickte und betrachtete die anderen Fotografien.

»Dieses Bild hier kenne ich«, sagte Vera. »Das gleiche habe ich in *Nonna* Teresas Koffer bei uns auf dem Dachboden gefunden.«

»Es wurde am Tag meiner Verlobung aufgenommen.«

»Und das hier? Das bist du mit Onkel Carlo, oder?« Vera erkannte die Ähnlichkeit zwischen Maurizio und seinem Vater, auch wenn die Gesichtszüge des Sohnes nicht ganz so markant ausgeprägt waren.

»Gott hab ihn selig«, antwortete Lidia. »Er war nicht so schneidig wie Foletti, aber ein guter Ehemann.«

»Oh, der ist aber schön!« Vera hatte zwischen dem Nippes einen schwarzen Stein entdeckt, aus dem sich die Form eines Ammoniten als Relief heraushob. Sie nahm ihn in die Hand und strich mit dem Daumen über die geriffelte Oberfläche. Der Anblick löste etwas in ihr aus, aber sie kam nicht darauf, was es war.

»Den hat Alessandro mir geschenkt, als er dreizehn oder vierzehn war. Er war schon damals verrückt nach diesen Versteinerungen. Einmal war er mit einer Jugendgruppe in den Ferien und kam mit Dutzenden dieser Dinger nach Hause.«

Jetzt fiel es Vera wieder ein. »Genau so einen Ammoniten habe ich auch in Giorgio Tosos Zimmer gesehen.«

»Gut möglich, dass Alessandro ihm auch einen geschenkt hat. Er hatte mehrere davon.«

»Haben die beiden sich denn gut verstanden?«

Lidia zuckte die Schultern. »Ich denke schon, aber Gigi war Alessandro intellektuell natürlich weit unterlegen.« Sie gähnte hinter vorgehaltener Hand. »Weißt du, was mir gerade einfällt? Irgendwo müssen noch ein paar Kisten mit Teresas Sachen herumstehen. Im Keller, glaube ich.«

»Ich dachte, das wäre alles auf dem Dachboden.«

Lidia schüttelte den Kopf. »Da muss noch mehr sein. Es gab einen Karton mit Tagebüchern, die für dich äußerst interessant sein dürften. Warum habe ich nur nicht früher daran gedacht? Wie wäre es, wenn Maurizio dich später hinunterbringt und ihr nachseht?«

»Das wäre großartig. Danke, Lidia.«

»Ach, da gibt es doch nichts zu danken. Ich sage Maurizio, wo die Tagebücher zu finden sein sollten.«

Etwas später klopfte Maurizio an Veras Zimmertür, und sie gingen gemeinsam nach unten. Auf der Kellertreppe war es kühl. Es roch nicht muffig, wie Vera erwartet hatte, sondern nur nach Stein und Erde. Die Luft war so trocken, dass ihre Lippen rau wurden. Weiter unten musste es eine Lampe geben, deren Lichtschein jedoch kaum bis zu ihnen vordrang. Maurizio ging voran. »Pass auf, die Treppe ist steil.« Am Fuß der Treppe erstreckte sich ein langer Korridor mit einem gemauerten Gewölbe, der sich nach fünf oder sechs Metern teilte.

»Das ist ja enorm.« Ein kühler Luftzug ließ Vera frösteln.

»Diese Keller gibt es in vielen *palazzi* von Turin. Sie sind sehr alt, vielleicht älter als die Häuser, die auf ihnen erbaut wurden. Während des Krieges haben sich die Leute bei Bombenangriffen hier unten versteckt. Man sagt, die Tunnel seien miteinander verbunden, und zum Teil stimmt das wohl auch. So konnte man von einem Ende der Stadt zum anderen gelangen, ohne gesehen zu werden. Natürlich nur, wenn man wusste, welchen Weg man nehmen musste.« Maurizio wandte sich nach ihr um, und das Licht tauchte sein Gesicht in eine unruhige Mischung aus Licht und Schatten.

»Verlaufen möchte ich mich hier unten nicht.« Sie rieb sich die Oberarme und wünschte, sie hätte eine Strickjacke angezogen.

Sie liefen den Korridor entlang und bogen rechts ab, dann noch einmal rechts, auch dieser Gang nur spärlich beleuchtet,

263

und landeten vor einer Eisentür, die mit großen Nieten beschlagen und von einem Vorhängeschloss gesichert war. Maurizio nahm den dazugehörigen Schlüssel von einem Haken an der Wand. Das Schloss öffnete sich ohne Schwierigkeiten, und er zog die Tür, die von einer alten Schließvorrichtung samt Bleigewicht gesichert wurde, auf. Vera trat an die Schwelle. Die Dunkelheit stand wie eine schwarze Wand vor ihr.

»Rechts muss ein Lichtschalter sein«, sagte Maurizio.

Vera tastete danach, fand und drückte ihn, aber es blieb dunkel. »Vielleicht ist die Birne durchgebrannt.«

»So was Dummes. Sollen wir eine Taschenlampe holen?«

»Ich kann mein Telefon benutzen.« Vera zog es aus der Jeanstasche und schaltete die Taschenlampen-App ein.

Sie richtete das Licht in den Kellerraum und ließ es über den gestampften Lehmboden wandern. Aus der Dunkelheit schälten sich gestapelte Behälter und Kisten, dazwischen alte Leiterwagen, riesige Weinballons aus grünem Glas, kaputte, ineinander verhakte Kaffeehausstühle und sogar ein alter Ofen.

»Weißt du ungefähr, wo Teresas Sachen stehen?«

»Auf der anderen Seite, glaube ich. Eine alte Holzkiste, hat meine Mutter gesagt. Ich halte die Tür auf, so kommt wenigstens ein bisschen Licht herein.«

»Danke.«

Vera drang Schritt für Schritt in die Dunkelheit vor und ließ den bläulichen Lichtstrahl des Telefons schweifen. Die Gewölbedecke wurde von mehreren im Raum verteilten Pfeilern getragen. Das Mauerwerk war unregelmäßig, manche Steine fehlten, an anderen Stellen war es mit Zement ausgebessert worden. Der Boden war uneben, und sie musste darauf achten, nicht zu stolpern. Die gegenüberliegende Wand war weiter entfernt, als sie zuerst gedacht hatte. Sie stieß mit dem Fuß gegen eine Erhebung im Boden und fluchte.

»Schon was entdeckt?«

Vera wandte sich kurz um und sah Maurizios kräftige Gestalt im beleuchteten Türrahmen stehen. Für einen Moment kam er ihr bedrohlich vor, als versperrte er absichtlich den Ausgang.

»Noch nicht. Hier steht jede Menge Kram«, sagte sie.

Sie hatte die hintere Wand erreicht und leuchtete die dort gestapelten Gegenstände ab, als es hinter ihr knallte. Das Telefon glitt ihr aus der Hand und fiel auf den Boden. Glücklicherweise blieb das Licht an, sodass Vera nicht im Dunkeln danach suchen musste. Während sie es aufhob, hörte sie ein metallisches Klacken, und als sie sich wieder aufrichtete, sah sie, dass der matt leuchtende Türausschnitt verschwunden war.

»Maurizio?«, fragte sie in die Dunkelheit. Keine Antwort. War ihm die schwere Tür aus der Hand gerutscht? Ihr wurde bewusst, wie heftig ihr Herz klopfte. Es war nur natürlich, dass sie einen Schreck bekommen hatte. Nun kam ein leichter Ärger dazu. Mussten Männer jede Gelegenheit für einen dummen Streich nutzen?

Mithilfe ihres schwachen Lichts kehrte Vera zum Eingang zurück und zog am Türgriff. Nichts bewegte sich. Veras Handflächen wurden feucht. Gab es einen Schließmechanismus, der automatisch einrastete? Sie rief erneut, bekam jedoch keine Antwort.

Wieder zerrte sie an der Tür und hämmerte mit der Faust gegen das Eisen. »He, das ist nicht witzig! Mach auf!« Keine Antwort.

Vera begann, langsam im Raum umherzugehen. Sie hielt das Telefon in die Luft, doch sie bekam einfach kein Netz. Zu tief unter der Erde.

»So eine verdammte Scheiße!«, sagte sie in die Dunkelheit hinein. Dann schickte sie eine SMS an Maurizio. Sofort öffnete sich auf dem Bildschirm ein kleines Fenster mit dem Hinweis, es sei nicht möglich, die Nachricht zu senden. Natürlich, das hätte sie sich auch selbst denken können.

Vera atmete tief durch und redete sich gut zu, nicht in Panik zu geraten. Maurizio erlaubte sich einen schlechten Scherz. Er wollte ihr sicher nur Angst einjagen, weil er eifersüchtig war. Aber damit würde er keinen Erfolg haben.

Sie versuchte, ruhig zu bleiben. Im Wirrwarr der alten Sachen fand sie ein altes Holzfässchen, dem ein leichter Portweingeruch entströmte und das sie als Sitzgelegenheit benutzen konnte. Sie schleppte es in die Nähe der Tür und ließ sich nieder. Das Handylicht fiel auf die Tür, die mit Eisennieten besetzt war wie eine Schiffsluke. In ihrem Bauch rumorte die Angst, aber sie weigerte sich zu glauben, dass Maurizio sie mit Absicht eingeschlossen hatte. Warum sollte er das tun?

Einfach nur dazusitzen wurde schon nach zwei Minuten unerträglich. Vera stand auf, legte das Telefon mit der Lampe nach oben auf das Fass und rüttelte noch einmal an der Tür. »Mach endlich auf!«, rief sie. Wieder keine Antwort. Sie hatte das Gefühl, dass der Korridor hinter der Tür leer war. »Beschissene Scheiße!« Sie trat zwei Mal mit voller Kraft gegen die Tür, aber in ihren leichten Sommerschuhen hatte das überhaupt keinen Effekt.

Vera wandte der Tür den Rücken zu und griff nach ihrem Telefon. Das Licht verbrauchte eindeutig zu viel Energie, also schaltete sie die Beleuchtung aus. Die Dunkelheit legte sich so eng um sie, dass sie nicht mehr richtig atmen konnte. Sie schloss die Augen. Zuerst hörte sie ihren eigenen Atem. Dann ihr Herz. Nach einer Weile spürte sie, wie es sich zusammenzog und wieder ausdehnte und dabei auf unangenehme Weise an ihren Brustkorb schlug. Sie änderte ihre Haltung, doch sobald sie wieder still saß, kehrte das Klopfen zurück, so stark, dass es beinahe schmerzte. Um sich abzulenken, scharrte sie mit den Turnschuhen über den Boden. Vor und zurück, vor und zurück. Nach kurzer Zeit begann es vor ihren Augen zu flimmern, farbige Schlieren trieben durch ihr Blickfeld. Sie hatte gelesen, dass Menschen, die völlig von der Außenwelt abgeschottet waren, nach einiger Zeit Halluzinationen bekamen. Man sah Muster, Landschaften, sogar Menschen, die es nicht gab, weil das Gehirn nach Beschäftigung verlangte.

Vera schaltete die Beleuchtung wieder ein. Es war so still hier unten, als wäre sie taub geworden. Und es war kalt. Falls sie länger hier unten ausharren musste, blieb sie besser in Bewegung. Also lief sie hin und her und rieb sich die Arme. Wenn ihr nichts einfiel, würde sie sich hier unten noch den Tod holen. Allmählich sickerte in ihr Bewusstsein, dass es womöglich genau das war, was Maurizio beabsichtigte. Doch aus welchem Grund? Sie versuchte sich zu konzentrieren. Vor allem musste sie sich aus diesem Verlies befreien, solange sie noch Licht hatte. Vera zwang die Panik nieder und begann, sich auf die Suche nach Werkzeug zu machen, nach irgendetwas, das sie als eine Art Brechstange benutzen konnte. Sie wuchtete Kisten und Gerümpel herum, durchwühlte alle Behältnisse und kam sogar ins Schwitzen dabei. Als sie auf eine Kiste mit Rohren stieß, schrie sie vor Freude auf und nahm eines heraus. Um es an der Tür anzusetzen, musste es auf einer Seite abgeflacht werden. Vera suchte weiter und entdeckte zwischen einem Haufen alter Farbdosen tatsächlich einen alten Werkzeugkasten. Leider war kein Brecheisen darin. Aber ein Hammer. Sie nahm ihn, legte das Rohr vor sich auf den Boden und drosch auf das Ende ein. Funken blitzten auf. Doch das Rohr hatte nicht einmal eine Delle. Sie schlug wieder zu und wieder, ohne den geringsten Erfolg. Die Schläge dröhnten in ihren Ohren, aber sie hörte nicht auf, hämmerte immer weiter auf das Rohr ein, das bei jedem Schlag hochgeschleudert wurde, bis sie keine Kraft mehr hatte. Erschöpft kniete sie noch einige Momente auf dem Boden, dann stand sie auf und rieb sich die Stirn.

Sie musste irgendetwas tun, wenn sie nicht verrückt werden wollte, also suchte sie noch einmal an allen Stellen des Gewölbes nach Netzempfang, hatte jedoch wieder keinen Erfolg. Sie kontrollierte auch nochmals den Ladestand des Telefons: siebzig Prozent. Das Licht verbrauchte demnach alle fünf Minuten fünf Prozent der Energie. Es blieb ihr also nur noch Licht für eine gute Stunde. Bis dahin musste sie einen Ausweg finden. Zum ersten Mal, seit sie hier unten festsaß, wurde ihr bewusst, dass es wirklich um ihr Leben ging. Wenn sie hier nicht innerhalb von zwei bis drei Tagen hinauskam, würde sie verdursten und Finn nie wiedersehen.

Der Gedanke an ihr Kind gab ihr neue Energie. Sie begann, systematisch die Wände und die Decke abzuleuchten. Wenn sie eine Rohrleitung fand, konnte sie dagegenschlagen, und vielleicht würde jemand es hören. Als sie keine entdeckte – dieser Keller mochte tatsächlich viel älter sein als das Haus –, untersuchte sie die Wände. Sie rückte alles, was daran entlang aufgereiht war, in den Raum hinein. Dabei entwickelte sie eine Kraft, von der sie nicht einmal geahnt hatte, dass sie in ihr steckte. Sie rückte eine massive Kommode beiseite, die sie unter normalen Umständen niemals alleine hätte bewegen können. Schweiß rann ihr zwischen den Schulterblättern hinab, und das T-Shirt klebte an ihrer Haut, aber sie ließ nicht nach.

Als sie ein brusthohes Regal, das voll alter Einmachgläser war, zur Seite schob, kam dahinter ein dunkles Rechteck zum Vorschein – eine Tür! Sie war abgeschlossen, aber der Schlüssel steckte und ließ sich mit etwas Mühe drehen. Vera hatte gehofft, einen Korridor zu finden, doch hinter der Tür lag ein weiterer Raum. Er maß nicht mehr als vier auf vier Meter und war mit Gerümpel vollgestopft, das noch älter zu sein schien als das im vorderen Raum.

Als Vera über die etwas höher gelegene Schwelle stieg, fielen ihr schiefe, wie von einem Kind in den Boden geritzte Buchstaben auf. *Buio,* stand dort: *Dunkelheit.* Eine Warnung? Vera ignorierte sie und leuchtete in den Raum hinein. An der Wand lehnte eine alte Brotwanne mit Tragestangen, die man ihr auf jedem Flohmarkt aus den Händen reißen würde. Als Vera das Telefon schwenkte, fiel das Licht auf Leitern, Truhen, ein Hochrad, etwas, das aussah wie eine handbetriebene Waschtrommel, ein Spinnrad, einen zerschlissenen Seidenparavent. Und an der Wand darüber lief ein Rohr entlang!

Sie hastete zurück in den Hauptraum und holte das Metallstück, dann bahnte sie sich einen Weg durch das antike Gerümpel vergangener Generationen. Das Licht reichte nur noch für wenige Minuten. Rasch legte sie das Telefon auf eine Holztruhe, griff sich einen alten Stuhl, stieg darauf und begann, gegen das Rohr zu schlagen. Und obwohl sie wusste, dass niemand ihre Stimme hören würde, schrie sie um Hilfe, so laut sie konnte.

Nach einigen Minuten war sie außer Atem und ließ den Arm sinken. Als sie sich umwandte, um auf das Telefon zu blicken, sah sie, was sich hinter dem Paravent verbarg: eine alte Sitzbadewanne aus Zink und in der Wanne eine Gestalt. Bräunlich vertrocknete Haut, ein smaragdgrünes Abendkleid.

Vera schrie, dann fiel sie, und während sie fiel, erlosch das Licht.

Kapitel 22

—— 1948

Claudio Foletti schritt vor dem Kamin auf und ab, während Teresa noch einmal ihre Sicht des vorangegangenen Abends schilderte. Neben ihr saß Lorenzo, und auf dem anderen Sofa hatte Lidia Platz genommen. Alessandro hatte Fieber und hütete das Bett. Nachdem Teresa geendet hatte, blieb Foletti stehen, sah sie an und strich sich dabei über den Oberlippenbart. »*Signorina* Molinari, Sie haben also gestern herausgefunden, dass Ihre Schwester sich Ihrem früheren Freund an den Hals geworfen hat und von ihm ein Kind erwartet. Kurz darauf verschwindet Ihre Schwester spurlos.« Er zog die Augenbrauen hoch und schwieg.

»Verdächtigen Sie etwa mich?« Teresa drückte Lorenzos Hand. Sie hatte ihm zwar noch nicht verziehen, aber in dieser Situation brauchte sie jemanden, an dem sie sich festhalten konnte. »Aber warum hätte ich sie dann die ganze Zeit suchen sollen?«

»Ich habe nicht gesagt, Sie hätten etwas damit zu tun, zumindest nicht direkt.« Der Kommissar verneigte sich knapp in ihre Richtung. »Ich versuche nur, alle Abläufe zu rekonstruieren, um nachvollziehen zu können, wo Ihre Schwester sich jetzt aufhalten könnte.«

Ein Polizist in Uniform betrat den Salon und hielt Foletti eine Schale hin. »Das hier haben wir im Hinterhof gefunden, nicht weit von der Eingangstür entfernt.«

Foletti betrachtete den Inhalt, bis Lidia sagte: »Was ist es denn?«

»Zwei Zigarettenstummel und ein Silberring.« Foletti hielt ihr die Schale hin. »Gehört er Ihrer Schwester?«

Lidia nickte. »Und sie raucht gelegentlich.«

»Dann müssen wir davon ausgehen, dass Ihre Schwester zum Rauchen in den Hof gegangen ist und dort ihren Ring verloren hat.« Er fragte die beiden Uniformierten: »Gibt es Spuren eines Kampfes?«

Beide verneinten. Foletti rieb sich das Kinn. »Ich komme gleich hinunter, dann suchen wir die Straße hinter dem Haus nach weiteren Spuren ab.« Er zog Notizbuch und Stift aus der Jackentasche und wandte sich wieder Lidia und Teresa zu. »Hatte Aurora in letzter Zeit mit jemandem Streit?«

»Ja, mit unserem ehemaligen Laufburschen. Ich habe ihn deshalb entlassen.«

»Eigentlich war es kein Streit«, sagte Teresa und erzählte Foletti, was vorgefallen war. »Gigi wollte Aurora nur beschützen.«

»Aber er hat sie verletzt!«, betonte Lidia. »Diese Geisteskranken sind doch zu allem fähig.«

»Wenn ihr jemand etwas getan hat, dann ganz bestimmt nicht Gigi, sondern dieser andere Mann«, sagte Teresa.

Lorenzo räusperte sich. »Der andere Mann war ich.«

Alle Gesichter wandten sich ihm zu. Teresa konnte kaum fassen, was er gesagt hatte. Jetzt wurde er rot und senkte den Blick. »Ich wollte sie davon überzeugen, zu jemandem zu gehen, der sie«, er stockte und sah Teresa Hilfe suchend an, »der diesen Fehler rückgängig machen könnte. Und auf einmal stürzte sich dieser Junge auf mich.«

Teresa stand auf, weil sie es nicht mehr ertrug, weiter neben ihm zu sitzen. »Wie konntest du ihr so etwas nur vorschlagen?«

»Ich wusste nicht mehr ein noch aus. Ich liebe sie nicht.« Lorenzo sah bittend zu ihr auf. »Es war selbstsüchtig von mir,

271

und es tut mir wirklich entsetzlich leid, aber der Gedanke, sie heiraten zu müssen, eines einzigen unbedachten Augenblicks wegen …«

»Reden wir später darüber. Wichtig ist, dass Gigi die Wahrheit gesagt hat. Das beweist nämlich, dass er Aurora nicht absichtlich verletzt hat.«

»Wir hatten einen heftigen Streit, und sie ist in dem Durcheinander mit ihrem Kopf gegen die Wand gestoßen«, sagte Lorenzo bedrückt. »Sie hat gesagt, ich solle verschwinden.«

»Sie hatten also Streit mit *Signorina* Aurora, weil diese nicht auf Ihren Vorschlag eingehen wollte?«, sagte Foletti zu Lorenzo.

»Das klingt nicht vorteilhaft für mich, aber so war es.«

»Dann möchte ich Sie später noch alleine befragen. Gibt es noch jemanden, der Aurora feindlich gesonnen ist?«

»Ihr Neffe hat Drohungen gegen uns ausgestoßen und sogar unser Café beschmiert«, sagte Lidia. »Mein Verlobter kann das bestätigen, er hat die Schmierereien entfernt.«

»Ich kann Ihnen versichern, dass auch mein Neffe eingehend befragt werden wird.« Foletti steckte sein Notizbuch ein. »Jetzt würde ich gerne mit Alessandro sprechen.«

»Er fühlt sich nicht gut und hütet das Bett«, sagte Lidia. »Es würde ihn furchtbar aufregen.«

»Das möchte ich natürlich nicht verantworten.« Foletti lächelte Lidia an. »Ich gehe nach unten und sehe mich mit meinen Männern um. Machen Sie sich keine Sorgen, wir finden Ihre Schwester.« Foletti vereinbarte mit Lorenzo, dass dieser nachmittags in sein Büro auf der Polizeistation kommen würde, und verabschiedete sich.

»Ich denke, du gehst jetzt besser. Ich brauche Zeit, um nachzudenken.« Teresa sah Lorenzo nicht an.

»Ich verstehe, wenn du mich für einen rückgratlosen Feigling hältst«, sagte Lorenzo, während er aufstand. »Aber

ich hatte ihr schon alle denkbaren anderen Lösungen vor-
geschlagen. Als sie diesen letzten Ausweg auch abgelehnt hat,
habe ich zugestimmt, sie zu heiraten, damit das Kind nicht als
Bastard aufwachsen muss. Mit Liebe hat das alles aber nichts
zu tun.«

»Ich weiß«, sagte Teresa, der bei Lorenzos bittendem Blick
weicher ums Herz wurde, als ihr recht war. Sie begleitete Lorenzo zur Tür. »Es tut trotzdem weh.«

»Mir auch, glaub mir.« Er nahm ihre Hände. »Aber ich
stehe zu dem, was ich versprochen habe, um des Kindes willen.« Er schlüpfte in seinen Mantel. »Ich glaube, Aurora hatte
mich gestern hierherbestellt, weil sie unsere Verlobung verkünden wollte.«

Teresa lachte kurz auf. »Ein ganz großer Auftritt! Das
sähe ihr ähnlich!« Dann wurde sie wieder ernst. »Ich bin im
Moment zu besorgt, um wütend auf sie zu sein. Sag mir nur
eines: Hast du etwas mit ihrem Verschwinden zu tun?«

Lorenzo schüttelte feierlich den Kopf. »Ich war in einem
Lokal in meiner Nachbarschaft, bis ich zu euch kam. Das
werde ich auch eurem Polizisten erzählen, und der Wirt kann
es bestätigen.«

»Ich glaube dir.« Teresa war sicher, dass er die Wahrheit
sagte. »Würdest du mich jetzt allein lassen?«

»Darf ich denn wiederkommen? Ich möchte dir beistehen,
bis ihr Aurora gefunden habt.«

»Und dann wirst du sie heiraten, weil du zu deinem Wort
stehst?« Sie sah ihm direkt in die Augen.

»Ich werde versuchen, noch einmal mit ihr zu reden.« Er
lächelte schief. »Auch, wenn ich nicht viel Hoffnung habe.«

Nachdem er fort war, ging Teresa langsam durch die Eingangshalle, wo noch immer die Tische und darauf die leeren
Gläser und Flaschen standen. Ihr Herz fühlte sich an, als
würde es mit einer sehr scharfen Klinge in Scheiben geschnit-

ten. Alles könnte gut werden, wenn Lorenzo nicht versprochen hätte, dem Kind seinen Namen zu geben. Teresa kannte ihre Schwester und wusste, dass sie Lorenzo nicht gehen lassen würde. Sowenig sie sich sonst um die Meinung der Leute scherte, ein uneheliches Kind würde bedeuten, für immer aus der Gesellschaft ausgestoßen zu werden, und das würde Aurora niemals auf sich nehmen.

Nach all dem Aufruhr war es seltsam, mit Lidia und Alessandro allein in der Wohnung zu sein. Die Sorge um Aurora wurde jetzt zu etwas Greifbarem, das ihr wie ein Schatten überallhin folgte. Um sich abzulenken, begann sie, die Überreste des Festes zusammen zu räumen und in die Küche zu tragen. Lidia kam dazu und half ihr, die Flaschen in Kartons zu stellen. »Ich war bei Alessandro«, berichtete sie, »es geht ihm etwas besser, und ich habe ihn auf einen Spaziergang geschickt. Er zieht sich gerade an.«

»Das tut ihm sicher gut und wird ihn ein bisschen ablenken.«

Sie holten die benutzten Gläser und spülten sie ab. Sie war froh, dass sie ihre Hände beschäftigen konnte, doch die Gedanken wollten nicht ruhen. »Ich verstehe das alles nicht«, sagte Teresa. »Wie kann jemand spurlos von einem Fest verschwinden?«

»Nicht spurlos. Sie haben den Ring gefunden. Ich glaube, jemand hat sie entführt«, sagte Lidia.

»Und das sagst du so ruhig?« Teresa presste sich die Hand vor den Mund, weil ihr auf einmal die Tränen kamen. Sie musste daran denken, wie Lidia und sie ihre jüngste Schwester früher angehimmelt hatten. Sie hatten sie behandelt wie eine kostbare Puppe, ihr das Haar gekämmt, ihr hübsche Kleider angezogen, sie mit Schokolade und Kuchen gefüttert, nur um mit ihrem entzückenden Lachen belohnt zu werden. Jeden Wunsch hatten sie der kleinen Aurora erfüllt, und dadurch dazu beigetragen, dass sie zu einem Menschen geworden war, dessen Denken und Fühlen vor allem auf sie selbst ausgerichtet war.

»Ich bringe die Sachen wieder nach unten.« Lidia nahm die Kiste mit den Gläsern, und Teresa hielt ihr die Hintertür auf, die ins Café hinunterführte. Dann ging sie, um nach Alessandro zu sehen. Sie traf ihn im Korridor, er war vollständig angezogen, aber blass. Teresa nahm ihn wortlos in die Arme. Zuerst blieb er starr wie ein Stück Holz, doch dann lief eine Erschütterung durch seinen Körper, er klammerte sich an sie und begann zu weinen. Teresa rieb ihm den Rücken wie einem kleinen Kind. »Mach dir nicht so viele Sorgen, die Polizei findet Aurora sicher bald.«

Alessandro antwortete nicht, sondern löste sich von ihr und wischte sich die Augen. »Lidia hat gesagt, ich soll mich ablenken. Ich gehe ein bisschen raus.«

»Aber bleib in der Nähe.«

Er nickte und schlurfte wie ein alter Mann mit hängendem Kopf zur Tür. Teresa kehrte in die Küche zurück, wo Lidia gerade die Schürze abstreifte. »Ich gehe hinunter und öffne das Café«, sagte sie. »Hier oben werde ich noch verrückt.«

»Aber wir haben keinen frischen Kuchen«, sagte Teresa. Lidia warf die Schürze auf die Arbeitsplatte. »Das ist mir gleich, dann gibt es eben nur Kaffee.«

»Du hast recht, wenn wir untätig hier herumsitzen, nutzt das weder uns noch Aurora.«

Teresa nahm Auroras Platz hinter dem Marmortresen ein und bediente die fauchende Espressomaschine. Nach kurzer Zeit war jeder Platz an der Bar besetzt, und die Leute kannten nur ein Gesprächsthema. Teresa wusste nicht, wie sich so schnell hatte herumsprechen können, dass Aurora verschwunden war. Manche Gäste sprachen ihr Mitgefühl aus oder boten Hilfe an, doch die meisten waren nur gekommen, um Neuigkeiten aufzuschnappen, lungerten mit sensationslüsternem Blick an der Bar herum und fragten Teresa nach Einzelheiten, die sie nicht preisgeben wollte. Nachmittags erschien sogar ein Reporter des *Corriere*, der mit ihr und Lidia sprechen und ein Foto von Aurora haben wollte. Teresa war schon dabei, ihn hinauszuwerfen, als Lidia zu ihr herüberkam. »Wir sollten mit ihm sprechen, vielleicht hat jemand Aurora letzte Nacht gesehen oder etwas gehört und erinnert sich daran, wenn er über sie in der Zeitung liest.«

Sie baten den Reporter nach hinten, stellten sich seinen Fragen und schilderten ihm den Verlauf des Abends. Da die Bilder vom Vortag noch nicht fertig waren, ging Teresa nach oben in die Wohnung, um eine Fotografie Auroras herauszusuchen, die zusammen mit dem Bericht veröffentlicht werden konnte.

Sie wählte eines, das auf dem Kaminsims im Salon stand und erst vor einem halben Jahr entstanden war. Während sie es aus dem Rahmen löste, fiel ihr auf, dass sie Alessandro nicht mehr gesehen hatte, seit er das Haus verlassen hatte. War er etwa noch unterwegs? Sie ging zu seinem Zimmer, öffnete vorsichtig die Tür und sah ihn schlafend im Bett liegen. Schlafen und alles vergessen, danach war ihr auch. Doch stattdessen brachte sie das Bild nach unten und ging dann wieder an ihre Arbeit, die zwar kein Vergessen, aber zumindest Ablenkung ermöglichte.

Wie Lidia verhielt auch sie sich, als wäre alles wie immer, weil sie nicht wussten, was sie sonst hätten tun sollen. Doch innerlich war Teresa fahrig und unaufmerksam. Sie vergaß mehrere Bestellungen und verbrannte sich die Finger an der Espressomaschine, und auch an Lidia bemerkte sie ruckartige Bewegungen und abschweifende Blicke. Ihre Schwester war genauso wenig bei der Sache wie sie selbst. Sicher dachte sie ebenfalls nur an eines: Wo war Aurora, und was war mit ihr geschehen?

Um sechs Uhr schlossen sie das Café. Als gegen halb sieben *Commissario* Foletti an die Tür klopfte, fuhr Teresa ein solcher Schreck in die Glieder, dass sie ihre Tasse fallen ließ. Die wenigen Augenblicke, die Lidia brauchte, um zur Tür zu gehen und aufzuschließen, war Teresas Körper von solch einer Anspannung erfüllt, dass sie befürchtete zusammenzubrechen. Sie versuchte in Folettis Miene zu lesen, ob er Neuigkeiten brachte, doch seinem Gesicht war nichts anzusehen. Er nahm den Hut ab, zog die Handschuhe aus und legte beides auf die Theke.

»Wir haben Giorgio Toso vorläufig verhaftet«, sagte er. »In seinem Zimmer wurde diese Halskette gefunden.« Er zog ein Zellophantütchen mit schimmerndem Inhalt aus der Jackentasche und ließ es auf die Theke gleiten. »Gehört die *Signorina* Aurora?«

Lidia räusperte sich. »*Mammas* Perlenkette. Aurora hat sie gestern getragen.«

Foletti nickte. »Damit festigt sich der Verdacht gegen Toso.«

»Ich kann das nicht glauben«, sagte Teresa. »Gigi hat noch nie jemandem etwas Böses getan. Sind denn seine Fingerabdrücke an der Kette?«

Foletti wiegte den Kopf. »Nein, aber der Fundort spricht gegen ihn. Und man weiß nie, was im Kopf eines Geistesgestörten vor sich geht.«

»Er ist doch nicht geistesgestört – nur ein bisschen langsam. Ein großes Kind.« Teresa klaubte die Scherben der Tasse zusammen und warf sie weg. »Und was soll er überhaupt getan haben? Er wird sie kaum entführt haben, um Lösegeld zu erpressen.«

»Es tut mir leid, aber Sie müssen sich auf das Schlimmste einstellen.« Foletti legte kurz seine Hand auf Lidias.

»Das glaube ich nicht.« Teresa schüttelte so heftig den Kopf, dass eine Haarnadel aus ihrer Frisur fiel. »Was ist mit Ihrem windigen Neffen? Er hat uns sogar bedroht.«

»Marco hat ein Alibi. Er war den ganzen Abend in einer Bar, wir haben das nachgeprüft.«

»Was noch lange nicht bedeutet, dass Gigi etwas damit zu tun hat.«

»Hör endlich auf, ihn zu verteidigen«, sagte Lidia. »Der *Commissario* macht nur seine Arbeit.«

»Wir werden *Signor* Toso jetzt verhören. Warten wir ab, was dabei herauskommt. In jedem Fall informiere ich Sie morgen.«

Lidia begleitete Foletti zur Tür, schloss hinter ihm ab und lehnte für einen Augenblick die Stirn an die Tür. Selbst von hinten sah sie erschöpft aus, mit hängenden Schultern und dem gebeugten Nacken. Doch dann richtete sie sich auf. Als sie sich umdrehte, hatte sie wieder den entschlossenen Zug um den Mund, den Teresa so gut an ihr kannte. Ganz gleich, was sie erwartete, sie würden damit zurechtkommen.

Am nächsten Vormittag teilte Foletti ihnen mit, dass Giorgio Toso in der Nacht gestanden hatte. Der *Commissario* hatte dunkle Ringe unter den Augen, und scharfe Falten zwischen Nasenflügeln und Mundwinkeln ließen ihn älter aussehen, als er war.

Foletti kleidete es in mildere Worte, doch die Tatsachen lauteten so: Gigi hatte scheinbar nachts auf dem Hof gelauert und sich, als Aurora erschien, auf sie gestürzt. Dann hatte er sie erwürgt und die Leiche versteckt. Das alles war aus Rache geschehen, weil sie sich über ihn lustig gemacht und seine Zuneigung zurückgewiesen hatte. Allerdings sei Gigi im Verhör unfähig gewesen, ihnen zu sagen, wo er die Leiche versteckt habe. Er schien es vergessen zu haben. »Der Arzt sagt, er habe es verdrängt, weil er sonst nicht ertrüge, was er getan hat.«

»Bis ihre Leiche gefunden wird, glaube ich nicht daran, dass sie tot ist«, sagte Teresa. »Was habt ihr mit Gigi gemacht? Ihm so lange eingeimpft, was er sagen soll, bis er es selbst geglaubt hat?«

Foletti wurde rot im Gesicht, blieb aber ruhig. »Unsere Methoden sind im Allgemeinen zuverlässig, *Signorina* Teresa.«

Lidia seufzte und wischte sich über die Augen. »Mir fällt es auch schwer zu glauben, dass Aurora tot sein soll. Aber wenn er es zugegeben hat … *Dio*, es ist zu furchtbar, als dass man es fassen könnte. Erst die Eltern und jetzt auch noch sie.« Sie setzte sich auf einen Stuhl und blickte auf die Hände in ihrem Schoß. Ihre Schultern zuckten, aber sie gab keinen Laut von sich.

Einen Augenblick lang war Teresa entsetzt, als sie merkte, dass Lidia weinte. Wenn sie, die immer die Stärkste von ihnen gewesen war, sich gehen ließ, woran sollte Teresa selbst dann noch Halt finden? Doch auf einmal fühlte sie sich stark. Sie kauerte sich vor Lidia nieder und umfasste die Hände ihrer Schwester. »Wir finden sie«, sagte sie. »Niemand verschwindet einfach so, ohne Spuren zu hinterlassen.«

Doch sie fanden Aurora nicht. Der Corriere brachte mehrere Artikel, in denen über das Verschwinden der jüngsten Molinari-Schwester gerätselt wurde, und im Café erschienen immer wieder Hellseher und andere Scharlatane, die behaupteten zu wissen, was mit Aurora geschehen war. Doch in Wahrheit vermochte das niemand zu sagen, nicht einmal ihr angeblicher Mörder. Giorgio Toso war in einem aufsehenerregenden Prozess zu Zuchthaus auf Lebenszeit verurteilt worden. Die Zeitungen nannten ihn »das Monster von der Piazza Castello«. Teresa, Lidia und Alessandro hatten vor Gericht

279

aussagen müssen. Teresa hatte die ganze Zeit über Gigi angesehen und vergeblich versucht sich vorzustellen, dass er ihre Schwester ermordet hatte. Als sie im Zeugenstand saß, hatte Gigi zum ersten Mal den Kopf gehoben, und als er sie erkannte, war ein Lächeln über sein Gesicht gehuscht, das ihr beinahe das Herz gebrochen hatte. Zu den anderen Prozesstagen war sie nicht mehr gegangen, weil sie und Lidia es sich nicht leisten konnten, das Molinari so lange zu schließen.

Durch Auroras Verschwinden – Teresa weigerte sich, es als ihren Tod zu bezeichnen, solange man keine Leiche gefunden hatte – hatten sich alle Pläne aufgelöst. Teresa versäumte den Semesterbeginn, und selbst wenn sie nicht im Café gebraucht worden wäre, hätte sie sich nicht aufs Lernen konzentrieren können. Sie nahm Beruhigungstabletten, die bewirkten, dass sie zwar funktionierte, ihr Kopf sich jedoch anfühlte, als wäre er mit Watte vollgestopft. Die Ungewissheit, was mit ihrer Schwester geschehen war, zermürbte sie, und sie sah, dass es Lidia und Alessandro nicht anders ging. Doch es war keinem von ihnen möglich, mit den jeweils anderen darüber zu sprechen, ohne den Anschein zu zerstören, dass sie zurechtkamen. So zu tun, als wäre alles normal, bildete den einzigen, hauchdünnen Damm vor der Flut aus Dunkelheit, die jederzeit über sie hereinbrechen konnte. Doch es gelang Teresa nicht lange, diesen Anschein aufrechtzuerhalten – es kostete sie zu viel Kraft.

Sie schlief kaum noch, allenfalls nickte sie kurz im Sitzen ein und wurde dann von schrecklichen Träumen geplagt, in denen es brannte, sie ihre Mutter und Aurora schreien hörte, Gigi sie mit einem Messer verfolgte und Marco Panero höhnisch lachend zusah, als sie versuchte, sich aus einem Meer zäher Nougatmasse zu befreien. Bald konnte sie nicht mehr im Café arbeiten, sondern lag den ganzen Tag im Bett oder wanderte im Morgenmantel durch die Wohnung. Das Wissen, dass sie nun Lidia die gesamte Verantwortung für das Molinari und Alessandro aufbürdete, machte sie noch trübsinniger. Sie sah, dass auch Alessandro litt: Er zog sich noch mehr in sich selbst zurück, sprach kaum noch und beschäftigte sich wie manisch mit seinen Fossilien – aber obwohl sie erkannte, dass er Hilfe brauchte, war sie unfähig, sie ihm zu geben oder dafür zu sorgen, dass er sie bekam.

Das Einzige, wozu sie sich aufraffen konnte, war, Gigi im Gefängnis zu besuchen. Durch Foletti hatte sie eine Besuchserlaubnis erwirken können, obwohl sie nicht mit dem Gefangenen verwandt war. Sie hatte das Gefühl, ihm diesen Besuch schuldig zu sein. Auf gewisse Weise hoffte sie, dass es ihr danach besser ginge.

Sie schauderte, als sie die kalten Schatten durchschritt und das eiserne Tor hinter ihr ins Schloss fiel. Sie hielt sich den Schal vor Mund und Nase, um die feuchtschimmelige Luft zu filtern, und folgte dem Aufseher über eine gewundene Treppe und durch einen endlosen Korridor, dessen Wände feucht glänzten, bis sie einen kahlen Raum erreichten, in dem es außer einem Tisch und zwei Stühlen keine Möbel gab. Als sie sich setzte, merkte sie, dass die Möbel am Boden festgeschraubt waren.

Während sie wartete, sah sie zu dem einzigen Fenster hinauf; es lag so hoch, dass kein Gebäude der Stadt, sondern nur der Winterhimmel zu sehen war. Endlich wurde Gigi durch eine zweite Tür hereingebracht. Füße und Hände lagen in Ketten, und die zwei Wärter, die ihn begleiteten, schleiften ihn mehr, als dass er selbst ging. Am Tisch drückten sie ihn nieder und sicherten seine Handfessel mit einem Schloss, das in die Tischplatte eingelassen war. Dann stellten sie sich zu beiden Seiten hinter ihm an die Wand.

Teresa brauchte einige Zeit, um ihre Miene so weit unter Kontrolle zu bringen, dass sie sprechen konnte. Gigi war ein anderer geworden. Seine früher runden Wangen waren eingesunken, sein Haar fettig und verfilzt. Doch am schrecklichsten waren seine Augen, die vollkommen stumpf blickten. Der Gigi, den Teresa gekannt hatte, war verschwunden.

Sie versuchte dennoch, mit ihm zu sprechen, fragte ihn, wie es ihm ginge und wie er seine Tage verbrächte. Doch Gigi antwortete nicht, sondern scharrte nur mit seinen gesplitterten Fingernägeln über die Tischplatte, sodass seine Ketten leise klirrten. Teresa hätte sich am liebsten die Ohren zugehalten.

Sie sagte ihm, dass sie ihn vermisse. »Der neue Laufbursche kann sich keine einzige Adresse merken.« Endlich hob er den Kopf, und in seinen Augen leuchtete etwas auf, das ihr Hoffnung gab, zu ihm durchzudringen.

»Bekommst du genug zu essen?«, fragte sie behutsam. Gigi nickte, und Teresa hob ihre Mundwinkel, obwohl ihr eher nach Weinen zumute war. Sie fragte ihn noch einmal, wie es ihm ginge und ob er manchmal aus der Zelle ins Freie dürfe, doch er antwortete nur, indem er nickte oder den Kopf schüttelte. Hatte er Angst zu sprechen?

»Weißt du eigentlich, weshalb du hier bist?«, fragte sie schließlich, und er nickte, den Blick weiter auf die Tischplatte gerichtet. Teresa streckte den Arm über den Tisch, um Gigis Hand zu nehmen, worauf eine der Wachen mit den Stiefeln scharrte. »Keine Berührungen.« Teresa zog ihre Hand zurück und legte sie in den Schoß.

»Kannst du dich an irgendetwas aus dieser Nacht erinnern?« Kopfschütteln. Doch sie gab nicht nach. »Was hast du denn den Polizisten erzählt?«

»Weiß nicht.« Seine Stimme klang viel rauer als in ihrer Erinnerung. Er hustete.

282

»Ich glaube nicht, dass du es getan hast. Du hättest Aurora nie ein Leid zugefügt, du hast sie doch so gerngehabt.«

Jetzt sah Gigi sie endlich an. Die Verzweiflung in seinem Blick brach ihr das Herz. »Die Polizei sagt, ich bin's gewesen. Die wissen das.«

»Nur du weißt, was du in der Nacht gemacht hast.«

»Ich hab geschlafen. Hab geträumt. Vielleicht hab ich geträumt, dass ich es tu, und als ich aufgewacht bin, war's echt.« Gigi hob die Hände zum Kopf, sodass die Kette klirrend durch den Bügel des Sicherheitsschlosses gezogen wurde. Teresa rann bei diesem Geräusch ein Schauer über die Schultern.

Gigi stützte die Stirn gegen seine geballten Hände. Seine Handgelenke waren gerötet, wo die Handschellen rieben. »Ich hab das nicht geträumt«, murmelte er. »Der Polizist hat mir genau gesagt, was ich gemacht hab.«

Teresa lehnte sich vor. »Die haben dir erzählt, was du angeblich gemacht hast? Und du hast es dann vor Gericht wiederholt?«

Gigi linste mit einem Auge über seine Fäuste hinweg. »Ich hab es ja nicht mehr gewusst.«

»Ich hole dich hier heraus, das verspreche ich dir.«

»Aber ich gehöre ins Gefängnis, weil ich doch böse bin.«

Teresa gab es auf, Gigi davon zu überzeugen, dass er kein Mörder war. Die Polizisten hatten ihm offensichtlich so zugesetzt, dass er es inzwischen selbst glaubte. Sie sprach noch einige beruhigende Worte mit ihm und versuchte, ihm etwas Hoffnung zu geben, doch sobald die Wärter ihn losmachten und in ihre Mitte nahmen, kippte sein Kopf wieder nach vorne, und er verfiel erneut in den dumpfen Zustand, in dem er hereingekommen war.

Am nächsten Tag besuchte sie Gigis ältere Schwester. Sie hatte Francesca Dutti einmal bei der Gerichtsverhandlung gesehen, war aber zu befangen gewesen, um sie anzusprechen. Die Schwester des mutmaßlichen Opfers im Gespräch mit der Schwester des Täters – welche Delikatesse für die zahlreich anwesenden Journalisten wäre das gewesen.

Teresa erkannte Gigis Schwester sofort, als diese ihr die Tür des kleinen Häuschens im Borgo Dora öffnete. Eine früh gealterte, magere Frau, deren sprödes Haar zu einem einfachen Knoten gebunden war. Die tiefen Falten in ihrem Gesicht zeugten von Müdigkeit und Kummer und standen im Gegensatz zu dem runden Bauch, der sich unter ihrer Kittelschürze wölbte. Teresa versuchte, ihre Überraschung zu verbergen, hatte sie doch immer gedacht, Gigis Schwester sei ledig.

Sie erklärte Francesca Dutti, wer sie war und dass sie nicht an Gigis Schuld glaubte.

»Warum hat er dann gestanden, dass er's war?« Sie wischte die Hände an einem karierten Handtuch ab. »Und selbst, wenn er's nicht getan hat, was kann ich da schon machen? Soll sich unsereins etwa mit der Polizei anlegen?«

»Ihrem Bruder geht es schlecht im Gefängnis. Haben Sie ihn einmal dort besucht? Es ist die Hölle.«

»Haben Sie mit ihm gesprochen?« Francesca Dutti warf ihr einen flehenden Blick zu. »Mein Mann hat mir verboten, ihn zu besuchen. Das schadet dem Kleinen, sagt er.« Sie legte kurz die Hand auf ihren Bauch. »Aber wenigstens kriegt er dort zu essen und hat ein Dach über dem Kopf. Ich hätt ihn sowieso nicht mehr lang behalten können. Mein Mann will nicht, dass das Kleine mit einem wie ihm zusammen aufwächst.« Sie legte den Kopf schräg. »Aber was kümmert es Sie, wie es ihm geht, wo er doch Ihre Schwester umgebracht hat?«

»Weil ich weiß, dass er nie jemandem so etwas antun würde.«

Die Frau nickte. »Mein Bruder hat nie einem was getan. Aber für die hohen Tiere beim Gericht zählt das nicht. Und für einen Anwalt haben wir kein Geld.« Sie senkte den Kopf. »Tut mir aber wirklich leid für Sie und Ihre Familie.« Sie zuckte zusammen, als eine Männerstimme durch den Korridor schallte. Teresa konnte nichts verstehen, aber es klang keinesfalls freundlich. »Mein Mann.« Gigis Schwester zog den Kopf zwischen die Schultern. »Ich muss jetzt Essen kochen.« Sie nickte knapp und schloss die Haustür.

Teresas erster Impuls bestand darin, noch einmal an die Tür zu hämmern. Wie konnte Gigis Schwester sein Schicksal einfach so hinnehmen? Sie schien vor allem ihren Mann nicht verärgern zu wollen. Es hatte keinen Sinn, noch einmal mit ihr zu sprechen, zudem die Frau wohl recht hatte: Nichts, was sie tun konnten, würde Gigi aus dem Gefängnis befreien.

Trotzdem fand Teresa keine Ruhe. Die Ungewissheit über das, was Aurora zugestoßen war, zermürbte sie, gepaart mit der Überzeugung, dass ein Unschuldiger im Gefängnis saß und derjenige, der für Auroras Verschwinden verantwortlich war, frei herumlief. Wie war es möglich, dass jemand so spurlos verschwand? Steckte doch Panero dahinter? Auch wenn er selbst in einer Bar gesehen worden war, hätte er doch andere beauftragen können.

Teresas Grübeleien spannten sich wie Netze, die sie einhüllten und dem Leben entzogen. Nicht einmal Lorenzo konnte ihr helfen, obwohl er sein Bestes tat, um sie abzulenken. Er besuchte sie jeden Tag, erzählte von der Universität oder hielt einfach ihre Hand. Teresa wusste, dass sie ihn liebte, doch unter der dicken Schicht von Verzweiflung, die sie umgab, konnte sie diese Liebe nicht mehr spüren. Manchmal weinte sie und entschuldigte sich bei Lorenzo dafür, dass sie sich so verändert hatte, doch er wollte nichts davon hören. »Du bist immer meine Teresa, ob du nun lachst oder weinst. Aber weitergehen kann es so nicht mit dir.«

Das konnte es wirklich nicht, denn ihr Zustand besserte sich nicht, und eines Tages traf Lorenzo eine Entscheidung. »Du weißt, dass ich im nächsten Semester die Stelle in Berlin antrete. Ich würde dir zuliebe absagen, aber ich finde, das Beste für dich wäre, Turin möglichst weit hinter dir zu lassen. Wir heiraten, und du kommst mit mir. Die Deutschen sind auch nur Menschen.«

»Aber Lidia, das Café, Alessandro«, sagte sie schwach.

»Die kommen auch ohne dich zurecht. Alessandro ist kein Kind mehr. Lidia hat mir erzählt, dass Carlo ab nächster Woche bei euch arbeitet, und das Café läuft sehr gut mit den beiden Bedienungen, die sie angestellt hat.«

Davon hatte Teresa nichts gewusst. Falls Lidia es ihr erzählt hatte, hatte sie es vergessen.

»Wenn du hierbleibst, gehst du zugrunde.«

Teresa war zu kraftlos, ihm zu widersprechen. In gewisser Weise war sie sogar froh, dass er ihr die Entscheidung abnahm. Der Gedanke, all das hinter sich zu lassen, war verlockend, auch wenn sie nicht glaubte, dass sie jemals vergessen würde. Doch Abstand zu gewinnen, statt jeden Tag an das Geschehene erinnert zu werden, würde ihr dabei helfen, sich wieder auf sich selbst zu besinnen. Sie vermisste die Teresa, die sie gewesen war, und schämte sich für das, was sie jetzt darstellte. Manchmal wunderte sie sich, wieso Lorenzo bei ihr blieb. Doch er tat es und nahm die Dinge in die Hand. Eines Abends teilte er Lidia mit, dass Teresa mit ihm nach Deutschland gehen würde. Lidia nahm es unerwartet gefasst auf, und Teresa dachte bei sich, dass es ihr wohl ganz recht war, im Café schalten und walten zu können, wie sie wollte. Ihren

Carlo hatte sie fest im Griff, sie würde also die unangefochtene Herrin des Molinari sein.

Lorenzo nahm Teresa noch am selben Abend mit zu sich. Sie verließ das Haus an der Piazza Castello mit einem Koffer voller Kleider und einem weiteren mit Büchern und Erinnerungsstücken. Sie brachte es nicht über sich, Alessandro gegenüberzutreten und ihm zu sagen, dass sie fortging. Sie sah ihren Bruder erst wieder, als sie und Lorenzo heirateten. Es gab kein Fest, nur die Trauung im Standesamt und dann die kirchliche Zeremonie in Anwesenheit der engsten Verwandten. Danach ging man ins *Del Cambio* zum Essen. Alessandro wechselte kaum ein Wort mit Teresa. Als sie versuchte, ihm ihre Entscheidung zu erklären, sagte er nur, ihm sei es gleich, was sie mache, er brauche sie nicht. Sie beließ es dabei und hoffte, er würde mit der Zeit seinen Zorn überwinden.

Wenige Tage später stieg sie mit Lorenzo in den Zug, der sie in ein neues Leben bringen würde. Niemand war gekommen, um sie zu verabschieden. Während Lorenzo das Gepäck, das noch nicht vorausgeschickt worden war, verstaute, lehnte sie sich in die Polster des Erste-Klasse-Abteils, auf das Lorenzo trotz der Kosten bestanden hatte, und sah hinaus auf das Gewimmel am Bahnsteig. Obwohl der Zug noch stand, fühlte sie sich bereits innerlich getrennt von all dem, was dort draußen geschah. Auf sie wartete ein neues Land, eine neue Sprache, neue Erfahrungen. Unvermittelt überkam sie ein Gefühl von Dankbarkeit, am Leben zu sein. Sie lächelte Lorenzo zu, der eben ihr gegenüber Platz nahm. Sie ging fort von allem, was sie kannte, aber sie war nicht alleine. Der Zug setzte sich in Bewegung. Lorenzo beugte sich vor und nahm ihre Hand in seine.

Kapitel 23

—— 2015

Veras Kopf tat weh, und als sie die Stelle berührte, wurden ihre Fingerkuppen feucht. War sie bewusstlos gewesen? Wie lange? Die Dunkelheit nahm ihr jede Orientierung. Unter sich spürte sie den unregelmäßigen Boden, dessen Kälte durch ihre Kleider drang. Ihr Bein lag auf einem kantigen Gegenstand, der sich in ihr Fleisch drückte. Sie zog es an und stieß sich das Knie an einem anderen harten Möbelstück. Panik griff nach ihr, umschloss sie wie eine große Hand, und Vera stieß ein hilfloses Wimmern aus.

Als sie versuchte sich aufzurichten, stieß sie mit dem Kopf gegen den Rand der Zinkwanne. Es schepperte, und ein Lichtblitz durchzuckte ihren Schädel. Gleichzeitig kam die Übelkeit, eine Welle, die sich in ihr aufwarf und alles andere verdrängte. Vera hörte ihr Erbrochenes auf dem Boden aufklatschen, und der saure Geruch ließ sie noch mehr würgen. Sie sank zurück auf den Boden. Ihr Kopf hämmerte.

Nun tauchte das Bild wieder auf, das sie zu Fall gebracht hatte: Der Anblick eines menschlichen Körpers – nach über sechs Jahrzehnten ausgetrocknet und mumifiziert. Zuerst hatte sie sich erschreckt, doch eigentlich ängstigte sie der Gedanke, neben einer Leiche zu liegen, nicht. Sie spürte nur Bedauern. Das elegante Abendkleid ließ keinen Zweifel daran, wer die Tote war.

Die Buchstaben hinter der Tür – das musste sie gewesen sein. Sie war noch am Leben gewesen, als man sie hier eingeschlossen hatte. *Buio* – in dem trostlosen Wort steckte das

Entsetzen, das sie gespürt haben musste, als ihr klar geworden war, dass sie diesen Raum nicht mehr verlassen würde.

Dasselbe Grauen, das Vera jetzt spürte. Die Dunkelheit lastete mit jeder Minute schwerer auf ihr. Sie fuhr mit den Händen über den Boden in der Hoffnung, ihr Telefon zu finden, das zwischen dem Gerümpel gelandet sein musste, als sie gefallen war. Auch wenn es wahrscheinlich nur noch für wenige Minuten Strom hatte – jede Sekunde Licht erschien Vera kostbar. Nichts sehen zu können gab ihr das Gefühl, nicht wirklich zu existieren. Doch ihre Finger spürten nur Staub, kleine Steinchen, ein Stück Holz.

Ihre Arme und Finger begannen zu zittern, und ihre Zähne klapperten – nicht wegen der Kälte, sondern weil die Angst sie schüttelte. Niemand außer Maurizio wusste, wo sie war. Oder? Vera versuchte ihre Gedanken zu sammeln. Weshalb hatte er sie hier unten eingeschlossen? Es gab nur eine Erklärung: Er hatte gewusst, dass die Leiche seiner Tante im Keller unter dem Café lag. Seine Mutter musste es ihm erzählt haben. Sie hatte ihn mit Vera hier hinuntergeschickt. Aber weshalb?

Vera rief sich das Gespräch an Lidias Bett in Erinnerung. Sie hatten über die Familienfotos auf dem Nachttisch gesprochen, dann hatte Vera den Ammoniten in die Hand genommen und gesagt, einen ähnlichen in Giorgios Zimmer gesehen zu haben. An diesem Punkt hatte Lidia sich an Teresas Sachen im Keller erinnert.

Vera stöhnte. Ihr Kopf schmerzte immer stärker, und das Denken fiel ihr schwer. Etwas in ihr wollte schreiend um sich schlagen, um der Dunkelheit zu entkommen, doch wenn sie ihrer Furcht nachgab, würde sie wahnsinnig werden. Sie musste bei der Sache bleiben. Der Ammonit – es hatte irgendetwas mit dem Ammoniten zu tun. Doch sie bekam nicht zu fassen, was es war. Der Schmerz wurde heller und heller und

289

überlagerte alles andere. Sie rollte sich auf dem Boden zusammen. Ihre Glieder zitterten immer noch unkontrolliert, und sie starrte in die Schwärze, hoffend, irgendwo ein Quäntchen Licht zu entdecken. Nach einiger Zeit begann die Dunkelheit zu flimmern, dann zogen sich helle Schlieren durch die Schwärze. Vera dachte, sie habe die Augen geschlossen, doch als sie blinzelte, merkte sie, dass sie geöffnet waren. Die Schlieren änderten ihre Form, sie wurden zu einer Landschaft, dann zu einem Wald. Vera war, als schwebte sie in geringer Höhe darüber hinweg, so dicht, dass sie beinahe die Baumwipfel mit den Händen streifen konnte. Der Wald wirkte völlig echt, obwohl ein Teil von ihr wusste, dass sie in einem dunklen Keller lag. Das Gefühl, an zwei Orten gleichzeitig zu sein, war so ungewöhnlich, dass sie ihre Angst vergaß.

Jetzt verschwand der Wald. Jemand hatte das Licht eingeschaltet. Doch Vera befand sich nicht in einem Keller, sondern in ihrem Kinderzimmer in Hakenfelde. Unter der Dachschräge stand das Bett mit ihren Stofftieren, vor dem Fenster der Schreibtisch, eine alte Schulbank, und auf dem Boden lag der Flickenteppich, den die Hamburg-Oma aus alten Kleidern genäht hatte. Auf diesem Teppich saß Vi und ließ eine regenbogenfarbene Plastikspirale von einer Hand in die andere laufen.

Vera wollte Vi fragen, wo sie die ganze Zeit gewesen war, aber es kamen keine Worte aus ihrem Mund, und es quälte sie, dass sie nicht mit ihrer Schwester sprechen konnte. Sie wollte ihr sagen, wie leid es ihr tat, dass sie Vi damals alleine gelassen hatte. Sie streckte die Hand aus, aber sie war zu weit entfernt, um Vi zu erreichen, und konnte auch nicht näher treten.

Doch jetzt hob Vi den Kopf und sah Vera an. Sie sagte nichts, setzte nur ihr typisch schiefes Grinsen auf, das immer wirkte, als würde sie sich über einen lustig machen. Sie stand auf, kam auf Vera zu und blieb dicht vor ihr stehen. Die Hände hielt sie hinter dem Rücken, als würde sie etwas verstecken. Vera merkte plötzlich, dass sie viel größer war als ihre Schwester. Sie selbst war erwachsen, Vi noch ein Kind. Das war schrecklich falsch. Immer waren sie gleich groß gewesen.

Vi zog eine Hand hinter ihrem Rücken hervor und hielt Vera etwas hin: eine Waffeltüte mit rosafarbenem Eis, das mit roter Soße verziert war. Vera zögerte, aber Vi grinste sie an und nickte aufmunternd, also nahm sie das Eis. Zögernd leckte sie daran. Der Geschmack nach Erdbeeren war so intensiv, dass sie die Augen schloss. In ihrem Mund mischte sich die cremige Kälte mit der halb flüssigen Erdbeersoße und brachte das Gefühl von langen Sommern mit Vi im Freibad zurück. Sie öffnete die Augen wieder. Vis Blick war nun liebevoll und ruhig, als würde eine Erwachsene aus ihren Kinderaugen blicken. In Veras Brust glomm etwas Warmes auf. Die Wärme breitete sich aus und erfüllte sie mit dem Wissen, dass es ihrer Schwester gut ging. Vi war nicht böse, weil Vera sie allein gelassen hatte. Sie war in Sicherheit. Das glückliche, warme Gefühl hüllte Vera ein wie ein weiches Tuch.

»*Signorina*«, sagte eine fremde Stimme. Sie klang brüchig und unsicher. »Wachen Sie bitte auf. Ich helfe Ihnen, aber Sie müssen aufwachen.«

Vera wollte nicht gestört werden, jetzt, da sie Vi endlich wiedergefunden hatte. Sie drehte sich von der Stimme weg, doch die Stimme sprach weiter auf sie ein. Finger drückten in ihren Oberarm und schüttelten sie leicht. »Bitte, *Signorina* Vera, wir müssen uns beeilen!«

Erst als Vera die Augen öffnete, wurde ihr bewusst, dass sie geschlossen gewesen waren. Es gab Licht, echtes Licht. einen hellen Kegel, der von einer Taschenlampe stammen musste.

Jemand kniete neben ihr, das Gesicht ausgewaschen von Helligkeit, sodass sie erst nach einigen Augenblicken Alessandro erkannte. Der alte Mann keuchte, entweder vor Anstrengung oder vor Angst, vielleicht auch beidem.

Veras Kopf pochte, und es dauerte, bis sie begriff, dass sie gerettet war. »Hast du mich klopfen gehört?«

Alessandro nickte. Die Taschenlampe brachte seine flusigen Haare zum Leuchten. »Bitte komm.« Er half Vera, sich aufzurichten.

»Ich habe mir ziemlich den Kopf gestoßen«, sagte sie benommen. Ein Teil von ihr war noch bei Vi und lauschte ihrer Stimme nach. Dann fiel ihr die Tote in der Badewanne ein.

»Alessandro, hinter dem Paravent ...«

Ihr Großonkel schlug die Hände vors Gesicht »Ich weiß, o Gott, ich weiß ja, dass sie hier ist.« Er klang, als würde er weinen.

»Woher denn?«

Keine Antwort. Vera rappelte sich auf und kniete sich hin. Sie umfasste Alessandros dürre Handgelenke und zog ihm die Hände vom Gesicht. »Woher weißt du, dass Aurora hier unten ist?«

Er schluckte. »Weil wir sie hier heruntergebracht haben. Lidia und ich. Nachdem sie die Treppe runtergefallen ist.«

Vera ließ seine Arme los und versuchte zu begreifen, was Alessandro da sagte. »Welche Treppe? Und warum ist sie da runtergestürzt?«

Alessandro sprach stockend. »An dem Abend, als das große Verlobungsfest von Lidia und Carlo gefeiert wurde, wollte ich mir etwas zu trinken holen und bin in die Küche gegangen. Aurora stand an der Hintertreppe und rauchte, Lidia war bei ihr. Sie haben gestritten. Lidia hat Aurora angeschrien, das könne sie Teresa nicht antun und sie werde verhindern, dass Aurora ihr den Mann wegnimmt.« Alessandro machte eine

292

Pause und wischte sich übers Gesicht. »Aurora hat Lidia ausgelacht und gesagt, sie habe da nicht mitzureden. Sie waren
beide furchtbar aufgebracht, aber stritten leise, damit die
Gäste nichts mitbekamen. Ich habe versucht, dazwischenzu-
gehen und beide zu beruhigen, aber Aurora hat mir überhaupt nicht zugehört. Sie hat Lidia geschubst und gesagt, sie
habe genug davon, sich gängeln zu lassen, deshalb würde
sie mit diesem Mann weggehen. Und dabei hat sie immer nur
gelacht.« Alessandro wimmerte. »Ich wollte, dass sie endlich
aufhört, und da habe ich sie auch geschubst. Sie stand ganz
nah an der Treppe ...« Seine Stimme brach, und Vera vollen-
dete den Satz für ihn. »Und dann ist sie gefallen.« Er nickte
schluchzend. »Ich habe das nicht gewollt.« Unter seiner Nase
glänzte es feucht, aber er wischte es nicht ab.

»Ich weiß.« Vera strich ihm über den Arm. »Aber warum
habt ihr nicht die Ambulanz geholt?«

»Lidia sagte, sie würden mich einsperren. Sie würden uns
nicht glauben, wenn wir sagten, sie sei von selbst gestürzt.
Sie hat gesagt, Aurora sei sowieso tot und sie wolle mich
nicht auch noch verlieren. Dann haben wir sie hier runterge-
bracht, Gott verzeihe mir.« Er weinte jetzt wie ein kleiner
Junge. Vera war starr angesichts dessen, was er soeben erzählt
hatte. Was er und Lidia getan hatten, war schrecklich, aber er
tat ihr auch leid. Dieser eine Moment hatte nicht nur Auroras, sondern auch sein Leben zerstört. Doch schonen wollte
sie ihn nicht. Nach einer Weile sagte sie leise: »Ich glaube, sie
hat noch gelebt. Sie hat an der Tür etwas in den Boden gekratzt.«

Alessandro hob den Kopf und starrte sie an. Das Licht der
Taschenlampe verlieh ihm ein geisterhaftes Aussehen. »Sie
war am Leben?«, flüsterte er. Vera nickte, und er barg wieder das Gesicht in den Händen. Vera wurde mit einem Mal
wütend. Nicht auf Alessandro, sondern auf Lidia. Sie war die

Erwachsene gewesen und hatte ihren jüngeren Bruder dazu verurteilt, mit einem schrecklichen Geheimnis zu leben.

Vera berührte ihn an der Schulter. »Es ist ja gut. Lass uns jetzt nach oben gehen.« Sie nahm die Taschenlampe und stand auf, dann half sie ihrem Onkel hoch. Er zitterte und schien abwesend, seine Lippen bewegten sich lautlos.

Vera leuchtete auf der Suche nach ihrem Telefon den Boden ab, auch wenn der Akku mittlerweile bestimmt leer war. Sie entdeckte es zwischen mehreren gestapelten Stühlen und hob es auf, wobei sie darauf achtete, nicht hinter den Paravent zu sehen. Den Anblick würde sie auch ohne einen zweiten Blick nie mehr vergessen. Dann nahm sie Alessandro am Arm, führte ihn durch den Keller und die Treppe hinauf. Erst als sie im Korridor des Cafés herauskamen, wurde ihr bewusst, dass es inzwischen Nacht war.

»Wie kommen wir in deine Wohnung?«

Es gab eine Verbindungstür, die in Alessandros Küche führte. Vera trank mehrere Gläser Wasser am Spülbecken, danach fühlte sie sich besser. Ihr Großonkel war auf einen Küchenstuhl gesunken und hatte den Kopf in die Hände gestützt. Seit sie heraufgekommen waren, war er vollkommen passiv und redete auch nicht mehr.

»Komm, du solltest dich hinlegen.« Sie brachte Alessandro in den angrenzenden Raum, der eine Mischung aus Wohnzimmer und Museumslager darstellte. Ringsum an den Wänden befanden sich deckenhohe Vitrinen, die mit Fossilien und Steinbrocken gefüllt waren. Vera schaltete eine alte Stehlampe ein und half ihrem Großonkel, sich auf dem Sofa auszustrecken. Sie sah sich um und fand eine Decke, die sie ihm über Brust und Beine legte. Er war blass und trug Schweißperlen auf der Stirn.

»Du stehst unter Schock. Ich muss einen Arzt rufen.« Sie bückte sich und sah ihm in die Augen. »Wo ist das Telefon?«

Er blinzelte und schien etwas zu sich zu kommen. »Ich habe gar keines.«

Vera richtete sich auf und rieb sich die Stirn. Sie war selbst noch ganz benommen von den Erlebnissen im Keller. Ein Teil von ihr fühlte sich überfordert, doch sie durfte jetzt nicht zusammenbrechen. Sie schob alles beiseite und zwang sich, klar zu denken. Es war zwei Uhr morgens, Lidia und Maurizio lagen also höchstwahrscheinlich ein Stockwerk über ihr in ihren Betten. Wie konnten sie nur?, dachte sie bitter.

»Alessandro, wo ist die nächste Polizeistation?« Er zog den Kopf zwischen die Schultern. »Keine Polizei, bitte! Die verhaften mich, und ich komme ins Gefängnis!« Der alte Mann, der zusammengesunken und zitternd auf dem Sofa saß, bot ein solches Bild des Jammers, dass Vera nicht mehr wusste, was sie tun sollte. »Keine Sorge«, sagte sie, »ich rufe nicht sofort die Polizei. Aber ich muss einem Freund von mir Bescheid geben, der uns helfen kann. In Ordnung?«

Alessandro wimmerte zustimmend und kroch noch tiefer unter seine Decke. »Bleib einfach hier liegen«, sagte Vera, »ich bin bald zurück.«

Sie nahm das Kleingeld, das auf der Garderobenablage in einer Schale lag, schloss die Wohnungstür auf, zog den Schlüssel ab und lauschte einen Moment, bevor sie zur Haustür huschte. Ihr Genick prickelte, als würde sie gejagt, doch oben rührte sich nichts. Sie trat hinaus unter die Arkaden und überquerte die Fahrbahn, wobei sie Ausschau nach Telefonzellen hielt. Gab es überhaupt noch welche?

Sie lief über den Platz. Das Kopfweh setzte wieder ein, und ihr war ein wenig schwindelig. Vera dachte kurz daran, jemanden anzusprechen und sich ein Handy zu leihen. Trotz der Uhrzeit waren noch einige Leute unterwegs, hauptsächlich Jugendliche, die lachend und scherzend über den Platz schlenderten. Aber mit der Kopfwunde und dem Dreck an

295

ihren Klamotten sah sie wahrscheinlich ziemlich abschreckend aus und sie wollte nicht, dass jemand die Polizei informierte. Also hielt sie sich von den Leuten fern, suchte weiter und entdeckte schließlich zwei offene Telefonkabinen am Rand des Platzes. Sie betrat eine der mit Graffiti besudelten, nach Urin stinkenden Kabinen, warf Geld ein, zog ihr Handy aus der Hosentasche und hoffte, dass es noch genug Batterie hatte, um Mattias Nummer anzuzeigen. Das Display leuchtete auf! In ihrem Kopf hämmerte es so sehr, dass sie mehrmals blinzeln musste, um die Nummer zu erkennen. Hoffentlich hatte er sein Telefon nicht ausgeschaltet.

Nach mehrmaligem Klingeln hob Mattia endlich ab und meldete sich mit verschlafener Stimme. Vera musste sich zwingen, nicht vor Erleichterung zu weinen, damit sie erzählen konnte, was geschehen war. Vera wusste, dass sich ihr Bericht der letzten Stunden vollkommen unglaubwürdig anhören musste, aber Mattia sagte nur: »Bleib, wo du bist, ich komme.«

Vera legte auf, verließ die Zelle und setzte sich draußen auf den Boden. Jetzt, da alles überstanden war, verließen sie die Kräfte. Sie war so ausgelaugt, dass sie außer Erschöpfung kaum noch etwas fühlte, und wartete einfach. Nach einer gefühlten Ewigkeit, die tatsächlich wohl nur einige Minuten gedauert hatte, hielt ein Motorroller neben ihr. Mattia nahm den Helm ab, hängte ihn an den Lenker und war mit wenigen Schritten bei ihr. Er kauerte sich vor sie und nahm ihre Hände.

»Wie geht's dir?«

»So scheiße, wie ich wahrscheinlich aussehe.« Vera versuchte zu lächeln.

»Dann müsste ich dich sofort ins nächste Krankenhaus bringen.« Er untersuchte im Schein der Telefonzellenbeleuchtung ihre Kopfverletzung. »Immerhin blutet es nicht mehr. Aber du musst dich unbedingt untersuchen lassen.«

»Später«, sagte Vera. »Erst müssen wir uns um meinen Onkel kümmern. Er wird vor Angst fast verrückt, und ich habe keine Ahnung, was ich machen soll. Ich will, dass Maurizio nicht einfach damit durchkommt, was er mit mir gemacht hat, aber wem nützt es was, wenn die Polizei Alessandro mitnimmt? Das hält er nicht durch. Im Grunde hat er ja nichts getan, zumindest nicht in böser Absicht.«

»Immerhin hat er seine Schwester die Treppe hinuntergestoßen.«

»Aber daran ist sie nicht gestorben. Es war also eigentlich Lidias Schuld. Sie hat Alessandro befohlen, Aurora in den Keller zu bringen. Aber meine Großtante hat Herzprobleme – ich will nicht riskieren, dass sie einen Infarkt bekommt. Was immer man ihnen anlasten könnte, ist nach so langer Zeit doch bestimmt verjährt.«

»Ich bin kein Experte, aber ich schätze, das wäre fahrlässige Körperverletzung mit Todesfolge – und dein Onkel war damals noch minderjährig, oder? Die Polizei können wir aber nicht heraushalten – es sei denn, du willst die Tote weiter im Keller lassen und deinen Cousin, oder was er ist, davonkommen lassen.«

Vera schloss kurz die Augen. »Ich bin so müde, ich kann kaum noch denken.«

»Dann versuchen wir zuerst, deinen Großonkel zu beruhigen.« Mattia strich ihr die Haare hinter die Ohren. »Geht's?« Sie nickte, woraufhin er ihr seine Hand reichte und ihr half, aufzustehen. »Den Roller lasse ich besser hier, sonst wecken wir noch deine lieben Verwandten. Moment noch.« Er legte Vera einen Arm um die Hüften und küsste sie. »So, jetzt können wir gehen.«

Mattias bloße Anwesenheit gab Vera neue Energie, und sie hatte wieder Hoffnung, diese ganze fürchterliche Geschichte zu einem Abschluss zu bringen. Zusammen gingen sie über den Platz zurück zum Haus, das dunkel und still war wie zuvor. Die Fenster von Alessandros Wohnung gingen nach hinten hinaus, weil die Fassade im Erdgeschoss von den Fenstern des Molinari eingenommen wurde.

Vera schloss leise die Haustür zum Café und betrat die Wohnung ihres Onkels. Sie rief nach Alessandro, um ihn nicht zu erschrecken, dann ging sie Mattia voraus durch den Flur. In der Doppeltür zum Salon blieb sie stehen. Die Tür zur Küche war geschlossen. Davor kniete Alessandro. Er wandte ihr den Rücken zu, sein Oberkörper war zur Seite gekippt. Halb aufrecht gehalten wurde er nur durch den Seidenschal, der um seinen Hals geschlungen und an der Türklinke befestigt war.

Vera hatte in Büchern schon häufig gelesen, dass jemand vor Schreck erstarrte, und hatte es immer für übertrieben gehalten. Doch jetzt konnte sie sich nicht rühren, ihre Füße waren wie mit dem Parkett verschmolzen. Nur ein unartikuliertes Geräusch löste sich aus ihrer Brust.

»Was ist …« Mattia trat neben sie, und einen Herzschlag später kniete er bereits neben Alessandro, stützte seinen Oberkörper und zog gleichzeitig den Schal von der Türklinke ab. Er ließ den Körper vorsichtig in Rückenlage gleiten und zog an der Stoffschlinge um Alessandros Hals. Vera starrte Alessandros bleiches Gesicht an. »Eine Schere!«, brüllte Mattia, und als hätte er damit den Bann gebrochen, stürzte Vera zu einem Sekretär, der auf der anderen Seite des Salons stand. Sie durchwühlte die Schubladen, fand gleich in der obersten eine Papierschere und brachte sie Mattia.

»Ruf den Notarzt.« Er drückte ihr sein Telefon in die Hand, während er schon begann, den Seidenschal aufzuschneiden, bemüht, den faltigen Hals des alten Mannes nicht zu verletzen.

Veras Finger zitterten, als sie die 112 eingab. Es klingelte fünf Mal, bis endlich abgehoben wurde. »Jemand hat versucht, sich zu erhängen«, sagte Vera. Sie war dankbar für den Fragenkatalog, den die Frau in der Notrufzentrale routiniert herunterrasselte, sonst hätte sie wohl keinen zusammenhängenden Satz herausgebracht.

»Die Ambulanz ist schon unterwegs«, sagte die Frau abschließend. »Versuchen Sie ruhig zu bleiben und Ihren Freund bei der Ersten Hilfe zu unterstützen. Haben Sie keine Angst, eine Herzdruckmassage anzuwenden – Sie können die Situation nur verbessern. Ich bleibe dran, bis der Notarzt bei Ihnen eintrifft.«

»Danke, er ist schon dabei«, sagte Vera, froh darum, dass Mattias Erste-Hilfe-Kurs offensichtlich nicht so lange her war wie ihr eigener. Ab und zu hielt er inne und hielt sein Ohr an Alessandros Mund. »Scheiße, atme endlich!« Er ging zur Mund-zu-Mund-Beatmung über.

»Ich sehe nach, wo die Ambulanz bleibt. Vielleicht finden sie uns nicht.« Vera stand auf und ging nach draußen. Gerade, als sie die Haustür öffnen wollte, ertönte hinter ihr Maurizios Stimme. »Wo kommst du denn her?« Es klang eher verblüfft als wütend.

Vera fuhr herum. Maurizio stand auf der Treppe, in einen Bademantel gehüllt, und da war auch Lidia, halb von seiner breiten Gestalt verdeckt.

»Alessandro hat mich rausgeholt, falls du das wissen möchtest. Und dann hat er versucht, sich umzubringen. Wir warten gerade auf den Krankenwagen.«

Mit einem hohen, zittrigen Aufschrei schob sich Lidia an Maurizio vorbei und eilte in Alessandros Wohnung. Vera und Maurizio blieben allein zurück. Er kam die letzten Stufen herunter und hob die Augenbrauen. »Du gibst einfach keine Ruhe, oder?«

»Warum?«, sagte sie nur. Maurizio seufzte müde. »Weil

ich nicht meine politische Karriere gegen die Wand fahren lasse, nur weil du es nicht lassen kannst, in der Vergangenheit zu wühlen. Du hast die falschen Fragen gestellt, liebe Cousine.«

»Hast du gewusst, dass Aurora dort unten ist?«

»Erst seit gestern. Meine Mutter bekam Angst, als du nicht aufgehört hast herumzuschnüffeln.« Er kam auf der untersten Stufe an. »Wirklich schade, ich mag dich nämlich sehr. Aber was mache ich jetzt mit dir?«

Sie antwortete nicht, sondern riss die Haustür auf und war halb hindurch, als Maurizio sie am Arm packte und wieder zurückzog. Seine andere Hand legte er Vera über Mund und Nase. »Leider kann ich dich nicht einfach so gehen lassen.« Er zerrte sie in die Wohnung und schloss die Tür mit einem Fußtritt, dann ging es weiter den Korridor entlang. Vera bekam kaum noch Luft und konzentrierte sich darauf, bei Bewusstsein zu bleiben. Vor ihren Augen tanzten schwarze Punkte wie ein Fliegenschwarm. Sie kam ins Stolpern, ihre Schuhe scharrten über das Parkett, als sie versuchte, wieder Halt zu gewinnen. Maurizio achtete keinen Moment auf ihren Zustand, sondern zog sie weiter voran. Vera wand den Kopf hin und her und rang nach Luft, doch Maurizios kräftige Finger wichen nicht einen Millimeter. Vera sah noch, wie Mattia neben Alessandros Körper auftauchte, dann explodierte eine Sonne aus Schmerz in ihrem Kopf.

Sie konnte nicht lange bewusstlos gewesen sein, denn als sie zu sich kam, hatte sich die Situation nur wenig verändert. Lidia kniete neben Alessandro und streichelte seinen Kopf. Mattia und Maurizio wälzten sich ineinander verkeilt über den Boden. Wäre die Lage weniger ernst gewesen, hätte Vera den komischen Aspekt von Maurizios flatterndem Bademantel und seinen nackten Waden zu würdigen gewusst, die aus seiner nach oben gerutschten Pyjamahose herausragten, doch er hatte gerade die Oberhand über Mattia gewonnen und versuchte, ihm die Kehle zuzudrücken. Dessen Gesicht war rot angelaufen, und er gab krächzende Geräusche von sich.

Vera zwang sich, ihren Blick zu fokussieren. Maurizio wandte ihr den Rücken zu und hatte nicht bemerkt, dass sie wach war, aber sie hatte nicht mehr genug Kraft, um ihm Schaden zuzufügen. Er würde sie einfach abschütteln. Da sah sie den Ammoniten auf einem der Wandtische. Es war ein besonders beeindruckendes Exemplar, an die zwanzig Zentimeter im Durchmesser. Vera stand auf, obwohl ihr dabei ein weißer Schmerz in den Hinterkopf schoss, der sie taumeln ließ, griff sie sich das Stück und hieb es Maurizio über den Schädel. Er ächzte, es klang verblüfft, und sackte zusammen, wobei er von Mattia herunterrollte. Der Ammonit polterte aufs Parkett, wo er eine hässliche Schramme hinterließ. Und in Veras Kopf fügte sich etwas zusammen, als schöbe man ein letztes Puzzleteil an seinen Platz. »Die Ammoniten«, krächzte sie. Sprechen tat weh, aber es war möglich. Sie sah Mattia an. »Alessandro muss bei Giorgio zu Hause gewesen sein, und dabei hat er die Kette versteckt.« Vera konnte nicht länger stehen und setzte sich einfach auf den Boden.

»Was?« Mattia zog sein Bein unter Maurizio hervor und kroch zu ihr hinüber. Vera legte Mattia eine Hand auf die Wange.

»Ich erkläre es dir später.« Sie hustete. »Bist du in Ordnung?«

»Ich glaube, schon. Und du?«

Er legte kurz seine Hand auf die ihre. »Kein bleibender Schaden entstanden. Danke.« Er versuchte zu lächeln, aber Vera sah, wie blass er war.

»Hoffentlich habe ich ihn nicht umgebracht.« Sie blickte auf Maurizios Körper, der sich wie ein Hügel vom Teppich erhob. Eigentlich hätte sie seinen Puls fühlen sollen, konnte sich jedoch nicht dazu überwinden. Sie war erschrocken darüber, wozu sie fähig war, aber zugleich empfand sie einen gewissen Stolz, weil sie so geistesgegenwärtig gehandelt hatte.

»Ist er tot?«

»Keine Sorge, ich kann sehen, dass er atmet«, sagte Mattia. Dann wies er zu Lidia hinüber, die immer noch bei Alessandro kniete und anscheinend nicht einmal bemerkt hatte, dass ihr Sohn bewusstlos geschlagen worden war.

Vera krabbelte auf allen vieren zu ihr hinüber – aufzustehen kam ihr undenkbar vor, so müde war sie – und berührte Lidia an der Schulter. Doch die reagierte gar nicht. Sie blickte auf Alessandro hinunter, dessen Kopf in ihrem Schoß lag, und summte eine beruhigende Melodie, während sie über die schütteren Haare ihres Bruders strich. Vera blickte in Alessandros hageres Gesicht mit den halb geöffneten Augen. Es war deutlich, dass kein Notarzt Alessandro noch würde helfen können.

Jetzt hörte sie draußen Sirenen, und kurz darauf klingelte es an der Tür. Mattia ging, um ihnen zu öffnen. Zwei Sanitäter in leuchtend orangefarbener Kleidung brachten eine Trage herein, gefolgt von einem jungen Notarzt. Angesichts der beiden reglosen Körper stutzte er kurz und kniete sich dann neben Maurizio, während er einen der Sanitäter anwies, sich um Alessandro zu kümmern.

Mattia erklärte ihm knapp, was passiert war, und rief dann die Polizei an. Vera drehte sich um und sah, dass der Sanitäter auf Lidia einredete.

»Bitte gehen Sie zur Seite«, sagte er, doch sie schien immer noch wie weggetreten. Vera zwang sich aufzustehen, nahm Lidia bei den knochigen Schultern, zog sie hoch und setzte sie in einen Sessel. »Bleib da sitzen.« Sie empfand eine leichte Genugtuung über ihren harschen Tonfall, beugte sich vor und stützte beide Hände auf die Armlehnen, sodass ihre Großtante gefangen war. »Du hast Maurizio dazu angestiftet, mich einzusperren, oder? Wolltest du mich im Keller verrotten lassen, so wie du es mit Aurora gemacht hast?«

Lidia sah zu ihr auf, die Augen das einzig Lebendige in ihrem faltigen Gesicht. »Aber sie war doch tot, und ich konnte nicht zulassen, dass sie mir Alessandro wegnehmen. Ich musste ihn doch beschützen.«

»Aber du hast ihn nicht beschützt, du hast sein Leben ruiniert.«

»Im Gefängnis wäre er umgekommen.«

»Aber dass Giorgio Toso im Gefängnis gestorben ist, hat dich nicht gestört? Wie konntest du nur all die Jahre damit leben?«

Lidias Mund wurde hart. »Ich musste es. Glaubst du, ich hätte keine Albträume gehabt? Jeden Augenblick war mir bewusst, dass Giorgio Toso meinetwegen im Gefängnis sitzt und sie dort unten ist. Hast du eine Ahnung, wie furchtbar es für mich war, dass ich ihr kein anständiges Begräbnis geben konnte? Ich habe Aurora geliebt, auch wenn wir so verschieden waren. Aber ich wollte nicht auch noch Alessandro verlieren. Sie hätten ihn in ein Heim oder sogar ins Gefängnis gesteckt. Das konnte ich nicht zulassen.«

Vera strengte sich so sehr an, Lidia nicht anzuschreien, dass sie beinahe flüsterte, als sie antwortete. »Sie hat noch gelebt. Du hättest einfach nur einen Krankenwagen rufen müssen.«

»Das kann gar nicht sein – sie war tot!« Lidia schüttelte mehrmals den Kopf.

»Sie hat im Keller etwas in den Fußboden gekratzt«, sagte Vera. »Nur ein Wort: Dunkelheit.«

Lidia schien zu schrumpfen. »Ich habe ihren Puls gefühlt, da war nichts mehr, ganz sicher.«

303

»Du hast dich geirrt. Wenn du einen Arzt gerufen hättest, hätte sie wahrscheinlich überlebt.«

Lidia bedeckte das Gesicht mit den Händen und gab ein lang gezogenes Heulen von sich. Es war ein entsetzlich verzweifeltes Geräusch. Vera spürte etwas wie Mitleid in sich aufsteigen und wandte sich ab. Sie wollte kein Mitgefühl für Lidia empfinden. Ihre Brust war eng, als drückte etwas mit Gewalt gegen ihre Rippen. Sie sah auf den Arzt und die Sanitäter hinunter. Maurizio bewegte sich und stöhnte, Alessandro blieb still.

»Es war schon zu spät.« Mattia trat auf sie zu und umarmte sie, aber sie schob ihn weg. »Bitte nicht«, sagte sie, »sonst klappe ich zusammen, und das geht jetzt nicht.«

»In Ordnung.« Mattia hob die Hände zum Zeichen, dass er sie nicht anfassen würde. »Aber setz dich hin und ruh dich aus.«

»Ich will nicht mit den beiden in einem Zimmer bleiben.« Sie ging mit Mattia hinaus und setzte sich auf die Treppe, während er draußen auf die Polizei wartete und den Beamten, als sie kurz darauf eintrafen, den Weg wies.

Alles Weitere zog an Vera vorbei, als säße sie auf einem Karussell und nähme alles nur verschwommen wahr. Sie wurde von einem Arzt untersucht und für vernehmungsfähig befunden, nachdem ein Sanitäter ihre Kopfwunde gereinigt und verbunden hatte. Dann saß sie wieder auf der Treppe und erzählte einer älteren Polizistin, was passiert war. Ihre Kehle tat beim Sprechen weh. Die betonte Sachlichkeit der Frau half ihr, das Geschehen aus der Distanz zu betrachten. Als eine Bahre mit einem verhüllten Körper hinausgetragen wurde, wandte sie den Kopf ab und konzentrierte sich auf die Ornamente des Treppengeländers.

»Vera?« Sie sah auf, Mattia stand vor ihr und streckte ihr die Hand entgegen. »Sie sagen, wir können gehen.«

304

»Wohin?«

»Zu mir natürlich.«

Sie legte ihre Hand in seine, und er zog sie hoch. »Ich habe uns ein Taxi gerufen.«

»Was ist mit Maurizio?«

»Wird vorübergehend festgenommen, wegen Verdachts auf Freiheitsberaubung und Körperverletzung. Wir sollen morgen aufs Präsidium kommen und Anzeige erstatten.«

»Und Lidia?«

»Bleibt hier. Ich denke, auch sie wird morgen noch einmal vernommen.«

Vera war erleichtert, dass sie gehen durfte. Draußen stand eine kleine Ansammlung von Gaffern hinter einer Absperrung, doch es gab nicht mehr viel zu sehen. Nur noch zwei Polizeiwagen standen vor dem Haus. Vera war überrascht, dass über den Dächern bereits eine fahle Morgenhelle stand. Das Taxi wartete schon. Sie lehnte die Stirn gegen das Fenster und sah hinaus, ohne wirklich etwas zu sehen. Sie fühlte sich seltsam fern von allem, was an diesem Tag geschehen war. Neben sich spürte sie Mattias Anwesenheit, obwohl er sie nicht berührte. Sie drehte den Kopf herum und fasste nach seiner Hand. Sie saßen so und sahen sich an, bis das Taxi wenige Minuten später hielt. Mattia zahlte, dann stiegen sie aus. Vera erkannte die engen Gassen des Quadrilatero. An einer Ecke stand eine Gruppe Nachtschwärmer und sah einem Straßenkehrer zu, der bedächtig die Überreste der Nacht auf dem Kopfsteinpflaster zusammenschob.

Mattia schloss eine Haustür auf und zog sie in den Flur. Als sie die Treppe nach oben gingen, kam ihnen eine weiße Katze entgegen, rieb sich kurz an Mattias Bein und miaute, bevor sie ihren Weg nach unten fortsetzte. Es machte Vera seltsam glücklich, so etwas Normales zu sehen. Die Welt war nicht aus den Fugen geraten. In einem Haus geschah Schreckliches, aber woanders floss das Leben weiter in seiner alltäglichen Bahn.

Sie betraten Mattias Wohnung, in der es nach Tomatensoße und ein wenig nach abgestandener Luft roch. »Entschuldige, ich bin furchtbar unordentlich.« Er schob mit dem Fuß ein Paar Turnschuhe zur Seite, ohne ihre Hand loszulassen.

»Das ist mir gerade so was von egal.«

Er drehte sich zu ihr um und legte seine Arme um sie. Sie wehrte sich dagegen, weil sie fühlte, dass sie die Fassung verlieren würde, aber er legte seinen Kopf an ihre Wange und flüsterte ihr zu, sie müsse jetzt nicht stark sein. Und sie ließ zu, dass die zähe, schwarze Trauer, die seit so langer Zeit in ihr festgesessen hatte, sich löste. Sie weinte, sie schrie, Mattia hielt sie fest. Ohne sie loszulassen, zog er sie ins Wohnzimmer und setzte sich mit ihr aufs Sofa. Sie warf sich gegen ihn wie gegen eine Mauer, und er hielt stand.

Vera weinte um Viola, um Aurora, um Alessandro. Um sich selbst. Irgendwann war sie so erschöpft, dass sie nicht mehr konnte. Ihr Körper war so schlapp und weich, als hätten sich ihre Knochen aufgelöst. Aber der Druck war fort.

Mattia küsste ihr Haar und streichelte ihr Gesicht. »Komm, ich bringe dich ins Bett.«

Sie standen auf und bewegten sich langsam voran, ohne sich loszulassen. Sie schoben sich durch den Flur ins Schlafzimmer. Mattia ließ sie kurz los, damit sie sich hinlegen konnte, dann kroch er neben sie und umarmte sie weiter.

Nach einer Weile begann sie, von Vi zu sprechen, obwohl sie nur noch heiser flüstern konnte. Sie erzählte ihm alles, und am Ende erzählte sie ihm, dass sie Vi im Keller gesehen hatte.

»Es wirkte so echt, ich hatte wirklich das Gefühl, sie wäre bei mir.«

»Ich bin sicher, das war sie«, sagte Mattia.

»Aber jetzt ist sie weg. Und sie kommt auch nicht mehr wieder.« Erst, als sie es aussprach, wurde Vera klar, dass es stimmte. Sie war nicht fähig gewesen, Vi gehen zu lassen. Jetzt, da sie es getan hatte, fühlte sie sich leicht. Die Stelle, an der Vi die ganzen Jahre über gewesen war, schmerzte vor Leere, aber sie bot nun Raum für etwas anderes. Für jemand anderen.

»Ich will zu meinem Sohn«, murmelte Vera und legte ihren Kopf an Mattias Brust.

»Das wirst du sehr, sehr bald sein. Aber jetzt musst du dich ausruhen«, sagte er. Und sie schlief.

Kapitel 24

——— 2015

»Ich weiß nicht, was ich sagen soll.« Veras Mutter lehnte sich auf dem Sofa zurück und rieb sich die Oberarme, als fröre sie. Dabei zog ein warmer Windhauch durch die geöffnete Terrassentür. Im Garten versuchte Finn von seinem Liegestuhl aus seinen Großvater mit seiner neuen Wasserkanone nass zu spritzen.

»Furchtbare Geschichte, einfach nur grauenvoll. Und was du durchgemacht hast – wenn ich mir vorstelle, Alessandro hätte dich nicht gefunden …« Sie wischte sich über die Augen.

»Es ist ja alles gut ausgegangen«, sagte Vera. Während sie erzählt hatte, war das Gefühl, das alles wäre jemand anderem zugestoßen, immer stärker geworden.

»Und was passiert nun mit Maurizio und Lidia?«

»Maurizio wird wegen Körperverletzung und Freiheitsberaubung angeklagt. Ich werde zum Prozess nach Turin fahren müssen, um auszusagen. Aber das kann noch Monate dauern. Lidia könnte man allenfalls unterlassene Hilfeleistung vorwerfen, weil sie für Aurora keinen Arzt gerufen hat – aber das ist längst verjährt, hat uns die Kommissarin in Turin erklärt. Keine Ahnung, wie es ihr geht. Das Café ist jedenfalls geschlossen, hat mir mein Kollege von der Turiner Zeitung erzählt.« Als sie Mattia erwähnte, kribbelte es in ihrem Bauch, und sie musste ein wenig lächeln. Ihre Mutter war zu aufgewühlt, um es zu bemerken.

»Trotz allem tut Lidia mir irgendwie leid. Vielleicht rufe

ich sie an, Familie ist nun mal Familie. Sie war so jung und hat eine falsche Entscheidung getroffen, die schreckliche Folgen hatte. Aber es steckte keine böse Absicht dahinter.«

Vera rieb sich den Hals. Wo Maurizio zugedrückt hatte, tat es immer noch ein bisschen weh. »Kann sein. Aber ich möchte nichts mehr mit ihr oder ihrem Sohn zu tun haben. Auch wenn sie das Gegenteil behauptet hat, bin ich sicher, dass sie Maurizio dazu angestiftet hat, mich im Keller einzusperren.«

»Ich bin so unheimlich froh, dass du mir hier gegenübersitzt.« Veras Mutter stand auf und streckte die Arme aus. »Ich weiß, das habe ich lange nicht mehr gemacht, aber jetzt muss es sein.«

Vera stand auf und legte die Arme um ihre Mutter. Sie roch immer noch genauso wie früher, als Vera klein gewesen war. »Mein kleiner Keks«, murmelte sie.

»So hast du mich nicht mehr genannt, seit Vi verschwunden ist.« Vera bog den Oberkörper etwas zurück, ihre Mutter tat dasselbe, und sie lächelten sich an, froh und ein bisschen verlegen. Dann lösten sie sich voneinander.

»Ist es okay, wenn ich mal eine halbe Stunde weg bin? Ich muss noch was erledigen.«

Ihre Mutter nickte. »Natürlich. Was hast du denn vor?«

»Jemanden besuchen. Und mich verabschieden.«

Vera trat vors Haus und verharrte kurz, dann ging sie durch den Vorgarten auf die Straße. Nach links abbiegen, den Fichtenweg mit seinen schlichten Häusern hinunter, nach rechts und ein paar Meter den Aspenweg entlang, dann links in den Merianweg mit seinen Einfamilienhäusern, die sich in den weiten, baumbestandenen Gärten beinahe verloren. Seit fünfundzwanzig Jahren war sie diesen Weg nicht mehr gegangen, aber alles sah noch beinahe genauso aus wie früher.

Der Merianweg endete am Waldrand wie an einer grünen Mauer. Vera blieb kurz neben dem Holzgestell mit der Umgebungskarte stehen, die an der Einmündung des Waldweges stand. Ihr Herz klopfte flach und schnell, doch als sie in den Schatten der Bäume trat, der über dem Weg lag, beruhigte es sich. Hier war ihr und Vis Reich gewesen, und es gehörte ihnen immer noch.

Sie ließ sich Zeit und genoss das Gefühl, ganz alleine zu sein, was durch die wenigen Geräusche, die bis hierhin drangen, noch verstärkt wurde. Irgendwo tief im Wald knatterte eine Motorsäge, und hoch oben über den Baumwipfeln brummte ein Kleinflugzeug. Vera folgte dem Weg und überließ sich dem stillen Rhythmus der Natur. Ihr Herz schlug jetzt ruhig und gleichmäßig.

Sie erkannte die Stelle, an der sie Vi zum letzten Mal gesehen hatte, schon von Weitem. Sie ging etwas langsamer, blieb stehen. Hier war es gewesen. Die Birke links vom Weg hatte schon damals hier gestanden, auch wenn sie wesentlich kleiner gewesen war.

Ohne nachzudenken, ging Vera in die Hocke und legte die Handflächen dorthin, wo Vi damals gesessen hatte. Die Erde, mit kleinen Kieseln durchmischt, war kühl und ein bisschen feucht. Obwohl so viele Jahre vergangen waren und natürlich nichts mehr von Vi zurückgeblieben war, fühlte Vera sich ihrer Schwester nah. Sie hatte sich immer einen Ort gewünscht, an dem sie trauern konnte, aber weil ihre Eltern Vi nicht für tot erklären hatten lassen, gab es kein Grab.

Vera hielt keine Zwiesprache mit Vi, sie musste nicht formulieren, was sie fühlte. Stattdessen ließ sie die Empfindungen, die sie durchströmten, durch ihre Hände in die Erde fließen. Wut, Trauer, Schuld, Hass, die Fragen nach dem Was und dem Warum – sie ließ alles los. Als sie nach langer Zeit wieder aufstand, hatte sie Erde unter den Fingernägeln und in den

feinen Rillen ihrer Haut. Obwohl ihre Knie vom langen Ho-
cken schmerzten, fühlte sie sich leicht, beinahe beschwingt.
»Tschüss, du Keks«, flüsterte sie. Dann drehte sie sich um und
ging langsam zurück. Ein Rest von Traurigkeit rollte sich irgendwo in ihrem Inneren zusammen und würde dort bleiben
– fühlbar, aber nur wenig Raum einnehmend.

Das Telefon in ihrer Jeanstasche vibrierte.

– Ciao, Bella, wie geht es dir heute?
– So gut wie lange nicht mehr. Was machst du?
– Sitze am Artikel über Aurora. Erscheint morgen.
   Wann läuft deine Sendung?
– Erst in zwei Monaten. Aber fertig geschnitten ist es schon.
   Willst du es hören?
– Lädst du mich nach Berlin ein?
– Brauchst du eine Einladung?
– :-) Nein. Nächste Woche nehme ich mir Urlaub.
   Danach werde ich so schnell nicht mehr wegkommen
   als fester Redakteur.
– Gratuliere! Da haben wir also etwas zu feiern.
– Nicht nur das, Liebste. Bacione!

Lächelnd steckte Vera das Telefon wieder ein. Mattia hatte
versucht, sie zu überzeugen, noch einige Zeit in Turin zu
bleiben, sich seelisch und körperlich zu erholen, aber Veras
Sehnsucht nach Finn war stärker gewesen. Dass Mattia deswegen nicht beleidigt war, rechnete sie ihm hoch an. Sie
schrieben sich mehrmals täglich, seit sie aus Turin abgereist
war. Vera wusste noch nicht, was sich daraus entwickeln
würde, aber es fühlte sich gut an. Mattia war für sie da gewesen, als es darauf ankam. Jemand, auf den man sich verlassen konnte. Ihr wurde warm im Bauch bei der Vorstellung,
dass er in wenigen Tagen nach Berlin kommen würde. Viel-

leicht war es an der Zeit, sich wieder auf jemanden einzulassen.

Wieder beim Haus ihrer Eltern angekommen, klingelte sie nicht, sondern zog das Garagentor auf. Der alte grüne Volvo ihrer Eltern ließ im Innern der Garage genug Platz für allerlei Krempel, der an den Wänden aufgereiht stand. Kurz überfiel sie eine unangenehme Erinnerung an den Keller. Es würde wohl noch einige Zeit dauern, bis sie dieses Erlebnis verarbeitet hatte. Das Eigenartige war, dass sie, so schrecklich es auch gewesen war, seitdem vor nichts mehr Angst hatte. Sie hatte es überstanden, und das gab ihr beinahe das Gefühl, unverwundbar zu sein. Sie stützte sich an einem Kotflügel ab und atmete tief, bis das Schwindelgefühl verging.

Ganz hinten an der Wand, von einer Plane umhüllt, stand ihr altes Motorrad. Vera zog die Plane weg. Der nachtblaue Lack der Virago glänzte, als wäre sie am Vortag zum letzten Mal damit gefahren. Vera strich mit der rechten Hand über den dunkelgrauen Sattel und lächelte. Offensichtlich pflegte ihr Vater die Maschine. Ob der Motor noch ansprang? Sie sah sich nach dem Schlüssel um und fand ihn in einer Plastikschale auf dem Wandbord. Sie schob das Motorrad vom Ständer und manövrierte es nach draußen in die Einfahrt. Ihr Herz klopfte schneller, als sie es anließ und das satte Tuckern erklang. Sie stellte es ab und holte ihren alten Helm aus der Garage, setzte ihn auf und schwang ein Bein über die Maschine. Sie rutschte in den Sattel, automatisch legten sich ihre Hände auf die Lenkergriffe.

Sie drehte einige Runden in der Einfahrt. Zuerst fühlte es sich wackelig an, aber dann verband sich wie früher etwas in ihr mit der Maschine, und sie fühlte sich ganz sicher. Sie fuhr auf die Straße, gab Gas und schaltete hoch. Obwohl sie nicht besonders schnell fuhr, war es herrlich. Sie hatte ganz vergessen, wie es sich anfühlte, so frei und ganz bei sich selbst zu sein. Als sie laut auflachte, drückte die Helmpolsterung gegen ihre Wangen.

An der Waldschänke wendete sie und knatterte zurück zum Haus. Schon von Weitem sah sie Finn, auf seine Krücken gestützt, vor dem Gartentor stehen. Sie hielt genau vor ihm und sah in sein Gesicht, das vor Begeisterung leuchtete.

»Na, wie sieht deine alte Mutter auf einem Motorrad aus?«

»Ziemlich cool«, sagte er. »Mann, ich will mitfahren!«

Vera zog sich den Helm vom Kopf und gab ihm einen Kuss auf seine Haare. »Wenn der Gips ab ist, machen wir zusammen eine Tour. Versprochen.«

Nachwort von Mascha Vassena

Ich besuchte Turin zum ersten Mal in einer eiskalten Dezembernacht im Jahr 2010. Ich war spät angekommen. Mein Gastgeber Fabrizio führte mich im Dunkeln durch die Stadt. Es war kalt, und ich hatte Hunger, aber Fabrizio wollte mir unbedingt die unterschiedlichen Facetten Turins zeigen wie jemand, der mit Gästen zuerst eine Wohnungsbesichtigung macht, bevor man sich setzt.

Wir überquerten weite Plätze, umgeben von Palästen und Kirchen, schlüpften aus dem Licht der Laternen in dunkle Gassen, die nur aus Ecken und Winkeln zu bestehen schienen. Wir passierten heruntergekommene Buden, vor denen sich junge Männer zusammendrängten und rauchten. Unser Freund riet mir, den Blick abzuwenden. Dann die Markthalle, ein Koloss im Herzen der Stadt, davor ein riesiger Platz, der mit Obstkartons, einzelnen Schuhen, Plastiktüten und Müll aller Art überzogen war – die Reste des größten Marktes in ganz Europa, der sich jeden Abend auflöste, um sich am kommenden Morgen wieder neu zu erheben. Unter unseren Füßen die Gewölbekeller und Tunnel von Turin: ein Netz jahrhundertealter Gänge, in dem angeblich einst Alchemisten nach Erkenntnis suchten und wo angeblich sogar das Tor zur Hölle liegen soll. Wir hätten die ganze Nacht so laufen können, stattdessen tauchten wir in einen Keller ab, in dem uns arabisches Essen, volle Tische, Musik und eine Bauchtänzerin empfingen.

Am folgenden Tag eine andere Stadt: hell, herrschaftlich und freundlich. Endlose Arkadengänge, an jeder Ecke Kaffeehäuser mit alten Stühlen, üppigen Vorhängen und Vitrinen voller Kuchen und Pralinen, wie man sie nirgends sonst in Italien findet. Kleine Designerläden, ein breiter träger Fluss und grüne Hügel, die vom anderen Ufer herüberleuchteten.

Pause im Mulassano, einem Schmuckkästchen von Café mit nur vier oder fünf Tischen, überall Marmor und Messing und geschnitzte Balken. Die Croissants werden auf einer silbernen Etagère serviert. Während ich meinen Kaffee trank, wurde mir bewusst, dass ich eine Geschichte schreiben wollte, die in dieser magischen Stadt spielt. Nur brauchte ich noch einen Funken, um diese Geschichte anzufachen.

Veronica Zucca war fünf Jahre alt. An einem kalten Januartag im Jahr 1902 spielte sie wie so oft mit anderen Kindern auf der Piazza Savoia vor dem Café ihrer Eltern. Doch als ihre Mutter sie hereinrufen wollte, kam sie nicht. Veronica war wie vom Erdboden verschwunden. Und trotz verzweifelter Suche blieb sie es.

Zunächst geriet ein ehemaliger Angestellter des Cafés, der sechzehnjährige Alfredo Conti, unter Verdacht: Er war kurz zuvor wegen eines Streits entlassen worden und hatte Rache geschworen. Allerdings besaß er ein Alibi für die Zeit des Verschwindens.

Monate später, es war inzwischen April, wurden Bauarbeiten am nahe gelegenen Palazzo Saluzzo-Paesana durchgeführt. Einer der Arbeiter suchte in den verzweigten Kellerräumen, den sogenannten *infernotti*, nach Baumaterial. Dort stieß er auf eine Wäschekiste, auf deren Deckel eine Vase mit vertrockneten Blumen stand. In der Kiste fand er die Überreste eines kleinen Mädchens.

Veronica Zucca war die ganze Zeit über nur ein paar Schritte von ihrem Elternhaus entfernt gewesen. Man hatte sie mit sechzehn Messerstichen getötet. Ganz Turin war schockiert von dem entsetzlichen Mord und voller Angst vor weiteren Taten. Die Polizei musste also schnellstmöglich einen Täter präsentieren. Schließlich wurde Carlo Tosetti, der Kutscher einer im Palazzo Paesana lebenden Adelsfamilie, verhaftet, musste aber aus Mangel an Beweisen nach fünfundvierzig Tagen freigelassen werden.

Im Mai 1903 verschwand die fünfjährige Teresina Denmaria. Man fand sie, genau wie Veronica, in den *infernotti*. Teresina hatte Stichwunden, war aber noch am Leben. Der Portier des Palazzos sagte aus, ein gewisser Giovanni Gioli, Müllmann von Beruf, habe ihn am Vortag um den Kellerschlüssel gebeten. Teresina bestätigte den Verdacht. Gioli war geistig zurückgeblieben und begriff nicht einmal richtig, was er getan hatte. Doch »Das Monster« war gefasst und wurde zu fünfundzwanzig Jahren Zuchthaus verurteilt. Ob er die Haft überlebte und was danach aus ihm wurde, ist nicht bekannt.

Das Café Mulassano, die *infernotti*, die Geschichte von Veronica und Teresina – Schriftsteller sind Sammler, die hier ein Bröckchen, da ein Stückchen Wirklichkeit aufsammeln. Bestimmte Orte, Ereignisse und Personen ziehen unsere Aufmerksamkeit auf sich. Ich glaube, wir suchen uns diese Bruchstücke aus, weil sie zu einem Thema passen, das sich schon lange zuvor in unseren Köpfen geformt hat. Dieses Thema benutzen wir als Klebstoff, um die Splitter zu einer neuen, einer eigenen Geschichte zusammenzusetzen.

In »Das Mitternachtsversprechen« habe ich mir die Frage gestellt, ob man immer beschützen kann, was (oder wen) man liebt, und ob es immer richtig ist, das auch zu tun. Sosehr man sich bemüht, geschehen manchmal Dinge, auf die wir keinen Einfluss haben. Und manchmal führt der Versuch, um jeden Preis die Kontrolle zu behalten, zu einer Katastrophe.

»Ein wunderbarer Schmöker für graue Wintertage.«

Brigitte

Mascha Vassena
Das Schattenhaus
Roman
Piper Taschenbuch, 320 Seiten
€ 9,99 [D], € 10,30 [A]*
ISBN 978-3-492-30325-5

Ein verschlafenes Bergdorf im Tessin: Anna ist nach Vignano gekommen, um die alte Villa zu verkaufen, die sie von ihrer Mutter geerbt hat. Doch bei ihrer Ankunft stellt sie überrascht fest, dass in dem Haus eine ältere Dame lebt, die den Dachboden bewohnt. Wer ist sie? Und warum verlässt sie nie ihr Zimmer? Langsam begreift Anna, dass ihre Mutter ein düsteres Geheimnis mit ins Grab nahm. Und dass die Schatten der Vergangenheit noch immer über der verfallenen Villa schweben ...

Leseproben, E-Books und mehr unter www.piper.de

Wenn der Nebel über Venedig sich lichtet ...

Mascha Vassena

Das verschlossene Zimmer

Roman

Piper Taschenbuch, 320 Seiten
€ 9,99 [D], € 10,30 [A]*
ISBN 978-3-492-30585-3

Trotz ihrer Brückenphobie reist Lena nach Venedig, um die Familie ihrer Mutter kennenzulernen. Doch im labyrinthischen Palazzo der Orlandis kommt es zu unheimlichen Vorfällen: Woher kommen die Schreie, die nachts durch die Gänge hallen? Obwohl der Restaurator Luciano ihr zur Seite steht, droht Lena sich in einem Netz aus Lügen zu verfangen. Doch sie gibt nicht auf und entdeckt eine tragische Wahrheit, die in den dunklen Wassern der Stadt verborgen liegt ...

PIPER

Leseproben, E-Books und mehr unter www.piper.de